algo tan sencillo como darte un beso

BLUE JEANS

algo tan sencillo como darte un beso

Planeta

El papel utilizado para la impresión de este libro está calificado como **papel ecológico** y procede de bosques gestionados de manera **sostenible**.

Avinguda Diagonal, 662, 6.ª planta. 08034 Barcelona (España)
www.planetadelibros.com

Ilustraciones: © Gonzalo Muiño
Adaptación de la cubierta: Booket / Área Editorial Grupo Planeta
Ilustración de la cubierta: © Gonzalo Muiño
Primera edición en Colección Booket: septiembre de 2018
Segunda impresión: mayo de 2020
Tercera impresión: febrero de 2021

Depósito legal: B. 16.048-2018
ISBN: 978-84-08-19423-1
Impresión y encuadernación: CPI (Barcelona)
Printed in Spain - Impreso en España

Biografía

Blue Jeans, seudónimo de Francisco de Paula Fernández, nació en Sevilla y vivió hasta los dieciocho años en Carmona. Licenciado en Periodismo, es uno de los autores españoles con más seguidores en las redes sociales. El éxito de su primera novela, *Canciones para Paula*, le convirtió en un referente de la literatura juvenil. Posteriormente, le siguieron dos novelas más, *¿Sabes que te quiero?* y *Cállame con un beso*, para conformar su primera trilogía, recuperada por Planeta en 2016. Su serie sobre El Club de los Incomprendidos, formada por *¡Buenos días, princesa!*, *No sonrías, que me enamoro*, *¿Puedo soñar contigo?* y que cierra con *Tengo un secreto: el diario de Meri*, se ha convertido en uno de los mayores fenómenos editoriales españoles de literatura juvenil y su adaptación cinematográfica, *El Club de los Incomprendidos*, llenó las salas. Traducidas a varios idiomas, sus novelas cuentan ya con más de un millón de seguidores. *Algo tan sencillo como estar contigo* cerró con gran éxito la trilogía *Algo tan sencillo*. Sus novelas anteriores, *Algo tan sencillo como tuitear te quiero* y *Algo tan sencillo como darte un beso*, cautivaron a sus miles de lectores. *La chica invisible* inició una serie de *thriller* juvenil de enorme acogida a la que le siguió *El puzle de cristal* y que termina con *La promesa de Julia*. Su última novela es *El campamento*, un apasionante *thriller* repleto de intriga y acción. Su trayectoria ha sido valorada con el prestigioso Premio Cervantes Chico 2013, el Premio de la Feria del Libro de Sevilla 2015 y un reconocimiento muy especial al incluir su nombre en el Auditorio de la Juventud de Carmona.

www.lawebdebluejeans.com

@FranciscodPaula

@BlueJeans7

Residencia Benjamin Franklin

1159
Óscar
Mayoral
Benedicto

1157
Iria
Chacón
Espejo

1158
Julen
Miramón
Aguinaga

1155
Nicole
Katherine
Vásquez
Espinoza

1156
Manuel
González
Miranda

1153
Ainhoa
Cabrera
García

1154
Toni
Martos
Arias

1151
Elena
Guillermo
Casanova

1152
David
del Pozo
Díaz

Pasillo 1B

PRÓLOGO

—Acércate.

—¿Más?

—Sí, un poco más.

Obedece. ¿Cómo no va a hacerlo? Haría lo que fuera por ella. Cuando le habla de esa manera, resulta irresistible. Está enamorado de su voz y de la dulce forma que tiene de pedirle las cosas.

—¿Está bien así?

—Mmm. Sí. Pero...

Ella aproxima la boca a su oreja y le susurra algo que no se atreve a decir en voz alta. Él se sorprende al escucharla.

—¿Segura?

La chica asiente con la cabeza tímidamente, mientras juguetea nerviosa con su pelo. No esperaba que ya estuviese preparada para eso. Habían hablado unas cuantas veces sobre el tema, aunque como algo a medio o a largo plazo. Sin prisas. Por esa razón, lo que le acaba de proponer le ha cogido totalmente desprevenido.

—De verdad que podemos esperar todo el tiempo que necesites.

—Quiero ahora. Si tú quieres, claro.

—Por supuesto que quiero —responde el joven inmediatamente. Se da cuenta de que ha podido sonar algo ansioso e intenta suavizar su tono—. Te amo y esto solo deseo hacerlo contigo. No podría pensar en algo así con otra persona.

—A mí me pasa igual. Te quiero mucho.

Y se abrazan. Están solos en la casa del chico, sentados en la cama de su habitación, en la que los besos y las caricias habían formado parte del juego durante aquellos cuarenta y siete días como novios. Más de un mes y medio siéndolo todo el uno para el otro.

Los dos se sonríen indecisos, confusos, sin saber exactamente cómo actuar. Es el joven el que decide dar el primer paso y se inclina sobre ella para besarla. Sus labios se unen despacio. Temblorosos. Ingenuos. Y pronto las dudas desaparecen.

Todos los besos que se han regalado hasta el momento quedan atrás, en un segundo plano, perdidos en el mundo de los olvidos. Ningún beso ha sido como aquel. El mejor que jamás han dado y recibido en su vida. Ambos lo sienten así. Y lo repiten con más intensidad, más pasión, superándose cada vez que sus bocas se alejan y se vuelven a juntar.

Sin embargo, la pareja no se conforma y avanza hacia un terreno nuevo para ellos.

Las mejillas de la chica hierven al notar las manos de su novio deslizándose por su vientre. Escalofríos y sensaciones distintas a las acostumbradas. Él se da cuenta de su fervor y, satisfecho, se autoproclama triunfador tras conseguir que ella se estremezca. Le encanta verla así, pero desea más. Sin parar de besarla, asciende con las manos por debajo de su camiseta para propulsar su calor. Tropieza con la parte delantera del sujetador y las yemas de los dedos rozan su piel. Abren los ojos a la vez.

—¿Puedo...?

—Sí, puedes —contesta la joven firme, tratando de esconder los nervios que la sacuden constantemente desde que empezaron los besos.

Los músculos del chico se tensan y un electrizante cosquilleo recorre todo su cuerpo. Besa a su novia una vez más y con decisión trata de desabrochar su sostén. Sin embargo, la operación no resulta tan sencilla como imaginaba.

—Espera. Te ayudo —comenta ella sonriente.

—Gracias. Es la primera vez que...

—Shhh. No te preocupes. Déjame a mí.

De alguna forma, la torpeza del chico y sus dificultades para quitarle el sujetador la tranquilizan. Le agrada no ser la única novata de la habitación.

—¿Quieres que me quite también la camiseta? —pregunta ella, más valiente y atrevida ahora, dejando el sostén a un lado de la cama.

—Como tú quieras.

Con un gesto sencillo y natural, sin la pretensión de mostrarse sensual, la chica libera de ropa su torso. Completamente. El joven se queda boquiabierto. Su pecho desnudo es lo más increíble que ha presenciado en la vida. El corazón le va muy deprisa y nota los latidos en cada uno de los rincones de su anatomía. Las ganas de poseerla le desbordan. Sin embargo, en lugar de lanzarse sobre su novia, se queda petrificado.

—¿Qué te pasa? —rompe el silencio ella segundos después, al ver que él no es capaz de moverse ni de articular palabra—. ¿Te encuentras bien?

—Muy bien —comenta el chico con una sonrisa, que él mismo presupone estúpida, en los labios—. Eres preciosa.

—No seas tonto.

—En serio. Tu cuerpo es... perfecto.

La chica se sonroja y se cubre el pecho con los brazos. No puede remediarlo: su timidez está de regreso. ¿Por qué tiene que decirle esas cosas? ¿Por qué es tan adorable? No comprende qué ha visto en ella para elegirla. Se siente inmensamente feliz de compartir con él un momento tan especial.

—Me da mucha vergüenza que me mires así —señala, dándose la vuelta.

—¿Cómo te estoy mirando?

—Así. Como... ahora.

No lo dice enfadada, ni con ningún tipo de acritud. En realidad, le gusta que la observe de esa forma. Pero es la primera vez que le enseña su cuerpo desnudo a alguien y su mirada llena de deseo la intimida. ¿Y si no lo hace bien o no está a la altura? Es lo más probable. ¡Es la primera vez que va a acostarse con un tío! Sin embargo, está segura de que quiere hacerlo ya con él. Se siente preparada. Es normal pasar nervios en un momento como ese, ¿no?

—Lo siento, no pretendía molestarte. Solo es que me gusta mucho lo que veo. ¿Quieres que cerremos las persianas?

—No, no. Está bien así.

—Lo más importante es que estés cómoda.

—Lo estoy. Te lo prometo. ¿Seguimos?

El joven responde afirmativamente y se coloca frente a ella. Muy cerca, tanto que puede oír su respiración acelerada. ¿Y ahora? Los dos se miran, una vez más, sin saber qué hacer. Hasta que la chica, en un impulso, coge las manos de su novio y las pone con vehemencia sobre sus senos.

—¡Guau! ¡Madre mía! —grita él, que se da cuenta de que ha alzado la voz más de la cuenta—. Lo siento, eso no ha sido muy romántico.

Tras un breve instante de silencio, y sin poderlo remediar, la chica estalla en una gran carcajada motivada por la situación, la tensión y los nervios.

—Lo... lo siento —insiste el joven abochornado. Aparta las manos del cuerpo de su novia y se tumba bocarriba muy serio. Ella, todavía riéndose, le imita y se acomoda junto a él.

—Vaya dos. Casi no se nota que es nuestra primera vez.

—Pues sí, vaya dos. Qué desastre.

Y la chica vuelve a reír, aunque en esta ocasión no lo hace sola. Su novio la acompaña durante un buen rato en el que no paran de bromear. Esos minutos les sirven para relajarse y, poco a poco, recuperar la calma.

—¿Lo intentamos de nuevo? —pregunta ella, dándose la vuelta en el colchón, una vez que se han tranquilizado.

—¿No te dará otro ataque de risa?

—Todo es posible, aunque intentaré contenerme.

El chico se incorpora y se sienta sobre el colchón. Contempla a la muchacha desnuda e intercambian una sonrisa de complicidad. Esta vez sí: ya no habrá más interrupciones. Lentamente, va dejándose caer sobre ella. Sus cuerpos van encajando, conformando un puzle casi perfecto. La piel de ambos se va calentando y regresan los besos. Es el joven el que toma la iniciativa y sus labios los que recorren los recovecos de aquel cuello terso y delicado. Sin miedo y sin que ella le ayude en esta ocasión, envuelve su pecho entre ambas manos, presionándolo con una torpeza seductora. Y lo acaricia, dibujando pequeños círculos, excitándola hasta límites insospechados. Sus gemidos componen una melodía imposible de resistir. Tiene ganas de todo, y ella también. Y se lo confiesan al oído, como un secreto a voces entre amantes.

—Tienes condones, ¿verdad? —susurra ella jadeante sin dejar de recibir sus besos.

Él, no —porque no esperaba que aquello pasara tan pronto—, pero conoce el lugar donde sus padres los esconden. Se levanta de la cama y corre hacia el cuarto de baño. Abre un cajoncito del armario y, tras apartar un paquete de algodón y una caja de tiritas, encuentra los preservativos. Coge uno y lo deja todo como estaba. Cuando regresa a la habitación, ella solo lleva puesto un tanga azul. El chico traga saliva, se dirige a la cama y mientras la besa también se va desnudando. Aquello que había imaginado tantas veces desde que la vio por primera vez está a punto de suceder.

En la misma cama, tumbado encima de una sábana azul y abrazado a la almohada, abre los ojos. Solo se trata de un recuerdo que se difumina en unos cuantos segundos. Un día más y todo sigue igual. Nada ha cambiado en ese tiempo. Ha perdido la cuenta de la cantidad de semanas en las que se despierta sin ganas de respirar. Su vida carece de sentido. ¿Para qué continuar? De repente, unas tremendas náuseas le revuelven el estómago. Ni intenta llegar al cuarto de baño. Se agacha y vomita sobre la alfombra de su habitación.

Enseguida llega su madre, que contempla con estupor el triste decorado, pero no le dice nada. No le echa la bronca, ni le recrimina. Simplemente va a por un cubo con agua y una fregona y limpia la alfombra lo mejor que puede. Luego, arrastrándola, la saca sin ayuda del dormitorio.

—¿Puedes cerrar la puerta y apagar la luz, por favor?

La mujer accede a la petición de su hijo cuando se marcha. Se queda de nuevo solo y casi a oscuras. Resopla y mira hacia arriba: es el mismo techo que los dos observaban cuando terminaban de hacer el amor. Cuando estaban juntos. Pero todo eso acabó hace mucho tiempo, aunque parece que fuera ayer cuando pasó.

Y entonces surge la rabia. Esos pocos momentos al día en los que abandona su papel de zombi y en los que lo único que desea es acabar con todo.

El chico alcanza el móvil que tiene sobre la mesita. Busca en las llamadas realizadas la última que hizo y marca el número. Nadie contesta. Lo intenta en una segunda ocasión, y en una tercera. Tampoco obtiene respuesta. La ira sigue creciendo en su interior. Es lo único que lo mantiene vivo. Un odio tan intenso que se ha convertido en el motor que sustenta su indeseable existencia.

Amaga con lanzar el teléfono contra la pared, pero logra contenerse y marca una cuarta vez. Y una quinta. Para su sorpresa, a la sexta, una voz femenina responde.

—Te he dicho que no me llames más. ¡Déjame en paz!

La rabia, la ira, el odio... Desearía poner las manos sobre su cuello y apretar con todas sus fuerzas hasta que dejara de respirar. ¿Sería capaz?

—Algún día me vengaré de todo lo que has hecho. Y te aseguro que ese día no tardará en llegar.

—¡Vete a la mierda! —Y le cuelga.

El joven se queda mirando el móvil entre incrédulo y malhumorado. ¡Cómo se atreve! Eso no va a quedar así. Sus ojos están inyectados en sangre. Se cubre la cara con la almohada y la muerde con fuerza. Se va a volver loco si no hace algo. El sentimiento de rabia se ha multiplicado y está más presente que cualquier otro día desde que su vida cambió para siempre. Necesita reaccionar, reaccionar cuanto antes y saciar de una vez por todas aquella sed de venganza.

—La mataré —dice en voz baja, mirando hacia el techo—. Te juro que la mataré.

CAPÍTULO 1

—No sé cómo me has convencido para que haga esto. Me da muy mal rollo.

—Si es una tontería, cariño —replica ella.

—Jugar con los muertos no es ninguna tontería.

Elena resopla. Sabe que Martín tiene razón. A ella tampoco le hace ninguna gracia, pero le debe una a Manu. Una muy grande. Es la chica la que se adelanta a su novio y, con los nudillos, da unos golpecitos en la puerta de la habitación 1156. Enseguida aparece el malagueño, que los recibe con una amplia sonrisa.

—Al final te has atrevido —le comenta Manu, invitándolos a pasar.

—Por supuesto que me he...

La joven se queda sin palabras cuando contempla el inquietante interior del dormitorio. La persiana está bajada y casi no se ve nada. La oscuridad no es total por culpa de cuatro llamas que arden en la cumbre de otras tantas velas. Una de ellas ilumina el rostro de David, que, sentado en el suelo, da la bienvenida a Elena saludándola con la mano. El mismo gesto dedica a Carmona, pero este le corresponde con cierta frialdad.

—No sabía que tú vendrías —señala la toledana, ocupando un lugar junto a él. Martín también se acomoda al lado de su chica.

El sevillano se encoge de hombros y suspira. Él, en cambio, sí sabía que ella estaría allí y que posiblemente acudiría con Carmona. Desde que empezaron a salir, la acompaña a todas partes.

—Cuantos más seamos, más energía acumularemos —apunta Manu visiblemente emocionado—. Y todavía falta uno.

Dos golpes en la puerta sobresaltan a los cuatro chicos, que dan un respingo. El malagueño suelta una carcajada nerviosa y abre. Se trata de Toni.

—Hola, chicos. ¿Qué tal?

Todos saludan sin demasiado entusiasmo al valenciano, que se sienta en el suelo a la izquierda de Martín Arias Carmona tras pedirle permiso. A Elena aún le late el corazón a mil por hora. No le gusta aquello. Pero debe pagar el precio del terrible error que cometió.

—Ya estamos todos. Podemos empezar.

Las palabras de Manu siembran el nerviosismo en el resto de los chicos. El malagueño camina hasta el armario, lo abre y, de la balda de arriba, alcanza una caja. La baja y la coloca sobre la cama.

—Esto es una locura —le dice al oído Martín a Elena.

—Tranquilo. Todo irá bien.

—No entiendo qué pintamos aquí nosotros.

—Ya te lo he dicho: perdí con él la apuesta de la que te hablé —miente la chica, que no le ha confesado la verdadera razón por la que se encuentran allí—. Y este es el castigo que tengo que cumplir.

—¿Y no podía haberte pedido otra cosa?

—Sí, pero esto es lo que quiere y me tengo que aguantar. Y ya sabes que siempre cumplo con mi palabra.

Martín mueve la cabeza contrariado. Aquel asunto es muy extraño desde el principio. No entiende por qué ella apostó con el malagueño algo tan tonto: que este no era capaz de llegar al primer día de universidad, después de las vacaciones de Navidad, y no faltar a ninguna clase durante esa semana. Por lo visto, Manu había cumplido y le había ganado la apuesta a Elena.

—¿Y estás segura de que no ha fallado a ninguna?

—Julen me ha dicho que ha ido a todas las clases esta semana —admite Elena bajando aún más la voz—. Tenía que picarlo con algo así. Ni siquiera se presentó a los exámenes del primer cuatrimestre.

Las ausencias de Manu habían sido constantes durante la primera parte del curso. Ninguno de ellos, ni siquiera Julen, sabía adónde iba. Desaparecía y aparecía sin dar explicaciones y, cuando se las pedían, se enfadaba y volvía a desaparecer. Todos estaban preocupados por el malagueño, y Elena incluso había mantenido una conversación con él para que reaccionara tras enterarse de que no había acudido a los exámenes finales. Sin embargo, nada tenía que ver eso con su presencia en aquella reunión. Que la toledana estuviera en ese momento en la habitación 1156 del pasillo 1B de la residencia Benjamin Franklin se debía a otra cuestión. Un chantaje, una amenaza por un fatal error del que ella misma tenía la culpa.

—Os voy a enseñar lo que un buen amigo me ha regalado estas Navidades —dice Manu, ocupando el lugar libre que queda en el suelo de su cuarto junto a los otros cuatro—. Espero que ninguno se acojone y salga pitando.

Los chicos contemplan intrigados la caja que el malagueño ha depositado en el suelo. Levanta la tapa y de su interior saca un tablero. Es de color hueso y tiene dibujadas en negro y con caligrafía barroca todas las letras del abecedario y los números del cero al nueve. Además, en la parte superior están escritas las palabras «sí», «no» y «quizá»; y abajo, «hola» y «adiós».

—Así que esto es una *ouija* —interviene Toni visiblemente alterado.

—Exacto. Una *ouija* en español —indica Manuel, extrayendo también de la caja un indicador blanco y colocándolo sobre el tablero—. Antes de empezar, os voy a leer una serie de consejos que debemos tener en cuenta.

Todos escuchan atentos al malagueño, que recita con énfasis y voz profunda algunas recomendaciones que ha anotado en una pequeña libreta acerca de cómo realizar correctamente una sesión de espiritismo.

—La *ouija* es una herramienta para ponerse en contacto con entes que habitan en otras dimensiones. Para conseguir una sesión limpia y positiva, es necesario que todos los participantes tengan buenas vibraciones y se liberen de cualquier prejuicio. No hay que tener miedo. El miedo destroza las vibraciones e impide que la energía se canalice adecuadamente.

»En una sesión pueden aparecer diversos tipos de entes. Algunos serán positivos, amables, incluso tal vez encuentres a ese con el que deseabas contactar. Sin embargo, también existen espíritus burlones, pequeños demonios o entes negativos que pueden resultar peligrosos. La *ouija* no es un juego. Así que, si no estás seguro de vencer tus miedos o piensas que no eres capaz de aceptar lo que puedes encontrar, mejor que abandones la sesión.

A continuación, el malagueño, también leyendo la libreta, les cuenta cómo deben actuar y cuáles son los pasos a seguir. Cuando termina, observa uno por uno a sus compañeros. Aunque ninguno parece tranquilo, hay alguien que está más nervioso que el resto.

—No puedo con esto. Es superior a mí —admite Martín poniéndose de pie—. De verdad, perdóname —le dice a su desconcertada novia antes de darle un beso en la boca y salir de la habitación.

Después de un significativo silencio provocado por la sorpresa que ha supuesto la reacción del veterano, la carcajada de Manu suena atronadora en la habitación.

—Menudo novio te has echado. Como para que te tenga que defender de alguien.

—No te metas con él. Martín es muy aprensivo con estas cosas.

—Es un cobarde.

—¡No es ningún cobarde! Ya te gustaría a ti parecerte a él.

—¿A ese? Ni de coña —se burla Manu, riéndose de nuevo—. Un tío de veintiún años al que le dan miedo los fantasmitas y deja sola a su novia, aterrorizado. ¡Venga ya! No me extraña que tú...

—¡Cállate! —grita Elena enfadada—. Déjalo en paz. ¿No me tienes a mí aquí? Pues pasa de él y terminemos con esto de una vez.

Tras desahogarse, la chica se gira hacia David, que aparta la mirada y agacha la cabeza. Desde que ella entró en la habitación, no ha dicho ni una sola palabra y ha preferido mantenerse al margen de la discusión. También él está ahí por algo que nunca debió suceder.

—Muy bien. Si nadie más quiere huir, podemos empezar. ¿Tenéis los móviles en silencio?

Ninguno de los otros tres había quitado el volumen de su teléfono. Lo hacen y esperan las siguientes instrucciones.

—Exactamente, ¿qué vamos a hacer? —pregunta Toni, que siempre ha sentido curiosidad por lo paranormal. Por ese motivo se prestó como voluntario para echarle un cable a Manu—. ¿Buscamos a alguien en concreto?

—Quiero hablar con mi abuela. A ver si está en línea.

La respuesta del malagueño acompañada de una sonrisa divertida desconcierta a los demás. Parece que se está tomando aquello a la ligera.

—Una de las cosas que has leído antes es que esto de la *ouija* no es ningún juego —protesta Elena, cansada de la actitud de su amigo.

—Y es verdad. Estamos haciendo esto porque deseo preguntarle algo a mi abuela. Quiero que me dé la receta de una salsa que le echaba a la pasta y que estaba... Mmm —dice mientras, en un gesto muy teatral, se chupa los dedos.

Elena cabecea harta y resopla con fastidio. Toni, en cambio, sonríe ante la broma de Manu. David ni siquiera pestañea; continúa sin hablar, muy serio. No le apetece estar en esa habitación, pero no le queda más remedio. La *ouija* no le da miedo, ni cree en espíritus, ni en entes que habiten en otras dimensiones. No le cabe la menor duda de que, si pasa algo extraño, el malagueño estará detrás de ello.

—Bueno, ya en serio. Es la hora de los muertos. Colocad todos un dedo sobre el puntero.

Los tres se inclinan y hacen caso a Manu. Cada uno pone el índice de la mano derecha sobre aquella especie de flecha blanca que utilizarán como lector.

—¿Hace mucho que murió tu abuela? —quiere saber Toni, que se encuentra bastante más nervioso de lo que imaginaba.

—Hace unos años. Voy a preguntar si está por aquí —indica con expresión más seria—. Abuela, ¿estás presente en esta habitación?

El grupo observa fijamente el puntero para comprobar si se mueve. Sin embargo, permanece quieto.

—Abuela, si estás por aquí, dínoslo. Estoy esperándote. Abuela, ¿hola?

Pero nada cambia. El lector continúa sin moverse un ápice. Esperan unos segundos en silencio, hasta que Manu insta a Toni a que continúe él. El valenciano en principio se niega, aunque termina dejándose convencer.

—Abuela de Manu, ¿estás por aquí? —pregunta tembloroso—. ¿Hay alguien en la habitación?

En ese instante, el puntero comienza a desplazarse y se dirige hacia la palabra «hola». Elena da un pequeño grito y Toni está tentado de levantarse y salir corriendo; si no lo hace es por vergüenza torera. David y Manu, por su parte, mantienen la calma.

—Hola. ¿Abuela, eres tú?

El indicador sube rápidamente hasta la palabra «no».

—¡Venga ya, Manu! ¡Eres tú el que lo está moviendo! —exclama David, que no se cree nada de lo que está pasando y aparta el dedo.

—Yo no he hecho nada.

—¡No juegues con esto, por favor! —interviene Elena asustada, también alejando su mano del tablero.

—¡Que no estoy jugando, joder! ¡No he sido yo el que ha movido el puntero! ¡Os lo juro!

Los cuatro se quedan en silencio, observándose unos a otros. Toni también retira su dedo y se incorpora.

—He notado muy claro cómo has empujado el puntero —insiste el sevillano.

—Di lo que quieras, capullo. Pero yo no he empujado nada.

—Ya, seguro.

Durante varios minutos, David y Manuel se enzarzan en una discusión en la que también participa Elena. A pesar de que poco a poco los ánimos exaltados se van apaciguando, ninguno cambia de postura.

—Si no creéis en esto, podéis marcharos —sugiere el malagueño—. Pero yo necesito saber quién se ha puesto en contacto con nosotros.

—Yo también quiero saberlo —dice Toni, sentándose de nuevo en el suelo.

—El que no desee estar aquí que se vaya. No quiero más cobardes en mi cuarto.

La mirada de Manu pasa desafiante de Elena a David. A ninguno de los dos les agrada continuar allí, pero a ambos les puede el orgullo. Los cuatro vuelven a colocar el dedo sobre el indicador blanco, decididos a continuar la sesión.

—Si os quedáis, no interrumpáis más hasta que terminemos las preguntas.

David y Elena asienten sin decir nada. La chica experimenta cierto temor por lo que pueda pasar, pero ese mismo miedo, esa incertidumbre, son los que la retan a continuar allí. El joven sevillano, en cambio, está convencido de que todo es una farsa del malagueño.

—El ente se ha puesto en contacto contigo, Toni. Continúa tú —le propone Manu.

El valenciano acepta, aunque la tensión hace que le tiemblen las piernas y, al mismo ritmo, le bailen las ideas. ¿Qué tenía que preguntar?

—¿Qué le digo?

—Pregúntale con quién estamos hablando.

Pero sin que Toni tenga que abrir la boca, el indicador se mueve a un lado y a otro rápidamente, deteniéndose en varias letras. Son solo veinte segundos.

—¿Alguno ha leído lo que nos ha dicho? —pregunta Manu después de dar un grito de emoción.

—Creo que ha dicho que se llama Rocío Costa.

—¿Rocío Costa? No conozco a nadie que se llame así. ¿Vosotros?

Toni niega con la cabeza. Tampoco Elena recuerda a alguien con ese nombre. Sin embargo, David tiene los ojos abiertos como platos y el pánico se ha apoderado de él. No les va a contar nada a los otros, pero Rocío Costa es el nombre de la chica a la que su exnovia atropelló con su moto y que lleva más de dos años muerta.

CAPÍTULO 2

—Estoy nerviosa.

—¡No me digas que ese capullo te ha vuelto a llamar!

—¡No! No me ha llamado. ¡Es por las notas!

—¡Ah! ¡Es por eso!

—Sí. De Antón no sé nada desde fin de año.

Iria y Julen conversan animadamente en la cafetería de la residencia. Ninguno de los dos ha querido participar en la sesión de *ouija* organizada por Manu y ahora comparten mesa mientras disfrutan de un café con leche.

—Bueno, espero que siga así.

—Ya han pasado diecisiete días. No creo que, después de todo lo que sucedió, Antón vuelva a molestarme.

No ha sido fácil deshacerse de él. Cuando su exnovio le reconoció que le había puesto los cuernos, aconsejada por Julen, decidió eliminarlo de su vida. Sin embargo, Antón no se dio por vencido. Incluso fue a Madrid antes de las vacaciones de Navidad a intentar recuperarla.

Lo recuerdan como si fuese ayer:

—Llegó el momento. ¿Estás preparada?

—Sí. Estoy lista. Que sea lo que tenga que ser.

—Tranquila. Todo irá bien.

Y, agarrándola por la cintura, el joven le propina un gran beso en la boca.

—Vaya, para ser un beso de mentira no ha estado nada mal —apunta Iria recuperando el aliento.

—Los besos que nos demos tienen que resultar creíbles. Si me toca fingir que soy tu novio por unas horas, tengo que meterme de lleno en el papel.

—A ver si te va a gustar demasiado y terminamos juntos.

—No lo digas mucho o me lo creeré. Ya sabes que últimamente estoy bastante perdido en eso del amor —reconoce el navarro mientras sonríe de lado—. Pero no hablemos de mi nula vida amorosa. Ahora lo importante es que ese estúpido pique y crea que estamos saliendo.

Y se lo creyó. Iria y Julen lograron engañarlo. El viaje de Antón a Madrid solo sirvió para avivar el odio de la gallega y para que el chico se llevara un gran chasco al enterarse de que alguien había ocupado su lugar. Aquel asunto parecía finiquitado para siempre. Pero no fue así. En Navidad, su ex trató por todos los medios de persuadirla para que volvieran a ser novios. La llamó unas cuantas veces para quedar y hablar, algo que la joven rehusó. Antón incluso montó un par de numeritos: uno en Nochebuena y otro en Fin de Año. Estaban a punto de dar las doce campanadas cuando se presentó en casa de Iria borracho y rogándole de rodillas que recordara los buenos momentos que habían vivido en su relación. Quería una oportunidad. El padre de Iria echó al chico a patadas y le amenazó con denunciarle si seguía molestando a su hija. Un par de mensajes de voz a las seis de la mañana de ese mismo día pidiéndole disculpas y avergonzándose por lo que había hecho fue lo último que supo de él. En realidad, no sentía ni un gramo de lástima por aquel tipo que la había traicionado de la manera más cruel. Julen había sido muy importante durante aquellos meses. El navarro la apoyó en cada instante de debilidad y la ayudó a no tropezar más veces en la misma piedra. Sin él, no está muy segura de lo que habría pasado.

—Por el tema de las notas no te preocupes demasiado —la tranquiliza Julen levantando su taza y dando un sorbo después—. De momento has aprobado todo. Y solo te queda por saber el resultado de dos asignaturas. Además, esos exámenes te salieron bien, ¿no?

—Creo que sí —reconoce la gallega—. Pero no sé. Tengo un presentimiento raro. ¡Joder! ¡Es que no entiendo que ya hayamos empezado el segundo cuatrimestre y aún no sepamos todas las notas de las asignaturas del primero!

—Sí. Es una situación absurda. Aunque todos estamos igual.

Los dos continúan dialogando sobre el complejo sistema de notas y exámenes de la universidad. Eso de hacerlos antes de las vacaciones y estar a 17 de enero y no tener aún todos los resultados es incomprensible para la mayoría de los alumnos. Pero dentro de dos días cierran las actas y todas las notas deben estar puestas. El lunes, 19, se acabará la incertidumbre, para bien o para mal.

Mientras charlan, aparece Ainhoa. La canaria saluda a sus amigos y se sienta con ellos. Esa chica se parece físicamente muy poco a la que comenzó el curso. En cuatro meses ha perdido unos cuantos kilos. Tal vez demasiados.

—¿Sabes algo de Nicole? —pregunta Julen interesado—. ¿Volverá pronto?

—Ayer hablé con ella por teléfono. De momento continúa en Valencia.

—Me da mucha pena. Lo que le pasó no se lo merece nadie, pero ella todavía menos —indica Iria, al tiempo que le viene a la mente lo sucedido en diciembre.

A ella se lo contó la propia Ainhoa desde el hospital. Nicole había sido víctima de una terrible agresión en el Starbucks de Callao, donde trabajaba, a mano de dos tipos con la cabeza rapada. Tenía dos costillas rotas y varias lesiones, no demasiado graves, en brazos, piernas y cadera. Afortunadamente, ningún órgano vital resultó dañado.

—Aunque hayan cogido a los tíos que la agredieron, su familia tiene miedo de que pueda volver a sufrir un ataque —añade la canaria, que es la que más echa de menos a su amiga—. Si fuera por ella, ya estaría de vuelta.

—Nicole es una valiente —apunta Julen sonriente.

—Sí, no le tiene miedo a nada ni a nadie. Pero su familia está asustada. Incluso uno de sus hermanos mayores ha venido desde Perú para estar con ella y apoyarla. Ojalá pueda volver a Madrid pronto.

Aunque la peruana está deseando regresar a la universidad, su madre no las tiene todas consigo, porque teme que aquel grupo de xenófobos reincida y vaya a por ella. Las ganas de la chica por unirse a sus compañeros y empezar el segundo cuatrimestre junto a ellos son tremendas. Incluso ha conseguido un permiso especial de la Facultad de Odontología para realizar los exámenes finales en cuanto se reincorpore; y en el Starbucks también tiene su plaza guardada para continuar trabajando los fines de semana como *barista* en la tienda de Callao.

—Luego le enviaré un WhatsApp para animarla —comenta Iria, apurando el último sorbo de su taza de café.

Casi sin querer, la gallega repasa con la mirada a Ainhoa, que permanece de pie, y se da cuenta de lo delgada que está. Quizá es por el suéter que lleva, que le queda demasiado ancho. O tal vez porque, cuando la conoció, a la canaria le sobraba algún kilillo. En cualquier caso, espera que aquella pérdida de peso se haya producido de manera natural.

—Por lo que veo, vosotros tampoco habéis ido a lo que ha organizado Manu.

—No nos van los espíritus —responde el navarro echándose hacia atrás en el sofá en el que están sentados—. Preferimos a la gente viva.

—Yo también. Aunque creo que los vivos tienen más peligro que los que están muertos.

Julen e Iria se miran el uno al otro cuando escuchan las palabras de su amiga. En ellas perciben rencor y malestar, aunque no es la primera vez, ni les pilla de sorpresa. Saben por quién va aquella afirmación.

—Prefiero antes a un vivo muy cabrón que a un muerto que sea muy bueno.

Ainhoa no está de acuerdo, pero cuando se dispone a replicar a Julen, alguien entra en la cafetería de la residencia y se dirige hacia la mesa en la que debaten. Óscar se ha cortado el pelo y desde hace un par de semanas lo lleva de punta. Saluda con la mano y una sonrisa a los chicos y continúa hablando por teléfono.

—Bueno, me marcho. Nos vemos dentro de un rato en la cena —dice la canaria despidiéndose de los otros dos. Y sin pronunciar una palabra más, sale de la cafetería.

Óscar se queda en silencio un instante y la persigue con la mirada hasta que desaparece de su vista. Una vez más le ha ignorado. Aquella situación no es ni fácil ni cómoda para ninguno. ¿Cuánto llevan sin hablarse? Lo recuerda bien: desde aquella fría tarde de comienzos de diciembre:

La luz de la habitación está apagada, aunque una vela, que huele a vainilla, alumbra el interior. A pesar de que tiene la calefacción puesta, no se quita su jersey rojo de cuello alto. En la 1153, Ainhoa espera a Óscar después de enfrentarse a un intenso día de estudios. Uno más. Pero no quiere pensar ahora en eso. Toca desconectar de los exámenes y relajarse con él.

Se levanta y entra en el baño. En el espejo ve a una chica ilusionada y ¿enamorada? Aunque llevan más de dos meses y medio liados, ninguno de los dos ha hablado de amor. No son novios, ni tienen exclusividad el uno con el otro. Sin embargo, ella hace tiempo que siente algo más. ¿Le pasará a Óscar lo mismo? Le preocupa que solo la vea como a una amiga con la que tener sexo de vez en cuando. Pero lo que más la inquieta es que, al revelarle sus sentimientos, se rompa lo que hay entre ambos. Y es que el vallisoletano, junto a Nicole, ha sido su máximo apoyo desde que empezó la universidad. Gracias a él empezó a visitar a un dietista y a estar más segura de sí misma.

Tocan a la puerta. Sabe que es Óscar, porque siempre llama de la misma forma. Lo conoce tanto... Toma aire y lo suelta de golpe, y comprueba en el espejo que todo está como debería. Conforme. Suspira otra vez y camina hasta la entrada de la habitación. Cuando abre, lo ve con aquella camiseta negra de Arctic Monkeys que le gusta tanto y el pelo recogido en un particular moño que utiliza para estar más cómodo en la residencia. Como siempre, está guapísimo. En cambio, la expresión en su rostro es diferente.

—Hola, ¿puedo pasar?

—Claro —responde ella extrañada.

¿A qué viene aquel formalismo? Lleva todos esos meses entrando y saliendo de su cuarto sin pedir permiso.

El joven se mete en la habitación y se sienta en la cama; su cara anuncia algo que seguro no le va a gustar. Ainhoa enciende la luz y se coloca a su lado.

—Huele bien.

—Es por la vela de vainilla que he encendido —comenta la canaria señalándola—. No te andes con rodeos, ¿qué sucede?

—Nada especial.

—Vamos, Óscar. Que nos conocemos bien. Cuéntamelo.

El chico se muerde el labio antes de hablar. Ainhoa está convencida de que lo que va a decirle no será de su agrado, pero prefiere que se lo suelte cuanto antes.

—He quedado para cenar con Naiara.

—¿Qué? ¿Con tu ex?

—Sí, con ella.

—¿Y eso?

—Me ha insistido mucho. Quiere que volvamos a estar juntos.

Ni el jersey de cuello alto ni la calefacción de la habitación impiden que un frío inapelable escarche de repente el corazón de la chica.

—¿Y qué le vas a decir?

—No sé, Ainhoa. No sé qué voy a hacer, ni qué le voy a decir.

—Me parece increíble que estés pensando en darle otra oportunidad a esa tía. A esa a la que no querías volver a ver jamás. A la persona que, según tú, más daño te ha hecho en la vida. A esa hija de...

—No debería habértelo contado —la interrumpe Óscar—. Haga lo que haga, es cosa mía.

—¿Es cosa tuya? ¡¿En serio?! —exclama ella, impulsada por la rabia, aguantando las lágrimas—. Perdona, no. No es solamente cosa tuya. Desde que te conozco, no has parado de hablarme de esa chica. Y no precisamente bien. Y yo he estado escuchando todas las miserias que me contabas día tras día. Apoyándote. Tragándome vuestra historia de amor y cuernos una y otra vez. ¿Y no es cosa mía?

El enfado de la canaria crece conforme las palabras van saliendo de su boca. Ni siquiera piensa lo que dice. Simplemente, se deja llevar por lo que está sintiendo en ese instante. Óscar la escucha en silencio, soportando el chaparrón de críticas y reproches. En el fondo sabe que, en parte, tiene razón. Pero existe otra parte que es personal. Y es que quizá nunca ha dejado de sentir algo por Naiara.

—¿Has terminado ya? —le pregunta cuando la chica se queda en silencio.

—Sigues enamorado de ella, ¿verdad?

—Sabes que había pasado página. Que he intentado olvidarme de ella por todos los medios...

—Acostándote conmigo. A eso te refieres con «todos los medios», ¿no?

—No seas injusta.

—Es la verdad. Tu método para intentar olvidar a tu ex ha sido follar conmigo. Me has utilizado para eso.

—No es verdad. Y lo sabes.

—¿No? Entonces, estos meses, ¿no han sido únicamente de sexo? Solo somos amigos... ¿O hay algo más? ¿Sientes algo por mí? Porque yo sí.

—Ainhoa...

—Está claro que tú no sientes lo mismo. Solo ibas a lo que ibas.

—No. No es así.

—Desgraciadamente, sí lo es. Me siento fatal.

—Perdona. No es como tú crees. Pero...

—Por favor, sal de mi habitación —le pide la chica sin dejar que termine de explicarse y levantándose de la cama—. Vete a cenar con Naiara. ¿No es lo que quieres? ¡Márchate y déjame tranquila para siempre!

Óscar se pone también de pie y mira durante unos segundos fijamente a Ainhoa, que lo desafía sin hablar más. Finalmente, el chico se dirige a la puerta y abandona la habitación 1153. Aquella fue la última vez que se dirigieron la palabra. Ni sus amigos, ni siquiera el espíritu mágico de la Navidad, habían servido para que hicieran las paces. Llevaban más de un mes sin hablarse. Y la reconciliación no parecía fácil. Más bien, imposible. Y es que, tras la discusión de aquel frío día de diciembre, Óscar y Naiara se fueron a cenar juntos y acordaron darse una segunda oportunidad. Una oportunidad que terminaba con las esperanzas y la ilusión de la joven canaria.

CAPÍTULO 3

Lo ve tan serio y preocupado que no sabe muy bien qué decirle. Desde que salieron del cuarto de Manu, su expresión no ha cambiado. Es cierto que entre ellos las cosas no funcionan desde diciembre, pero Elena está segura de que lo que le pasa a David en esta ocasión va más allá del problema que tienen entre ambos.

—A mí lo de la *ouija* también me ha dejado mal cuerpo —comenta la chica, buscando la reacción de su amigo por si quiere hablar de ello.

David no la mira. Los dos esperan sentados en un banquito de la estación de Atocha a que llegue el tren de Marta, que viene desde Toledo. La chica pasará lo que queda de fin de semana con ellos en Madrid.

—Si no te importa, prefiero no volver a sacar ese tema —contesta el sevillano muy seco.

La sesión no duró mucho, pero sí lo suficiente para que aquel nombre se hiciera presente de nuevo en su vida: Rocío Costa. El nombre de la chica a la que su exnovia atropelló con la moto. ¿De verdad estaba su espíritu en la habitación del malagueño? Imposible. Él no cree en esas cosas. Los espíritus no existen. Y, sin embargo, no hay duda: así se llamaba aquella joven que tantas veces había aparecido en sus pesadillas a pesar de que nunca la había visto en persona. En cambio, la foto que los periódicos publicaron de ella está grabada con precisión en su mente.

—Vale —responde Elena agachando la cabeza.

No le gusta estar así con David. En su relación hay abierta una herida que no parece fácil de cicatrizar. No quiere perderlo definitivamente, y él tampoco lo desea, a pesar de que a veces da la impresión de lo contrario.

Si no hubiese pasado lo de diciembre...

El tren procedente de Toledo acaba de llegar a Atocha.

—Ahí está —susurra el chico, intentando sonreír, cuando contempla a lo lejos a Marta.

Los dos se ponen de pie y acuden a recibir a la recién llegada. Esta corre hacia ellos y se lanza a los brazos de su novio, a quien planta un enorme beso en los labios.

—¡Amor! ¡Te he echado de menos! —exclama eufórica. Le da otro beso y luego se abraza a él durante varios segundos.

Elena la observa y suspira antes de que su hermana pequeña también la salude a ella. Los gestos son más fríos, menos entusiastas.

—Me alegro de que tú también hayas venido a recogerme —miente Marta, que hubiera preferido poder estar a solas con su novio.

—¿Cómo estás, hermana?

—Ahora genial —reconoce la joven, dándole la mano a David y arrastrando su pequeña maleta rosa por el vestíbulo de la estación—. ¿Y tú? ¿Ya te han dado todas las notas?

—No, todavía no.

—Conociéndote, estarás histérica.

—Pues... un poco.

¿Es realmente así? ¿Está nerviosa por no saber aún el resultado de esos exámenes? Recuerda septiembre, el primer día de clase. Lo más importante y casi lo único que le preocupaba era la carrera. Estaba obsesionada con sacar buenas calificaciones, hacerse notar entre los profesores y convertirse en una gran jurista. Sin embargo, todo ha cambiado en cuatro meses. Se ha echado novio, tiene un grupo de amigos diferente al que estaba acostumbrada, ha vivido un montón de nuevas experiencias... y la carrera no es del todo como esperaba. Por ese motivo sí que está nerviosa. Y es que, por primera vez en su vida, tiene dudas en lo referente a su futuro. Unas dudas de las que no le ha hablado a nadie. Ni siquiera a Martín, que estudia lo mismo que ella y a quien tampoco le ha gustado nunca Derecho.

—Bueno, ¿vamos a alguna parte a tomar algo?

—Yo os dejo solos —se anticipa a contestar Elena—. Solo he venido para acompañar a David a la estación y verte. Pero no me puedo quedar. Tengo cosas que hacer en el centro.

—Vaya, es una pena que no vengas con nosotros.

La sonrisa en el rostro de Marta refleja que no le apena en absoluto que su hermana tenga otros planes.

—No me necesitáis. Pasadlo bien. Nos vemos en la residencia. Llama a mamá para decirle que has llegado bien, por favor. Que después se pone muy pesada conmigo.

—Ahora la llamo. Adiós, Elena.

La chica se despide de su hermana y del sevillano y camina hacia la estación de metro. Por más que pasen las semanas, no se acostumbra a que Marta esté saliendo con David. En realidad, no tiene nada que hacer en el centro, pero sabe que allí sobraba y no piensa ejercer de sujetavelas. Tampoco quiere regresar todavía a la residencia. Si ha decidido acompañar a su amigo hasta Atocha ha sido sobre todo para alejarse de Martín. No le apetece estar con él ahora. No después de dejarla sola en la sesión de *ouija*. Aunque lo defendiera delante de los demás, no le ha gustado su comportamiento. No imaginaba que se asustaría y saldría huyendo. Realmente, se siente decepcionada.

¿Y ahora adónde va?

Cruza el torno y se encamina hacia la línea que la lleva hasta Sol. El vagón está a rebosar, lo natural en el centro un sábado por la tarde, así que permanece de pie, sujeta a una de las barras del tren. Un grupo de chavales quinceañeros no le quita ojo de encima y hacen comentarios sobre ella, sin disimular. Elena les da la espalda e intenta no prestarles atención. Pero eso produce el efecto contrario y los chicos empiezan a hablar de lo bien que le quedan los vaqueros azules. Incluso se acercan un poco más a ella. Elena se siente agobiada y está a punto de bajarse antes de llegar a la estación Vodafone Sol. En ese instante echa de menos a Martín.

—¿Te están molestando esos críos?

La chica no se da cuenta de quién le está hablando hasta que mira a su derecha y descubre a un joven, con el pelo alborotado y una guitarra colgada del hombro, que le está sonriendo. Es un tío verdaderamente guapo. Y tiene unos ojos que hipnotizan.

—Ya está. He hablado con mi madre y también se ha puesto mi padre —indica Marta tras regresar a la mesa donde la espera sentado David—. Creo que todavía piensan que tengo doce años. Qué insoportables se ponen. Que tenga cuidado, que no me acueste tarde, que no beba alcohol...

—Al menos te dejan venir a Madrid.

—¡Faltaría más! Es normal que una chica pueda quedar con su novio, ¿no? Si no me dejaran venir a verte, saben que me escaparía.

Una sonriente camarera los interrumpe para tomarles nota. La chica pide una Coca-Cola Light y David un refresco de naranja.

—Estás muy guapa hoy —le dice el sevillano, de improviso, cuando vuelven a estar solos.

—¿Sí? ¿Tú crees?

Marta se sonroja y se pasa el pelo por detrás de la oreja. Sonríe y baja la mirada azorada. Aún se derrite cuando le suelta algún piropo porque no es lo habitual. David es un gran chico y la cuida mucho, pero no suele dedicarle a menudo ese tipo de comentarios. Por eso, momentos como aquel la hacen sentirse especial.

—Me hace gracia que te pongas colorada cuando te digo algo bonito.

—¡Calla! ¡No seas malo! No me gusta ponerme colorada —refunfuña Marta, que sigue enrojeciendo por segundos.

David se ríe y estira el brazo para agarrar su mano. Le acaricia la palma e intercambian miradas. Los ojos de la chica brillan emocionados. El sevillano sabe lo que ella siente: Marta está muy enamorada. ¿Y él? ¿En qué punto está?

De pronto, regresa esa sensación de culpabilidad, esa que lo atenaza desde que sale con ella y que se ha multiplicado por cien desde diciembre. Su novia enseguida percibe el cambio de actitud. Es algo que le sucede habitualmente cuando están juntos o cuando hablan por teléfono o se ven a través de Skype. Al principio no le daba importancia, pero cada vez le preocupa más.

—¿En qué piensas? Te has puesto muy serio de buenas a primeras.

El chico no responde inmediatamente. No es fácil soportar la presión que recae sobre sus hombros. Son demasiadas circunstancias. Marta no se merece que le oculte tantas cosas: lo del accidente de su exnovia que acabó con la vida de Rocío Costa, la sesión de *ouija*, lo que no termina de sentir por ella... y lo que cree que siente por su hermana. Aquella impresionante jovencita de dieciséis años es perfecta. Y lo quiere. ¿Qué más necesita?

—En nada —contesta David forzando una sonrisa—. ¿Ya te he dicho lo guapa que estás hoy?

CAPÍTULO 4

—Voy a mi habitación a darme una ducha. ¿Me esperas aquí?

—Sí, voy a pedir otro café.

Julen le da un beso a Iria en la mejilla y se marcha de la cafetería. En esos meses se han convertido en inseparables. Juegan al tenis cada día, se cuentan los problemas y están juntos casi todo el tiempo que pasan en la residencia. Pero solo son amigos, a pesar de que algunos tengan otra opinión al respecto.

La gallega se pone de pie y se dirige al mostrador. No hay nadie más. Rápidamente, la atiende un camarero que empezó a trabajar allí tras las Navidades. Es un chico bastante joven, aunque la barba que se ha dejado le hace parecer algo mayor. En su camisa blanca porta un cartelito con el nombre de Gonzalo.

—¿Me puedes poner otro café, por favor?

—Ahora mismo.

La impresión que da es la de ser un tipo bastante serio. Posee cierto aire misterioso. Su acento parece del sur y físicamente no está nada mal. Los chicos del pasillo dicen que se asemeja a Jesús Castro, el actor de *El Niño,* sobre todo por sus intrigantes ojos claros.

—Gracias —dice escueta Iria cuando Gonzalo le sirve el café.

—Eres gallega, ¿verdad?

La chica se sorprende de que le pregunte por su procedencia. Hasta el momento, aquel joven no había interactuado con ella ni con sus amigos.

—Sí, de La Coruña.

—No he estado nunca, pero tiene que ser muy bonito.

—Lo es. Es una ciudad maravillosa.

—¿Y no echas de menos tu tierra?

—Bueno..., sí, claro —responde Iria sorprendida por tantas preguntas del camarero—. Pero estoy bien en Madrid.

El joven se muerde el labio inferior y se aleja de la chica después de limpiar con una bayeta una parte de la barra que no estaba sucia. La gallega lo observa desconcertada. Lo que tiene de guapo lo tiene de raro. Pero, por alguna razón, le resulta simpático.

Está tan concentrada y pendiente de Gonzalo que no percibe que alguien se acerca por detrás. De improviso, siente un dolor agudo en el culo. Da un grito y al girarse descubre a Manu.

—¿Qué haces, capullo?

—Creo que está claro. Se llama «pellizco» —responde el malagueño, satisfecho de haber logrado molestar a Iria—. Si quieres, lo repito.

—Atrévete y te quedas sin dientes.

Ese carácter le entusiasma desde el día en que se conocieron. Le encanta enfadarla y que lo desafíe de esa forma.

—¡Camarero! ¡Un café con leche! —le grita Manu a Gonzalo, que no anda muy lejos y acude al instante—. Y ponme también un cruasán. Date prisa, que estoy muerto de hambre.

El chico lo mira fijamente un par de segundos y, sin responderle, se da la vuelta para complacer su pedido.

—Eres un maleducado —le susurra Iria, cogiendo su taza de café para llevársela a la mesa—. No te cuesta nada hablarle bien.

—Le he hablado perfectamente. Es un camarero. Está aquí para atendernos. De hecho, le pagan por que yo le pida cosas.

—Cada día eres más idiota.

La joven se aleja de Manu y se sienta malhumorada a la mesa en la que estaba con Julen. El tiempo no solo no ha suavizado las formas de su amigo, sino que estas han empeorado. Eso cuando se encuentra en la residencia, porque ha habido días en los que el malagueño no ha dado señales de vida. Y tampoco ha consentido dar explicaciones de adónde se marchaba.

—Le he pedido los cubiertos por favor, ¿contenta? —indica Manu cuando se sienta junto a ella. El joven corta un gran trozo de cruasán, lo moja en el café y se lo lleva a la boca.

Mastica exageradamente y sonríe mientras lo hace.

—Deberías aprender a comportarte con la gente. Ese chico no te ha hecho nada para que le exijas que se dé prisa. No es tu sirviente.

—Te equivocas —la contradice el malagueño, con la boca llena—. Es mi sirviente desde el momento en que cobra por servirme. ¿Sabes de dónde sale el dinero que recibe por trabajar en esta cafetería? De mi bolsillo.

—Eso no te da derecho a tratarlo así.

Manu ya no sonríe tanto. Parte otro trozo de cruasán y repite el procedimiento anterior, sin apartar los ojos de la gallega.

—¿Por qué defiendes tanto a ese tío? ¿Te gusta?

—¿El camarero? No digas tonterías.

—Está bueno. Tiene los ojos bonitos, una mirada penetrante. No creo que sea ninguna tontería. Y ahora que no tienes novio... vuelves a estar en el mercado, ¿no?

—¿En el mercado? ¿Te crees que soy un besugo?

Manu suelta una carcajada y le pega el último mordisco a su merienda. Luego da un sorbo al café y también lo termina.

—Vamos, gallega. Después de Antón Pirulero, ¿no ha habido ninguno más?

—Y a ti qué te importa.

—No sé, igual estoy interesado.

La chica suelta un improperio en voz baja y se echa hacia atrás en la silla.

—Mira, Manu, lo último que haría en esta vida sería tener algo contigo. Así que, si estás interesado, que lo dudo, olvídalo para siempre.

El malagueño escucha callado y con tranquilidad lo que Iria le dice. Se cruza de brazos cuando acaba de hablar y da un grito:

—¡Camarero! ¡Tráeme ahora mismo otro café con leche!

—No atendemos en mesa —indica Gonzalo con mucha calma—. Te lo dejo sobre la barra.

La respuesta del chico dibuja una amplia sonrisa en el rostro de Iria: que no se deje intimidar por Manu le hace ganar puntos. Ahora, incluso le cae mejor.

—¿Qué te hace tanta gracia?

—La cara que has puesto cuando Gonzalo te ha parado los pies. Ha estado bien.

—¿Gonzalo? ¿Ya es Gonzalo? ¿Tanta confianza tienes con él?

—No lo conozco. Simplemente, he leído el cartelito que lleva en la camisa. Si tú supieras leer...

En ese momento, el camarero avisa a Manu de que tiene el café listo. El malagueño se levanta y regresa a la mesa con la taza en la mano. A Iria aún no se le ha quitado la sonrisa de la cara.

—Te veo muy contenta, gallega. Me alegro de que hayas superado por fin lo de tu ex.

—Hace tiempo que lo superé —apunta la joven, que sabe que eso lo ha dicho para intentar herirla.

—Genial. Más vale tarde que nunca. Hay que pasar página.

—Sí. Por eso, preferiría no hablar más sobre el tema.

—¿Te agobia recordar tu ruptura?

—No. Me agobia hablar de algo de lo que no quiero hablar y que además me insistan.

—Muy bien. Entonces, doy por finalizada esta conversación. No es mi intención molestarte ni agobiarte.

Los dos permanecen en silencio un par de minutos. Manu, sonriente, juguetea con el móvil y silba. Iria, por su parte, no deja de revisar el reloj de su teléfono. Por WhatsApp le pregunta a Julen si le falta mucho. Van a ir al centro a dar una vuelta y luego a cenar al Fridays de Gran Vía. A ambos les pierden los nachos que ponen allí.

—¿En serio no saldrías conmigo ni aunque fuera el único tío que existiera?

—¿A qué viene eso ahora?

—No sé, por darte conversación. Te veo aburrida.

—No estoy aburrida. Espero a Julen. Vamos a ir al centro.

El chico arquea las cejas y deja el móvil a un lado. Su expresión se torna más dura, ya no sonríe de forma socarrona.

—Él te ha cuidado mucho durante estos meses, ¿verdad?

Aquello sorprende a Iria. No solo por lo que dice, sino por el tono que usa para hacerlo. Es como si fuese otra persona diferente. No hay maldad ni segundas intenciones, algo a lo que no está acostumbrada con Manu.

—Sí, me ha cuidado mucho. Si estoy bien ahora es sobre todo gracias a él.

—Me alegro de escuchar eso —indica él con sinceridad—. ¿Y tú, has cuidado de mi amigo?

No comprende a qué viene aquello, pero a Iria le resulta extraña la transformación en el comportamiento de Manu. Hace cinco minutos estaba intentando hacerle daño recordándole su relación con Antón y ahora está muy serio hablando de Julen; preocupado, inquieto por cómo se pueda encontrar.

—Julen está bien.

—Siento no haber pasado más tiempo con él.

—Bueno, aún queda mucho curso por delante. Todavía puedes arreglarlo.

—El tiempo perdido no regresa y los errores cometidos no tienen vuelta atrás.

Aquella frase suena demasiado profunda para tratarse de Manu. La gallega lo observa una vez más con extrañeza. Tiene la impresión de que eso no va referido a las horas que no ha dedicado a su amigo navarro en el primer cuatrimestre. Seguro que habla de otros errores, del tiempo que ha empeñado en hacer alguna cosa de la que no se debe de sentir demasiado orgulloso. Pero ¿a qué se refiere concretamente? No tiene ni idea, pero no va a insistirle. Sería inútil hacerlo porque ese chico no es de los que se abren fácilmente.

—¿Por qué no te vienes con nosotros? —le propone Iria aparcando sus diferencias—. Luego cenaremos por ahí y nos tomaremos una copa en alguna parte.

Manu hace como que se lo piensa unos cuantos segundos. Finalmente, asiente con la cabeza y recupera su ánimo habitual.

—Ya sabía yo que en el fondo te mueres de ganas de estar conmigo.

—Malagueño, cállate. No me obligues a arrepentirme.

—No te preocupes, gallega. Esta noche pienso estar a la altura que te mereces.

CAPÍTULO 5

—Me llamo César.

—Yo soy Elena.

Aquel joven con el pelo alborotado, de ojos hipnotizadores, la acompaña hasta la estación de Sol Vodafone. En realidad es un extraño. Pero desde que se acercó a ella en el metro, el grupo de quinceañeros no volvió a decirle nada.

Cuando bajan del vagón, se dirigen a la salida que da a la calle Mayor.

—¿Vives por aquí, Elena?

—No, solo estoy dando una vuelta. Pero pronto me iré a mi residencia.

—¿Estás en una residencia de estudiantes?

—Sí, en la Benjamin Franklin.

—Sé cuál es.

Mientras caminan, la chica le explica que estudia primero de Derecho, que es de Toledo y que lleva viviendo en Madrid desde septiembre.

—¿Y tú a qué te dedicas? —le pregunta ella justo antes de llegar a las escaleras.

—¿Quieres verlo?

—¿Cómo dices?

—Espera un segundo —le pide César, descolgando su guitarra del hombro y colocando la funda abierta en el suelo—. ¿Tienes algo de dinero suelto? Luego te lo devuelvo.

Elena recela de él, pero le debe que aquellos críos del metro no la fastidiaran más. Abre su bolso y saca del monedero unas cuantas monedas que suman tres euros con veinticuatro céntimos.

—Toma, ¿te sirve con esto?

—Perfecto. Muchas gracias, es un anzuelo.

El joven arroja el dinero en el interior de la funda de la guitarra y se prepara. Con delicadeza, comprueba si el instrumento está afinado. Cuando lo tiene listo, mira a Elena sonriente y comienza a cantar. Es una versión muy particular del *Heartbreaker* de Auryn. La voz de César es ronca, pero suena muy agradable. Realmente lo hace genial e impresiona a la toledana, que lo escucha boquiabierta.

La gente se para alrededor de César y alguno echa alguna moneda en la funda de la guitarra. Un grupo de chicas adolescentes se queda hasta el final de la canción y aplaude con fervor. El joven da las gracias y las despide con dos besos.

—Aquí tienes tu dinero —dice el chico entregándole a Elena cinco euros.

—Me has dado uno con setenta y seis de más.

—Son los intereses. No todo el mundo es tan amable como lo has sido tú.

Ambos se sonríen durante un instante. Elena no comprende cómo ese tipo tan guapo y con aquella prodigiosa voz se gana la vida cantando en el metro. Lo normal sería que tuviera uno o varios discos en el mercado.

—¿Cuánto ganas por canción?

—Depende de la canción, de la gente que pase, de la hora...

—Eres muy bueno. ¿No te has presentado a ningún *casting* para algún programa o has mandado una maqueta a alguna discográfica?

—No me interesa. Además, esto lo hago para ganarme un dinerillo. En realidad, acabo de terminar la carrera de Periodismo.

—¿En serio? ¿Eres periodista?

—Licenciado en Periodismo. De momento —corrige César, que vuelve a prepararse para interpretar otro tema—. ¿Alguna petición?

Elena se lo piensa. ¿Qué canción podría cantar?

—¿Te sabes *Tanto,* de Pablo Alborán?

—Por supuesto. ¿Quieres esa?

—Sí. A ver qué tal se te da.

El joven sonríe, se aclara la garganta y sujeta con firmeza la guitarra. Unos primeros acordes y empieza la canción. Su voz ronca vuelve a sonar con suavidad en el interior del metro de Sol. Elena lo contempla ensimismada.

Está tan concentrada en la canción que interpreta César que no oye que suena el móvil en el bolsillo de su pantalón, hasta tres veces. Un grupo de personas, mayor incluso que el que se congregó antes a su alrededor, aplaude a rabiar al chico al terminar su actuación. Varios, además, le recompensan con una moneda.

—¿Qué tal lo he hecho?

—No ha estado nada mal —contesta Elena, de nuevo a su lado—. Deberías dedicarte a esto profesionalmente.

—Dejaría de ser yo. Me convertiría en un producto.

—Pero harías algo que te gusta y que se te da genial.

—Gracias, pero no. No todo tiene un precio.

Elena está a punto de replicarle cuando su móvil suena otra vez. En esta ocasión, sí se da cuenta y comprueba que quien la llama es Martín. Se disculpa con César y contesta.

—Hola.

—¡Por fin doy contigo! He ido a tu habitación y no me has abierto —indica su novio sin tan siquiera devolverle el saludo. En el tono de su voz percibe que no está muy contento.

—Porque no estoy en la habitación.

—Lo he imaginado, por eso te he llamado unas cuantas veces al teléfono y tampoco me has respondido. ¿Dónde estás?

—¿Me has llamado? —Lo comprueba rápidamente en el móvil y observa las tres perdidas de su novio—. Lo siento, estaba en el metro y no me he enterado. Estoy en el centro.

—¿En el centro?

—Sí, he venido a dar una vuelta.

—¿Sola? ¿Por qué no me has llamado para que fuera contigo?

A Elena no le hace ninguna gracia lo que su novio acaba de preguntarle. ¿Desde cuándo tiene que avisarle para hacer algo? Pasan mucho tiempo juntos, pero ella es una chica independiente. Le agobiaría si tuviera que contarle siempre adónde va o avisarle de si tiene ganas de estar sola.

—Porque he acompañado a David hasta la estación a recoger a mi hermana y luego..., bueno, me apetecía dar una vuelta. Solo eso. En un rato iré para la residencia.

La chica no quiere darle más detalles. No tiene por qué hacerlo. ¡Es su novio, no su niñera, ni la *app* de Google Maps!

—Te ha molestado que me fuera del cuarto de Manu en la sesión de *ouija*, ¿no es así?

—No quiero hablar de eso ahora.

—Lo siento, de verdad. Siento haber salido huyendo. Pero esas cosas son superiores a mí. ¿Qué tal ha ido?

Elena no desea continuar con esa conversación. Le ha molestado que Martín se marchara y la dejara sola; sin embargo, prefiere discutirlo con él en persona, cara a cara, no a través del móvil.

—Luego te lo cuento. Te tengo que colgar.

—Elena...

—Más tarde, Martín. Ahora no.

—Bien. Te veo para la cena.

La despedida entre los dos es fría. Ni besos ni «te quieros». Un simple «adiós» que no satisface ni deja tranquila a Elena. Se guarda el teléfono en el bolsillo y se queda pensativa. ¿Qué ha sucedido? Se siente extraña, confusa. No le ha gustado la forma en que se ha comportado su novio, ni antes ni ahora.

—¿Todo bien?

Tiene junto a ella a César, que la contempla con esa encantadora sonrisa a la que tan pronto se ha acostumbrado. Sostiene la guitarra en las manos con tanto cuidado como quien sujeta a un recién nacido.

—Sí, más o menos.

—¿Te apetece hablar sobre ello?

—Mmm. No. Mejor no —comenta Elena dubitativa. Ese muchacho es guapo, simpático, canta fenomenal, pero sigue siendo un completo desconocido—. ¿Qué vas a tocar ahora?

—¿Ahora? Voy a rapear un poco.

—¿También sabes hacer rap?

—Lo intento al menos. Aunque prefiero llamarlo «improvisar» —indica alegremente—. ¿Me guardas esto un minuto?

La guitarra pasa a manos de la chica, que la coge como si fuera de cristal de Bohemia. César se separa de ella unos metros y hace efectos de base con la boca. Cuando contempla a una muchacha rubia y con vestido blanco llegando hasta él, comienza el *show*.

—Rimando y rapeando, improvisando con mi verso voy cantando, soltando, contando... lo que voy viendo, explicando. Y contigo moriré soñando, rubia guapa, ¿a qué estás esperando? Ya vas de blanco, ¿cuándo tú y yo nos casamos? Y a ti, chico de azul, ¿no te han dicho que te pareces a Omai Global News? ¿Me prestas las gafas de sol? Son para verte mejor. A ti y a esa flor, la joven que camina a tu lado. ¿Te has enterado?

Lo que César hace impresiona todavía más a Elena. Va realizando rimas e improvisando, refiriéndose a algo característico de las personas que pasan junto a él. Nunca había visto nada parecido. Ese joven tiene mucho talento.

—¡Oye, preciosa! ¿Te regalo una rosa? Aunque te digo una cosa, tú eres mucho más hermosa. Y a usted, caballero de gris, por favor, no me mire así, me da una moneda, ¿sí? Siento si le molesto, improvisando le contesto. A rey muerto, rey puesto. Contigo no me acuesto..., pero contigo... por supuesto.

En ese instante, César deja de rapear y agarra de la cintura a una chica morena a la que propina un gran beso en la boca. Elena no comprende lo que acaba de pasar. ¿Eso lo hace con todas? ¿O es parte de la actuación? ¿Qué significa aquel beso con lengua que le ha dado a esa morenaza? Enseguida obtiene la respuesta.

—Te presento a Miriam, mi novia —señala él, acercándose hasta Elena de la mano de la joven morena y recuperando su guitarra.

Las dos chicas se dan dos besos cuando César las presenta. Miriam es una veinteañera muy guapa, con el pelo muy largo y moreno. Lleva puesto un abrigo desabrochado que permite ver, rodeando su cuello, un colgante plateado con la palabra «Sugus». Más tarde, ella le contará que sus tres mejores amigas poseen uno igual en honor al nombre del grupo que formaban cuando eran adolescentes.

CAPÍTULO 6

Después de la sesión de *ouija*, Toni se recupera de la impresión en su cuarto. A pesar de su curiosidad por lo paranormal, no imaginaba que el puntero fuera a moverse y aún menos que apareciera un espíritu en la habitación de Manu. El nombre de Rocío Costa no le suena de nada, pero para eso existe Internet. Lo teclea en Google y espera nervioso el resultado. Son varios *links* los que aparecen en la pantalla de su ordenador con Rocío Costa como protagonista. Clica en el enlace de la primera información y lee con atención el titular de la noticia:

«Fallece la joven atropellada ayer en el centro de Sevilla».

En la página de ese periódico digital, que recoge la noticia de la agencia EFE, fechada en Sevilla, se habla de un accidente de moto en el que una conductora, menor de edad, atropelló a una joven pareja. El chico estaba grave, ingresado en el hospital, aunque fuera de peligro. En cambio, la chica no había podido sobrevivir tras recibir el violento impacto del vehículo y darse un golpe mortal en la cabeza. El nombre de la fallecida era Rocío Costa.

—No puede ser. Esto no puede estar pasando de verdad —murmura el valenciano mientras busca otras informaciones relacionadas, clicando en otros enlaces.

En todas, más o menos, se hacen eco de lo mismo. No ofrecen datos de la menor de edad que conducía la moto. Tampoco se cuenta demasiado sobre los dos chicos. Aunque en una pequeña publicación, una semana y media más tarde del accidente, se revela que el joven atropellado había salido del hospital y añaden su identidad: Fernando Díaz Hernández. Ahí se pierde por completo el rastro de aquel suceso.

Toni se echa hacia atrás en la silla y piensa en si toda esa historia no será una simple casualidad. El mismo nombre, una chica muerta... Pero ¿cómo demonios va a ser una casualidad? Se pone de pie y empieza a caminar de un lado para otro, buscando una explicación razonable.

Un fuerte golpe en el techo del cuarto casi le provoca un infarto. Aún con el susto en el cuerpo, consecuencia del golpe, escucha un segundo impacto. No parece un ruido provocado por un espíritu. Más bien se trata de su vecino de arriba. Le resulta extraño, ya que Ricardo, el chico que vive en la 1254, es un tipo bastante tranquilo y prácticamente invisible; un estudiante de Informática del que no supo de su existencia hasta casi el mes de diciembre. Un tercer golpetazo en el techo empieza a enfadar a Toni, que por un instante se olvida de cualquier espíritu.

—¡Pero qué le pasa hoy a este! —grita tras oír un nuevo ruido, el más fuerte de los cuatro.

Muy molesto, abandona la habitación y sale del pasillo 1B. Camina hasta la escalera y sube al segundo piso. Entra en el pasillo 2B y llama a la puerta de la 1254. Rápidamente, esta se abre. Sin embargo, frente a él no aparece Ricardo, el estudiante de Informática. Una joven con el pelo corto y rubio, vestida con una camiseta negra de tirantes y un pantalón demasiado corto del mismo color, le observa de arriba abajo con los brazos en jarra.

—¿Sí?

—Hola... ¿Y Ricardo?

—Imagino que te refieres al chico que antes vivía aquí.

—¿Vivía? ¿Se ha ido?

—Sí, ha dejado la residencia y me han dado a mí su habitación. Era la primera en lista de espera.

—Ah, no lo sabía.

Toni no logra distinguir de dónde es por su acento. Se fija en que tiene los ojos verdes y una gran cantidad de pecas alrededor de la nariz. Su rostro es bastante corriente, pero no le desagrada. Es más bien mona. Lleva un *piercing* en la ceja y puede distinguir otro en la lengua.

—Bueno, ¿querías algo? ¿O solo buscabas a Ricardo? —pregunta la joven, que parece impaciente por volver a cerrar la puerta de la habitación.

—Verás..., es que... vivo justo debajo de ti. Y no sé qué estás haciendo, pero he oído mucho ruido en el techo de mi cuarto.

—¿En serio? Pues no estaba haciendo ninguna clase de ruido.

—Algo harías porque parecía que había un terremoto encima de mi habitación.

—Te repito que no estaba haciendo nada. Son imaginaciones tuyas. Solo estaba grabando un vídeo para mi canal de YouTube. Soy *youtuber*. A lo mejor alguna vez has visto un vídeo mío en Internet.

El valenciano vuelve a mirarla e intenta recordar si la ha visto en alguna parte antes. Él es seguidor de YouTube, pero esa chica no le suena de nada.

—No, me parece que no.

—¿Seguro? He colaborado con *youtubers* muy conocidos como Melo, Omai, Julen, Abi Power..., hasta he cantado en el canal de Rodrigo Septién.

Toni conoce a todos los que la chica nombra. Sin embargo, no recuerda ningún vídeo en el que salga con ellos.

—Nada.

—¿No? ¿Ni tampoco has visto el vídeo que hice con María Cadepe?

—No. No lo he visto.

—¡No fastidies! Espera, que te lo enseño.

La chica se da la vuelta y corre hacia el escritorio donde tiene el ordenador. Toni la observa desde la puerta. Esa joven es un torbellino, justo lo contrario que el informático que vivía antes allí.

—Oye, no te molestes, si solo venía a...

—¡Joder! ¡Ahora no me va Internet! —exclama la joven *youtuber*—. ¡Menuda mierda de wifi que hay en esta residencia!

—Qué raro. Casi nunca falla.

—¡Pues será en tu habitación! ¡Me va fatal!

El chico no se atreve a entrar en el cuarto de aquella curiosa joven, que tampoco le ha dado permiso para hacerlo. Desde la puerta observa cómo mueve el ratón a un lado y a otro con agresividad.

—Déjalo. No te preocupes. Me tengo que ir.

La chica desiste y regresa junto a Toni. Por arte de magia, su frustración ha desaparecido y de nuevo sonríe.

—No tengo datos, si no, te enseñaría el vídeo en el móvil.

—No te preocupes. Ya te buscaré en YouTube.

—Genial. Mi canal es «Isa come Pizza». No tiene pérdida —comenta la muchacha rubia acelerada, con intención de volver a cerrar—. Adiós, vecino de abajo.

El valenciano se encuentra con la puerta en sus narices. No ha sido demasiado educada. Y se ha quedado sin saber qué eran aquellos golpes. Se da la vuelta, todavía confuso por lo que acaba de suceder, y regresa a su habitación en el pasillo de abajo. Ya dentro del cuarto, vuelve a sentarse frente al ordenador. Sin duda, esa tarde es una de las más extrañas que ha vivido en la residencia. Y mira que han pasado cosas raras desde que llegó a la Benjamin Franklin: todavía está reciente en su cabeza el suceso de Lauren.

Contempla la pantalla de su portátil, en la que sigue abierta la página con la noticia de la muerte de Rocío Costa. Aquel asunto es tan particular como la chica que acaba de conocer. Siente curiosidad. Clica sobre la pestaña de YouTube, en su bandeja de favoritos, y teclea el nombre del canal que le ha dicho: «Isa come Pizza».

Allí está ella, la joven del piso de arriba. Apenas tiene dos mil quinientos suscriptores. Por lo visto, no es una *youtuber* demasiado conocida, como imaginaba, aunque ha subido más de cincuenta vídeos. El primero es de hace casi dos años. Lo selecciona y le da al *play*. En la imagen aparece ella con el pelo mucho más largo y menos rubio que el que lleva actualmente. Su cara no ha cambiado en exceso, aunque se la nota algo más joven. Está grabando en una habitación, que imagina que es la de su casa.

«Hola, pizzeros, ¿cómo estáis? ¡Bienvenidos a mi canal de YouTube! Me llamo Isa come Pizza y he abierto este canal para divertirme con vosotros y contaros... lo que me dé la gana. Espero que os guste y que cada semana estéis pendientes de mis vídeos. Prometo no defraudaros».

No lo hace mal, aunque se traba de vez en cuando, a veces habla demasiado deprisa y no mira siempre donde debería. Sin embargo, da bien en cámara y resulta simpática. Su voz es bonita y también su sonrisa.

«Me apasiona el mundo YouTube, el manga, el *anime*, los ponis y, como ya debéis imaginar, adoro comer pizza. Me podría pasar comiendo pizza todo el día. Mi preferida es la hawaiana. ¡Me muero de amor por la pizza hawaiana!».

En ese instante, Isa introduce en el plano, desde la derecha, una caja de cartón de Domino's. La abre y extrae una enorme porción de pizza de jamón york y piña. Sonríe a la cámara y da un gran mordisco. Mientras la mastica, explica más cosas de su vida. Vive en Gijón, aunque es madrileña, no sabe a lo que se quiere dedicar cuando sea mayor, le encanta cantar y bailar, ha leído todos los libros de Harry Potter y le haría una enorme ilusión viajar a Australia y encontrarse a algún canguro. De inmediato, y pese a lo que ha vivido hace unos minutos, Toni siente simpatía hacia Isa. Se olvida de los espíritus y de las historias de fantasmas y, uno tras otro, va viendo los vídeos que la joven tiene subidos en su canal. Se ríe mucho con ella durante más de una hora, a pesar de que continúan los golpes en el techo de su habitación.

Isa come Pizza, sin duda, es una chica de lo más singular.

CAPÍTULO 7

—¿Cómo os conocisteis?

—Por casualidad. Verás, yo tengo una amiga, que a su vez tiene otra amiga, que tiene una prima, que tiene una amiga, que es Miriam. Un día, en una discoteca, el azar nos unió.

—El azar, dice... Qué mal te explicas, cariño. A ver, César conoce a una chica que se llama Valeria, que tiene una amiga que se llama Ester, que tiene una prima que se llama Cristina, que es mi amiga. Un día, coincidimos en un cumpleaños que se celebraba en Joy Eslava. Allí nos vimos por primera vez, nos liamos y, una semana más tarde, nos hicimos novios.

Elena sonríe y dice que sí con la cabeza, aunque no se entera del todo bien de la explicación que le dan Miriam y César. Ella es muy guapa, tanto como él. Hacen buena pareja. Los tres están sentados en el interior del restaurante El Viajero tomando un refresco. Fuera hace mucho frío, aunque no llueve.

—Fue una gran coincidencia porque hacía mucho que no veía a Valeria. Allí estaban también Cristina y Miriam, por otro lado. Y de buenas a primeras, todos estábamos bailando en el centro de la pista, Miriam se me tiró al cuello y pasó lo que pasó.

—¡Yo no me tiré al cuello de nadie! ¡Si fuiste tú el que me entraste!

—¿Yo? Te equivocas. Hasta que no caí, no paraste.

—Siempre lo cuenta así, pero no es verdad, Elena. Fue él quien me buscó durante toda la noche hasta que nos dimos el primer beso.

La discusión entre César y Miriam se prolonga durante varios minutos. Ninguno de los dos da su brazo a torcer, aunque todo lo que dicen es con el objetivo de picar al otro. Elena los observa entretenida, pero con cierta envidia. Y de repente se vuelve a sentir mal. ¿Es por lo que ha pasado hoy con su novio? No está muy segura. Sus sensaciones son extrañas, más allá de si él se marchó de la sesión de *ouija* o de que la haya recriminado por irse sola al centro sin avisarle. Hay más detrás de eso. Algo que comenzó en diciembre.

El joven se da cuenta de que a Elena le sucede algo. En su rostro ve reflejada la misma expresión de antes en el metro, cuando habló por teléfono.

—Si a mí no me lo quieres contar, puedes decirle a Miriam lo que te pasa. Te aseguro que sabe escuchar.

Las dos chicas observan sorprendidas a César. Luego se miran entre ellas. Elena está indecisa, no sabe si explicarle el sentimiento que ahora mismo la embarga. Quizá porque ni sepa realmente lo que sucede. ¿Cómo explicarle a alguien algo que no se sabe a ciencia cierta lo que es?

—Claro, puedes contarme lo que quieras.

Elena resopla. Tal vez lo mejor sea intentar desahogarse. Ellos son dos desconocidos, a lo mejor así resulta más sencillo. Si dice las cosas en voz alta, puede que salga el problema y descubra lo que verdaderamente siente.

—Si os soy sincera, no sé qué es exactamente lo que me está pasando. O sí lo sé, pero... es complicado. Todo empezó en diciembre, antes de las vacaciones de Navidad, cuando nos despedimos los chicos del pasillo hasta el año siguiente. Cada uno regresaba a su ciudad para disfrutar de las fiestas con su familia. Entonces ocurrió algo que nunca debió suceder.

23 de diciembre de 2014

Llueve bastante a esa hora de la mañana. Es temprano, aunque muchos ya se han ido de la residencia. Unos cogerán el tren o el autobús para regresar a sus casas; otros, el avión; y algunos, como Elena, esperan a alguien que vendrá a por ellos en coche. La residencia se queda vacía durante las vacaciones de Navidad.

—¿A qué hora sale tu AVE?

—A las once —contesta David.

Elena comprueba el reloj del móvil. Son las diez y diez.

Los dos permanecen sentados en el interior de la sala de estudios. Desde allí pueden ver a través de los ventanales cómo la lluvia cae cada vez con más fuerza. De todos los chicos del pasillo, solo faltan por marcharse ellos, Toni y creen que Manu, aunque a este no lo ven desde hace un par de días. Martín, el novio de Elena, también se ha ido ya.

—Si no te das prisa, vas a perder el tren.

—No te preocupes. Tu hermana me acaba de enviar un WhatsApp diciéndome que la espere, que llegan en cinco minutos. Cuando me despida de ella, pediré un taxi.

—Te gusta arriesgar.

El joven sonríe. En realidad, no tiene demasiadas ganas de volver a Sevilla; no le importaría perder el AVE. Aunque le importaría menos si ella se quedara con él. Últimamente no se ven tanto como en las primeras semanas de curso. Desde que sale con Carmona, las cosas han cambiado. Pese a todo, el tiempo que han estado juntos es del que mejor recuerdo guarda de esos tres meses y medio de universidad.

—¿Qué vas a hacer estas Navidades? ¿Vas a quedar con tu novio?

—No lo sé. Quizá.

—¿Tus padres ya lo saben?

—Sí, se lo dije hace una semana. Quería que estuvieran preparados —reconoce la chica, sin dejar de observar la lluvia—. Al principio les chocó. Pero entienden que una persona de dieciocho años puede enamorarse y tener novio. Mientras no afecte a mis estudios...

Ahora la que sonríe tímida es ella. Hace días que no tiene muy claro el tema de la carrera. Nada es como había planeado. Martín no estaba en sus planes; que Derecho no le terminase de gustar, tampoco. Aunque lo que verdaderamente no había calculado es que su hermana comenzara a salir con el chico que está a su lado.

—¿Y crees que ha afectado?

—¿Martín? No creo —contesta la toledana poco convencida—. Si no respondo a las expectativas de mis padres, no será por culpa de haberme echado novio.

—Imagino que tienes razón. Siempre tendemos a responsabilizar a otros de nuestros propios errores, ¿verdad?

Elena asiente, aunque no sabe si se está refiriendo a algo en concreto. David la mira de reojo y comprueba una vez más lo guapa que es. No hay otra como ella en toda la residencia. Sin embargo, no está con él. Y él a su vez sale con su hermana pequeña. Qué paradojas tiene la vida. ¿Cómo se ha llegado a esa situación?

—Cuánto ha dado de sí este cuatrimestre, ¿verdad?

—Sí, ha sido inolvidable. Para lo bueno y para lo malo.

Los dos recuerdan lo sucedido con Toni y aquel tipo que lo engañó haciéndose pasar por una chica. Aún lo está buscando la policía. También hacen alusión al ataque que sufrió Nicole y a la detención de sus agresores. Hablan también con añoranza de las novatadas de integración de la primera semana y del resto de chicos del pasillo 1B. Del bueno de Julen, de los kilos que había perdido Ainhoa en tan poco tiempo, del romántico Óscar y su novia Naiara, con la que había vuelto... Y también dialogan acerca de Iria, con la que Elena no había terminado de encajar. Ninguna de las dos le caía bien a la otra. Aunque se respetaban para no perjudicar al resto del grupo.

—¿Adónde crees que va Manu cuando desaparece? —pregunta la chica después de mirar otra vez el reloj de su móvil.

Son casi las diez y media. Teme que David pierda el AVE, pero está muy a gusto a su lado, charlando tranquilos. Y su hermana le ha vuelto a enviar otro WhatsApp pidiéndole por favor que no se marche, que ya llegan. Se han encontrado con un gran atasco por culpa de la lluvia. ¡Bendita lluvia!

—No lo sé. El malagueño es un tipo al que no termino de entender. Pero paso de preguntarle.

—Ya. Yo tampoco me atrevo a decirle nada más.

Ahora es David el que examina su reloj. O sale ya o perderá el tren. No le queda más remedio que irse. Se pone de pie y abrocha su abrigo. Mete la mano dentro de uno de los bolsillos y toca algo. Es el regalo de Navidad que tiene para Marta.

—No voy a poder despedirme de tu hermana.

—Ya. Es muy tarde —dice Elena incorporándose también—. No te preocupes, lo comprenderá.

David no está seguro de eso. Marta tiene un carácter difícil de llevar a veces. Ahora la llamará desde el taxi para disculparse. ¿Y qué hace con el regalo que le había comprado? Lo saca y mira a Elena, que sonríe. Es preciosa. Le gusta desde el primer día. Desde aquel instante en que la ayudó con aquella maleta que se le cayó por las escaleras de la entrada de la residencia. Fue como un flechazo. En cambio, a pesar de vivir uno frente al otro, siguieron caminos diferentes.

—Toma, feliz Navidad —dice el joven, que, movido por un fuerte impulso, le hace entrega del paquetito. Es una caja pequeña envuelta en papel de regalo.

La sorpresa de la chica es mayúscula al recibir la cajita. No se lo esperaba. Nerviosa, gira el paquetito a un lado y a otro.

—Vaya..., gracias. Yo no te he comprado nada.

—No tenías por qué hacerlo. Es solo un detalle.

Elena quita el papel con extremo cuidado para no estropearlo, pero sobre todo para no parecer ansiosa por saber qué es. Cuando abre la cajita, se queda con la boca abierta. Del interior saca unos preciosos pendientes plateados. Son como dos lágrimas grises.

—Dios, David. No deberías...

—¿Te gustan?

—Claro, me encantan. Pero deben de ser carísimos.

El sevillano se encoge de hombros y le pide que se los pruebe. Elena obedece. Se coloca los pendientes en las orejas y se mira en el espejito del móvil. David observa embelesado. Aquel regalo no era para ella, pero a nadie podrían quedarle mejor.

—Estás muy guapa.

—Gracias.

Los dos se quedan en silencio, cara a cara. Ni siquiera se dan cuenta de que son las once menos veinte ni de que prácticamente no hay tiempo para que David coja su AVE. Tampoco son conscientes de que Marta y su madre acaban de aparcar en la residencia, ni de que alguien observa desde el otro lado del ventanal, bajo la lluvia.

Nada ni nadie existe para ellos en ese instante. Han formado una burbuja invisible en la que laten a toda velocidad dos corazones y respiran el uno para el otro. Es Elena la que se atreve y se apoya sobre la punta de sus zapatos para elevarse y que su boca se acerque a la de David. El joven acepta la proposición y se inclina sobre la chica. Entonces ocurre.

No fue solo un beso. Al menos, no un simple beso.

—¿Besaste al novio de tu hermana?

—Sí. Lo hice. Y me arrepiento. Pero en ese momento fue lo que más deseaba en el mundo.

Miriam y César se miran el uno al otro. La historia que les ha contado Elena es lo suficientemente complicada para que la chica esté hecha un lío. Por un lado, no sabe si la carrera que ha elegido es la correcta. Por otro, tiene detrás la presión de sus padres. Y, para colmo, besó al novio de su hermana antes de las vacaciones de Navidad.

—¿Sientes algo por él? —pregunta Miriam, cada vez más interesada.

—No lo sé. Desde que pasó lo del beso, apenas hablamos. Estamos distantes, fríos el uno con el otro. Y también me pasa con mi novio. Hoy hemos discutido.

—Normal. Pero ¿estás más molesta con tu chico o con David?

La chica lo reflexiona unos segundos. Desea ser sincera con lo que siente. Ya se ha lanzado al río contándoles a ellos lo que sucede. Tal vez de esa conversación pueda sacar algo en claro.

—Con Martín me he enfadado por dos temas muy concretos. Pero siento que me molesto con él con demasiada facilidad.

—¿Y con David?

—¡No sé qué pasa con David! Quiero estar con él, pero al mismo tiempo deseo alejarme lo máximo posible. ¡Es el novio de mi hermana! ¡Y yo tengo novio! Lo nuestro... ni es posible ni sería bueno para ninguno de los dos. Joder, es que...

—Es un lío.

—Sí, un gran lío. Estoy perdida en un laberinto.

—Todos los laberintos tienen una salida —indica César intentando calmarla—. Aunque esa salida no siempre resulte fácil de encontrar.

Elena agacha la cabeza resignada y después echa un vistazo a su móvil. Acaba de recibir un WhatsApp de Martín preguntándole si le falta mucho para llegar.

—Me agobia —comenta la toledana desesperada—. Me agobia mucho.

Enrabietada, silencia el volumen del teléfono. Después guarda el móvil en el bolso y coloca las manos en la sien, masajeándola con la yema de los dedos.

—Tranquila —le dice Miriam al observarla tan tensa—. Seguro que todo se soluciona.

—No puedo con esta situación. Martín es un pesado. David me esquiva... Y si mi hermana se entera de que su novio y yo nos besamos, me mata.

—¿Alguien más lo sabe?

—¿Lo del beso? Sí —responde Elena tras dar un gran suspiro—. Manu, un amigo del pasillo, nos vio. Y él, precisamente, no es nuestro mejor aliado.

CAPÍTULO 8

Un beso sigue a otro beso. Y no hay dos sin tres, ni veinte sin veintiuno. Marta y David llevan un rato en la habitación del sevillano, tumbados sobre la cama, aprovechando el tiempo del que disponen. La semana anterior pasaron juntos el fin de semana, aunque en Navidades no se vieron ni un solo día. Eso entristeció mucho a la chica, que tuvo que conformarse con las conversaciones por teléfono y vía Skype.

—Me encantaría estar siempre así —susurra Marta apoyando su cara en el pecho de David—. ¿No te gustaría pasar conmigo las veinticuatro horas de todos los días de tu vida?

—No lo sé —responde el joven acariciándole el pelo—. Me gusta estar contigo. Pero no creo que fuera bueno el no separarnos nunca.

—¿Por qué? Eres lo único que me importa.

—A mí también me importas mucho. Pero terminaríamos tirándonos de los pelos. Cada persona debe tener su propio espacio.

Marta no está dc acuerdo con eso. Lo ama y le encanta estar con él. ¿Para qué quiere espacio? Lo que necesita es pasar todo el tiempo posible con su novio y que su relación vaya cada día a más. Les queda mucho por hacer juntos. ¡Si ni siquiera se han acostado!

—Tengo hambre —dice la chica incorporándose de un brinco—. ¿Vamos a cenar?

—Vale. Yo también tengo hambre.

El joven se levanta y coge los tiques para la cena, el que le corresponde a él y uno blanco de invitación para Marta. Salen al pasillo, donde no encuentran a nadie, y se dirigen hacia el comedor.

—¿Dónde están todos? —pregunta ella extrañada de no ver a gente en la residencia.

—Es sábado. Muchos salen de fiesta y otros lo están pasando con sus familias que vienen de visita y cenarán más tarde.

—¿Y los del pasillo?

—Solo sé que tu hermana está en el centro. Los demás, no tengo ni idea.

El comedor está prácticamente vacío. Aunque en la mesa del fondo, en la que se suelen sentar los chicos del pasillo 1B, se encuentra Ainhoa. Marta y David llenan sus bandejas y se reúnen rápidamente con ella. La joven los saluda sin dejar de pelar una manzana verde que ha elegido de postre.

—Te pasas aquí más tiempo que algunos residentes —le dice la canaria a Marta.

—Si por mí fuera, me quedaría a vivir aquí. En Toledo me aburro como una ostra y... estoy sola.

—Quédate. Nosotros te adoptamos, ¿verdad, David?

El sevillano hace como que no escucha. Aliña con sutileza la ensalada que se ha servido y se lleva el tenedor a la boca.

—Gracias. Espero que estos dos años de instituto pasen rápido. Aunque no sé si cuando yo acabe vosotros seguiréis aquí.

La canaria no responde a eso. En realidad, desde que Óscar volvió con su exnovia, no le apetece estar allí. Cruzarse con él por el pasillo o compartir de vez en cuando mesa no le agrada. Es más, se planteó irse de la Benjamin Franklin en Navidades, pero finalmente decidió quedarse porque cambiar de vivienda en pleno curso no era muy aconsejable. Además, a pesar de todo, allí están sus amigos. Los únicos que tiene en Madrid.

—¿Qué vais a hacer esta noche? —pregunta Ainhoa, que intenta cambiar de tema—. ¿Os quedáis en la residencia o salís por ahí?

—Nos quedamos —responde inmediatamente Marta.

—¿Noche romántica?

Las dos chicas ríen, aunque la risa de la toledana está repleta de nervios. ¿Tendrá planeado algo su novio? ¿Y si esa noche es en la que por fin...? Ya son muchas semanas las que llevan juntos. ¡Nada menos que cuatro meses! Hasta el momento, no han traspasado esa línea. Pero tiene ganas. Cada vez más. Si él no se lo propone, será ella quien se lance. Viene preparada para todo.

—¿Y tú qué vas a hacer, Ainhoa? ¿Te quedas en la residencia?

—Estoy indecisa. Un tío de mi clase me ha propuesto ir a tomar algo con él. Pero no tengo muchas ganas.

—¿No? Deberías ir.

—No sé. Es un tío bastante guapo y divertido. Mira.

La canaria saca su móvil y le enseña a Marta una foto del chico que le ha pedido salir esa noche.

—¡Está muy bueno!

—No exageres. Es mono y eso, pero...

—¡Venga ya! ¡El chico está muy bien! No seas tonta y sal con él.

Ainhoa echa un nuevo vistazo a la foto que acaba de mostrarle a Marta. Sí, la verdad es que aquel tío está bueno. Y las veces que ha hablado con él le ha parecido muy simpático. Quizá deba darle una oportunidad.

—Me lo pensaré.

—¡No te lo pienses! ¡A por él, guapísima!

Las dos vuelven a reír, aunque ahora la más alterada es la canaria. Desde la última vez que se acostó con Óscar, no ha vuelto a hacerlo con nadie. Aunque alguna proposición ha tenido, sobre todo en Nochevieja. Pero no andaba de ánimos para estar con ningún chico. ¿Es hora de olvidar al de Valladolid para siempre?

—Ya veré. Cuando me duche decido si me visto para irme de fiesta o me pongo el pijama —indica Ainhoa, que gracias a las palabras de Marta se siente con más ganas de salir—. ¡Pero sin presión!

—¡Tranquila! No te diré nada más. Pero... sal con él.

El susurro final de Marta da por finalizada la conversación sobre ese asunto. Ainhoa termina su manzana y se pone de pie. Se va a despedir de ellos cuando recuerda algo y le pregunta a David.

—Por cierto, ¿qué tal ha ido la sesión de *ouija*? No habréis metido ningún espíritu maligno en el pasillo, ¿verdad?

La expresión del sevillano cambia por completo. También la de Marta, que no comprende ni sabe nada acerca de lo que está hablando Ainhoa.

—No te preocupes, todo ha ido bien.

—¿De qué estáis hablando? ¿Habéis hecho una *ouija*?

—Sí, pero...

—¿Por qué no me lo has contado?

—Porque no era importante.

—¿Que no era importante? ¿Invocar a los muertos no tiene importancia? —protesta la toledana muy molesta.

Ainhoa asiste de pie, en primera fila, a la discusión entre Marta y David y comprende que tal vez ha dicho más de lo que le correspondía. Se despide de la pareja y se marcha del comedor con la sensación de haber hablado demasiado.

—Esto no ha sido cosa mía. Ha sido Manu el que lo ha organizado todo —indica el sevillano, en voz baja, cuando se quedan los dos solos.

—¿Y tú por qué has participado?

—Porque me lo pidió como favor.

—No lo entiendo. Aunque entiendo menos por qué no me lo has dicho. ¿Elena lo sabe?

David resopla. No puede contarle a su novia todos los detalles por los que estuvo en la sesión de *ouija*. Pero tampoco debe mentirle en todo. Así que no le queda otra que admitirlo.

—Sí, tu hermana lo sabe. Es más, estuvo en la sesión.

—¿Qué? ¿Elena también?

—También. Estuvimos ella, Manu, Toni y yo.

Los ojos de Marta reflejan su incredulidad. Le cuesta comprender que su novio y su hermana se implicaran en algo así.

—¿Y no pensabas contármelo?

—Te he dicho que no es algo importante. Si pasara algo importante, serías la primera en saberlo.

—Ya.

No está en absoluto convencida de que eso sea verdad. Si no llega a ser por Ainhoa, no se habría enterado de que David y Elena habían participado en una sesión de *ouija*. ¿De cuántas más cosas no la ha informado?

—¿Podemos dejar el tema y terminar de cenar, por favor?

—¿No confías en mí?

—¿Qué? No es eso. Claro que confío en ti —dice el sevillano sobresaltado.

—No lo parece.

—Que no te haya contado esto no significa que no confíe en ti. No saques conclusiones equivocadas.

David mira a Marta fijamente. Trata de convencerla de que todo va bien. Sin embargo, por dentro, le duele mentirle. Besó a Elena antes de las vacaciones de Navidad, y si ha hecho la *ouija* es porque Manu lo vio todo y le ha puesto la soga en el cuello. Pero lo peor es que no sabe si realmente la quiere. Podría finalizar su relación en ese mismo instante. Hablarle de sus dudas, de la inseguridad en sus sentimientos. Confesarle que no sabe si a la que ama es a ella o a su propia hermana. Pero no lo hace. David se pone de pie, se inclina sobre la chica y le da un dulce beso en los labios.

—Prométeme que no me vas a ocultar más cosas importantes —reclama Marta, con lágrimas en los ojos, después de saborear la boca de su novio.

—Te lo prometo.

La firma de aquella promesa no es del todo certera. Y el chico lo sabe. Sabe que tarde o temprano tendrá que ocultarle algo. Pero, de momento, es incapaz de dar un paso adelante y mostrarse completamente sincero con ella. Le haría mucho daño y no quiere volver a ver a alguien sufrir por su culpa.

CAPÍTULO 9

Es noche cerrada en Madrid y, desde hace unos minutos, llueve con bastante intensidad. Iria, Julen y Manu corren por la Gran Vía hasta que llegan al restaurante Fridays, donde se resguardan. Antes han estado dando una vuelta por las tiendas del centro, aunque ninguno ha comprado nada.

Una camarera rubia, con un llamativo lunar junto a la boca, los recibe en la entrada y les pide que la acompañen. La chica los lleva a una de las mesas del interior del restaurante y enseguida le entrega una carta a cada uno. Les toma nota de las bebidas y se marcha sonriendo.

—Nachos para compartir y luego que cada uno pida lo suyo, ¿no? —interviene Iria sin apartar la vista del menú.

Manu y Julen asienten mientras también toman una decisión. Finalmente, los tres optan por comer hamburguesa. La camarera del lunar regresa con los refrescos y después toma nota de la comanda. Cuando se retira, intercambia miradas y sonrisas con el malagueño.

—No te pierdes una.

—No sé de qué me estás hablando, gallega.

—Ya, claro. Casi no se te nota. Eres muy descarado con las chicas.

—Y lo mejor es que ellas me hacen caso —indica Manu apoyando los codos sobre la mesa—. Por algo será, ¿no?

—Las que tengan dos dedos de frente y sean inteligentes pasarán de ti.

—Como haces tú, ¿no?

—Exactamente, como hago yo.

Manu ríe, aunque no contraataca esta vez, ya que la camarera ha vuelto con el plato de nachos. Cuando se va de nuevo, Iria y él continúan la conversación.

—Es normal que no quieras nada conmigo. Tú ya te has pillado de otro tío —suelta el malagueño colocándose la servilleta en el pantalón.

—¿Qué dices? ¿De quién?

—Ahora la que disimula eres tú. Ya sabes de quién hablo.

—No, no tengo ni idea de quién hablas.

Julen observa intrigado a sus dos amigos. Él tampoco está al tanto de lo que Manu dice. ¿Iria se ha enamorado de alguien y no se lo ha contado? ¿No se estará refiriendo a él mismo?

—¡De tu amigo Gonzalo!

—¿Gonzalo? —pregunta desconcertado Julen cuando escucha ese nombre—. ¿Quién es Gonzalo?

—El camarero nuevo de la residencia —contesta Iria resignada después de beber un trago de su refresco. Tenía que haber imaginado que los tiros iban por ahí—. Manu se ha empeñado hoy en decir que me gusta.

—¿Y no es verdad?

—No, no es verdad.

Pero el malagueño no va a dejar pasar esa oportunidad para buscarle las cosquillas a su amiga. Cuenta a su manera el episodio de esa tarde en la cafetería de la residencia. Iria, por su parte, lo rebate todo y se exalta cada vez que Manu exagera algo. Están en pleno debate sobre el nuevo camarero de la Benjamin Franklin cuando Julen cree ver al otro lado del restaurante a una pareja que le resulta familiar.

—¿Aquellos no son Óscar y su novia?

—Sí, son ellos —confirma Manuel, que mira en la dirección que señala el otro chico—. Les he dicho yo que vengan.

—¿Cómo? ¿Se lo has dicho tú?

—Sí, gallega. Óscar me mandó antes un WhatsApp preguntándome si sabía de algún sitio en el centro donde ir a cenar con su novia, que venía hoy a pasar la noche. Le dije que nosotros íbamos a ir a Fridays y luego a tomar una copa. Por si se querían unir.

—¿Y por qué no nos lo has dicho?

—Porque no lo sabía seguro. Me dijo que ya vería. Además, se me olvidó. Últimamente se me olvidan las cosas a corto plazo.

Ninguno de los dos cree que a su amigo se le olvidara avisarlos de lo de Óscar y su novia. Simplemente, consideran que no quiso contárselo, ya que ni a Iria ni a Julen les cae demasiado bien Naiara. Apenas han coincidido con ella tres o cuatro veces, pero desde el inicio no congeniaron.

—¿Y vienen para estar con nosotros toda la noche?

—Sí, si no os importa. Óscar quiere que Naiara sea amiga de sus amigos.

—Yo no quiero ser su amiga —replica Iria, que no ve bien que Manu haya actuado por su cuenta y los haya invitado—. No es la clase de chica con la que pueda llevarme bien.

—A mí me pasa lo mismo.

—Vamos, chicos. No creo que sea tan mala. Hay que darle una oportunidad. ¡Hacedlo por Óscar! —reclama el malagueño—. Además, vienen hacia aquí. Sería muy cantoso que nos marcháramos ahora, ¿no?

No les da tiempo a hablar más. La pareja llega hasta ellos y, tras saludarlos, Naiara ocupa la silla vacía y Óscar alcanza otra de la mesa de al lado, en la que no hay nadie.

—Estamos un poco apretados, pero cabemos bien —indica el recién llegado—. ¿O preferís que juntemos dos mesas?

Los cinco terminan uniendo la mesa en la que están con la de la derecha. La charla no es demasiado fluida, a pesar de los intentos de Óscar y de Manu por integrar a Naiara en el grupo. Pero ni Julen ni Iria están por la labor y apenas dicen nada. La novia del vallisoletano tampoco ayuda mucho. Si fuera por ella, no estaría allí. Hace un rato lo discutía con su novio:

—Estoy saliendo contigo, no con tus amigos.

—Pero con ellos paso mucho tiempo. Me gustaría que os llevarais bien.

—No te prometo nada. No son de mi estilo.

—Son buenos chicos. Inténtalo al menos.

Naiara cedió porque ahora haría casi cualquier cosa por él, pero en su rostro no puede evitar reflejar lo que piensa. Y es que los integrantes del pasillo 1B le parecen un hatajo insoportable de frikis, excepto David y Manu, que son los únicos a los que no abandonaría en una isla desierta. No traga a ninguna de las chicas. Aunque la peor de todas es Ainhoa. Esa pseudodelgada, exgordita, que por lo visto tuvo un medio lío con su novio mientras ellos se tomaban un tiempo. No la aguanta. Es una suerte que no se hable con Óscar, si no, tendría que darle un ultimátum para que se quedase con una u otra. Espera no llegar nunca a esa situación, ya que le ha costado mucho que él elija el camino correcto: volver a sus brazos. Y pese a la distancia, uno en Madrid y la otra en Valladolid, no tiene dudas de que conseguirá que él regrese a casa y vuelvan a estar como en el pasado. Lo echa de menos. Pero cometió un estúpido error y debe pagar las consecuencias.

—Los nachos de aquí son los mejores de Madrid —comenta Manu llevándose el último a la boca.

En la mesa hay otro plato de nachos que han pedido Óscar y Naiara. También han llegado las hamburguesas y la carne a la brasa con patatas que la pareja de novios comparte. La velada transcurre tranquila, sin muchas palabras. Solo Manu pone el toque de humor con sus habituales bromas. La camarera que los atiende continúa dedicándole miradas y sonrisas cada vez que aparece en la mesa.

—Tendré que darle mi número como propina —suelta el joven cuando ha terminado de comer.

—Eres un creído.

—No te enfades, gallega. Tú ya lo tienes. Puedes llamarme cuando quieras.

Ese comentario hace reír a Naiara. Sin duda, junto al sevillano guapo, Manu es el único que merece la pena del pasillo en el que vive su novio. No solo está muy bueno, sino que es ingenioso y posee carisma. Por él se salva esa cena en grupo. De no estar, habría huido antes de que le pusieran la comida en la mesa. Los otros dos son lo peor.

—Como sigas así, no te voy a llamar ni para felicitarte el cumpleaños —incide Iria, que ha recibido de mala gana la risita de la novia de Óscar.

—Mejor. Odio ese día.

—¿Cuándo es? —pregunta interesada Naiara.

—El 5 de febrero —responde Manu de inmediato.

Aquella respuesta sorprende a Julen, que no está seguro de haber escuchado bien. El malagueño se da cuenta del gesto contrariado de su amigo navarro y rectifica rápidamente.

—¿He dicho el 5 de febrero? Quería decir el 7 de febrero —comenta riéndose—. El 5 fue cuando ingresaron a mi madre en el hospital.

Óscar y Naiara ríen con la ocurrencia de Manu. Él también sonríe. Sin embargo, ni Julen ni Iria le secundan. Esa broma respecto a su cumpleaños no tiene gracia y carece de sentido alguno. Ni siquiera parece una broma.

—Últimamente no sabes dónde tienes la cabeza, malagueño —apunta Iria, que no le sigue el juego—. Solo piensas en ligar y en tirarles los tejos a todas las chicas que vas encontrando en el camino.

—¿Es eso verdad?

—No la creas, Naiara. Como le he dado calabazas, está celosa.

La novia de Óscar ríe de nuevo de forma estridente. A Iria cada vez se le atraganta más el comportamiento de esa chica. Creía que en Madrid no encontraría a alguien que le cayera peor que Elena y ha descubierto que estaba equivocada. Va a estallar si continúa riéndose así. Julen, que se da cuenta, le pone la mano en la pierna por debajo de la mesa para pedirle tranquilidad.

—Ya te lo dije antes. Ni aunque fueras el último tío del mundo. La humanidad se extinguiría si dependiera de una relación entre tú y yo.

—Realmente no me haces falta, gallega.

Se levanta y camina hasta donde la camarera del lunar está preparando la cuenta que poco antes el propio Manu le ha pedido. Esta parece sorprendida de verle y se sobresalta cuando el malagueño le agarra el brazo derecho y le remanga la camisa. A continuación, con un bolígrafo que le arrebata del bolsillo delantero de la blusa, le apunta el número de teléfono sobre su pálida piel. Termina dándole dos besos y alejándose hacia el cuarto de baño, donde entra después de hacer una reverencia a la mesa en la que cenan sus amigos.

—Es un payaso —protesta Iria avergonzada por su actitud—. Qué idiota.

Pero no todos los que están en la mesa piensan lo mismo. A Naiara también le ha parecido una payasada; en cambio, nunca había visto a alguien hacer algo así. Y muy lejos de disgustarla, lo que ha hecho Manu ha logrado llamar todavía más su atención. Igual esa cena, al final, no ha sido tan mala idea.

CAPÍTULO 10

Toni ha perdido la noción del tiempo viendo los vídeos del canal de Isa. Se ha reído mucho con las ocurrencias de su vecina de arriba. Aunque no ha encontrado las colaboraciones con los *youtubers* que le había dicho; posiblemente se lo ha inventado, pero le da lo mismo.

Se ha hecho tan tarde que, si no se apresura, le cerrarán el comedor y no podrá cenar. Cuando abre la puerta de su habitación, ve que Elena también está saliendo de la suya. La joven acaba de llegar del centro. Sin embargo, ha preferido no avisar a Martín, que le ha escrito varios mensajes para preguntarle dónde estaba.

—¿Vas a cenar?

El chico asiente y juntos caminan hasta el comedor. Se encuentra prácticamente vacío. Los dos se sientan a su mesa habitual y comienzan a cenar tras servirse la comida en una bandeja. A Toni le extraña que Carmona no esté con ella, pero no quiere preguntarle para no meter la pata. Quizá que Elena vaya sola tenga que ver con lo que pasó por la tarde. Eso le recuerda lo que ha descubierto.

—He estado mirando en Internet y he hecho algunas averiguaciones increíbles —indica él después de tragar una cucharada de sopa caliente.

—¿A qué te refieres?

—¿Recuerdas el nombre que nos salió en la *ouija*?

—Sí, como para olvidarlo: Rocío Costa.

A Elena se le hiela la sangre con solo mencionarlo. Durante la tarde, ha estado tan ocupada que, aunque lo tiene muy presente, no ha pensado demasiado en ello.

—Bien. Pues resulta que el nombre pertenece a una chica que existió.

—¡Qué dices, Toni! —exclama ella prestando atención a lo que su amigo le cuenta.

—De verdad. Rocío Costa murió hace algo más de un par de años en Sevilla.

—¿Me estás hablando en serio?

—Sí. Por lo visto, esa chica estaba con su novio cruzando la calle y una moto los atropelló a los dos. Él se salvó, pero ella murió en el accidente debido a un golpe en la cabeza.

—¿Y no será una coincidencia?

—No lo sé, puede. Pero sería demasiada coincidencia, ¿no crees?

El joven entonces saca su *smartphone* y busca en Google la noticia que encontró antes. Le pasa el móvil a Elena, que lee detenidamente la información.

—Esto no puede ser —dice Elena cuando acaba de leer—. Es imposible.

—A mí también me cuesta creerlo. Pero ¿y si el espíritu de esa chica se nos manifestó de verdad?

—Toni, ¿te estás oyendo?

—Sí, sí. Ya sé que suena extraño, pero... ese nombre fue el que surgió en el tablero. Yo no guie el puntero.

—Ni yo.

—Y no creo que David lo hiciera. A él fue al que más le afectó, por lo que vi. Se quedó blanco.

Elena también notó la reacción de su amigo. Todos estaban muy asustados, pero el novio de su hermana palideció cuando en la tabla de la *ouija* apareció el nombre de Rocío Costa.

—Siempre nos queda la posibilidad de que Manu nos engañase. Cualquiera se fía de él...

—Ya lo he pensado. Es el que organizó la sesión de *ouija.* Puede que encontrara esta historia en Internet y nos quisiera dar un susto. Pero, si te soy sincero, no creo que tampoco él manejara el puntero.

—¿Por qué lo dices?

—Porque lo hubiera dicho luego. Las bromas que hace Manu son para reírse de nosotros. Si todo lo hubiera planeado él, no habría esperado ni cinco minutos para decírnoslo y poder burlarse de los tres. Además, realmente también lo vi muy exaltado.

—Madre mía, quién me mandaría a mí meterme en algo así.

Los dos se quedan pensativos unos segundos y luego continúan cenando y reflexionando sobre el asunto de la *ouija.* Las puertas del comedor están a punto de cerrarse, pero en el último suspiro alguien entra. Toni se percata rápidamente de quién se trata. Isa resopla cuando tiene la bandeja entre sus manos. Ha faltado poco para no llegar a tiempo. La chica se pone un poco de sopa en un cuenco, un filete de pescado en un plato y se sienta sola a una de las mesas del principio de la sala.

—¿El accidente fue en Sevilla? —pregunta Elena recuperando la conversación.

—Sí, en Sevilla capital. ¿Por qué?

—No sé. David dijo que no le sonaba de nada el nombre de Rocío Costa.

—Normal. Sevilla es muy grande —advierte Toni—. Aunque se hubiera enterado del accidente de moto, sería muy complicado que supiera el nombre de la chica muerta.

Elena asiente con la cabeza. Su amigo tiene razón: que sucediera en Sevilla no indica que David tuviera que conocer a la chica, ni que se enterase de aquel accidente. De todas maneras, después de la sesión parecía más afectado que el resto. Incluso su comportamiento camino de la estación resultó raro. Intentará hablar con él antes de que termine el fin de semana, aunque será difícil con Marta por allí.

Siguen cenando y haciéndose preguntas sobre el asunto, hasta que Elena recibe un nuevo WhatsApp de Carmona.

> «¿Estás ya en la residencia? Sé que te estoy agobiando, pero necesito hablar contigo y que aclaremos lo que ha pasado. Ven a mi habitación cuando puedas, por favor. Te quiero».

La joven empieza a sentirse culpable. Martín parece verdaderamente afectado. No quiere que siga sufriendo. Y es cierto: tienen que hablar.

Sin terminar la cena, se levanta y lleva la bandeja al carrito, guardándose antes una manzana roja en el bolsillo de la sudadera.

—Nos vemos luego, Toni —le dice a su amigo—. Si descubres algo más, avísame.

—Vale, aunque creo que no hay mucho más que averiguar.

Los dos se despiden y Elena sale del comedor, en el que ya solo permanecen el valenciano y la *youtuber* de la 1254.

El chico también se levanta y, con la bandeja en las manos, camina hacia la mesa donde está Isa.

—¿Puedo sentarme?

—¿Ves alguna señal que lo prohíba?

Toni sonríe y elige la silla que está justo enfrente de ella. La chica come y mira su *smartphone* al mismo tiempo, sin hacer caso a su nuevo acompañante.

—¿No tienes amigos en la residencia? —pregunta el joven, que no sabe si ha hecho bien en sentarse con ella.

—No tengo amigos en ninguna parte.

A Toni le asombra la tranquilidad con la que dice eso. No da la impresión de tratarse de una chica asocial.

—¿Y eso? ¿No te gusta relacionarte con la gente?

—Prefiero ver a la gente a través de una pantalla. Así tú eliges a quién quieres aguantar y a quién no. Además, las personas en los vídeos van directas al grano. En persona se dan demasiados rodeos y se pierde mucho tiempo. Yo vivo a la carta. Selecciono a la gente que me interesa.

Nunca había escuchado un planteamiento similar al que hace Isa. Y no tiene muy claro si es una chica diferente o alguien que no está muy bien de la cabeza. Tal vez las dos percepciones sean correctas.

—¿Y yo qué soy entonces? ¿Un incordio?

—¿Tú? Un compañero de residencia.

—Pero ¿te molesta que hable contigo?

—De momento, no. No me ha dado tiempo a odiarte todavía —indica la joven, que, pese a una tibia sonrisa, da la impresión de que habla en serio—. No sé ni tu nombre.

El valenciano cae en que todavía ni se ha presentado. Él sabe quién es ella por los vídeos que ha visto en YouTube, pero aún no le ha dicho cómo se llama.

—Soy Toni. Encantado.

—Tú ya sabes que me llamo Isa. ¿Has entrado en mi canal?

—Sí, lo haces genial. Me lo he pasado muy bien con tus vídeos.

—¿Has visto muchos?

—Unos cuantos. Trece o catorce. Y debo reconocer que hacía tiempo que no me reía tanto en YouTube.

—Vaya, gracias. Así me lo pones más complicado.

—¿El qué te pongo más complicado?

—Odiarte. No está bien odiar a los fans, ¿no?

—¿Soy un fan?

—Has visto mis vídeos, te gustan y has venido hasta mi mesa para hablar conmigo e intentar caerme bien. Si eso no es ser fan de alguien, explícame qué es.

El chico no sabe qué responder a eso. Él nunca ha sido fan de nadie, aunque mirándolo por el lado que ella lo ha planteado...

—Si no te gusta la gente, ¿qué haces viviendo en una residencia de estudiantes?

—¿No has visto el vídeo en el que lo explico?

—No. No lo he visto.

—Te quito el título de fan —comenta Isa, que se centra de nuevo en su móvil—. Mierda, he vuelto a perder la conexión. Con lo que pagamos por estar aquí, Internet debería ir tan rápido como Usain Bolt.

—Luego lo veré. Pero ¿no me puedes contestar ahora sin necesidad de que tenga que recurrir a un vídeo?

La joven resopla y bebe un poco de agua. A Toni le da la impresión de que está comenzando a cansarse de él.

—Por esto no me gustan las personas. Si te estuviera viendo ahora mismo en mi ordenador, cambiaría de vídeo. Buscaría algo más interesante.

—Gracias, es muy agradable lo que dices.

—No quiero ser agradable. Solo quiero ser yo misma. No quiero ser lo que tú o cualquiera me diga que debo ser.

—No pretendía...

Pero Isa da por terminada la conversación. No se preocupa ni de llevar la bandeja al carrito. Se levanta de la silla y se marcha del comedor caminando deprisa. Toni, en cambio, se queda. Acaba de cenar y luego recoge su bandeja y la de Isa. No entiende el comportamiento de esa chica, pero tampoco le va a dar más vueltas. Tiene cosas que hacer, entre ellas ver el vídeo en el que Isa explica el motivo por el que está en la Benjamin Franklin. O quizá lo vea mañana. Por hoy ya ha vivido demasiadas situaciones extrañas.

CAPÍTULO 11

La lluvia les ha dado una tregua, aunque hace mucho frío.

Al final, lo que era una cena de dos se ha convertido en una salida nocturna en grupo. Iria y Julen no están demasiado contentos con la situación. Caminan por el centro de Madrid, acompañados de Manu, Óscar y Naiara, buscando un local en el que tomar una copa. Mientras los otros tres van charlando animadamente por delante, ellos conversan por detrás.

—Esta tía es tonta —indica la gallega cuando la oye reír—. Y Óscar es más tonto todavía por estar con ella. No sé qué le ha visto.

—Físicamente no está mal.

—No, no está mal. Si la quiere para ver sus fotos en Facebook, vale, pero no para ser su pareja.

El navarro ríe con la ocurrencia de Iria. Tiene razón, tampoco a él le agrada, por muy mona que sea y por mucho que su amigo les haya pedido que intenten ayudarla a integrarse.

—Tiene fotos en las que sale muy bien —comenta Julen siguiéndole el juego a la chica.

—¿Has entrado en su Facebook?

—Sí, lo tiene abierto. Y en su Instagram. Las fotos del verano, en bikini, tomando el sol en la piscina de su casa, no están nada mal. Por lo visto, ahí no echaba mucho de menos a Óscar.

—Con lo bien que estaría con nuestra Ainhoa.

—No hay color.

—A esa tía le pega más alguien como Manu —apunta la gallega, que tenía ganas de soltarlo—. ¿Has visto cómo le ríe todas sus bromas estúpidas? No me extrañaría que esta noche le tirara los tejos.

—¿Con su novio delante? No creo.

—¿Que no? Eres muy ingenuo. A esa chica la veo capaz de cualquier cosa.

Iria y Julen siguen intercambiando opiniones acerca de Naiara, ninguna positiva. Unos minutos después, Manu se aproxima hasta ellos para preguntarles por el sitio al que les gustaría ir.

—Me da lo mismo —señala Iria, que incluso se ha planteado volver ya a la residencia.

—A mí también —dice Julen—. Aunque prefiero un sitio que sea tranquilo.

—Os noto un poco sosos, ¿qué os pasa?

—Sabes lo que nos pasa.

—No, gallega, no lo sé. ¿Es por lo de la camarera de antes?

—No seas idiota. Eso es cosa tuya. Aunque has debido de parecerle un descarado.

—Bueno, tal vez. Pero me acaba de enviar un WhatsApp para que yo también tenga su número.

El malagueño saca el móvil y les muestra el mensaje a sus amigos. Iria masculla algo no muy agradable entre dientes. A Julen, en cambio, no le sorprende: le ha contado muchas historias parecidas a esa desde que se conocen.

—Otra boba más que ha caído —comenta la chica molesta.

—¿Por qué la llamas boba si ni siquiera la conoces?

—Porque hay que ser boba para darle el número de teléfono a un desconocido.

—¿Nunca lo has hecho?

—No, no soy de esas. Mi teléfono no lo tiene cualquiera.

—Yo lo tengo.

—Porque por desgracia eres mi compañero de pasillo y te tengo que aguantar día y noche. Que yo sepa, esa camarera era la primera vez que te veía, ¿no?

—Sí, creo que sí. Oye, gallega, ¿no estarás celosa?

Iria se detiene, mira a Manu y ríe sarcásticamente. Una gota le cae en la nariz e inmediatamente otra en la frente. Parece que se va a poner otra vez a llover.

—No te lo diré más, malagueño. Esta será la última vez, que te quede claro: nunca, nunca, nunca... tendremos algo tú y yo. ¡Es más! Preferiría salir con la gi... con Naiara antes que contigo.

—En eso coincidimos.

—¿En qué coincidimos?

—En que yo también saldría antes con Naiara que contigo.

El joven sonríe y rápidamente vuelve a adelantarse para reunirse con Óscar y su novia. El enfado de Iria es ahora mayor que el de antes. Julen intenta tranquilizarla.

—No le hagas caso. Ya sabes cómo es.

—No sé por qué le he dicho que se viniera con nosotros. Con lo bien que tú y yo habríamos estado solos.

—Bueno, a pesar de todo, está siendo una noche entretenida —indica el navarro rodeándola con el brazo por la espalda—. Y los nachos estaban riquísimos.

—Sí, eso sí.

—Olvídate de esa tía y de Manu y pasémoslo bien. Para eso hemos salido.

La chica asiente y trata de sonreír. Su amigo está en lo cierto. Debe ignorar lo que le suponga negatividad. Bastante tiene ya con las notas, la historia con su ex o ver a todas horas a Elena como para buscarse más comeduras de cabeza.

—Muy bien, te haré caso. Disfrutemos de la noche madrileña.

Esa es la consigna que Iria trata de grabar en su mente. Comprende que por su bien debe hacerlo cuanto antes.

Los cinco continúan caminando hasta que empieza a llover torrencialmente. Lo hace con tanta intensidad que se sienten obligados a meterse en el primer *pub* que encuentran en la zona de Tribunal. Un sitio oscuro, pequeño, con música española de los años noventa de fondo. Un camarero calvo, de ojos claros y un pendiente en la oreja derecha observa contrariado a sus nuevos clientes. No es el tipo de gente que suele entrar en su garito.

—En cuanto pare de llover, huimos de aquí —sugiere Naiara antes de sentarse con repelús en un taburete alto de la barra.

Por una vez, Iria está de acuerdo con ella. Y más cuando en el *pub* entra un grupo de tíos dando voces para pedir unas cervezas. Son cinco tipos altos, de más de uno ochenta, y musculados. Cuatro de ellos van rapados y tienen barba. El quinto es rubio, con el cabello largo, pero igual de fuerte que los demás. El camarero, en lugar de reprenderlos por el escándalo que forman, los atiende antes que a los chicos. Eso no le gusta a Manu, que se lo recrimina.

—¡Disculpa! ¡Oye, tú! ¡Perdona! —grita enfadado el malagueño, llamando la atención del camarero, que está tirando las cervezas que le han pedido los recién llegados—. Nosotros estamos aquí antes que ellos y todavía ni nos has preguntado qué queremos.

—Este es mi local y atiendo primero a quien me da la gana.

—Creo que esa no es la forma correcta de hablarle a un cliente. ¿No has escuchado eso de que el cliente siempre tiene la razón?

—¿Y a ti no te han dicho nunca que no debes llevarle la contraria a las personas mayores?

Los otros cuatro observan con preocupación el enfrentamiento verbal entre el malagueño y el camarero. Óscar y Julen le piden que no siga hablando, pero Manu decide continuar.

—Quiero la hoja de reclamaciones.

—¿Cómo dices? ¿Que quieres qué?

—La hoja de reclamaciones —repite el chico desafiante—. Imagino que tendrás.

—Sí tengo. Pero no pienso dártela.

—Si te la pido, es tu obligación facilitármela. ¿O prefieres que te ponga una denuncia?

El rostro del camarero se endurece todavía más, mientras el tema *Rosa gris*, de Duncan Dhu, suena en el local, contrastando con el clima de tensión que predomina.

—Mira, niñato pijo de mierda, si no estás contento con el trato que te doy, lárgate de aquí con tus amiguitos. Pero no me toques los huevos.

La amenaza surte efecto en el resto de los chicos, que se ponen en pie y le piden a Manu que también lo haga. Sin embargo, este siente que no ha terminado.

—No me voy de aquí sin poner antes una queja. ¿Me das esa hoja de reclamaciones? Y a ser posible un bolígrafo, por favor.

—¡Que te largues de mi bar, capullo!

El grito encolerizado del camarero alerta a los cinco tipos que entraron antes. Al escucharle, se acercan hasta donde discuten. El rubio es el que pregunta qué sucede.

—Pasa que no estoy contento con el trato que mis amigos y yo hemos recibido por parte de este señor.

—¿Qué dices? ¿Está fastidiándote este pijo, Pedro?

—Está tocándome los huevos más de la cuenta.

—¿Quieres que lo arreglemos nosotros?

Al escuchar las palabras del rubio, Iria agarra de un brazo a Manu y tira de él para sacarlo del bar. Al ver que no consigue moverlo del sitio, Naiara alcanza el otro brazo y entre las dos logran apartarlo de la barra. A cámara lenta, el grupo de forzudos sigue a los chicos, que abandonan el local. En la calle continúa lloviendo muchísimo. Pero eso, en ese momento, es lo de menos. Manu no cesa de increpar y provocar a los que van detrás de ellos.

—Tío, déjalos ya —le pide Julen, que no aparta la mirada de sus perseguidores—. Como los sigas cabreando, van a venir a por nosotros de verdad.

—Esos mucho ladrar, pero seguro que no muerden. Mucho anabolizante, mucho inflador, pero... ¡son unos musculitos de mentira!

—¡Serás cabrón!

Y como una estampida de búfalos, el grupo de forzudos se lanza a por ellos. Los chicos, incluido el malagueño, que le ve las orejas al lobo y se da cuenta de que él solo no podría contra cinco, salen corriendo a toda velocidad.

CAPÍTULO 12

Toca en la puerta de la habitación de Carmona y este inmediatamente le abre. Martín lleva una camiseta blanca de manga corta y un pantalón de deporte por encima de las rodillas. Cuando ve a Elena, la invita a pasar, cerrando rápidamente a continuación, como si tuviese miedo a que en ese instante prefiriera irse. Después de contemplarla emocionado, la abraza con fuerza.

—Lo siento —dice Carmona, colocando una mano en su nuca y acariciándola con suavidad—. Debería haberme quedado contigo en la habitación. Y no tendría que haberte mandado tantos mensajes. Hoy ha sido un día horrible.

La chica deja que él hable y se desahogue. A veces se atropella en sus palabras, pero está siendo sincero. Su novio es un buen tío, aunque hoy la ha agobiado de verdad. Tal vez se le han acumulado muchas cosas y ha buscado en él al culpable que necesitaba.

—No pasa nada. Está aclarado. Todo va bien.

El abrazo dura un poco más y a continuación aparecen los besos. La tensión que han sufrido a lo largo del día se transforma en una pasión desbordante. Y en cuestión de segundos, los dos están desnudos y tumbados en la cama, uno sobre el otro, con la ropa tirada en el suelo. Aunque controlan los gemidos para que no les oigan los otros residentes, no se guardan nada. Hacen el amor apasionadamente. La pareja se olvida de los malos momentos de ese sábado y se entrega con ardor. Son tan enérgicos que no tardan mucho en llegar al final. Exhaustos, rendidos sobre el colchón, se vuelven a abrazar bajo las mantas.

—Si cada reconciliación va a ser así, vamos a tener que discutir más —comenta Martín, que aún busca recuperar el fuelle perdido.

—Prefiero no discutir contigo. Aunque el sexo no sea tan bueno.

—Era una broma. Yo tampoco quiero que nos enfademos.

El joven se gira en la cama y acaricia el abdomen desnudo de Elena. Ha estado con bastantes chicas en su vida, pero ella es especial: lo percibió la primera vez que la vio en la residencia. Fue una suerte que lo visitara varias veces en el hospital cuando estaba convaleciente después de la agresión en Kapital. Ahí nació su relación, aunque no empezaron a salir hasta que él regresó a la Benjamin Franklin unas semanas después. Aquella puñalada que le dio su amigo Ánder al final sirvió para que los dos pasaran más tiempo juntos y se conocieran mejor. Recuerda cada visita de la chica perfectamente, con todos los detalles. Era lo que esperaba durante todo el día y, cuando se iba, estaba deseando volver a verla a la tarde siguiente.

—¿Te puedo contar una cosa? —le pregunta Elena, acurrucada contra la almohada y más relajada que antes de entrar en la habitación de Martín.

—Claro. Debes contármelo todo... Todo lo que quieras contarme.

—Estoy preocupada —suelta la chica directamente.

—¿Y eso? ¿Por qué?

—Porque nada está pasando como tenía planeado —reconoce ella con la voz quebrada—. Ya sabes cuáles eran mis planes cuando vine aquí.

—Estudiar, estudiar y estudiar, ¿no?

—Sí, estudiar Derecho día y noche y convertirme en una gran jurista. Ese era mi único objetivo. Y ahora, cuatro meses más tarde, ni siquiera sé si me gusta la carrera. No sé si quiero ser abogada.

La confesión de Elena sorprende a su novio. Pudo intuir algo cuando la escuchaba quejarse de los exámenes, pero no imaginaba que tenía tantas dudas en cuanto a los estudios.

—¿Desde cuándo te pasa eso?

—Desde hace tiempo. No me he divertido nada estudiando para los exámenes del primer cuatrimestre. Bueno, ya lo sabes.

—Eso nos pasa a todos.

—Ya. Estudiar para examinarte de una asignatura y buscar una nota alta no tiene por qué ser divertido. Es mucha presión si, además, están tus padres tan pendientes de ti —admite la toledana—. Pero esperaba encontrarme mejor. Sentir que lo que estoy estudiando es lo mío. Joder, si ni siquiera estoy segura de haber aprobado todo. Y lo más decepcionante es que ni me preocupa, como debería hacerlo.

Martín escucha atento las explicaciones de Elena. Él pasó por una situación parecida: Derecho puede convertirse en una carrera asfixiante.

—Cuando mis padres me dejaron venir a Madrid —continúa la chica—, quedarme en una residencia de estudiantes y hacer un poco lo que me diera la gana, era con la condición de sacar buenas notas y dedicarme plenamente a la carrera. Confiaban... Confían en mí y están superconvencidos de que seguiré sus pasos y lograré acabar Derecho como una de las mejores de mi promoción.

—Los padres siempre exigen el máximo de sus hijos.

—No de todos. Estoy segura de que a mi hermana no le meterán esa presión, y eso que ella tiene la misma o más capacidad que yo para estudiar. ¡Si pasa de todo y saca buenísimas notas!

«Y se ha quedado con el chico que todas querrían», piensa, aunque eso no lo dice en voz alta. Ella no puede quejarse de su novio, a pesar de lo que ha sucedido hoy. Sin embargo, hay algo que falla. No es que falle completamente, pero sí ese poquito que no la deja vivir tranquila.

—Cuando esté en la universidad, le pedirán lo mismo que te piden a ti. Ya lo verás.

—No lo creo, pero tampoco me importa demasiado —reconoce Elena, que cambia de posición y se coloca de costado mirando hacia Martín—. La cuestión es que no sé si este es mi sitio ni si estoy haciendo lo correcto. Me da mucho miedo equivocarme y descubrir que lo que tenía planeado solo era una fantasía estúpida.

Martín contempla a su chica: la toledana tiene los ojos vidriosos. Encontrar la frase adecuada nunca es fácil. Por eso no se precipita. Se acerca a Elena y le da un beso en los labios. Luego se sonríen.

—La clave es tener paciencia —señala Carmona volviendo a acariciarle la nuca con mimo—. Y tomar el camino adecuado con seguridad, sea el que sea. Aunque te equivoques. Pero has de creer en lo que haces.

—Si no elijo el camino del Derecho, no sé si habrá otros para mí.

—Claro que los habrá. Tienes dieciocho años y estás empezando en todo esto. Te quedan muchos caminos que recorrer y muchos que elegir.

—Mis padres pondrán barricadas en todos para que regrese al sendero que ellos han elegido para mí —explica Elena en tono burlón, aunque en realidad habla muy en serio—. Y pondrán cientos de erizos detrás de cada una por si decido saltarlas.

—Yo te regalaré botas de goma para que no te pinches.

La chica suelta una carcajada, que desaparece en menos de cinco segundos. Martín es un cielo y se alegra de estar a su lado. ¿Por qué no encuentra esa chispa que le haga enamorarse de él? ¿Dónde fue a dar la flecha que Cupido le lanzó hace unos meses?

Lo mira a los ojos en silencio y ahora es ella la que peina su cabello con las manos.

—¿Me das un beso?

—Claro.

Los dos se besan, enredados entre las sábanas. Cerrando los ojos y unidos solo a través de los labios.

—¿Te has recuperado?

—¿A qué te refieres?

—A si estás preparado para hacerlo otra vez.

La sonrisa de Martín le delata. Hunde su rostro en el cuello de Elena y desliza las manos hacia su pecho, recorriendo antes sus brazos y repasando la redondez de sus hombros. Esta vez se lo toman con más calma, sin prisas, saboreando bien lo que hacen. Y, por segunda vez esa noche, la pareja se deja llevar sobre la cama de la habitación de Carmona.

—¡Marta! ¿Estás bien?

—¡Sí! —le grita ella a David desde el interior del baño de la habitación de su novio—. ¡Salgo enseguida!

Hace más de media hora que permanece encerrada ahí. Casi todo el tiempo ha estado en la ducha. Bajo los chorros de agua, le ha dado muchas vueltas al tema de la confianza. Su chico le ha prometido que no volverá a ocultarle cosas importantes y ella lo ha aceptado. Se fía de él, sobre todo porque David es una persona que no genera dudas en nadie. Pero que no le haya contado lo de la sesión de *ouija*, en la que además ha participado su hermana, le crea cierta incertidumbre.

Aunque no solo ha estado pensando en eso.

Se seca la piel mojada con la toalla y se pone el conjunto de ropa interior más sexi que encontró en su armario y que se ha traído de Toledo: un sujetador negro que le realza el pecho y unas braguitas de encaje del mismo color. Los compró en secreto con sus ahorros y los ha mantenido guardados en un rincón de su dormitorio, lejos del alcance de su madre. Por fin podrá usarlos.

Limpia con la mano el espejo para quitar el vapor que lo ha empañado. Se contempla en él y esboza una pícara sonrisa. Esa noche es la noche. Aunque en el baño hace calor, está temblando. Alcanza una sudadera que David le ha prestado para dormir y se cobija en ella. Le está grande, pero no le importa. Al contrario, estira las mangas y sus manos desaparecen. Huele a él y eso la vuelve loca. Después de cepillarse y secarse un poco más el pelo, está lista. Abre la puerta del baño y busca a su chico con la mirada. Lo encuentra sentado en la silla frente al escritorio, con el portátil encendido. Tiene abierto Twitter, la red social donde ella le confesó que le quería. De eso hace más de cuatro meses. ¡Cuatro meses ya! Y todavía no han hecho el amor. Pero eso va a cambiar. A pesar de que él nunca le ha metido prisa, está preparada. Sí, está lista para acostarse con él, para descubrir qué se siente al entregarse por completo a una persona. Su intimidad será también de ese joven tan guapo, del que se ha enamorado perdidamente y por quien haría cualquier cosa en la vida. Ese sevillano que se gira y la contempla con sus preciosos ojos verdes y una sonrisa de cine.

—Qué guapa estás. Te queda muy bien mi sudadera.

—¿Sí? ¿Te gusta?

—Te está un poco grande —indica David acercándose hasta Marta—. Pero es perfecta como pijama.

La pareja se abraza y después se besa. A ella, el corazón se le va a salir del pecho. Está a punto de lanzarse. Arrojará al suelo la sudadera, luego él se encargará de quitarle la ropa interior y acabarán en la cama con sus cuerpos entrelazados. De solo imaginarlo se le aceleran las pulsaciones. Ya no tiene ninguna duda: es la gran noche.

Sin embargo, no va a ser de inmediato. Alguien llama a la puerta de la habitación 1152.

—No abras —susurra ella besándole el cuello—. No será nada más importante que esto.

—Tengo que abrir.

—¿Por qué? Ya se irán.

—Quédate aquí. Solo será un momento.

El joven se aparta de Marta, que, decepcionada, se sienta en la cama, y se dirige hacia la entrada de su cuarto. Abre la puerta y se encuentra con Elena. También lleva una sudadera que no es suya, aunque, a diferencia de su hermana, un pantalón de algodón le cubre las piernas. Tiene el móvil en la mano, pero tapa una parte para que el interlocutor no escuche lo que dice.

—¿Está mi hermana? —pregunta la chica muy bajito, sabiendo de antemano la respuesta—. Mi madre la está llamando y no se lo coge.

—Sí, entra.

La toledana pasa y se asombra de ver a su hermana con tan poca ropa. Chasquea la lengua y le ofrece el móvil.

—Mamá —dice escueta—. Ponte.

—¿Y no me puede llamar mañana?

—¿Y tú no puedes tener el móvil conectado?

Marta protesta furiosa. Si lo apagó fue precisamente para que nadie la molestara. ¡Qué pesados son sus padres! Agarra el *smartphone* de su hermana con rabia y contesta malhumorada.

Elena le susurra que, cuando acabe, la avise, que estará fuera de la habitación. David la acompaña y sale al pasillo con ella tras encajar la puerta de su cuarto, sin cerrarla del todo. Ambos apoyan la espalda en la pared de los números pares.

—Siento haberos interrumpido —comenta la toledana muy seria—. Pero mi madre ha insistido en que le pasase el móvil a mi hermana. Ella piensa que dormimos juntas en mi habitación. Le he tenido que decir que estaba en el baño y que esperase.

—No has interrumpido nada especial. No te preocupes.

—No me preocupo. Lo que hagas con mi hermana es asunto vuestro.

—¿Por qué te pones a la defensiva tan rápido?

—¿Y tú por qué estás tan raro conmigo desde...? Desde ese día —señala Elena molesta, haciendo referencia a la mañana en que se dieron el beso.

El joven le ruega silencio, recordándole con gestos que Marta está a solo unos metros de ellos. Si se enterara de esa forma...

—No hablemos más de eso —dice el sevillano bajando la voz—. Ese día cometimos un error que no deberá..., que no volverá a pasar. Punto.

—Por mí, perfecto. Punto final.

—Tú tienes tu novio y yo tengo mi novia.

—Exacto. Así que todos somos felices.

—Muy felices.

Ambos dejan de hablar cuando escuchan a Marta gritarle a su madre algo relacionado con su edad y con que ya no es una niña. David se muerde el labio y Elena resopla. No es una situación fácil. Vecinos, amigos, cuñados... Pero ninguno de los dos admite que aquel beso no fue un beso más. Sin embargo, acaban de acordar que nunca volverán a hablar del tema.

Los gritos de Marta persisten en la habitación. Son tan escandalosos que David cierra la puerta. Ya abrirá la chica cuando termine de hablar con su madre.

El silencio preside el pasillo 1B, solo alterado por la voz de la pequeña de las Guillermo Casanova. Hasta que...

—Oye, ¿seguro que el nombre de Rocío Costa no te suena de nada? —pregunta de repente Elena, recordando la noticia que Toni le había enseñado durante la cena.

Al chico le cambia la cara cuando la oye mencionar ese nombre. Arruga la frente y se le cierra la garganta. Carraspea cuando responde:

—No, ya os lo dije antes. ¿Por qué lo preguntas?

—Porque Toni ha averiguado que una chica que se llamaba igual murió atropellada hace unos años. Tenía más o menos nuestra edad y era de Sevilla. ¿Seguro que no te suena de nada?

En ese momento la puerta de la habitación 1152 se abre. Marta respira agitada y tiene los ojos vidriosos. La chica contempla primero a su hermana y luego a David, que no parece el mismo de hace unos minutos. Tiene el rostro desencajado y está muy pálido. ¿Qué ha ocurrido en el pasillo mientras hablaba con su madre?

David traga saliva con dificultad y se toca el ave fénix tatuado en su cuello con la yema de los dedos.

—Chicas, entrad en la habitación. Os tengo que contar una cosa muy importante.

CAPÍTULO 13

—¿Y por qué te decidiste a estudiar Odontología?

—Porque no hay nada que me guste más en el mundo que ver una sonrisa bonita. Como la que tienes tú, por cierto.

Es un poco empalagoso, pero está muy bueno. Eso es lo que piensa Ainhoa mientras conversa tranquilamente con Borja Reixa, el compañero de clase con el que ha quedado. Tiene un cierto aire a Liam Hemsworth, el actor que interpreta a Gale en *Los juegos del hambre*, aunque sus ojos son oscuros. Viste muy bien y la fragancia que usa la ha atrapado desde que se acercó para darle dos besos. Parece que salir con él ha sido una decisión acertada.

La ha llevado a un local de Huertas en el que, sentados a una mesita, toman una copa. La canaria ha elegido ron con naranja y Borja un whisky con Coca-Cola. El ambiente es agradable y la música no está puesta demasiado alta.

—Tú eres de Barcelona, ¿verdad?

—Sí, nací y crecí allí. Pero cuando mis padres se separaron, me vine a vivir a Madrid con mi padre, que se trasladó aquí por temas de trabajo. Hace ya cuatro años de eso.

—Mis padres también están separados.

—¡Enhorabuena! —grita el joven, y choca su copa contra la de Ainhoa—. Brindo por ello.

—No te entiendo.

—¿El qué no entiendes? ¿Que brinde y celebre su separación? ¡Es lo mejor que podían hacer!

—No estoy de acuerdo. Lo pasé muy mal cuando mis padres se separaron.

—Y yo. Pero es mejor que dos personas que no se soportan estén separadas a que continúen juntas sin desear estarlo. Yo lo pasé peor cuando estaban casados que cuando decidieron divorciarse.

Parece muy convencido de lo que dice y no le falta razón. Aunque para ella supuso un gran trauma. Todavía hay noches que sueña con las discusiones entre sus padres y se despierta empapada en lágrimas.

—Cambiemos de tema, por favor. Quiero divertirme esta noche y prefiero no pensar en cosas tristes.

—¿Quieres divertirte? ¡Vamos a ello!

Borja se pone en pie y coge la mano de la canaria para invitarla a que se levante. Esta obedece y lo sigue hasta la zona de baile. Lo que está sonando en ese instante es *Disclosure*, de Latch.

—¡Me encanta esta canción!

—Pues vamos a bailarla, ¿no?

El joven sujeta por la cintura a Ainhoa y esta empieza a contonearse al ritmo de la música. Al principio le cuesta soltarse: aunque conoce a ese chico desde septiembre, no tiene demasiada confianza con él. De hecho, no habían mantenido una conversación de más de un minuto seguido hasta después de las vacaciones de Navidad. Sin embargo, la canaria poco a poco deja a un lado la timidez inicial y va realizando movimientos más atrevidos. Borja no se pierde ni un solo detalle y la admira encantado. El vestido que lleva se sube y se baja con atractiva sensualidad.

—Bailas muy bien —le confiesa el chico al oído—. ¿Sales muchas noches a bailar por Madrid?

—No, no salgo demasiado. Algunas veces con mis amigos de la residencia.

—¿Y alguno de esos amigos es especial?

Ainhoa piensa en Óscar, aunque contesta negando con la cabeza. Él era especial hasta que la fastidió y volvió con Naiara. Ahora no quiere ni verlo. No sabe lo que se ha perdido al elegir a la otra, una tía que le traicionó y que seguro que no le da todo lo que ella puede proporcionarle. Ella le quería. Se estaba enamorando de él. Cuanto más lo recuerda, más ganas de llorar le entran. ¿O tiene algo que ver el alcohol?

—Se me está subiendo un poco el ron —murmura echándose encima de él.

—¿En serio? Pero si solo te has tomado una copa... Bueno, ni siquiera te la has acabado.

—No sé, estoy algo mareada, voy a sentarme.

Ainhoa abandona el vaso en la barra y camina hacia la mesa en la que estaban antes. Borja va detrás, con su copa en la mano todavía bastante llena. Los dos ocupan sus asientos de nuevo.

—¿Te encuentras mejor?

—No es nada. Solo un pequeño mareo. Enseguida me recuperaré.

—¿Te pasa a menudo?

—No. En serio, Borja, no te preocupes. De verdad. Me pondré bien en un par de minutos.

No son dos, sino cinco, los minutos que el chico le da de margen a la canaria. Apenas hablan, algo que agradece Ainhoa, que no termina de recuperarse. Se siente débil, como si no tuviera fuerzas. Le viene a la cabeza la situación que vivió en Kapital hace unos meses. Las sensaciones fueron similares a las que está viviendo. Entonces Óscar la cuidó y la mimó hasta que se repuso por completo.

—Ainhoa, ¿estás bien ya?

—Sí, ya estoy bien —miente la chica intentando sonreír—. ¿Por qué no te pides otra copa y me traes una botella de agua? Toma, te invito yo.

—Ahora te la traigo. Pero guárdate eso.

El chico se niega a coger los diez euros que Ainhoa le pretende dar y le cierra la mano con el billete dentro. Después se marcha, algo confuso por la situación. Su rostro indica la decepción que le produce el malestar de la canaria. Ella cierra los ojos y se recuesta sobre la mesa, apoyando la cabeza sobre los brazos. De repente, se ve dentro de un cuarto de baño que no conoce. Está sucio, con las paredes repletas de huellas negras y de pintadas de todo tipo. Detiene su mirada en un corazón dibujado con tiza roja y una flecha blanca atravesándolo. En la punta está escrito el nombre de Óscar y en el otro extremo el de Nai, abreviado, como la llama él. Y le entran ganas de llorar.

Sus ojos se humedecen por segundos. Piensa en cuando ellos no eran novios pero sí tenían algo especial. ¡Qué importaba la etiqueta que le pusieran a su relación! Hablaban, se reían juntos. Disfrutaban del sexo en la cama de uno o del otro. Lo echa de menos. Echa de menos las caricias de después y el tonteo de antes. Nada será lo mismo. Su vida ha cambiado para siempre, porque Óscar jamás volverá a ella como en esos meses de principios de curso.

Quiere vomitar. Expulsar todo lo que su cuerpo ha ingerido en las últimas horas. Se arrodilla junto al váter, angustiada, con las manos sujetando su cabello. Tal como Mía le recomendó esa vez.

—Ya estoy aquí —dice una voz que le resulta familiar—. No me lo puedo creer. ¿Te has dormido?

Ainhoa abre los ojos y contempla la imperiosa figura de Borja. Qué bueno está. Incluso mejor que Óscar, y seguro que besa mejor que él. Le sonríe y se pone de pie. Se tambalea un poco, pero consigue acercarse a su compañero de clase lo suficiente como para plantarle un beso en la boca. No teme ser rechazada. Sabe que ese tío ha quedado con ella para lo que buscan todos. Y no se equivoca, porque el chico le mete la lengua hasta la garganta. Luego le pone una mano en el culo y aprieta tan fuerte que hasta nota el elástico del tanga fuera de sitio. Eso la excita.

—Vamos al baño —le propone ella decidida.

Borja no duda. Le da igual que no esté en plenas facultades, que se le haya subido el ron o que hace un momento estuviera a punto de desmayarse. Esa chica le pone. Sus labios, sus tetas, su acento... Quiere culminar lo que ha empezado.

Los dos caminan de la mano hacia la zona del local en la que están los baños. Prefieren entrar en el de chicos. Tocan la puerta en uno de los tres cubículos individuales para asegurarse de que no hay nadie dentro. No responden, así que se meten en él, cierran y echan el pestillo. Empiezan a enrollarse desbocados. Jugando con la lengua, mordiéndose el labio. Pero están demasiado acelerados para darse más besos y prefieren ir directos al grano. Es Ainhoa la que da el siguiente paso. Le baja la cremallera del pantalón e introduce su mano en él, palpando por encima del *boxer*. Sonríe cuando comprueba su excitación. Y toca, y agita, cada vez más deprisa. Incluso se arrodilla y utiliza su boca. Mientras lo hace, recuerda la primera vez que se acostó con Óscar. No hubo sexo oral, pero sí en el resto de ocasiones. A él le encantaba y a ella también. Algo más que tenían en común.

—Más despacio o no respondo —le ruega Borja, situando sus manos en la frente de Ainhoa para frenarla un poco.

Ella le hace caso y aminora el ritmo. Cuando cree que ya es suficiente, se aparta y deja que respire y se recupere un poco. El joven lo agradece, no estaba seguro de poder aguantar mucho más. Aprovecha el receso y saca un condón de la cartera. Se lo coloca y después introduce las dos manos debajo del vestido de Ainhoa para bajarle el tanga. La empuja contra la pared y agarra con fuerza sus muñecas. La chica lo siente dentro de ella y también se desata. No controla los gritos, a diferencia de cuando lo hacía con Óscar en la residencia para que no los escucharan. Grita en cada embestida, cada vez que le exige a Borja un poco más. Grita cuando ya no puede más, cuando él termina y cuando también ella llega al final, casi al mismo tiempo. Desliza su espalda por la pared y se sienta agotada en el suelo.

—Esto no lo suelo hacer en la primera cita —indica Ainhoa con media sonrisa, observándole mientras se limpia.

—Yo tampoco.

—Qué mentiroso eres. Reconoce que buscabas esto desde que quedaste conmigo.

El joven no responde. Se lava las manos y se peina delante del espejo. Cuando está listo, contempla sonriente a la canaria, que continúa sentada en el suelo.

—¿Vamos?

—Sal tú primero. Déjame un par de minutos para que me recomponga.

—Muy bien —dice Borja aproximándose a ella. Se inclina y le da un beso en la cabeza—. Te espero en la mesa.

La chica asiente y se levanta cuando él se marcha. Alcanza su ropa interior y se la vuelve a poner. También se lava las manos y luego se recoge el pelo en una coleta alta. Mientras tanto, reflexiona sobre lo que acaba de suceder. Solo ha sido un polvo con un tío bueno, fruto del poder del alcohol. Nada más. O eso es de lo que intenta convencerse. Seguramente no volverá a pasar. Seguramente Borja solo la llamará cuando quiera sexo. Y ella, seguramente, no aceptará. O sí, si ella también desea lo mismo.

Le vuelve a dar vueltas la cabeza y se siente un poco mareada. Sabe que tiene un problema. Un gran problema. Y no es solo el hecho de haber visto el rostro de Óscar en lugar del de Borja mientras lo hacían. Su problema es más grave y, de momento, no ha conseguido encontrar una solución.

CAPÍTULO 14

—¿Pensabais que me pegaría yo solo con cinco tiparracos como esos? ¡Los que no estáis bien de la cabeza sois vosotros!

La carcajada de Manu se oye tanto que incluso los que están a su lado se giran para observar al grupo de recién llegados. Los chicos acaban de tomar asiento en el sótano de un garito de Malasaña. Han tenido suerte, porque la que ocupan era la última mesa libre.

—Casi nos metemos en un lío por tu culpa —protesta Iria, que todavía no se ha librado de la tensión de hace unos minutos.

—No exageres, gallega. Ellos eran más fuertes; pero nosotros, mucho más rápidos y, sobre todo, mucho más listos. Estaba todo controlado.

En realidad, el grupo de forzudos solo los persiguió por la calle de Tribunal en la que se encontraba aquel bareto. Luego, bajo la lluvia, ellos continuaron corriendo, pero sin nadie detrás. Finalmente se detuvieron y, antes de buscar otro sitio en el que tomar una copa, compraron tres paraguas pequeños a un chino que los vendía en plena calle.

—Ha sido divertido —comenta Naiara riéndose—. Además, el camarero no debería haberte tratado así. Has hecho muy bien en plantarle cara.

—A veces es mejor pasar de todo y marcharse —la contradice la otra chica—. En mi opinión, has sido un irresponsable. Nos has puesto en peligro a todos.

—Venga ya. Manu ha sido muy valiente. No todo el mundo da la cara y defiende lo que es justo a pesar del riesgo. Así que yo, personalmente, te doy las gracias.

Naiara se pone de pie, se inclina sobre la mesa y extiende el brazo para que el malagueño estreche su mano. El joven, algo sorprendido, también se incorpora de su asiento y accede a la propuesta de la chica.

El gesto no pasa desapercibido para Julen e Iria, que se miran entre sí. También Óscar contempla extrañado el choque de manos entre su novia y su amigo. Demasiado tonteo, aunque decide no darle más importancia.

—¿Ves, gallega? No todo el mundo piensa como tú —comenta divertido Manu, sentándose otra vez—. Hay gente que valora mis arranques de heroicidad.

—Si todos los héroes fueran como tú, a Spiderman le darían miedo las arañas.

Ahora los que ríen son Óscar y Julen; les ha hecho gracia el comentario de Iria. Parece que eso molesta a Naiara, que no comprende por qué su novio se ríe de algo tan absurdo. Esa chica no le cae nada bien: siempre tiene cara de amargada e intenta dárselas de lista. Su aspecto engaña completamente. La primera vez que la vio, pensó que era la hermana pequeña de alguno de la residencia; en cambio, es justo al contrario: no tiene nada de infantil y mucho menos de inocente.

A pesar de las diferencias entre unos y otros, los cinco conversan alegremente. Pasan casi dos horas hablando, bebiendo y riéndose, con puñales que vuelan en todas las direcciones. Ninguno se esconde y todos dan su opinión sincera y personal de los temas que debaten. Iria y Naiara se enzarzan varias veces; en alguna de ellas, incluso elevan demasiado la voz. El asunto más candente entre las dos chicas es el de los cuernos. Lo ha sacado Manu, seguro de que provocaría el enfrentamiento. La experiencia personal de ambas y las dos copas que lleva cada una hacen el resto.

—Pues yo no comprendo cómo una persona puede engañar a otra —recalca la gallega por enésima vez.

—Como ya he dicho unas cuantas veces, la vida está llena de circunstancias que te hacen cometer errores en un momento determinado.

—Hay errores que no son admisibles, como ponerle los cuernos a tu pareja.

Naiara resopla y da un trago de su vaso de tubo. El vodka con naranja que ha pedido le resbala por la garganta quemándola a su paso.

—¿Qué es para ti ponerle los cuernos a alguien? —pregunta Nai después de tragarse el buche de alcohol.

—Cualquier cosa que haces con otra persona y que solo deberías hacer con tu pareja en la intimidad.

—¿Hablas de sexo?

—No, no hablo solamente de sexo. Para mí los cuernos también tienen que ver con besos, caricias, tocamientos...

—¿Tocamientos? —pregunta riéndose Manu, que es quien lleva más copas encima—. ¿Tocarse es cuernos?

—Ya sabes a lo que me refiero —responde Iria sonrojándose—. Masturbación, sobar, dar palmaditas en el culo...

—¿En serio? ¿Darle un cachete a alguien en el culo tú lo ves como una infidelidad?

—Por supuesto. Si mi novio le toca el culo a otra, es que no está cien por cien por mí.

—¿Y eso de quién es problema? ¿De él o de ti? —interviene de nuevo Naiara—. Porque si pasa alguna de esas cosas de las que estamos hablando, quizá es que la persona que pone los cuernos no está satisfecha con su pareja, ¿no?

Óscar atraviesa con la mirada a su novia, que no le presta atención. ¿Está diciendo que ella le engañó porque él no le daba lo que necesitaba?

—Eso solo es una excusa. Una salida fácil para el que mete la pata.

—No pienso lo mismo.

—Los engaños no están justificados de ninguna manera. Si quieres a alguien de verdad, todo eso te lo guardas para él —indica Iria nostálgica.

A la gallega le vienen a la cabeza recuerdos de su relación con Antón. Ella era la única a la que amaba, a la que tocaba, a la que deseaba..., o eso era lo que creía. Afortunadamente, descubrió la mentira a tiempo. A pesar de que hay días que echa de menos tener novio y se siente sola.

—Yo no lo veo tan fácil como tú lo planteas —continúa Naiara insistiendo en su planteamiento—. La vida es más compleja. Y las relaciones de pareja no son blancas o negras. Hay momentos en los que no piensas tanto y te dejas llevar por un impulso.

—O por un calentón.

—Llámalo como quieras. El caso es que no siempre se usa la cabeza para hacer las cosas. Sin embargo, al final, todo regresa a su cauce si hay amor de verdad. Si esas dos personas se quieren, los errores se perdonan.

Iria mueve la cabeza en señal de no estar de acuerdo con las opiniones de Naiara. Es ella la que simplifica el amor: cuando se pierde la confianza, se termina todo, aunque ames a la persona y ella te ame a ti. El sentimiento puede quedar, pero la pareja está muerta. Si no en ese día, ese mes o ese año, tarde o temprano aquello acabará de la peor forma. Una relación no admite una traición.

Pero no tiene ganas de seguir discutiendo ese tema. Cuanto más hablan de él, más se le revuelve el estómago y más recuerdos le vienen a la cabeza de un pasado no muy lejano.

Al no obtener respuesta, Naiara da por concluido el debate y se crea un silencio tranquilizador en la mesa.

—Voy a fumarme un cigarro —dice Julen echando mano a la chaqueta, aprovechando la pausa. Coge un pitillo y el mechero y se levanta de su silla.

—Espera, te acompaño. Necesito tomar un poco de aire —indica Iria, que no quiere despegarse de su amigo.

Los dos suben la escalera y salen a la calle. Sigue lloviendo, aunque menos que cuando entraron en el garito. No se han llevado el paraguas, así que se cobijan en el portal de la casa que está justo enfrente.

—Te pone nerviosa, ¿verdad?

—No sabes cuánto. Es superior a mí.

Julen sonríe, enciende el cigarro y da una calada. Después de expulsar el humo, apoya una mano en el hombro de su amiga.

—Ha sido una entretenida discusión la de los cuernos. Deberíais ser tertulianas de *Sálvame* o un programa de esos.

—No me tomes el pelo —protesta la gallega sonriendo de lado—. Bastante tengo con Manu.

—Nunca llegaría a ese punto.

—Lo sé, cariño.

La chica se alza de puntillas y le planta un beso en la mejilla. Julen se ha convertido en su mejor amigo. Tal vez el mejor que ha tenido nunca. Le avisaron que la universidad proporcionaba amistades para siempre; lo que no sospechaba es que encontraría tan pronto a alguien como él.

—¿Crees que va a intentar algo con él? —pregunta el navarro tras darle otra calada al cigarro.

—¿Te refieres a Naiara con Manu? Ya has visto cómo se miran...

—Sí, me he dado cuenta.

—No la soporto. Espero que no le haga otra vez daño a Óscar.

—Puede ser que a esa chica lo único que le interese es ser el centro de atención. Y sentirse de alguna manera deseada. Está claro que le gusta que se fijen en ella.

—Eso me suena. Una amiga tuya también hace lo mismo.

Julen enarca una ceja, hasta que comprende a quién se refiere.

—Elena no tiene nada que ver con esta chica. No se pueden comparar.

—Las dos se creen el ombligo del mundo. Lo que pasa es que una va de mosquita muerta y la otra de mantis religiosa.

—No seas así con Elena —la regaña el joven—. Sé que algún día os llevaréis bien. No hay color entre ella y Naiara.

—Yo no veo tanta diferencia.

—Pues la hay. Sobre todo en la clase que tiene una y la que le falta a la otra.

—¿Clase? Vamos a dejarlo, que no quiero discutir contigo.

El chico asiente, aunque no comprende esa rivalidad que existe entre ellas. Es así desde el primer día de curso. A él, en un principio, tampoco le caía demasiado bien la toledana, pero poco a poco se ha ido dando cuenta de que Elena es una buena chica. Aunque últimamente pasa más tiempo con su novio que con el grupo del pasillo 1B, algo normal por otra parte.

Julen da la última calada al cigarro y lo tira al suelo. Cae en un charco y se apaga en un santiamén.

—Bueno, ¿vamos adentro?

—Sí, seguro que la mantis religiosa nos está echando de menos —contesta la chica, resignada porque la lluvia no remite.

La pareja se prepara para salir corriendo y mojarse lo menos posible. Sin embargo, cuando se dirigen al otro lado de la calle, se encuentran con Óscar, que viene a toda prisa hacia ellos. Está muy alterado y la expresión de su rostro indica que algo grave está pasando.

—Es Manu —consigue decir muy nervioso—. Ha ido al baño y cuando ha vuelto... de repente no recuerda nada. Dice que se le ha quedado la mente en blanco.

CAPÍTULO 15

Lleva un buen rato mirando al techo, con las manos debajo de la nuca. Apenas ha podido dormir en toda la noche. En sus sueños se han ido acumulando una pesadilla tras otra, todas relacionadas con lo mismo: la revelación que anoche les hizo David a ella y a su hermana. Elena sospechaba que el sevillano ocultaba algo, pero jamás imaginó que tras su silencio se escondía una muerte. Les explicó que se sentía culpable por lo que les había ocurrido a aquella pareja de chavales y que le había costado mucho rehacer su vida. Fue una imprudencia y un error imperdonable permitir que su exnovia cogiera la moto en aquellas condiciones. Si él no se la hubiera dejado, nada de lo que sucedió habría pasado.

Pero si la noticia del accidente de moto sorprendió a las hermanas Guillermo Casanova, saber que la fallecida se llamaba Rocío Costa, como supuestamente el espíritu que apareció en la sesión de *ouija*, les cortó la respiración. Elena ratificó sus sospechas e intentó buscar una explicación lógica para aquel suceso. En cambio, a Marta le entró un terrible ataque de pánico. De hecho, prefirió pasar la noche con su hermana y no con David, porque tenía miedo de que el espíritu de Rocío volviera a visitar a su novio. Por mucho que el chico insistió en que eso no iba a ocurrir y que era una locura, no logró convencerla de lo contrario.

Un trueno alerta a la toledana y despierta de golpe a Marta, que se lleva un gran susto y grita.

—Tranquila. Solo es una tormenta —le dice dulcemente Elena mientras la abraza con ternura.

Esta tarda en darse cuenta de dónde está. Mira a un lado y a otro desconcertada, hasta que comprende que se encuentra en la habitación de su hermana en la residencia Benjamin Franklin. También para ella ha sido una noche difícil. Hasta las cinco de la mañana no logró pegar ojo, pendiente de cualquier sombra y de los ruidos que se producían en el cuarto o en torno a él.

—¿Qué hora es?

—Casi las nueve —responde Elena estirándose—. Escucha. Creo que fuera está lloviendo muchísimo.

—Pues qué bien —comenta irónicamente Marta—. Lo mejor para pasar un domingo.

La chica se levanta de la cama y se aproxima a la ventana. Aparta la cortina y sube la persiana. Queda asombrada ante lo que contempla.

—El cielo se está cayendo —indica sin apartar la mirada del cristal—. Es el diluvio universal. Nunca había visto llover así.

—Eso lo decimos siempre. Pero es porque no nos acordamos de que otras veces hemos vivido situaciones parecidas —la rectifica Elena, que también se ha puesto en pie y se dirige al cuarto de baño.

Sin embargo, Marta no está de acuerdo. Jamás ha visto llover de esa manera. Un rayo ilumina el cielo, que parece un gigantesco mar de carbón. El viento feroz arrastra la lluvia de izquierda a derecha y configura cientos de cortinas de agua que se estrellan furiosas contra el suelo. Es como si en una película de terror estuviera a punto de resucitar el mismísimo Lucifer.

Al pensar en el diablo, la chica recuerda el motivo por el que se ha despertado en el cuarto de Elena. Un escalofrío recorre su cuerpo de pies a cabeza. ¿Y si aquella tempestad es una especie de maldición del espíritu de Rocío Costa? ¿Un castigo desde el ultramundo? No tiene sentido. Se da a sí misma una palmada en la frente y considera esa idea como una auténtica estupidez.

Lo que no es ninguna estupidez son las ganas que le han entrado de ver a su novio. Anoche todo fue muy extraño y no acabaron de la mejor forma. Va a enviarle un WhatsApp, pero cae en la cuenta de que está en la habitación de enfrente. Sigue llevando la sudadera que le prestó para dormir y debajo la ropa interior que se compró para ese momento especial. Momento que tendrá que esperar un poco más.

—¡Elena! ¡Voy a la habitación de David! —grita a su hermana, que permanece dentro del baño—. ¡Ahora vuelvo!

—¡Vale! ¡Te espero para ir a desayunar!

—¡Muy bien! ¡Adiós!

La chica abandona la habitación y se queda pensativa delante del cuarto de su novio. Ni siquiera se ha peinado, ni tampoco se ha lavado los dientes. Antes de llamar a la 1152, comprueba que su aliento no es excesivamente malo. Solo es pasable, pero qué más da. Se muere por verle. Respira hondo y toca a su puerta. En apenas cinco segundos, David le abre.

—¡Hola, amor! —exclama cuando lo tiene delante.

Y se lanza a sus brazos, regándole el rostro de besos.

Después del cariñoso saludo, los dos se sientan en la cama. Marta entonces observa detenidamente a su chico. No tiene muy buen aspecto, pero no quiere preguntarle si está enfadado con ella.

—¿Has visto cómo llueve? No recuerdo un temporal como este. ¿Y tú?

—Alguna vez en Sevilla. Allí no llueve demasiado, pero cuando lo hace... Mis abuelos siempre me hablaban de una gran riada en los años sesenta; por lo visto, hasta tuvieron que utilizar barcas.

—¿En serio? ¿Fue para tanto? ¿No será que los andaluces sois muy exagerados...?

Lo que pretendía ser una simple broma se convierte en un comentario mal encajado por el sevillano, que se aleja de la chica y empieza a caminar nervioso por la habitación. Marta lo observa confusa. No entiende su actitud.

—Cariño, ¿qué te pasa? ¿Por qué actúas así?

—No has estado muy acertada con ese comentario sobre los andaluces.

—¿Te ha molestado? ¿De verdad? Lo he dicho sin maldad. Te lo prometo.

—No es suficiente hacer las cosas sin maldad —señala muy serio—. Hay que pensar primero.

—Lo siento. No diré nada más de los andaluces. Aunque ya sabes que me caéis muy bien. ¡Cómo no me vais a caer bien si mi novio es andaluz!

La chica reprime sus ganas de llorar. No quiere que la vea como a una cría que llora por todo. David comprende entonces que se ha pasado y que su actitud con ella no ha sido la adecuada. Está muy tenso por todas las circunstancias que le preocupan, pero Marta no tiene la culpa. Se acerca a la chica y le da un beso que la hace sonreír de nuevo.

—Perdona, soy un *exagerado* —indica David calificándose así a propósito—. Todo ese lío me está volviendo un poco loco.

—Demasiado bien estás para lo que pasaste. Y ahora la historia esta del espíritu de Rocío. ¡Yo en tu caso estaría muchísimo peor!

—Más o menos había aprendido a vivir con ello, aunque de vez en cuando se aparece en mis sueños.

—¡Y ahora aparece en tu vida real! —exclama Marta, alcanzando la almohada para abrazarla—. No debiste hacer la *ouija.*

—Lo sé, pero no hay marcha atrás.

—Tengo miedo. El otro día vi esa película en la que una chica pierde la vida por culpa de unos chicos y, años más tarde, todos los que están involucrados van muriendo en extrañas circunstancias.

—Eso solo es una película.

—Ya, pero ¿y si Rocío quiere vengarse por lo que le pasó y ha vuelto para eso?

—Vamos a tener que llamar a Iker Jiménez.

—¡No bromees con esto! En serio, cariño. Estoy muy asustada.

David intenta tranquilizar a su novia. Nunca ha creído en lo paranormal. Y, aunque está muy preocupado y no encuentra una explicación coherente para ese asunto, continúa con muchas dudas sobre lo que sucedió ayer por la tarde. De momento no halla una respuesta lógica. Más tarde tratará de hablar con Manu para asegurarse de que él no está detrás de todo aquello.

—Bueno, no le demos más vueltas. ¿Quieres que bajemos a desayunar?

—Vale, voy a avisar a mi hermana. He quedado en que iría con ella.

—Bien. Me visto y nos vemos ahora.

La chica asiente y se marcha. Está frente a la habitación de Elena a punto de llamar a su puerta cuando, en el otro extremo del pasillo, contempla a Iria en pijama saliendo de la 1156. La gallega no se da cuenta de su presencia y entra sin más en su cuarto.

Marta se toma unos segundos para interpretar lo que acaba de ver y llama después a la puerta de su hermana. Elena ya está vestida para bajar a desayunar.

—Oye, la 1156 es la habitación de Manu, ¿verdad?

—Sí, ¿todavía no te sabes los números?

—Sí, sí, pero era por asegurarme. Es que... ¿Manu e Iria están liados?

La pregunta sorprende a Elena, que arquea las cejas.

—Que yo sepa, no. ¿De dónde te has sacado eso?

—Es que acabo de ver a Iria saliendo sola de la habitación del malagueño. Y aún iba en pijama. Pero eso no tiene por qué significar nada, ¿no?

No, no tiene por qué significar lo que su hermana ha presupuesto. En la residencia es habitual que unos entren en las habitaciones de otros. Pero no deja de ser extraño que Iria salga tan temprano y en pijama del cuarto de Manu.

¿Y si realmente hay algo entre ellos? En la Benjamin Franklin todo parece posible. Incluso esa relación imposible.

CAPÍTULO 16

Hace unas horas...

—Estoy bien. Largaos ya.

—Has estado más de veinte minutos sin recordar nada. ¿Cómo puedes decir que estás bien?

—Porque lo estoy. Ha sido un simple lapsus mental. ¡Ya está!

Manu intenta que Iria y Julen se marchen de su habitación. Quiere estar solo. Sin embargo, sus amigos insisten en quedarse. Se asustaron muchísimo cuando Óscar apareció corriendo para avisarlos de lo que le sucedía al malagueño. De repente, no recordaba nada. No se trataba de una broma, una de esas a las que los tiene acostumbrados. Era completamente real. Ni siquiera sabía sus nombres. Entre los cuatro lograron convencerle para regresar a la residencia en taxi, ya que se negaba rotundamente a ir a un médico. Antes de llegar, Manu recuperó la memoria. Pero ninguno se quedó tranquilo. Sobre todo Iria y Julen, que decidieron pasar la noche en su habitación para vigilar que estuviera bien.

—Lo siento, tío. Pero no me pienso ir de aquí —insiste el navarro, sentándose en el suelo de la habitación 1156.

—Claro que te vas a ir. Estoy bien, de verdad. No seáis pesados.

—¡El único pesado eres tú! Ya que no has querido que te llevemos al médico, por lo menos deja que cuidemos de ti esta noche. ¿Y si te vuelve a pasar?

—No me va a volver a pasar, gallega.

—¿Y tú qué sabes?

—Porque lo sé. Simplemente, ha sido un pequeño lapsus, ya os lo he dicho.

—¿Y si pierdes la consciencia? ¿O te desmayas?

—¿Qué? Estás mal de la cabeza.

—Perdona, pero el único que ha tenido un problema en la cabeza has sido tú.

—¡Que solo ha sido un lapsus, joder! ¡Fuera! ¡Esta habitación es muy pequeña para los tres! ¡Me agobiáis! No me va a pasar nada.

Sin embargo, ni Iria ni Julen están seguros de que no le suceda otra vez. Manu es insoportable la mayor parte del tiempo, y un cabezota, pero es su amigo. Y no van a estar tranquilos ni van a poder dormir si lo dejan solo.

—Bueno, como no quieres que nos quedemos aquí los dos, hacemos un trato —comenta la chica, a la que se le ha ocurrido una solución—. Haremos turnos. Primero se queda uno contigo y luego el otro. Así no te agobiamos demasiado. ¿Aceptas?

—No.

—Venga, Manu, tío. Somos tus amigos. Deja que nos quedemos.

El malagueño resopla. Se siente halagado por su insistencia; no sospechaba que alguien pudiera preocuparse tanto por él. Y no lo va a reconocer, pero esa pérdida de memoria le ha asustado.

—Está bien. Pero solo quiero que se quede la gallega —propone como condición—. No pienso acostarme contigo, Julen. No por nada, sino porque eres muy grande y esta cama es muy pequeña para los dos.

—Me quedaré en el suelo o sentado en la silla. No hay problema.

—Ni de coña. No vas a pasar la noche en vela por mi culpa, tirado en el suelo o en esa puta silla. Se queda la gallega o no hay trato.

—Está bien, yo me quedo.

Los dos chicos miran a Iria, que está decidida a pasar toda la noche en la habitación de Manu para estar pendiente de él.

—De acuerdo. Pero si este te hace algo, llámame.

—No te preocupes, Julen. Se portará bien —asegura ella—. Esperadme un minuto, que voy a ir a mi cuarto a ponerme el pijama, ¿vale?

—¿Estás segura de que no prefieres dormir desnuda?

—Segurísima, malagueño.

Unos minutos después, Iria regresa a la 1156. Ella y Manu se despiden del navarro y se quedan solos en la habitación.

—¿No roncarás? —le pregunta él deshaciendo la cama.

—¡No! ¡No ronco!

—Pues yo a veces sí. Alguna penitencia tendrías que tener por pasar la noche conmigo, el sueño de cualquier mujer. ¿Derecha o izquierda?

—Izquierda. Si no te importa.

Era su lado de la cama cuando dormía con Antón. Desde la semana anterior a empezar la universidad, no había compartido una cama con nadie. Aunque la situación ahora es bastante diferente a las habituales.

—La izquierda para ti.

—Gracias. Muy amable. Procuraré no moverme mucho.

—Más te vale. A ver si vas a terminar encima de mí y no voy a poder controlarme.

—Tranquilo, no me muevo tanto como para eso.

El malagueño sonríe. Después de vivir una noche tan extraña, por fin se está divirtiendo. Se quita la camisa con la que salió y que aún llevaba puesta, y después los pantalones. Iria le observa de reojo. No es la primera vez que lo ve con tan poca ropa. Recuerda la primera semana de clase, el día de las novatadas, cuando se desnudó totalmente en la piscina. Los dos habían bebido demasiado. La tableta en su abdomen permanece en plena forma.

—¿Puedo dormir así o me pongo una camiseta y un pantalón corto?

—Puedes hacer lo que quieras. Es tu cuarto.

—Nunca le digas a un tío que puede hacer lo que quiera en su habitación. Corres peligro de que te haga caso.

Y con su habitual pícara sonrisa, Manu entra en el cuarto de baño y cierra la puerta. Iria suspira. Qué raro le resulta estar allí. Se mete en la cama y se tapa hasta el cuello. Está nerviosa y no debería. Si va a dormir con él es solo por una buena causa, para cuidarle. Nada más. Ni siquiera se siente atraída por el malagueño, por muy bueno que esté. Ya se lo ha dicho millones de veces: ni aunque fuera el último tío de la historia de la humanidad pasaría algo entre ellos. Resopla. ¿Por qué tarda tanto?

—¡Manu! ¿Te has ahogado con la pasta de dientes?

Pero el chico no responde. Iria se inquieta. Vuelve a gritar su nombre y este continúa sin contestar. Alarmada, se destapa y salta de la cama. Se dirige al cuarto de baño y toca con los nudillos la puerta al tiempo que repite su nombre. El resultado sigue siendo el mismo. Pega el oído a la puerta y no se oye nada.

—¡Manu! ¡No seas capullo! ¡Déjate de bromas! Si no respondes, voy a entrar.

Sin embargo, el joven sigue sin dar señales de vida. Iria no está segura de cómo debe actuar. ¿Entra? ¿Y si está en un momento íntimo? ¡Idiota! Está empezando a preocuparse mucho, así que sujeta el pomo de la puerta y se atreve a girarlo lentamente. Por suerte, no ha cerrado con el pestillo.

—¡Voy a entrar! —grita por última vez.

La luz del baño está encendida. Empuja la puerta, inquieta por lo que pueda encontrarse. Lo ve sentado en el suelo, junto a la pileta de la ducha. Está mirando hacia la pared de enfrente, con aspecto de estar desorientado. De repente, se gira hacia ella y la observa, achinando los ojos. Iria se asusta e inmediatamente se agacha a su lado.

—¿Quién eres tú?

—¡Joder, Manu! ¿Cómo que quién soy yo?

—¿Eres mi madre? —pregunta el joven con la voz aguda, como si tuviese diez años menos.

—¿Tu madre? ¡No! ¡Soy Iria! ¡Iria! ¡Tu pesadilla gallega! —insiste chillando la chica, cada vez más asustada—. ¿No me recuerdas?

Manu inclina la cabeza y la mira de lado. Arruga la frente y se echa hacia atrás, haciéndose un ovillo, con las piernas encogidas.

—No sé quién eres. ¿Por qué estás aquí?

—Porque soy tu amiga. Soy Iria, tu compañera de pasillo. Estamos en Madrid, en la residencia Benjamin Franklin, ¿no lo recuerdas?

El chico parece que no entiende lo que le dice. No deja de mirarla y de preguntarle quién es y qué hace allí, hasta que... no puede más y suelta una carcajada. Se tumba boca abajo y es incapaz de parar de reír. Iria no se cree que le haya hecho algo así.

—¡Eres el tío más gilipollas del universo! —grita poniéndose de pie. Enrabietada, le propina una patada en la pierna—. ¡No mereces que nos preocupemos por ti! ¡No te mereces nada!

La gallega sale del cuarto de baño enfurecida. Manu se levanta y acelera el paso para impedir que se marche de la habitación.

—Perdona —le dice colocándose entre ella y la puerta—. Ya me conoces. Soy un bromista, no lo puedo remediar.

—¡Lo que eres es un...!

Pero antes de que pueda gritarle lo que piensa de él, Manu se inclina sobre ella y le planta un beso en los labios. Iria ni siquiera cierra los ojos: recibe el beso más inverosímil e inesperado que le han dado en su vida. No reacciona, simplemente se deja besar. Cuando es consciente, se separa del malagueño y se da la vuelta. Camina hacia la cama sin hablar, estupefacta. El joven va tras ella y se sientan uno al lado del otro.

—Te juro que no quería hacer eso —indica Manu, que da la impresión de ser sincero.

—Pues lo has hecho.

—Ya. Aunque solo ha sido un beso, tampoco vayas a hacer un drama. Los actores se morrean casi a diario y con personas diferentes. ¡Y los actores porno ni te cuento!

Curiosamente, aunque intenta contenerse, ese absurdo comentario la hace sonreír. Manu parece nervioso, como pocas veces lo había visto. Tiene la sensación de que ese beso también le ha sorprendido a él.

—¿Sabes? Me has asustado mucho —reconoce la chica unos segundos más tarde—. No vuelvas a gastarme una broma de ese tipo. Pensaba que te habías vuelto loco.

—Soy bromista por naturaleza. No te puedo prometer nada.

—No quiero promesas, quiero que no lo hagas más.

Manu dibuja una mueca con la boca, torciéndola hacia la derecha. Quizá el cupo de bromas pesadas con Iria está completo. ¿Por qué la ha besado? No tiene explicación. Le gusta su carácter, pero ya está. ¿O hay algo más que no alcanza a entender? El caso es que ha seguido un impulso para el que no encuentra justificación.

—¿Nos acostamos ya? Quiero decir si nos vamos a dormir —le consulta Manu enfundando bien la almohada.

—Vale, estoy cansada.

Los dos se meten en la cama al mismo tiempo. Iria ocupa el lado izquierdo y Manu el derecho. Ambos se tapan, dejando fuera de las mantas solo la cabeza. El chico apaga la luz y se coloca boca arriba. Ella está en una postura idéntica.

—Tranquila. Aunque te haya besado, no intentaré nada contigo.

—Más te vale —le advierte la gallega algo nerviosa. No quiere pensar más en ese beso, prefiere cambiar de tema cuanto antes—. ¿Te encuentras bien? Me refiero al tema de la memoria. ¿No sabes por qué ha podido ser?

—Será que me estoy haciendo mayor y empiezo a chochear.

—No digas tonterías. Deberías ir al médico.

—¿Para qué? ¿Para que me diga que no tengo nada y que soy el paciente más sano que ha pasado por su consulta? Deja que los matasanos se ocupen de las personas que realmente están enfermas.

Tal vez su amigo tiene razón y solo ha sido un lapsus ocasional. Un simple fallo del sistema. ¿Le preocupa más su pérdida de memoria o el beso que le ha dado? Joder, otra vez está pensando en eso. Debe intentar olvidarse. Con Julen también se ha dado besos en la boca y no ha sido para tanto, aunque el significado no fuera el mismo.

—Bueno, a dormir.

—Sí, durmamos, que en nada se hará de día.

—Intenta no roncar mucho, por favor.

—Tampoco puedo prometerte eso, gallega. Pero haré lo que pueda.

Cada uno se gira para un lado y se dan las buenas noches. Poco duermen en esa madrugada de enero. Escuchan caer la lluvia, reflexionan sobre lo que han vivido ese sábado, piensan en el beso..., sin hablar, sin volver a decirse nada. Así durante toda la noche.

Por la mañana, Iria regresa sigilosamente a su habitación mientras Manu todavía duerme. Entra en el cuarto sin saber que Marta la ha visto salir de la 1156. Se desnuda y se mete en la ducha. No se quita de la cabeza el beso del malagueño; no lo ha hecho en toda la noche. Parece imposible dejar de pensar en esos segundos en los que sus labios se juntaron. ¿Qué le está pasando?

Sale de la ducha y, cuando se está secando, llaman a la puerta. ¿Julen? No ha vuelto a hablar con él desde que se despidieron anoche.

Embutida en la toalla, abre y se encuentra a Manu repasándola de arriba abajo.

—Te has ido sin despedirte —comenta él sonriendo.

—Estabas dormido. No quería despertarte. Y no me mires así.

—No sé de qué me hablas.

—Ya. Oye, tengo que vestirme. Quiero ir a desayunar.

—Por mí no hay problema. Vístete.

La gallega sonríe y lo empuja levemente para obligarle a salir al pasillo. Luego, cierra la puerta a pesar de las protestas del malagueño. Sola de nuevo, se viste, aunque no puede deshacerse del recuerdo del beso.

Se siente rara. Y cansada. Con lo que ha dormido, no le extraña. Necesita un café urgentemente. Coge el móvil, el tique del desayuno y se dispone a salir de la habitación. Cuando abre la puerta, se lo encuentra a menos de un metro. Manu no se ha ido a su cuarto y se ha quedado para esperarla.

—Sé que esto te va a sonar muy extraño —comienza a decirle el chico, que no es capaz de mirarla a los ojos—. Pero cuando te he visto, me han entrado unas ganas impresionantes de besarte.

—¿Cómo? ¿Tú estás bien?

—No lo sé, pero ¿puedo hacerlo?

Iria se queda sin palabras. ¡Ha perdido el juicio! Y lo peor es que ella también, porque el deseo de besarle es recíproco. Le coge de la mano y lo arrastra hacia el interior de su habitación. Después cierra la puerta. Por muchas ganas que tuviera de un café, hay una necesidad que en ese instante supera a todas las demás.

CAPÍTULO 17

Echa sacarina en la taza y le da vueltas al café con una cucharilla de plástico, desganada. Anoche se acostó tarde y ella misma se ha obligado a levantarse a desayunar para no quedarse toda la mañana tumbada en la cama. Ainhoa da un sorbo y examina su teléfono móvil una vez más. Borja no le ha escrito y, aunque es temprano, no cree que lo vaya a hacer, por lo menos durante ese domingo. Él ya obtuvo su premio, lo que buscaba desde el principio. Y no estuvo mal del todo. Si hizo lo que hizo fue porque le apetecía. A pesar de que los mareos que sufrió durante la noche emborronaron un poco la cita.

Un rayo, seguido de un trueno, ilumina el comedor. A lo mejor quedarse en la cama hoy no es tan mala idea.

Cuando está a punto de levantarse de la mesa para subir a su habitación, llega Toni. El valenciano también se sirve un café con leche, y un par de cruasanes, y se sienta con ella.

—Menudo día hace —comenta el joven mientras se pone azúcar en la bebida—. Peor imposible. Espero que no se formen goteras y el agua no llegue a las habitaciones.

—Como siga lloviendo así, será un milagro que no tengamos que salir huyendo en barcas.

Toni abre por la mitad uno de los cruasanes y lo unta con mermelada de melocotón. Mientras, Ainhoa da el último sorbo a su café.

—No te vi anoche, ¿saliste? —pregunta el valenciano, que sigue dedicado a preparar a su gusto el desayuno.

—Sí, salí con un amigo de clase.

—¿Muy amigo?

—Lo suficiente como para tomar algo con él y que luego me acompañara a la residencia.

—Pero ¿se quedó?

—No, se fue a su casa —responde la canaria, sin pretender dar más detalles del tema—. ¿Ahora eres periodista del corazón?

El chico se ríe. En realidad se alegra de que Ainhoa salga con alguien. Después del palo que se llevó con Óscar y de lo que le sucedió a Nicole, llevaba un tiempo bastante apagada. Necesita un impulso, que suceda algo distinto que vuelva a darle energía.

—No te preocupes, no haré más preguntas sobre tu amigo.

Él no insiste, pero el interrogatorio continúa minutos después, cuando aparecen Elena, David y Marta. Esta última no se conforma con respuestas ambiguas, quiere detalles. Todos los detalles del encuentro.

—No pasó nada que tenga que contar —señala la canaria, avasallada por el interés de la pequeña de las Guillermo Casanova.

—¡No me lo creo! ¿Hubo beso?

—¡Marta! ¡Deja en paz a Ainhoa! —exclama Elena después de darle un manotazo a su hermana en el brazo.

—¿Qué? ¡Solo quiero saber si hubo beso o no!

—Eso no te importa. Es asunto suyo.

—Vamos, Elena. No me digas que no tienes curiosidad —insiste Marta—. Si hasta David creo que quiere saber si Ainhoa se lio con el tío bueno con el que salió anoche.

David abre los brazos y mueve la cabeza negándolo cuando su novia lo nombra. Sin embargo, la canaria se siente el centro de las miradas. Aunque todos son buenos amigos, que hablen de ella la incomoda.

—Sí, me lie con él —termina reconociendo la aludida en voz baja, para evitar que continúen las insinuaciones de uno y de otro—. Y ya no diré nada más.

—¡Lo sabía! ¡Sabía que te liarías con ese tío!

El grito que da Marta se escucha en todo el comedor. Los otros residentes que están desayunando se giran hacia su mesa, provocando que la chica se muera de vergüenza. Aunque la que enrojece muchísimo es Ainhoa, que desea que se la trague la tierra en ese momento.

—¿Ves? ¿Ya estás contenta? —regaña Elena a su hermana—. Ahora todo el mundo nos está observando por tu culpa.

—Perdón. Me ha podido la emoción. Lo siento, Ainhoa.

La canaria acepta sus disculpas y la tranquiliza asegurándole que no está enfadada con ella. Pero, una vez solucionado el asunto, Marta vuelve a la carga.

—¿Y solo fueron besitos o también lo hicisteis?

La chica esquiva el manotazo de su hermana esta vez, aunque no el pellizco en la pierna que David le da por debajo de la mesa. La pregunta, en cambio, hace sonreír a Ainhoa, que se levanta, le da un beso a Marta y se marcha del comedor.

—Eso es que sí, ¿no?

—¡Eso es que eres una cotilla! ¿Cómo le preguntas esas cosas? —se queja Elena muy enfadada.

—Porque me interesa. ¡Tiene que olvidarse de Óscar de una vez por todas! ¿No piensas lo mismo que yo?

—Sí, también pienso así. Pero no has debido presionarla de esa forma.

Marta no cree que la haya presionado. De hecho, juraría que, si hubiesen estado las dos solas, le habría contado más.

—Estoy segura de que no fueron solo besos. Se le veía en la cara —susurra para sí.

El desayuno prosigue sin que el tema de Ainhoa y su amigo vuelva a aparecer en la conversación. Fuera, la tormenta cesa y, aunque sigue lloviendo, los rayos y los truenos se extinguen por completo.

Cuando los cuatro están a punto de terminar, una chica entra en el comedor visiblemente mojada. Ojea el interior de la sala y, al divisar a Toni, camina deprisa hacia su mesa, dejando un reguero de agua en su camino. El chico no la ve hasta que la tiene prácticamente delante.

—Isa, ¿qué tal? —la saluda el valenciano, que se extraña al contemplarla empapada de agua—. ¿Te sientas con nosotros?

El resto de los chicos no ha visto nunca a la recién llegada y la observa con curiosidad. ¿De qué la conoce Toni?

—No, gracias. ¿Puedo hablar contigo?

—Claro, dime.

—A solas, por favor.

Toni asiente, aunque por el tono de Isa no está seguro de que le vaya a hablar de algo bueno. Ayer le quedó claro que a esa chica no le gustan demasiado las personas. ¿Le va a echar la bronca por algún motivo? Por la noche continuó haciendo ruido; sin embargo, él se abstuvo de volver a subir a su habitación para recriminárselo.

—¿Quién es? —le pregunta Marta intrigada.

—Mi vecina de arriba. Luego os cuento.

El chico se aleja de la mesa acompañando a la *youtuber*. Isa se detiene junto a la puerta del comedor y le muestra a Toni el motivo por el que se ha mojado.

—Mira, yo no suelo pedir favores a nadie. Pero necesito que me ayudes con algo. Es muy importante para mí.

Aunque la hermana de Elena le ha hecho pasar bastante vergüenza durante el desayuno, le cae bien. Lo que más le gusta de Marta es que va de frente. No se esconde y, en lugar de cuchichear a su espalda, ha preferido preguntarle directamente por lo que pasó anoche con Borja. Quizá, si no hubieran estado Toni y David delante, le habría contado lo que sucedió en el cuarto de baño de aquel local de Huertas. En otra ocasión.

Sube por la escalera hasta la recepción de la residencia. Se para frente al mural en el que están los programas de televisión seleccionados por los residentes para ver ese domingo. En su mayoría son partidos de fútbol de la Liga española. En cambio, alguien ha reservado la sala a las cuatro de la tarde para proyectar una película: *Querido John*, una de sus preferidas. Así que, con el día que hace, no hay mejor plan para esa tarde que sentarse en la sala de cine y llevarse un paquete de pañuelos.

Con la alegría de haber encontrado un buen plan para después de comer, continúa caminando hacia el pasillo. Saluda al bedel de guardia y abre la puerta verde en la que pone «1B». Entonces, todo el buen sabor de boca que le ha proporcionado descubrir la reserva de *Querido John* en el tablón de programación de ese domingo, 18 de enero, se agria al verlos salir de la habitación 1159. A Ainhoa se le revuelve el estómago cuando Óscar y Naiara aparecen frente a ella al final del corredor. Está a punto de darse la vuelta y marcharse a cualquier otro lugar, pero se arma de valor y decide actuar como si nada. La pareja también repara en ella. Naiara hace un comentario en voz baja a su novio y acompaña sus palabras de una sonrisa. Tampoco ellos se detienen. A mitad de camino, se cruzan.

—Hasta luego —dice Nai divertida, agarrando de la mano a su novio.

Pero la canaria no responde al saludo de la chica. Ni siquiera la mira. Tampoco habla Óscar, que muy serio pasa de largo.

La pareja abre la puerta y abandona el pasillo al mismo tiempo que Ainhoa llega frente a la puerta de su habitación. Nerviosa, saca la llave y abre temblorosa. Resopla y se encierra en el cuarto. Hace mucho frío dentro. La ventana se ha abierto por el viento y la lluvia ha mojado el escritorio.

—Mierda —dice en voz baja, apresurándose para que no entre más agua en la habitación.

Cierra la ventana y se sienta en la cama, agachando la cabeza y tapándose los ojos con las manos. No puede verlos juntos, es superior a ella. Si ya le sienta mal coincidir con Óscar en el pasillo durante las comidas o en la cafetería, cuando está con Naiara es todavía peor. Le vienen a la cabeza todas esas conversaciones en las que él criticaba a su exnovia por su infidelidad. Le habló tantas veces del daño que le había hecho...; qué estúpida fue enamorándose.

Levanta la mirada y contempla que está lloviendo con más fuerza. Maldito invierno en la península. Odia el frío que hace en Madrid en esa época del año.

¿Y si volviera a Las Palmas?

Sabe que eso no es posible. Debe terminar el curso y en verano ya decidirá.

Se pone de pie nuevamente y se dirige al cuarto de baño. Solo han sido un café y un par de galletas María en el desayuno. En cambio, siente el estómago como si se hubiera comido un cocido madrileño. Cada día su cuerpo acepta menos cantidad de comida. ¿O es su mente la que se encarga de eso?

Tras mirarse al espejo, lo prepara todo como siempre y se miente, prometiéndose que será la última vez. Pone música en el móvil a todo volumen, abre el grifo del agua fría al máximo y se recoge el pelo en una coleta. Son los consejos que Mía le dio. A continuación, pulsa el botón de la cisterna para hacer más ruido y se mete dos dedos dentro de la boca. Ya no le cuesta tanto como hace un mes. Las arcadas llegan enseguida y, en apenas un minuto, consigue deshacerse de todo lo que ha desayunado.

Ya está. Algo tan complicado, que al principio le costaba tanto, se ha convertido en una especie de ritual. Un sacrificio diario que tiene sus cosas buenas y sus cosas malas, pero al que se ha acostumbrado a pesar de los mareos y de los efectos secundarios. Como siempre que acaba, se jura a sí misma que no volverá a pasar, se seca las lágrimas con papel higiénico y le sonríe al espejo. Una sonrisa repleta de tristeza y dolor. Aunque Mía le diga todo lo contrario.

CAPÍTULO 18

—¿En serio te ha pedido eso?

—Sí, ¿queréis hacerlo?

—¡Yo sí! ¡Será divertido!

Marta acepta entusiasmada, aunque David no las tiene todas consigo. Elena tampoco. Eso que les ha pedido Toni para ayudar a su vecina de arriba no le agrada demasiado.

—A ver si me he enterado bien —comienza a decir la mayor de las hermanas—. Esa chica es una *youtuber* y quiere grabar un vídeo con nosotros para su canal. Y lo que haremos es un juego con chocolate y churros, ¿no?

—Sí, exactamente.

—¿Y por qué no lo hace ella contigo?

—Porque alguien tiene que grabarlo —responde el valenciano, que saca el teléfono de la chaqueta—. Y porque dice que así el vídeo será más divertido. Mirad, quiere algo como esto.

El chico les pide que se agrupen en torno a él. En su *smartphone*, busca en YouTube un vídeo en el que realizan el llamado «*Challenge* del chocolate con churros». Clica en el enlace https://www.youtube.com/watch?v=vWM4CBXKkvI y les enseña un ejemplo de lo que tendrían que hacer.

—¡Nos pondremos perdidos! —grita Elena atenta al vídeo que Toni les muestra.

—¡Eso es lo bueno! Nosotros dos nos apuntamos, ¿verdad, cariño?

El posterior «por favor» susurrado de Marta termina de persuadir a David, que siente que le debe una por todo lo que ha sucedido en las últimas horas. Puede ser divertido y les servirá para olvidar por un rato el asunto de la *ouija.* Antes de bajar a desayunar, acordaron con Elena que no volverían a sacar el tema ni le contarían a nadie la verdad sobre Rocío Costa.

—Está bien, lo haremos —indica el sevillano sonriente.

—¡Genial! ¡Te voy a poner perdido!

La chica le da un beso en los labios a su novio y luego lo abraza. No está mal la alternativa que han encontrado al mal tiempo.

—¿Y tú, Elena? ¿Te animas? —le pregunta otra vez Toni.

—No sé. Martín está todavía durmiendo y no quiero despertarlo. Hoy es domingo.

—No hace falta que lo hagas con él. Isa me ha dicho que necesita a cuatro personas. Y ya estamos cuatro.

—¡Vamos, hermanita! ¡No seas sosa!

—Si no quieres tú, tendré que buscarme a otra chica para que sea mi pareja en el juego —insiste Toni.

A Elena continúa sin hacerle mucha ilusión la idea, aunque, visto lo visto en el vídeo de YouTube, puede resultar entretenido. Además, le hace un favor a Toni. No sabe si su vecina le gusta, porque nunca les ha hablado de ella, pero si así le puede ayudar de alguna forma...

—Está bien. Haré el jueguecito ese de los churros. Pero solo porque tú me lo pides, Toni.

Su hermana y el valenciano celebran con vítores la decisión de Elena. A David, en cambio, solo se le escapa una tibia sonrisa. Recuerda el día en que los dos escribieron palabras con chocolate en el brazo del otro utilizando churros como pinceles. Aunque no hace tanto de eso, parece que han pasado siglos.

Los cuatro salen del comedor y suben hasta la segunda planta. Isa los espera en la 1254, donde está preparándolo todo. Toni, por el camino, les cuenta a sus amigos quién es esa chica y cómo la ha conocido.

—¿Isa come Pizza? El nombre del canal tiene su gracia —comenta Marta, que está encantada de hacer el juego.

—Es muy divertida. Ayer vi unos cuantos vídeos suyos.

—¿Y te gusta? Es mona.

—No es mi tipo. Además, tiene un carácter un tanto especial.

El valenciano prefiere no dar demasiados detalles de la manera de ser de Isa, para no asustarlos ni que se echen atrás. Si les cuenta que esa chica odia a las personas y que prefiere verlas en una pantalla de ordenador, tal vez rehúsen ayudarla. Así que resume lo de un «carácter un tanto especial» como «alguien obsesionado con YouTube».

—¿Pero es una *youtuber* famosa? ¿Como el Rubius, Mangel, Vegetta y todos esos? —quiere saber Elena—. ¿Nos va a ver mucha gente?

—No, ella no es famosa. Está empezando. Aunque tiene más de dos mil quinientos suscriptores.

Los chicos llegan a la segunda planta y entran en el pasillo 2B. Es Toni el que llama a la puerta de la habitación de Isa. Esta les abre enseguida y los invita a pasar. No sonríe, pero se presenta brevemente y les agradece que hayan aceptado ayudarla. Después, las hermanas y David dicen sus nombres, aunque los tres tienen la impresión de que a ella no le interesa mucho esa información.

—He comprado diez churros en una cafetería de aquí al lado y abajo me han dado un litro de chocolate y cuatro vasos de plástico —comenta la joven, que ya se ha secado y se ha cambiado de ropa.

En la residencia solo sirven churros los sábados durante el desayuno, pero esa idea se le ocurrió ayer por la noche. No estaba contenta con nada de lo que había grabado para la semana siguiente, así que decidió dar un giro a sus ideas y empezar de nuevo, con algo más arriesgado, pero para lo que necesitaba ayuda. Todo sea por el canal.

—¿Has ido fuera a comprarlos con el tiempo que hace? —pregunta David echando un vistazo a su alrededor.

La ropa mojada está aún sobre la cama. En la parte izquierda del cuarto divisa un trípode, con una cámara preparada enfocando hacia la zona del escritorio. Encima de este descansan un bote de plástico con el chocolate, los cuatro vasos y un cartucho de cartón abierto con los diez churros en su interior. En la misma zona hay una toalla extendida en el suelo.

—Sí, no tenía más remedio. Pero aunque están un poco fríos, no os preocupéis, que el chocolate me lo han dado hirviendo. Está bueno, me he tomado un vaso para probarlo y para entrar en calor. Bueno, os explico un poco cómo quiero que sea esto. ¿Tenéis las parejas formadas?

—Sí —responde Toni, asumiendo la voz cantante del grupo—. Marta y David irán juntos por un lado; y Elena y yo, por otro.

—Bien. Pues empezaremos por vosotros dos —ordena Isa señalando a la pareja de novios—. Os tenéis que sentar en el suelo, uno enfrente del otro. He colocado una toalla para que no lo pongamos todo perdido y para que no se os hiele el culo. No tengo antifaces, así que utilizaremos unos pañuelos de tela para taparos los ojos. ¿Habéis visto el vídeo que le dije a Toni que os pusiera para que os hicierais una idea de cómo es el juego?

Todos asienten. A continuación, Isa les vuelve a relatar cómo deben actuar. El juego consiste en que, con los ojos tapados, cada uno debe darle de comer churros mojados con chocolate a su pareja. Durante dos minutos.

—¿Gana alguien? —interviene David, que se acaba de quitar la sudadera que lleva puesta para quedarse solo con una camiseta de manga corta.

—No. Lo importante es que os manchéis mucho para que el vídeo quede divertido. Ya sabéis, necesitamos caras repletas de chocolate. ¿Alguna pregunta más?

—¿Cuándo saldrá el vídeo? —quiere saber Marta algo nerviosa. Espera que su novio no la pringue demasiado.

—Si todo va bien, este jueves.

Isa no quiere demorarse más. Están invadiendo su espacio y eso la molesta. Pero si las cosas salen como ella planea, va a tener un vídeo perfecto para su canal. Además, las chicas son bastante monas y el chico del tatuaje está muy bien; eso ayudará a que las visitas suban y a que crezca el número de *likes*. Por no hablar de los nuevos suscriptores que puede sumar.

—Vamos a empezar —dice cogiendo otra cámara para grabar con dos planos distintos.

David y Marta se sientan sobre la toalla que está en el suelo. Toni le sirve un vaso de chocolate a cada uno y se lo entrega. A continuación, les venda los ojos y comprueba que no ven. Por último, pone entre ambos el cartón con los churros.

Por su parte, Isa ajusta correctamente la cámara del trípode que empleará para el plano fijo. Cuando el enfoque está a su gusto, recupera la otra cámara y se sitúa junto a la pareja.

—Toni, tienes que dar una palmada después de que diga «prevenidos», y luego yo gritaré «grabando». Esa será la señal para que empecemos a grabar y que ellos comiencen a jugar. ¿Tú puedes cronometrar dos minutos? —le pregunta a Elena, a la que da un reloj para que tome el tiempo.

La chica acepta y también se prepara para cuando el valenciano dé la palmada que suponga el arranque del juego.

—¿Todos listos? ¡Vamos! ¡*Challenge* del chocolate con churros! Pareja número uno. Toma primera. ¿Prevenidos?

Se escucha la palmada de Toni y el «grabando» a continuación. Elena le da al botón del reloj que activa el cronómetro e Isa empieza a grabar. Marta y David estiran rápidamente el brazo para buscar un churro. Cuando lo encuentran, lo mojan en el vaso e intentan que el otro lo muerda.

Entre risas, durante dos minutos ambos hacen lo posible y lo imposible para llenar de chocolate al de enfrente. Y eso que al principio el sevillano no se esfuerza mucho. Pero la chica se lo toma muy en serio y unta el chocolate por el rostro de su novio, una y otra vez, sin detenerse ni un solo segundo.

El tiempo termina y Marta y David se quitan el pañuelo de los ojos. Isa acerca la cámara y graba sus rostros embadurnados completamente de chocolate. La pareja ríe al verse y terminan dándose un beso dulce en los labios. La *youtuber* grita entusiasmada. Elena, en cambio, ni siquiera sonríe. Gira la cara hacia otro lado, hasta que Toni la avisa.

—Es nuestro turno. ¿Lista?

—No. Esto lo hago porque eres tú —le advierte resignada al valenciano—. Espero que al menos esa chica te guste.

CAPÍTULO 19

—Joder. El comedor ya está cerrado. Por tu culpa se nos ha pasado la hora del desayuno.

—¿Por mi culpa? Claro, cómo no, porque tú te has negado rotundamente a liarte conmigo, ¿verdad, gallega?

Iria se frota los ojos y no sabe si reír o llorar. Acaba de pasar lo que jamás habría imaginado que pasaría. Manu está en su habitación, tumbado en la cama, después de una sesión interminable de besos. Y no, no ha sido solo por culpa de él: los dos han contribuido en partes iguales a que aquello sucediera. Ni siquiera se había dado cuenta de lo tarde que era hasta que ha mirado el reloj del móvil.

—Necesito un café —indica la chica incorporándose.

—Sí, yo también. ¿Me invitas a desayunar en la cafetería de la residencia?

—Qué cara más dura tienes.

—¿Eso es un sí?

—Sí, pesado, sí —contesta la joven, que resopla antes de entrar en el cuarto de baño para peinarse.

Mientras se cepilla el pelo, Iria sonríe de una forma ingenua. Casi se avergüenza por ello. Y es que la situación no puede ser más inverosímil e inesperada. Sigue pensando que Manu es insoportable y una persona de poco fiar. Ni siquiera sabe por qué se ha liado con ella. En cambio, hay una cosa indudable: besa como nadie. Ni siquiera los besos de Antón lo superan. Pero si se lo dice, su ego se elevará hasta el infinito y más allá.

La chica termina de peinarse y regresa junto al malagueño, que se ha sentado en el colchón. Él la observa fijamente y se acaricia la barbilla pensativo.

—No lo entiendo.

—¿El qué no entiendes?

—Cómo es posible que alguien con tu estatura jugara al voleibol. Es totalmente incomprensible.

—¡Capullo!

La gallega salta sobre Manu e intenta golpearle. Sin embargo, el joven la esquiva y la sujeta por los brazos, impidiendo que le alcance. Iria forcejea para que la suelte. Lo consigue, no sin esfuerzo, y se sienta en la cama jadeante.

—¿Por qué te metes tanto conmigo? ¿Disfrutas?

—La verdad es que sí. Es divertido ver cómo te cabreas.

—¿Es divertido cabrear a la gente?

—A ti sí. No me cuesta nada. Además, enfadada estás muy sexi —señala Manu al tiempo que coloca una mano sobre la rodilla de Iria—. ¿Nos vamos ya a desayunar? Tengo hambre.

La chica retira la mano del malagueño de su pierna. Se levanta y se cruza de brazos, mirándole muy seria.

—Esto que ha pasado tiene que quedar entre nosotros. ¿Entendido?

—¿Te avergüenzas?

—No lo sé. Aún no me ha dado tiempo a digerirlo.

—Deberías sentirte orgullosa de probar mis besos. Ahora perteneces a una selecta lista de chicas.

—No creo que esa lista sea tan selecta. Pero seguro que soy la que tiene más cerebro de todas con las que te has enrollado.

El joven ríe y también se pone de pie. La rodea con el brazo por la cintura y se inclina sobre ella para volver a besarla. Pero Iria, esta vez, no está por la labor y le rechaza, apartando la cara.

—Solo quería darte un beso cariñoso.

—Dejemos lo del cariño para otra ocasión —señala ella, avanzando hacia la puerta de la habitación—. Ni una palabra de lo que ha pasado aquí, ¿vale?

—Vale. No presumiré delante de nadie de que nuestras lenguas se han divertido juntas.

—Ni se te ocurra hacerlo o no vivirás para contarlo dos veces. Me encargaré personalmente de ello.

—Me encanta cuando hablas como una criminóloga.

La chica sonríe y abre la puerta del cuarto. Comprueba que no hay nadie en el pasillo y le pide a Manu que se dé prisa en salir. El joven se apresura y juntos se dirigen a la cafetería. Eligen la mesa más alejada de la entrada y se sientan uno frente al otro.

—A ver, ¿qué quieres? —le pregunta Iria mientras se saca un billete de diez euros del bolsillo del pantalón.

—Dos tostadas de pan de molde, pero no muy hechas, con mantequilla y mermelada de fresa, un zumo de naranja frío y un café con leche en taza, que esté muy caliente.

—Joder, cuántas exigencias. ¿Algo más, señorito?

—¿Hay presupuesto para un cruasán?

—No.

—Pues un vaso de agua. Es que, si no bebo agua durante el desayuno, el pan tostado se me hace una bola en la garganta.

—Ahora te lo traigo todo. Pero no te acostumbres, que no soy tu sirvienta.

—No te quejes. Si estás deseando ir a pedir —indica Manu, que señala con la cabeza hacia la barra—. Tu amigo está ahí.

Iria se da la vuelta y mira en la dirección a la que apunta el joven. Gonzalo se encuentra en una esquina lavando unos vasos en el fregadero. Parece algo distraído.

—No te pongas celoso —le suelta ella risueña—. Ahora vengo.

—No te entretengas mucho con el camarero, que tengo mucha hambre.

—Descuida. Yo también estoy hambrienta.

La gallega se despide de Manu guiñándole el ojo y se aproxima a la barra, en la que Gonzalo continúa fregando vasos. Sigue despistado, tanto que Iria debe llamarlo un par de veces alzando la voz para que la atienda.

—Perdona, los domingos por la mañana no soy persona. ¿Qué vas a tomar?

—A mí me pasa lo mismo, no te preocupes.

Después de un breve diálogo sin mucho contenido en el que hablan de los domingos y el tiempo que hace, el joven escucha atento lo que la gallega le pide. Luego, se retira a prepararlo. Pone a hacer los cafés y después las tostadas.

—Se te han pegado las sábanas hoy, ¿no? —comenta Gonzalo mientras exprime las naranjas para el zumo de Manu.

—Sí, cuando me he dado cuenta, se me había pasado la hora del desayuno y me habían cerrado el comedor. Anoche me acosté tarde.

—¿Quieres una aspirina para la resaca?

—No, no tengo resaca, gracias.

—Mejor. Es odioso levantarse un domingo por la mañana con dolor de cabeza.

El camarero le entrega el zumo de naranja y acude de nuevo a la plancha donde está calentando el pan. Les da la vuelta a las tostadas y regresa donde está ella, tras alcanzar las dos tazas de café.

—La leche muy caliente, por favor.

El joven coge un recipiente en el que la leche está hirviendo y echa un poco en cada taza. La chica observa de reojo a Gonzalo mientras lo hace. Las mangas de la camisa se le suben un instante y descubre alarmada que tiene unas cicatrices muy marcadas en el brazo derecho. ¿Son cortes? No puede distinguirlas bien, pero le da esa impresión.

—¿Por qué no te llevas esto a la mesa? Las tostadas estarán enseguida.

—Sí..., gracias.

En una bandeja, Iria lleva a la mesa los cafés y el zumo. Sin embargo, lo que acaba de presenciar la ha dejado algo confusa.

—¿Y las tostadas? —pregunta Manu cogiendo una de las tazas y el vaso con el zumo de naranja.

—Ahora salen.

—¿Qué te pasa? ¿Has intentado ligar con el camarero y te ha dado calabazas? —pregunta el malagueño al notarla más seria que hace un par de minutos.

—No he intentado nada con él —lo corrige la chica tras echarse azúcar en el café—. He visto que tiene unas marcas en su brazo derecho, unas cicatrices, como si se hubiera hecho cortes.

—Habrá roto un vaso y se habrá cortado con los cristales. No se le ve muy listo.

—Tal vez. Pero no sé.

—No le des más vueltas. No todo el mundo que tiene cicatrices es porque se ha rajado a propósito. No sé si te has fijado alguna vez en esto.

Manu se quita el reloj y le enseña una herida cicatrizada que luce en la parte posterior de la muñeca izquierda. Iria no la había visto nunca.

—¿Y esto? ¿Cómo te lo hiciste?

—Con un botellín roto de cerveza en Nochevieja.

—¿De este año?

—Sí, de este año —responde Manu colocándose el reloj de nuevo—. Fue con una copa de más. Pero no a propósito.

Iria asiente. Su amigo tiene razón: lo más probable es que las cicatrices en el brazo de Gonzalo no sean deliberadas. ¿Cuántas personas sufren accidentes como el que tuvo Manu con la botella de cerveza? Seguro que muchísima más que gente que se hace cortes deliberadamente. La voz del camarero, avisándola de que ya están las tostadas preparadas, alerta a la gallega, que se dispone a acudir a por el resto del desayuno.

—Espera. Quédate aquí. Voy yo —indica Manu levantándose al mismo tiempo que ella. El chico se da prisa y corre hacia la barra.

Ese gesto en el malagueño resulta totalmente inusual. ¿Manu siendo amable? Toda esa mañana de domingo está siendo diferente. Y fuera no para de llover. ¿Estará la tormenta alterando el comportamiento de la gente? Iria sacude la cabeza, burlándose de su propia idea, y se gira otra vez en busca de su amigo. Mira hacia la barra y contempla a Manu hablando con Gonzalo. ¿Qué le estará diciendo? Espera que no le falte al respeto ni se pase con él. Ese chico es muy raro y no le conoce demasiado, pero le cae bien. Le preocupa lo que el malagueño le pueda soltar. A simple vista, no ocurre nada entre ellos. Ninguno de los dos gesticula demasiado, solo conversan con tranquilidad. Manu recibe los platos con las tostadas y regresa a la mesa. Le da el suyo a Iria y se sienta. En silencio, los dos untan el pan con la mantequilla y la mermelada.

—Mierda, se me ha olvidado el vaso de agua —dice Manu antes de morder una de las rebanadas.

Se vuelve a levantar y se dirige otra vez a la barra. Por su parte, la gallega le da un mordisco a una de sus tostadas y se da la vuelta. Observa cómo los dos conversan de nuevo. Gonzalo alcanza uno de los vasos que acaba de lavar y lo llena de agua del grifo. Sin embargo, cuando está a punto de dárselo a Manu, tropieza, y el vaso vuela por los aires, haciéndose añicos al impactar contra el suelo.

—¡Tío! ¡Eres tonto! —exclama el malagueño echándose hacia atrás.

—Perdona. Ahora te pongo otro vaso de agua.

—¡No vales ni para camarero de una residencia de pijos!

Iria se levanta rápidamente. Intenta tranquilizar a su amigo y disculpa a Gonzalo.

—Le puede pasar a cualquiera, no te preocupes —le dice sonriente al camarero mientras toma del brazo a Manu y lo acompaña de vuelta a la mesa.

Deja sentado al malagueño, que está muy enfadado, y regresa a la barra a por el vaso de agua. El chico está barriendo los cristales del suelo con una escoba.

—Tengo que tener más cuidado.

—No pasa nada. Solo es un vaso —indica Iria tratando de quitarle importancia.

—Lo sé, pero no es la primera vez que me pasa.

Y sin que la gallega se lo espere, se remanga la camisa y le muestra los cortes del brazo derecho que ella antes había visto.

—¿Eso te lo has hecho con un vaso?

—Sí, en mi anterior trabajo. Me explotó mientras fregaba. Me clavé cristales por todas partes. También fue una mañana de domingo en la que no paraba de llover.

CAPÍTULO 20

—El mismo procedimiento para vosotros dos, aunque ahora la palmada cuando yo diga «prevenidos» la darás tú. Te llamas David, ¿verdad?

El sevillano asiente con la cabeza al escuchar su nombre. Isa lo prepara todo y vuelve a explicar el *challenge* del chocolate con churros, en esta ocasión más resumido. Toni y Elena están listos para comenzar cuando la *youtuber* dé la orden. Ambos ya esperan sentados en el suelo, con el vaso de chocolate en la mano y el cartón de churros entre ellos.

—No me manches mucho, por favor —le susurra la chica al valenciano cuando su hermana le coloca el pañuelo en los ojos.

—Lo mismo digo.

Sin embargo, a pesar de que los dos prometen que se lo tomarán con calma, no es así. Impulsados por los gritos de Isa, Elena y Toni terminan implicándose mucho en el juego. Incluso acaban más manchados que la pareja anterior. Especialmente él; su cabeza rapada tiene manchurrones de chocolate por todas partes.

Cuando se quitan la venda de los ojos y se miran, se dan cuenta de que quizá se han pasado un poco. Pero eso para Isa es perfecto. La *youtuber* está feliz del resultado obtenido y, mientras los chicos se limpian el chocolate, revisa las imágenes en la cámara. Esos dos minutos son todavía mejores que los que habían protagonizado David y Marta. Aunque todavía no está todo hecho.

—Con cuatro minutos de grabación no tengo suficiente. Necesito una tercera pareja —indica la *youtuber*—. Elena y David, ¿os animáis?

La toledana y el sevillano se miran entre sí al oír sus nombres. La chica todavía tiene restos de chocolate en la cara, algo que provoca la sonrisa del joven, que no le dice nada.

—¿Qué hacemos? ¿Te atreves a competir conmigo? —le pregunta David a Elena al tiempo que le limpia con un pañuelo la mancha de la mejilla.

—No lo sé. Estoy harta de chocolate.

—¿Tienes miedo?

—Para nada. Por supuesto que no tengo miedo.

Sin que los chicos lo sepan, Isa graba la conversación desafiante entre los dos con la cámara que está en el trípode. También presta mucha atención Marta, a la que no agrada demasiado esa especie de flirteo entre su hermana y su novio. Si no fuera porque sabe que es imposible, pensaría que están ligando.

—Entonces, ¿preparada para que te ponga perdida de chocolate?

—Ni me rozarás.

En un par de minutos, Isa organiza el tercer duelo para el vídeo de su canal de YouTube. Dos minutos más que le vendrán fenomenal para completar el *challenge*. Todo está saliendo como había previsto y le queda la guinda final.

Elena y David se sientan en el suelo y Marta les da los vasos hasta arriba de chocolate.

—No os manchéis mucho —les dice recelosa de lo que puedan hacer.

—Tranquila, hermana. Tu novio será el único que se pringue esta vez.

—Ya lo veremos —le responde David mientras se coloca el pañuelo en los ojos.

A continuación se pone la venda Elena. Isa comprueba que ninguno de los dos ve y da un paso atrás. Enfoca a la pareja, con la cámara que tiene en la mano, desde detrás de la toledana y anuncia la grabación en voz alta:

—¡*Challenge* del chocolate con churros! Pareja número tres. Toma primera. ¿Prevenidos?

Se oye la palmada de Toni y el juego comienza tras el «grabando» de Isa.

Ninguno de los dos se lanza a por el otro de forma alocada. Mojan un churro en el chocolate y se quedan a la espera. Ni los gritos de la *youtuber*, alentándoles para que vayan a por el otro, logran que Elena o David arriesguen.

Pasa un minuto del tiempo y apenas se han rozado. Ambos continúan siendo muy prudentes por miedo a que el rival los coja a contrapié si dan un paso en falso.

—¡Chicos! ¡Tenéis que mancharos de chocolate! —grita Isa descontrolada—. ¡Si no, el vídeo no tiene ninguna gracia! ¡Vamos!

Sin embargo, todo sigue igual. Y el tiempo transcurre hasta casi llegar a los dos minutos. Entonces, la *youtuber* decide actuar. Alcanza el recipiente con el chocolate que queda en el bote y lo vierte sobre la cabeza de

Elena, que da un alarido tremendo al sentir el líquido caliente. Sin pensarlo, creyendo que ha sido David, la joven lanza su vaso contra él. El sevillano, que no se lo esperaba, también grita al recibir el impacto contra el pecho. Enfadado, se aparta la venda de los ojos y restriega el churro empapado por el rostro de su amiga. Esta también se quita el pañuelo y se lanza a por el chico.

Isa graba la pelea a tumba abierta, pidiendo más, hasta que Marta interviene y separa a su hermana de su novio.

—¡Corten! ¡Genial! ¡Ha sido genial! —exclama Isa entusiasmada, dando botes de alegría.

Elena y David se contemplan extasiados y embadurnados de chocolate. Ninguno entiende lo que ha sucedido hasta que Marta se lo explica.

—¿En serio? ¿No has sido tú el que me ha echado el vaso por la cabeza?

—¡No! ¡Claro que no!

—¡Pensaba que se te había ido la pinza y me habías tirado tú el chocolate por encima!

—¿Cómo iba yo a hacerte algo así?

—¡Yo qué sé!

Al tiempo que los chicos aclaran lo sucedido y se intentan deshacer del chocolate que tienen en la cara y en la cabeza, Isa revisa ensimismada lo que ha grabado con las dos cámaras. No para de reír mientras lo ve. Todo ha salido mejor incluso de lo que imaginaba ¡El vídeo va a ser épico! Ahora necesita estar tranquila y que la dejen sola. La diplomacia nunca ha sido su fuerte.

—Tenéis que marcharos para que pueda editar el vídeo. Iba a ser para el jueves, pero he cambiado de opinión. ¡Quiero sacarlo esta misma tarde!

»Muchas gracias por vuestra colaboración, ya os pasaré el *link* para que lo veáis.

Sin permitir que Elena y David se limpien más, Isa abre la puerta de su cuarto y les mete prisa para que se vayan. Toni y Marta salen al pasillo 2B en primer lugar y detrás los otros dos chicos. Cuando están todos fuera, la *youtuber* se despide de ellos agitando la mano y cierra.

—Vaya tela con Isa come Pizza. Le ha faltado tiempo para echarnos de su habitación —indica David tras limpiarse la barbilla con un pañuelo de papel.

—Ya os dije que era una chica muy peculiar —comenta Toni, al que tampoco le ha sentado bien el comportamiento final de su vecina de arriba.

—¿Peculiar? Yo diría interesada —añade Elena, que es la que más manchada está de chocolate.

—Lo siento. Aunque ha sido divertido. Al menos yo me lo he pasado muy bien.

Ninguno contradice a Toni, a pesar de que cada chico ha vivido el juego del chocolate con churros de una forma distinta. Los cuatro bajan al pasillo 1B y se dirigen a sus cuartos para limpiarse. Marta, que lleva un rato en silencio, acompaña a su novio. Ya dentro de la 1152, David se quita la ropa y entra en el baño para lavarse la cara. Cuando acaba, regresa junto a ella, que está sentada en la cama.

—¿Por qué estás tan callada? No es normal en ti.

—Ya veo que piensas que soy como un loro que no para de hablar todo el tiempo.

—No te lo he dicho de malas, Marta —le advierte David, que solo lleva puesto un *boxer* y busca en el armario una sudadera—. Es que me parece muy raro que te pases tanto tiempo sin decir nada. Reconoce que no es habitual.

—¿Lo habitual es que le tires los tejos a mi hermana?

—¿Por qué dices eso? Yo no le he tirado los tejos a tu hermana.

—Os he visto. Me he fijado en cómo os miráis. Una chica se da cuenta de ese tipo de cosas.

El joven elige una sudadera roja y se viste con ella. Luego abre otro cajón del armario y saca un vaquero negro gastado.

—Estás equivocada. Entre Elena y yo no hay nada.

—¿Me vas a decir que no habéis tonteado en el cuarto de la tía esa?

—Claro que no —responde subiéndose el pantalón y abrochándolo.

Suena convincente. Como si no le diera importancia y lo que está diciendo fuera la verdad absoluta. Aunque, en realidad, se ha puesto muy nervioso. Arriba no ha tonteado con Elena como piensa Marta. Al menos conscientemente. Si ha dicho o ha hecho algo que indique lo contrario, no se ha dado cuenta. Y eso le preocupa.

—Mi hermana es mucho mejor que yo en todo, lo raro es que no estés con ella.

—No seas tonta, Marta. Hace meses me dijiste que entre Elena y yo no podría haber nunca nada. Y tenías razón. Estoy contigo. No pienses cosas raras.

—No sé... No quiero perderte. A veces te siento lejos.

A David en ese momento le viene a la cabeza el beso que se dio con Elena antes de Navidad. No surgió sin más. La besó por algo. La besó porque quería besarla. Pero fue el punto final de la historia. Tal vez es el momento para confesarle a Marta lo que sucedió. Borrar el pasado y comenzar desde cero. Intentar quererla como ella lo quiere a él. Esa chica es todo lo que cualquiera podría desear.

Sin embargo, tiene miedo de hacerle daño.

—Pues no puedo estar más cerca —dice el sevillano rodeándola con los brazos.

A continuación, le acaricia el pelo y la besa en la frente. A Marta se le escapa una lágrima. Cierra los ojos. Los aprieta con fuerza y deja escapar varias más. ¿Su intuición no es correcta? ¿Se ha equivocado? Eso espera. No podría competir con Elena. Ella es perfecta: guapa, lista, segura de sí misma... Si entre ellos existiera química, se quedaría sin él. No habría forma de parar esa relación, ni con Martín Carmona de por medio.

—Quiero hacerlo —susurra ella en su oído.

—¿Que quieres hacer qué?

—El... amor —responde temblorosa, abrazada a él, pegada a su pecho—. Quiero que seas tú. Ahora.

David se distancia un poco de ella para mirarla a los ojos. Esos preciosos ojos claros, resguardados bajo sus largas pestañas. Todo en Marta es tan sensual... Y le está ofreciendo algo que es incapaz de rechazar.

La besa por última vez antes de bajar la persiana de la única ventana que tiene el cuarto. Cuando el joven se gira, ella está completamente desnuda. Sonríe, algo avergonzada, pero segura de dar el paso más importante que ha dado en su relación. Ese paso decisivo del que son testigo las cuatro paredes de aquella habitación 1152, en la que la pequeña de las Guillermo Casanova vive su momento más feliz.

En cambio, enfrente, a cinco metros de ella, su hermana acaba de recibir una noticia que podría cambiar su vida para siempre.

CAPÍTULO 21

Aprovechando que ha dejado de llover, Julen sale de la residencia a fumarse un cigarro. Camina por la vereda del lago artificial que embellece el edificio, procurando no pisar los numerosos charcos que se han formado. Hace tanto frío que podría nevar en cualquier momento; lo ha leído esta mañana en Internet. No está el día como para pasar mucho tiempo fuera y, aunque esté congelándose, necesitaba respirar, tomar un poco de aire.

Querido Julen:

Imagino que el hecho de que no hayas contestado a la carta que te escribí hace unos meses, y de que no me hayas llamado por teléfono, significa que no quieres saber nada sobre mí.

Lo entiendo. Ya tienes tu vida en Madrid e incluso puede que haya aparecido alguien a quien ames y te quiera a ti de la misma forma. Tranquilo, no pienso meterme en medio de nada. Pero si no te envío este *e-mail*, no me quedaré conforme y sé que me arrepentiría más adelante.

El lunes voy a la capital, de «viaje educativo» con los chicos de cuarto de la ESO. Estaremos allí hasta el jueves. Evidentemente, soy un profesor responsable y no puedo separarme mucho tiempo de ellos, aunque ya me conoces, les dejaré algunas horas de libertad. Horas que aprovecharé yo también para desconectar de mis funciones y pasear por esa ciudad que tanto me gusta.

No te voy a pedir que quedemos. Si ni siquiera me has contestado, no creo que te apetezca verme. Pero si, por algún casual, tienes ganas de tomarte algo conmigo o simplemente charlar cara a cara, llámame, escríbeme o mándame un WhatsApp. Sí, por fin he caído en las redes del WhatsApp, a pesar de que siga odiándolo.

No te entretengo más. Es muy tarde, casi las cuatro de la mañana, pero no me podía ir a dormir sin escribirte este *e-mail*.

Espero no haberte incomodado demasiado.

Un abrazo, Miramón.

Imanol

Con ese correo electrónico, su exprofesor de Inglés acaba de reaparecer en escena después de cuatro meses. Sus sentimientos son encontrados. En ese tiempo, no se ha olvidado de Imanol. Gracias a él, descubrió que también le gustan los chicos. Sin embargo, también *gracias* a él supo lo que es sentirse defraudado con una persona. Después de que se liaran en aquel *pub* de Pamplona, no dio la cara. Ni siquiera le felicitó por su cumpleaños en agosto. Su exprofesor simplemente desapareció.

El *e-mail* sigue en la bandeja de entrada de su cuenta de Hotmail, aunque su sitio real tendría que ser el de correos no deseados o la carpeta de eliminados.

—¿Qué haces por aquí, Julen?

El navarro levanta la mirada y contempla frente a él a Ainhoa, sentada en uno de los bancos que están junto a la cascada. Va muy abrigada, hasta se ha puesto gorro y guantes. Conforme se acerca a ella, observa con mayor nitidez la delgadez afilada de su rostro. La canaria está mucho más fina que cuando la conoció en septiembre, pero en la cara es donde más se le nota. Sus mofletillos sonrosados se han convertido en cuencas ahuesadas. Es notorio que ha sufrido —no está seguro de si para bien— un cambio radical en su aspecto. Sobre todo, en ese último mes.

El chico apaga el cigarro y se instala a su lado, tras secar el banco con un pañuelo de papel.

—Tenía ganas de fumar y he aprovechado que la lluvia se ha tomado un descanso para dar una vuelta. Y tú, ¿por qué te has venido aquí sola con lo friolera que eres?

—Estaba agobiada en mi habitación. Aunque me estoy helando y no tardaré en volver.

—¿Y los demás?

—Ni idea —contesta la canaria mientras busca un mensaje en el móvil—. Me ha escrito Nicole. Todavía no sabe cuándo va a regresar. Dice que su madre no quiere que vuelva a Madrid.

La chica lee en voz alta el WhatsApp que la peruana le ha enviado hace un rato. Lo hace con tristeza, melancólica.

—Entiendo a su madre. Después de lo que le pasó, es normal que tenga miedo de que vuelva a Madrid —dice Julen, también afectado—. Aunque lo mismo que le ocurrió aquí le puede suceder en Valencia. Impresentables hay en todas partes.

—Ya, pero díselo a ella. Querrá tener a su hija lo más cerca posible y protegerla.

—Por eso te digo que entiendo a su madre y su preocupación. Todos pensaríamos lo mismo si nos viéramos en una situación parecida. Pero la que debe decidir es Nicole.

—Nicole quiere volver ya.

—Pues esperemos que su madre respete su opinión. Se la echa de menos por aquí.

—Dímelo a mí. No hay día en el que no piense varias veces en ella.

Ainhoa se siente sola sin su amiga. Y después de lo de Óscar, todavía más.

—Podríamos hacer algo para tratar de convencer a su madre de que la deje volver —sugiere Julen.

—¿Algo como qué?

—Podríamos juntarnos todos y grabar un vídeo rogándole que vuelva. O una videollamada, vía Skype.

—No es mala idea —comenta la joven imaginándoselo.

Aunque no cree que dé resultado, podrían intentarlo. Nicole es tan importante para ella que, si no regresa, no sabe cómo va a soportar el resto del curso.

—Durante la comida se lo propondré al resto, a ver si entre todos lo logramos.

Empieza a chispear de nuevo. La pareja se levanta del banquito y acelera hacia las escaleras de la residencia. Suben rápidamente y, tras saludar a Jesús en recepción, entran en el pasillo 1B. Todas las habitaciones están cerradas.

—Nos vemos después en el comedor —se despide Ainhoa tras detenerse frente a la 1153.

Julen asiente y continúa caminando hasta su cuarto. Ya dentro de él, se quita el abrigo, que deja encima de la cama, y vuelve a leer el correo electrónico que anoche le envió Imanol. Le resulta extraño que se haya descargado WhatsApp en el móvil, algo que siempre dijo a sus alumnos que le horrorizaba. De pronto, se siente tentado de escribirle. De decirle que no tiene intención de quedar con él en Madrid. Y de que si alguna vez se lía con alguno de sus alumnos, que asuma las consecuencias y se comporte como un adulto.

Pero no lo hace. Baja la pantalla de su portátil y se recuesta sobre él. Cierra los ojos y pronto se le vienen encima los recuerdos que le quedan de aquella noche.

—No sé cómo pudiste liarte con esa chica canaria. Tiene una cara más rara...

El comentario de Naiara no le gusta a Óscar. Durante el desayuno ya han discutido sobre el tema. El joven le ha recriminado que la saludara antes, cuando se encontraron en el pasillo.

—Solo he sido simpática y educada con ella. Si hasta le he sonreído.

Pero Óscar sabe que no es así. En aquel saludo había otra intención: burlarse de Ainhoa y restregarle quién era la ganadora y se había quedado con el trofeo.

—Prefiero no hablar de ese tema, Nai. ¿Dónde quieres ir a comer?

—Me da igual. Elige tú. Aunque yo todavía no tengo hambre —responde la joven mientras caminan por el centro de la ciudad—. ¿Y dices que antes estaba gorda? Pues no es normal que ahora esté así. Seguro que se mete los dedos para vomitar.

—Por favor, Nai. Ya vale.

—Es que una persona no pierde tanto peso en tan poco tiempo de forma natural.

—Va a un nutricionista que le controla la dieta.

—No me lo creo.

Óscar suspira cansado de la insistencia de Naiara. Sin embargo, él también ha notado que Ainhoa ha adelgazado demasiado en relativamente poco tiempo. Y, aunque estén enfadados y no se hablen desde hace varias semanas, le preocupa que su amiga haya perdido rápidamente tantos kilos.

—Lo que haga es asunto suyo. No quiero hablar más del tema, de verdad. Piensa mejor dónde podemos ir a comer.

Después de discutir varias alternativas, terminan eligiendo el restaurante mexicano de La Castellana Sí Señor. Se sientan a una mesa del centro y eligen comer del bufé. Para beber, los dos piden una Coronita con limón.

—¿No te parece increíble que volvamos a hacer estas cosas juntos? —pregunta ella después de dar un trago de la botella de cerveza—. Lo echaba de menos.

—Sí, yo también.

—Aunque ya te lo haya dicho un millón de veces, te quiero, Óscar.

El joven la mira a los ojos y sonríe. Él también la quiere, aunque a veces actúe de una forma que no aprueba o se acuerde de los momentos malos que vivieron hace poco. Tampoco se olvida de lo que tuvo con Ainhoa. No fue amor, o no cree que lo fuera. Aunque lo que sucedió entre ellos al comienzo de curso fue realmente intenso. Esa intensidad no la ha recuperado con Naiara, aunque no se lo confiese.

—No creo que alguien se canse nunca de escuchar que le digan «te quiero».

—Si tú no te cansas de oírlo, yo no me cansaré de decírtelo.

Esas palabras conmueven a Óscar. Quién le iba a decir a él que volvería a estar así con Naiara, el amor de su vida. El chico se levanta y le da un beso. Luego, la abraza por detrás y vuelve a besarla.

—Voy a por otro burrito, ¿quieres algo?

—Otra Coronita.

—¿No querrás emborracharte?

—¿Por qué no? En lugar de irme hoy, me iré mañana —comenta Naiara antes de llamar al camarero para pedirle otra cerveza.

Óscar, pensativo, se aleja de la mesa en dirección al bufé. Esa noche tenía planeado realizar un trabajo en cuanto su novia se marchara a Valladolid. Si se queda, no podrá centrarse en él. Pero tampoco quiere decirle que se vaya. Seguro que se lo tomaría mal.

Cuando regresa, el camarero ya le ha puesto otra Coronita a la chica, que introduce la rodaja de limón en el botellín y da un sorbo largo. Luego observa a Óscar, al que percibe más serio.

—No te molesta que me quede hoy también, ¿verdad?

—No, claro que no.

—Es un coñazo esto de la distancia —apunta Naiara, robándole con la mano el burrito a su novio—. Me encantaría estar más cerca de ti y poder vernos cada día. ¿No piensas igual?

—Sí, pero no hay nada que podamos hacer.

—Madrid es un poco agobiante. No podría vivir aquí.

—A mí me gusta.

—Sí, si no está mal. Pero todo es más caro, más frío. Con lo bien que estábamos los dos en Valladolid... ¿No te gustaría volver?

A Óscar le sorprende la pregunta. ¿Se lo está diciendo en serio?

La chica le pega un mordisco al burrito y lo coloca otra vez en el plato de su novio, al que observa de reojo para estudiar su reacción.

—No me lo he planteado. En Madrid estoy muy cómodo. Y la carrera me encanta.

—Sí, sí, se te ve bien aquí. Pero ¿no estarías mejor en Valladolid? Los dos juntos otra vez en la misma ciudad.

—¿Me estás pidiendo que lo deje todo y empiece otra vez allí?

—No es eso. Simplemente te pido que lo tengas en cuenta. Que mires qué es lo mejor para ti..., para nosotros. Para nuestra relación. Porque te quiero, y te lo diré millones de veces, y no querría que la distancia lo estropeara todo y terminara con lo nuestro. ¿Tú no piensas lo mismo?

CAPÍTULO 22

Tras una fuerte discusión con Iria en la cafetería, relacionada con el episodio del vaso que rompió el camarero, Manu regresó a su habitación, donde lleva un rato dedicado a sus redes sociales. Está respondiendo tuits que tenía atrasados, sobre todo de seguidores relacionados con el tenis.

¿Cuánto hace que no juega? Varias semanas. Aunque sigue en forma, está convencido de que no estará a su mejor nivel cuando vuelva a coger la raqueta. El tenis es un deporte que necesita mucha práctica; si lo dejas un tiempo, luego cuesta recuperar las sensaciones. Por no hablar del control de la potencia en los golpes o de la agilidad y destreza en los desplazamientos laterales. Cuanto más estés sin jugar, a menos bolas llegarán tus piernas.

Cuando se le pase el cabreo a Iria, le preguntará si quiere jugar con él. Según le ha contado Julen, ha mejorado muchísimo en esos meses y será una buena contrincante. No está a su altura, indudablemente, pero puede resultar una aceptable *sparring*. Además, aún está en el aire un partido entre ellos, por la apuesta que hicieron en septiembre.

Todavía no comprende por qué la ha besado. Le preocupa que empiece a sentir algo por otra persona después del descalabro sufrido con Elena. En el amor no le ha ido precisamente bien.

Aunque hay un tema que le inquieta todavía más.

Mira hacia la estantería, donde reposan los libros que se trajo de Málaga. Concretamente, se fija en el ejemplar de *Ángeles y demonios*. Ahí es donde guarda su verdadero problema. Se acerca hasta la novela de Dan Brown y la extrae de la balda.

En ese momento llaman a la puerta de su habitación. Manu vuelve a colocar el libro en su sitio y se apresura a abrir.

Se sorprende al comprobar que quien está al otro lado es David. Viene solo.

—Hola, Manu, tengo que hablar contigo. ¿Puedo pasar?

—Por supuesto, sevillano. Estás en tu casa —responde haciendo una ligera reverencia—. Siéntate donde quieras.

—No hace falta, gracias.

El malagueño sí que ocupa la silla del escritorio. Lo hace a horcajadas, como si montara a un caballo.

—Cuéntame, ¿de qué quieres hablar?

—De lo de ayer por la tarde.

—¿Qué pasó ayer por la tarde?

—Venga, Manu. No te hagas el tonto —protesta David, que no está para juegos—. Reconoce que manipulaste la sesión de *ouija*.

—¿Yo?

—Fuiste tú el que movió el puntero.

—Te equivocas. Yo no hice nada. Me quedé tan sorprendido como tú cuando empezó a moverse.

—No me lo creo. ¿De dónde te sacaste el nombre de Rocío Costa?

Tanta insistencia no le gusta a Manu, que tuerce el labio y sostiene la mirada al sevillano.

—No había escuchado ese nombre en mi vida hasta ayer. Y si te lo crees o no, es asunto tuyo. Ni siquiera me importa.

—Eres un capullo y te gusta jugar con las personas. Di la verdad: moviste tú el puntero.

—Por mucho que insistas, no vas a tener una respuesta diferente. No quieras que sea lo que no fue. Y puede que yo sea un capullo y juegue con las personas, pero nunca he sido infiel a mi pareja. Y menos lo sería con alguien de su familia.

El ataque de Manu supone un directo en el mentón de David, que no encaja bien el golpe. Se da la vuelta y se dispone a salir de la habitación 1156. Sin embargo, vuelve a girarse.

—Cometí un error. Un error imperdonable que no volverá a pasar. Espero que no te metas en medio de dos relaciones.

—Mientras no me toquéis las narices, no habrá problema. Seré una tumba.

Y sin decir nada más, David abre la puerta y sale del cuarto del malagueño con una sensación extraña. No está seguro de que Manu diga la verdad respecto a la sesión de *ouija*. Pero si él no la manipuló, no hay otras explicaciones que las paranormales para justificar lo ocurrido.

El sevillano regresa a su cuarto, donde le espera Marta. Sin embargo, con la que se cruza en el pasillo es con Elena. La chica está apoyada contra la pared de los números impares, con los brazos cruzados, pensativa.

—Hola —la saluda el sevillano acercándose hasta ella. Inmediatamente se da cuenta de que le sucede algo.

—Hola.

—¿Te encuentras bien? Pareces preocupada.

—Me acabo de enterar de que he suspendido Derecho Civil —indica la joven sonriendo con tristeza—. Es la primera vez en mi vida que suspendo un examen.

David no está seguro de cómo debe actuar. Así que se queda callado y deja que ella hable de nuevo.

—No era un examen muy difícil. Pero en ningún momento me sentí bien cuando lo estudié. No sé, quizá esto no sea lo mío.

—Claro que es lo tuyo. Solo es un examen.

—No, David, no es solo un examen —le corrige Elena cabizbaja—. No estoy segura de que Derecho sea lo que quiero hacer. Parece mentira que yo diga esto, ¿verdad?

Durante años lo tuvo muy claro. Estaba convencida de que sería abogada, como sus padres. Pero ha sido comenzar a estudiar la carrera y percatarse de que las cosas no son siempre como uno piensa.

—Lo dices porque has suspendido un examen. Mañana lo verás todo de otra manera.

—No lo creo. Esto me pasa desde hace varias semanas. Tengo muchas dudas.

—¿No te gusta la carrera?

—No lo sé, David. No lo sé.

—¿Lo saben tus padres o tu hermana?

—No, solo se lo he contado a Martín. Bueno, ahora también lo sabes tú —susurra Elena—. No se lo digas a Marta, por favor.

—Tranquila.

—Gracias. Si ella se entera, se lo dirá a mis padres. Prefiero ser yo la que se lo explique cuando vea el momento oportuno.

—Te entiendo, no te preocupes.

Los dos dan por finiquitado el tema, aunque a David le preocupa lo que su amiga le ha confesado. Por su forma de ser, seguro que le va a dar muchas vueltas y terminará obsesionada con el asunto. Lo mejor sería que hablara cuanto antes con sus padres y les contara cómo se siente.

—¿Y tú? ¿Qué hacías en la habitación de Manu? —pregunta Elena curiosa.

—Hablar con él sobre la sesión de *ouija.*

—¿Y qué te ha dicho?

—Que él no movió el puntero y que estaba tan sorprendido como nosotros.

—¿Le has creído?

—Parecía sincero. Aunque con Manu nunca se sabe. De todas formas, no le he contado nada sobre el tema de Rocío Costa.

—¿Él no sabe que esa chica...?

—No, no lo sabe. Al menos, supuestamente.

David todavía no las tiene todas consigo. Del malagueño no puede ni debe fiarse nunca. Elena tampoco lo ve claro.

—Todo esto me da escalofríos. No deberíamos haber hecho la *ouija.*

—Lo sé, hemos sido muy imprudentes —admite inquieto el sevillano mientras se mete las manos en los bolsillos del pantalón—. Manu me ha dicho algo más.

—¿El qué?

—Me ha amenazado con contar lo que vio si le presionamos o le molestamos.

Esa cuestión preocupa aún más a Elena. Que Manu viera cómo se besaban antes de las vacaciones de Navidad es una bomba que tarde o temprano estallará. Lo tiene clarísimo. Su secreto nunca estará seguro.

—Nos delatará un día de estos. Lo sé —apunta la chica desesperada—. Me duele la cabeza.

—No nos queda más remedio que dejarlo tranquilo y confiar en que no le dirá nada a nadie.

—Si se entera mi hermana, dejará de hablarme para siempre.

Y se le rompería el corazón en mil pedazos. Los dos lo saben. Que tu novio te engañe con tu propia hermana es algo muy cruel. Si lo vives todo como lo vive Marta, se multiplica por mil.

—Demasiadas cosas de golpe —señala David resoplando.

—Sí, demasiadas.

Los dos ven en ese momento cómo se abre la puerta del pasillo. El que entra es Carmona. Observa a la pareja, algo desconcertado, antes de darle un beso en los labios a su novia.

—¿Vamos a comer? —le pregunta rodeándola por la cintura e ignorando la presencia de David.

—¿Ya? Es pronto.

—Son casi las dos. Tengo hambre.

—Vale. Pero tengo que coger el tique. Espera un segundo.

Elena abre la puerta de su habitación y camina hacia su interior. Mientras, David y Martín permanecen en el pasillo, uno frente al otro, en completo silencio. Se nota que entre los dos hay cierta tensión. No fue así hasta que el veterano empezó a salir con la toledana.

—Ya lo tengo. Vamos —comenta Elena, de regreso, con un tique rojo en la mano—. Luego te veo.

El sevillano asiente y observa cómo Elena y Carmona abandonan el pasillo 1B. Instintivamente, se lleva la mano al cuello y acaricia su tatuaje. No puede evitar una desagradable sensación de angustia en el pecho. Quizá lo mejor sería relajarse un poco, no pensar tanto en los problemas que tiene encima; disfrutar más de Marta y de lo que ella le ofrece y alejarse de los asuntos que le impiden ser feliz. Ese tendría que ser su verdadero objetivo.

Abre la puerta de su habitación y, ya dentro, observa cómo su novia todavía duerme. Es una chica preciosa, un ángel, a la que tal vez no le ha dado todo lo que se merece. Parecía tan inocente cuando antes hicieron el amor... Tan entregada. Y feliz, completamente feliz. El abrazo y el beso que le dio tras acabar estaban repletos de amor. ¿Por qué no puede pensar solo en eso? Seguramente para Marta ha sido uno de los días más importantes de su vida. Sin embargo, él se marchó después a hablar con Manu, sin dar relevancia a lo que acababa de pasar. ¿Por qué no se centra solo en ella? ¿Por qué no olvida su pasado, a Elena, el beso, al malagueño...? ¿Por qué no sigue el camino recto para alcanzar la felicidad?

Marta debería ser lo más importante de su vida y tendría que dedicarle a ella cada uno de sus cinco sentidos.

CAPÍTULO 23

La hora de la comida está resultando muy tranquila. Coinciden en la mesa David, Marta, Toni, Iria y Julen. Más tarde se une Ainhoa. Óscar está fuera, en el centro de la ciudad, con Naiara, y Elena comió antes con Martín y fueron a continuación a la habitación del veterano. El único del que no se sabe nada es de Manu. Julen llamó a su puerta para avisarle de que iban a comer, pero nadie respondió.

—No te preocupes —le dice el navarro a Iria, que parece algo tensa—. Seguro que está por ahí, haciendo cualquier tontería.

—Eso espero. No me quiero ni imaginar que le ha ocurrido algo como lo de anoche.

—¿Qué es lo de anoche? ¿Qué le pasó? —pregunta Toni, que alcanza a escuchar la conversación entre sus amigos.

Julen e Iria se miran dubitativos. ¿Deben explicarlo? Es él quien decide que todos deben estar al corriente de lo que le ocurrió a Manu durante la cena y cuenta lo acontecido mientras terminan de comer.

—¿Se quedó en blanco? —interviene David bastante extrañado.

—Sí. Perdió la memoria durante un buen rato. Ni siquiera nos reconocía a nosotros —contesta Julen mirando a Iria para que apoye su relato.

—Según él, fue un lapsus.

—¿Y no sería alguna de sus bromas? —insiste el sevillano, que no termina de creer la versión de sus amigos—. Tiene toda la pinta.

—No, estoy segura de que le pasó de verdad. Por muy buen actor que sea, es imposible fingir algo así tanto tiempo. Nos hubiéramos dado cuenta.

Las palabras de la gallega suenan muy convincentes y certeras. Explica a continuación que se ha quedado toda la noche en la habitación del malagueño para asegurarse de que no volviera a sucederle lo mismo. Entonces, Marta recuerda que la vio salir del cuarto del malagueño muy temprano: ya tiene la razón.

—¿Y no sabéis dónde está? —pregunta ahora Toni.

—No. Lo he llamado a su cuarto, pero no me ha abierto.

—Yo hablé antes con él y parecía encontrarse bien —apunta David, al tiempo que marca el número de Manu en su teléfono.

Todos observan al sevillano y esperan impacientes a que el malagueño responda al otro lado del móvil. Sin embargo, este no lo hace.

—No hay que alarmarse. Lo más probable es que esté durmiendo o haciendo alguna de las suyas. Aparecerá pronto.

Aunque David trata de que el resto conserve la calma y no se preocupe, en el fondo todos se encuentran algo nerviosos por el desconocido paradero de Manu.

—Igual está en la piscina —comenta el valenciano recordando lo mucho que le gusta a su amigo ir a ese edificio.

De hecho, todavía conserva la llave de la puerta trasera de la que hizo copia en septiembre cuando la tomó prestada de recepción. Aunque, al ser domingo, el edificio está abierto y no la necesita para entrar en la piscina climatizada.

—Voy a bajar a ver si está allí —indica Iria, cogiendo una manzana roja que aún no se ha comido y levantándose de la silla con brusquedad.

—Espera. Te acompaño —señala Julen imitándola y poniéndose también de pie.

Los dos chicos salen del comedor y después de la residencia. En ese momento no llueve, aunque un amenazante y gigantesco nubarrón oscuro envuelve el cielo de Madrid.

—Este chico va a terminar con mi salud. A saber dónde se ha metido ahora.

—Estará tonteando con alguna. ¡O con dos! Ya le conoces.

Por algún motivo, lo que se supone que es una broma de Julen para no preocupar más a Iria y sonsacarle alguna sonrisa se convierte en un punzón que la hiere. Y lo peor es que no debe ni tiene derecho a sentirse así. Lo que ha pasado por la mañana lo ha hecho Manu con cien chicas. Si ni se gustan. En cambio, algo se ha removido dentro de ella cuando su amigo ha dicho eso.

—Lo voy a llamar.

Inquieta, y mientras caminan hacia el edificio de la piscina climatizada, Iria teclea varias veces el móvil de

Manu. Pero solo se encuentra con los pitidos de la señal de llamada una y otra vez sin que él conteste.

—Déjalo. No va a responder.

—Ya lo veo. Qué estúpido...

La impaciencia y el nerviosismo se apoderan de la joven gallega, que cada vez anda más deprisa. Caen algunas gotas que son el presagio de un nuevo chaparrón. No llevan paraguas. En cambio, la preocupación de Iria no tiene nada que ver con la tormenta que se avecina, ni con la falta de medios para resguardarse.

—Aunque no esté en la piscina, no debes inquietarte: Manu estuvo apareciendo y desapareciendo todo el trimestre pasado. No hay que volverse locos.

—Ya lo sé. Pero desde que volvimos de las Navidades, no se había vuelto a marchar sin decir nada. De todas maneras, no adelantemos acontecimientos.

Julen asiente y se apresura a llegar al edificio, con Iria pisándole los talones. Es el joven el que entra en primer lugar. No hay mucha gente, el tiempo tampoco invita a caminar hasta allí. Menos ahora, que comienza a diluviar.

—¿Lo ves? —pregunta la gallega impaciente, buscando con la mirada a su amigo.

—No, no lo veo. Aquí no está.

—Espera, voy a mirar en los vestuarios.

Iria corre hacia la parte más alejada del edificio. Desde la puerta de los vestuarios grita el nombre de Manu, pero no obtiene respuesta. Desesperada, decide entrar en la zona de los chicos. Allí dentro no hay nadie. Resopla y vuelve a marcar en su móvil el número del malagueño. Un tío musculado, sin camiseta y con una toalla colgando del hombro llega mientras tanto. Lo reconoce de la residencia. Es uno de los veteranos y alguna vez ha escuchado que le llaman Virus, aunque desconoce el porqué. El joven la contempla con curiosidad y sonríe.

—Sabes que este es el vestuario de los chicos, ¿verdad? ¿Necesitas champú? ¿Gel?

—No, no estoy aquí para pedir nada. ¿Has visto a Manu por aquí?

—¿Manu? No sé quién es.

—Es un novato de Málaga. Moreno, fuerte, guapo...

—No sigas. No conozco el nombre de ningún novato. Aunque sé que tú te llamas Iria.

La gallega se sorprende de que ese tío conozca su nombre, pero intenta disimular su sobresalto. A pesar de que hay buen ambiente entre los veteranos y los novatos, la relación no es demasiado fluida.

—Gracias. Seguiré buscándolo.

—Si necesitas champú o gel, estaré por aquí.

La sonrisa seductora de Virus seguro que tiene éxito entre las chicas de la residencia. Sin embargo, a ella le provoca indiferencia. Se da la vuelta y se marcha del vestuario. Julen la está esperando.

—No estaba en los vestuarios.

—Ni tampoco en el baño pequeño —señala el navarro, que acaba de estar allí—. Volvamos a la residencia.

Cuando afrontan el camino de regreso, la lluvia se ha intensificado. Iria y Julen van todo lo deprisa que sus piernas les permiten, algo que no impide que lleguen empapados a recepción. El conserje los saluda sonriente y los advierte de que tienen paraguas disponibles para la próxima vez que quieran dar un paseo bajo el aguacero.

La pareja entra en el pasillo 1B y allí se encuentra con el resto del grupo que hace un rato estaba en el comedor. Iria les cuenta que en la piscina tampoco está.

—Hemos vuelto a llamar a su habitación y no responde —señala Ainhoa preocupada—. Y se ha tenido que llevar el móvil o lo tiene en silencio, porque tampoco suena en su cuarto.

—¿Dónde se habrá metido este capullo? —pregunta para sí misma Iria molesta—. Después de lo de anoche, no puede desaparecer así como así. Sabía que nos preocuparíamos por él.

—Bueno, no podemos hacer más. Ya aparecerá. Manu es mayorcito —indica David mientras abre la puerta de su habitación—. Y vosotros dos, cambiaos de ropa, que vais a pillar una pulmonía.

Julen hace caso al sevillano e Iria finalmente también, aunque a regañadientes. Dentro de su habitación, llama una última vez a Manu, pero este continúa sin responder.

—Cuando aparezcas, te vas a enterar —murmura maldiciendo a su amigo.

Se quita la ropa y se seca levemente el cuerpo mojado con la toalla antes de meterse en la ducha. El agua caliente azota sus músculos e intenta relajarse, aunque no consigue desconectar de la idea de que al malagueño le haya pasado algo.

Diez minutos después, cierra el grifo y, tiritando, se envuelve en la toalla. No puede pensar en nada ni nadie que no sea Manu. El sonido de un mensaje de WhatsApp rompe el silencio que existe en su habitación y la devuelve a la realidad. Cruza los dedos y ruega que sea él.

Desafiando al frío, descalza, avanza rápidamente hacia su cama, donde ha dejado el teléfono. Marca el código de seguridad y descubre en la pantalla, con inmensa alegría, que el mensaje de WhatsApp pertenece a quien ella deseaba.

«Gallega, estoy bien. No me llaméis más. Esta noche estaré de vuelta. No me eches mucho de menos».

Aunque no le da explicaciones de dónde se encuentra ni de por qué se ha ido, al menos sabe que está bien. De momento, se conforma con eso. Tarde o temprano, ese estúpido tendrá que darle respuestas. Aunque tenga que invitarle otra vez a desayunar o volver a meterse con él en la cama.

CAPÍTULO 24

—¿Me lo vas a contar?

—¿Qué quieres que te cuente?

—Lo que te pasa. ¿Estás enfadada por algo?

Elena se gira hacia él y se coloca de costado, apoyándose sobre un brazo. Ella y Martín están tumbados en la cama del chico, descansando después de la comida. No han dormido siesta, ni han tenido sexo, a pesar de la insistencia del joven. Tras una corta conversación, llevan un buen rato en silencio, simplemente escuchando llover. Sin embargo, Carmona sabe que a su novia le sucede algo. Su expresión no da lugar a equívocos.

—No, no estoy enfadada. No te preocupes.

—Entonces, ¿por qué tienes esa cara?

A la chica no le apetece hablar otra vez de lo mismo. Sabe que le tiene que contar lo del suspenso en el examen, pero la conversación con David ya ha sido suficiente por hoy. Sin embargo, no desea sembrar las dudas de nuevo en su novio.

—He suspendido Civil —indica Elena muy seria, cubriéndose parte de la cara con la almohada.

—¿Has suspendido?

—Sí, han subido hace un rato la nota al aula virtual. Ponía muy clarito «SUSPENSO», con letras mayúsculas, incluso.

—Vaya, lo siento.

—Da igual, lo veía venir. Pero..., bueno, ya sabes que no estoy muy segura ahora mismo de lo que quiero hacer con mi vida, y esto no me ayuda mucho.

—Aunque estés mal, y entiendo mejor que nadie lo que te pasa, recuerda que solo es un examen.

—Otro con que solo es un examen —protesta Elena cambiando de postura en la cama y poniéndose bocarriba.

—¿Otro? ¿A quién más se lo has contado?

Elena repara en ese instante en que quizá ha hablado demasiado. La mirada inquisitiva de su novio así lo confirma. Una mirada que no le gusta nada. ¿Por qué le molesta tanto no haber sido el primero? Rápidamente, también ella se pone a la defensiva y endurece su tono de voz.

—A David. Él también se dio cuenta de que me pasaba algo y me preguntó.

—¿Y se lo contaste todo?

—No sé si todo, pero sí lo esencial.

—¿Sabe que tienes dudas con la carrera?

—Sí, lo sabe.

La afirmación de la chica hace que Carmona tuerza el gesto y arrugue la frente. Elena vuelve a girarse hacia él y lo mira fijamente. Conoce perfectamente esa reacción y sabe lo que viene ahora.

—David es un buen tío, pero ¿no crees que confías demasiado en él?

—Es mi amigo y el novio de mi hermana. Es normal que confíe en él.

—¿Confías más en él que en mí?

—Tú ya sabías lo de mis dudas con la carrera —indica Elena irritada, que empieza a experimentar de nuevo la misma sensación que ayer cuando se enfadó con él.

—Pero él se ha enterado de tu suspenso antes que yo.

—¡Porque acababa de ver la nota cuando me lo he encontrado en el pasillo!

Carmona no le replica inmediatamente y se levanta de la cama. Se acerca a la ventana y contempla cómo la lluvia arrecia sobre la residencia Benjamin Franklin. Elena lo observa alterada. No le gusta la actitud que ha ido apareciendo en su novio a lo largo de las últimas semanas. Está completamente segura de que la discusión todavía no ha terminado. Y acierta.

—¿Por qué no me lo has contado mientras comíamos? ¿O cuando hemos entrado en el cuarto?

—Porque no me apetecía volver a hablar del tema.

—¿No me lo pensabas decir?

—Sí, claro que sí. Pero...

El sonido del teléfono de Martín interrumpe la aclaración de Elena. En cierta forma, supone un alivio para ella. Carmona alcanza el teléfono y responde después de comprobar quién es el autor de la llamada.

—Hola, papá. ¿Cómo estás?

El chico hace una señal con la mano indicándole a Elena que sale de la habitación para hablar con su padre. Ella asiente con la cabeza y se abraza a la almohada. En esos minutos, reflexiona sobre su relación con Martín. No están atravesando su mejor momento. ¿Por su culpa? ¿Por la de él? Posiblemente sea algo de ambos. O quizá ninguno de los dos sea culpable de nada. La realidad es que le fastidia el control que su novio trata de tener sobre ella. Aunque, ¿para qué engañarse? El verdadero problema es otro. Y por mucho que desvíe la atención hacia otras cuestiones, por mucho que le moleste la actitud de Martín, no puede despegarse de lo que siente.

Carmona se despide de su padre y entra de nuevo en el cuarto. Cuelga y resopla.

—¿Todo bien? —pregunta Elena al notarle agobiado.

—Sí y no —responde enigmático el joven—. La semana que viene se va de viaje a Nueva York con mi madre. Por no sé qué historia. Se ha enterado hoy.

—Ah. Muy bien. Eso no es un problema.

—No. Pero el sábado es su cumpleaños. Y como no van a estar, quiere invitarnos a cenar a ti y a mí.

—¿Cuándo?

—Esta noche. Me han dicho que dentro de un rato salen hacia aquí.

El padre de Martín, José Manuel Arias, es el subdirector de la residencia y profesor en la universidad. Aunque de lunes a jueves vive en la Benjamin Franklin, su casa está en Segovia, adonde se marcha los fines de semana con su mujer. Su hijo, en algunas ocasiones, le acompaña, aunque desde que sale con Elena prefiere pasar con ella el máximo tiempo posible y se queda en Madrid.

—¿Vamos a cenar con ellos esta noche?

—Sí, hasta han reservado una mesa en un restaurante. Creo que me ha dicho el Asador Donostiarra. Quiere que cenemos los cuatro juntos.

—No sé si estoy de humor para cenar con tus padres —señala Elena, con cero ganas de acudir a la improvisada cita con sus suegros.

No es que José Manuel y Ana, que es como se llama la madre de Martín, le caigan mal; al contrario. El hombre la ha tratado con gran amabilidad cuando se han encontrado por la residencia y la mujer siempre ha sido muy simpática con ella. De momento no han tenido ningún conflicto y parecen contentos de que ella salga con su hijo. Pero no es el mejor día para una cena de ese tipo. Aunque ellos se hayan mostrado muy agradables, tiene la sensación de que, cada vez que coinciden, está pasando una prueba. Como un examen constante. Y no tiene hoy los ánimos suficientes para enfrentarse a eso.

—Sé que no es tu mejor día, ni nuestra mejor semana... Pero mis padres vienen hacia aquí y, no sé, sería feo que no estuvieras en la cena.

—Diles que tengo que estudiar.

—Saben que los exámenes ya terminaron —apunta Carmona mirando hacia arriba—. Mi padre es profesor de la universidad, ¿recuerdas?

—Pues que estoy enferma.

—No quiero mentirles. Ven, solo serán un par de horas. Te lo prometo.

La chica se cubre la cabeza con la almohada y gimotea. ¡No quiere ir! Sin embargo, parece que no va a tener más remedio que asistir a aquella cena.

—Está bien, iré —dice apartando la almohada.

—Muchas gracias. Te lo compensaré.

—No tienes que compensarme. Solo espero estar de mejor ánimo esta noche.

—¿Cómo puedo ayudarte a eso?

Elena resopla. Se sienta en el colchón y se pone los zapatos. La mejor forma de no seguir discutiendo con él por todo es no estando en la misma habitación.

—Me voy. Luego nos vemos —dice la joven mientras camina hacia la puerta—. ¿A qué hora has quedado?

—Cuando nos vayamos a ir a cenar, te aviso.

—Vale. Estaré atenta. Yo acompañaré dentro de un rato a mi hermana a la estación. Estaré de vuelta sobre las ocho.

—Bien.

—Bien.

La pareja se mira una última vez antes de que Elena salga de la habitación. No hay besos de despedida, halagos o gestos amables. La frialdad con la que la chica abandona el cuarto de su novio les duele a ambos. En cambio, ninguno da un paso hacia delante o hacia atrás. La puerta se abre y luego se cierra, sin más.

La toledana baja las escaleras hasta su planta. Entra en el pasillo 1B y luego en su habitación. Se lanza sobre la cama y se masajea la sien con los dedos. Se siente cansada y presionada; más que de costumbre, aunque se está convirtiendo en una sensación habitual en ella. Necesita no pensar más, no darles más vueltas a las cosas. Hasta dentro de un par de horas no sale el tren de Marta. Cierra los ojos e intenta dormir. Cuanto más fresca llegue a la cena con los padres de Martín, menos sufrirá. Espera que en esta ocasión el examen no sea muy difícil. Que no le pregunten por la carrera, ni por las notas. No desea hablar de nada, pero de eso, menos.

Sin darse cuenta, va cayendo lentamente en los brazos de Morfeo. Se duerme sin quitarse ni los zapatos, imaginándose lo que José Manuel y Ana podrían decirle cuando se enteren de que ha suspendido Civil y que podría no seguir estudiando Derecho. Su hijo Martín ya se enfrentó a eso en su día, pero fue incapaz de negarse a continuar con una carrera que no le gustaba y que todos le decían que le iba como anillo al dedo. Cuatro años más tarde, continúa sin querer ser jurista, pero le falta tan poco...

Un pitido le hace abrir los ojos de par en par. Es un mensaje de WhatsApp. Perezosa, alcanza su móvil. Para su sorpresa, no es Martín, ni tampoco ninguno de sus amigos del pasillo.

> «Hola Elena, somos Miriam y César, ¿nos recuerdas? El músico del metro y su novia. Solo te escribimos para preguntarte cómo va todo. ¿Se han solucionado tus problemas? Estamos al lado de tu residencia, ¿te apetece un café? Un beso».

CAPÍTULO 25

—Me alegro de que Manu haya aparecido. Y, sobre todo, me alegro de que esté bien.

—Sí, menos mal. Pero ya le vale. Espero que cuando lo veamos nos dé explicaciones de adónde ha ido. ¡Cómo puede ser tan capullo!

El grito de Iria se oye en toda la cafetería. Aunque no le importa demasiado, porque ella y Julen están solos. El único que se encuentra allí es Gonzalo, el camarero, que está secando platos en el otro extremo del establecimiento y, como es habitual en él, parece ausente.

—Por lo menos te ha escrito para avisarnos de que no le ha pasado nada.

—Después del lapsus de anoche es lo menos que podía hacer —protesta Iria, que está más tranquila aunque sigue molesta con Manu.

No se ha atrevido a contarle a su amigo lo que ha pasado por la mañana con el malagueño. Todavía ella no se lo explica. ¿Solo se ha tratado de un impulso? ¿De un simple calentón? El caso es que, después de liarse con él, se siente bastante rara y confusa. Y si le pidió a Manu que no se lo dijera a nadie, tampoco ella se cree con derecho a hacerlo. A pesar de que con Julen no hay secretos.

—¿Te ha dicho cuándo regresará a la residencia?

—No, se lo he preguntado por WhatsApp, pero no me ha contestado. Solo me ha dicho que está bien y que no le llamemos más.

—Su comportamiento es tan extraño...

—Tú lo conoces desde hace más tiempo, ¿no tienes ni idea de adónde va cuando desaparece?

—No, no lo sé. Para mí también es un misterio. Nunca ha querido decírmelo.

La chica se queda pensativa. Las ausencias de Manu son una verdadera incógnita para todos. ¿Irá a ver a alguien? ¿Será en Madrid? Tiene que ir a algún lado en el que pueda quedarse a dormir, porque ha pasado varias noches fuera de la residencia. ¿Lo sabrá su familia?

—Lo de la pérdida de memoria me tiene desconcertada. ¿Nunca te habló de alguna situación parecida?

—No. Si le ha pasado más veces, no me lo ha contado —contesta el navarro muy seguro. Para él también fue inesperado lo que vivió anoche.

—Están ocurriendo cosas muy raras con Manu. Sus desapariciones, las faltas de asistencia a clase, esa actitud cada vez más desafiante, lo del lapsus de anoche... ¿Y si todo está unido?

—¿Crees que todo está relacionado entre sí?

—No lo sé, pero es una posibilidad —responde Iria reflexionando sobre el asunto—. Y no hay que olvidar la idea surrealista que tuvo ayer de organizar una sesión de *ouija.*

—Toni nos contó lo del espíritu ese que se les apareció. ¿No será eso lo que le provocó el lapsus de memoria?

—No se me había ocurrido. Pero suena a locura. Ni siquiera estoy segura de que lo que les pasó fuera real. El caso es que Manu nos oculta algo.

Los dos siguen comentando la peculiar manera de comportarse del malagueño mientras toman un café. Julen hace una pausa y observa con detenimiento a un chico que entra en la cafetería. Iria se da cuenta y se gira para ver quién es el recién llegado. Se trata del tipo musculoso del vestuario, al que llaman Virus. Este percibe que la gallega lo está mirando y la saluda con la mano, sonriente. Avergonzada, la chica se da la vuelta y da un sorbo a su taza.

—¿Lo conoces? —pregunta Julen sorprendido por el gesto que el chico ha dirigido a su amiga.

—Me lo encontré antes en la piscina. Estaba en el vestuario cuando entré. Pero era la primera vez que hablaba con él.

—Está muy bueno.

—Y no lo has visto sin camiseta...

Los ojos de Julen se abren como platos y luego suelta una carcajada.

—Me alegro de que te hayas olvidado de tu ex por completo —señala el pamplonés atrapando su mano.

—¿Por qué dices eso ahora?

—Porque dependías mucho de lo que sentías por él. Y está claro que ya no es así. Si no, no tontearías con ese chico o con el camarero.

—No he tonteado con él. ¡Y con Gonzalo tampoco!

—He visto la media sonrisa que le dedicabas cuando te servía el café.

—Solo estaba siendo amable —indica Iria peinándose nerviosa con las manos—. No quiero nada con ningún tío ahora mismo.

Eso hace que Julen recuerde algo que todavía no le ha revelado a su amiga. Se pone serio e intenta buscar las palabras adecuadas.

—Hablando de no-relaciones, hay una cosa que debes saber —comienza a decir cambiando el tono de voz—. He recibido un *e-mail* de Imanol.

—¿Qué? ¿Cuándo?

—Me lo envió ayer por la noche, aunque lo he leído esta mañana.

—¿Y qué quiere?

—Mañana viene a Madrid con el instituto. Le gustaría verme.

Iria se tapa la boca con la mano y dibuja una expresión de incredulidad en su rostro. Por su parte, el chico se aclara la garganta y lee el correo electrónico de su exprofesor en el móvil. Cuando termina, contempla fijamente a su amiga esperando su reacción.

—Es muy fuerte que te haya escrito otra vez. ¡Y viene mañana a Madrid!

—Sí, viene mañana.

—¿Qué piensas hacer? ¿Vas a contestarle? ¿Lo llamarás?

—No creo que sea una buena idea ni lo uno ni lo otro —señala nervioso Julen mientras se acaricia el mentón.

—Pero ¿no tienes ganas de verlo?

—No... Bueno, no lo sé. Sinceramente, no lo sé.

—Eso es que sí. Pero te da miedo, ¿no?

Julen lleva todo el día pensando en qué es lo que realmente siente. Lo que supondría volver a verlo y hablar con él. Las conclusiones que ha sacado no le hacen ser demasiado optimista. Aunque una cosa tiene clara:

haga lo que haga, no va a caer en la tentación de Imanol. No va a rebajarse y debe mantener la cabeza fría.

—No tengo miedo —contesta sin mucho convencimiento y dejando caer las palabras—. Pero no gano nada yendo a verle y quedando con él. Por muy bien que fuera, ¿qué sacaría de provechoso?

—¿Un amigo? ¿Un novio? ¿Un amante? ¿Quitarte de encima la espinita que tienes clavada con él?

Julen ríe con las respuestas de la gallega. Va a llevarle la contraria, pero observa cómo Virus, al que acaban de servir un café, se acerca hasta su mesa.

—Hola —saluda risueño el veterano centrándose en Iria—. ¿Encontraste champú?

—Ya sabes que no entré en los vestuarios de la piscina a ducharme.

La contestación le sale tan terriblemente seca que el joven se ve obligado a pedirle disculpas por la broma.

—Perdona, he dicho una tontería. ¿Apareció tu amigo?

En ese instante, Virus mira al chico que la acompaña en la mesa. No está seguro de si acaba de preguntar otra estupidez: quizá, el que está sentado con Iria es el tal Manu al que buscaba antes.

—Hola, soy Julen —se anticipa a decir el navarro leyéndole el pensamiento y alargando el brazo para estrechar la mano del otro chico.

—Yo, Marc. Encantado.

Los dos se dan la mano y prácticamente al mismo tiempo se giran hacia Iria. La chica se pregunta si siempre se presenta a la gente con su verdadero nombre, que hasta ese instante desconocía.

—Sí, ya sabemos dónde está. Gracias por preguntar.

—¿Os importa que me siente con vosotros?

—Claro que no —indica Julen adelantándose a Iria y echando su silla a un lado para dejarle más espacio a él.

Un cabeceo de la chica, casi imperceptible, y una mueca torciendo la boca avisan a su amigo de que no está muy de acuerdo con la decisión que acaba de tomar. Espera que el navarro no actúe de celestina entre ella y Virus.

La conversación en la cafetería es amena y ese chico parece buen tipo. Sin embargo, a Iria no se le va de la cabeza Manu y la escena de la mañana en su habitación. Escucha hablar alegremente a Julen con Marc, aunque hay veces que ni oye lo que dicen. No sabe el motivo, pero empieza a agobiarse.

—Voy a pedir un poco de agua —indica la gallega antes de levantarse de su asiento con un movimiento veloz.

La chica se acerca hasta la barra casi sin resuello. Saca el móvil del bolsillo y revisa si hay nuevas noticias del malagueño, que no ha vuelto a escribirle ni ha puesto nada en las redes sociales.

—¿Otro café?

La joven levanta la mirada y contempla a Gonzalo delante de ella. Sus impresionantes ojos claros la vuelven a hipnotizar.

—No, no más cafés por hoy o no pegaré ojo en toda la noche. ¿Me puedes dar un vaso de agua?

—Ahora mismo.

El camarero alcanza un vaso y lo llena hasta arriba de agua del grifo. Se lo lleva a Iria, que da un buen trago antes de regresar a la mesa con los chicos.

—¿Sabes si sigue enfadado? —pregunta Gonzalo en voz baja.

—¿Enfadado? ¿Quién?

—Tu amigo Manu. Por lo del vaso roto de esta mañana.

—¡Ah! No te preocupes. Manu es así. Seguro que ya ni se acuerda de eso.

—A veces soy muy torpe —insiste Gonzalo al tiempo que se acaricia la cicatriz de la muñeca derecha—. Si lo ves, dile que venga a verme. Quiero pedirle disculpas. Esta mañana me puse muy nervioso y no sé ni lo que dije.

—Se lo diré, aunque no debes atormentarte más con eso ni pedirle perdón. Fue un pequeño accidente sin importancia. Por cierto, ¿trabajas hoy todo el día?

—Sí, estoy haciendo el turno de mi compañero. Mañana no vendré, pero hoy me toca estar aquí hasta que cerremos.

—Qué paliza, ¿no?

—Bueno, tampoco ha habido mucho trabajo. Los domingos son muy tranquilos. Muchos residentes lo pasan fuera.

La chica asiente y, con el vaso en la mano, se despide de él para volver a sentarse a la mesa. Parece que Julen y Marc se conocen de toda la vida, a juzgar por las risas de complicidad de uno y de otro.

—Me acabo de quedar boquiabierto. ¿Sabes por qué le llaman Virus? —le pregunta el navarro en cuanto Iria toma asiento—. Porque en su ordenador empezaron a aparecer «x» y creía que se había infectado con un virus.

—Soy muy tonto. Simplemente, se me había atascado la «x» del teclado y se mantenía pulsada todo el tiempo. Desde entonces me llaman así. ¡Por el virus de la «x»!

La historia del apodo de Marc no le hace gracia a Iria, que se fuerza a sonreír para no quedar mal. En cambio, Julen suelta una carcajada impropia en él. Y eso que ya conocía el desenlace.

Los tres hablan durante unos minutos más, hasta que el veterano mira su reloj y descubre que se le ha hecho tarde.

—Tengo que llamar a mi madre. Aunque tengo veinte años, se preocupa si no le doy un toque todos los días.

El joven se disculpa y abandona la cafetería caminando deprisa. Iria y Julen vuelven a estar solos.

—¿Qué te parece? No está nada mal, ¿eh? —indica el navarro, golpeando con el codo a su amiga.

—Bueno, está bien.

—¿Solo bien? ¿Estás de broma? Está como un queso. Y es muy simpático, ¿no? Lo de llamar tanto a su madre me deja un poco en fuera de juego. Pero por lo demás... es un buen partido.

Iria pestañea muy deprisa y niega con la cabeza.

—Ya te he dicho que no quiero nada con ningún chico. Este, además, no creo que sea mi tipo.

—Es coña, ¿verdad?

—No, claro que no. Marc no me gusta.

—Cariño, aunque te gustara, no lograrías nada con él —indica Julen muy sonriente—. Hablaba de buen partido para mí. ¿O es que no te has dado cuenta de que Virus es gay?

CAPÍTULO 26

La película termina y Ainhoa no puede remediar soltar alguna lagrimilla, que seca con las mangas del jersey. Siempre que ve *Querido John* se le hace un nudo en la garganta. Durante un buen rato se ha olvidado de todos sus problemas en la sala de televisión de la residencia. Además, prácticamente estaba sola. Cuando sale de allí, un grupo de chicos está esperando en la puerta para ver un partido de fútbol de la jornada de Liga, aunque eso a ella no le interesa en absoluto. En cambio, ella sí que interesa a alguno de esos chicos, que la repasan de arriba abajo. Uno hasta le guiña el ojo. Ainhoa pasa de él y del resto y camina hacia el pasillo 1B. Basta de tíos por el momento. Como sospechaba, Borja no la ha llamado en todo el día. No la afecta tanto porque lo imaginaba y estaba segura de que su compañero de clase iba a lo que iba. Por ese motivo lo interpretó de la misma forma.

Los chicos son lo peor. Desde que ha adelgazado, la miran y la remiran como babosos. A veces se siente un simple objeto. Y lo que al principio le halagaba ha terminado por agobiarle. Para colmo, el precio que está pagando es muy alto. Es consciente de que tiene un problema. Un gran problema con el que cada día se compromete a combatir sin éxito. Lo que antes tenía controlado, o eso creía, se le ha escapado de las manos. Si no vomita después de las comidas, no se siente bien. Su estómago cada vez es más estrecho, lo nota. Nota que se le llena con facilidad y se angustia. Tanto que ha perdido la razón. Y es que, desde hace varias semanas, todo se ha complicado mucho. Ni es la misma ni sabe hacia dónde camina su vida en Madrid. Eso hace que todavía se encuentre peor.

Rígida, escuchando algunas risitas del grupo de chicos que la observa, abre la puerta de su corredor. Está tan pendiente de ellos que casi se topa de bruces con alguien. Cuando levanta la mirada, descubre a Óscar hablando por teléfono. Se va a convertir en una maldita costumbre cruzarse con él en el pasillo. En esta oportunidad, va solo.

—Acabo de tropezar con ella. Espera un segundo, te la paso —dice el vallisoletano de improviso, entregándole su teléfono—. Es Nicole.

Ainhoa alcanza el móvil de Óscar y responde.

—¿Nicole?

—¡Canaria! ¿Qué tal estás? —exclama la peruana al otro lado de la línea—. Te he estado llamando toda la tarde, pero no me lo cogías.

La chica saca su *smartphone* y recuerda que lo tiene en silencio.

—¡Joder! ¡Perdona! Le quité el volumen al móvil para ver una película en la sala de televisión.

—Yo ya pensaba que no querías hablar conmigo.

—¡No! ¡Claro que no! Con lo que te echo de menos...

Las dos amigas intercambian palabras amables y buenos deseos durante unos segundos.

—Voy a por una Coca-Cola a las máquinas —le dice Óscar en un susurro—. No te preocupes. Cuando vuelvas me lo das.

A la canaria no le da tiempo a llevarle la contraria porque el chico abre la puerta del pasillo y desaparece.

—¿Ainho? ¿Sigues ahí?

—Sí, sí. Estoy aquí, Nicole. Estaba escuchando lo que Óscar me decía.

—¿Sí? ¿Volvéis a hablar?

—No, hacía mucho tiempo que no nos dirigíamos la palabra —reconoce la canaria apoyándose en la pared.

—Vaya, pensaba que podíais haber hecho las paces.

El silencio de Ainhoa sirve como respuesta. No quiere seguir hablando de Óscar. Aún le duele que esté saliendo con Naiara, que prefiriera a su ex. Quizá nunca le perdone lo que hizo.

—Bueno, cambiemos de tema. ¿Hay novedades?

—Por desgracia, no. O las que hay no son demasiado buenas. ¿Has visto las noticias?

—No, ¿qué ha pasado?

—Le han dado una paliza a un chaval negro en pleno centro de Madrid —señala la peruana con tristeza—. Lo han ingresado en la UCI con no sé cuántos huesos rotos.

—Joder, qué animales. ¿Son los mismos que te atacaron a ti?

—Ni idea. No han dicho quiénes han sido los autores de la agresión. Pero ha complicado todavía más mi vuelta a Madrid. Mi madre tiene muchísimo miedo.

—Racistas de mierda. No comprendo qué se les pasa por la cabeza para hacer algo así. ¡Que se maten entre ellos!

A Ainhoa le hierve la sangre al pensar que existe gente así en el mundo. Da igual que sean pocos o muchos, no tendría que haber ninguno. El problema es que, si cinco quieren liarla, lo consiguen. Y luego se generaliza.

—Yo no los odio, ni les deseo ningún mal. Al contrario, espero que sean felices.

—Eres demasiado buena, Nicole.

—No es una cuestión de bondad. No hay que querer el mal de nadie. Mi corazón me impide odiar —insiste la peruana, repleta de sinceridad—. Están siendo semanas muy duras, Ainhoa. Necesito volver a Madrid, pero mi madre sufre mucho cada vez que se lo digo. No quiero que ella lo pase mal y esté todo el día pendiente de mí. Por eso no sé si volveré.

El apesadumbrado tono de voz con el que se expresa Nicole resulta aún más preocupante que sus propias palabras. Se la ve carente de esa alegría y del optimismo del que siempre hace gala.

—¡Tienes que volver! ¡Qué hago yo el resto del curso sin ti!

—¡Ya sabes que, si por mí fuera, cogería el primer AVE hacia allá! —grita Nicole emocionada—. Pero prefiero no engañarte: a día de hoy, casi no tengo posibilidades de regresar.

Esa frase de la peruana, casi lapidaria, coincide con el regreso de Óscar al pasillo. El joven lleva dos latas de Coca-Cola en las manos. Observa detenidamente a la canaria, que tiene lágrimas en los ojos.

—Haremos lo posible para que regreses. Lo conseguiremos, ya lo verás —indica Ainhoa mientras se seca con el dorso de una mano el rostro mojado—. Nicole, te escribo luego. Un beso y mucho ánimo.

—Gracias. Un beso para todos. ¡Os echo de menos!

—¡Y nosotros a ti! ¡Adiós!

La canaria cuelga y le devuelve el teléfono a Óscar. De repente, siente unas ganas enormes de llorar. No quiere hacerlo delante de él, pero no puede controlarse y estalla. Se tapa la cara con las manos y se da la vuelta para ocultar sus lágrimas. El joven la contempla sin saber muy bien cómo actuar. Deja las latas de Coca-Cola sobre una papelera del pasillo. Se arrima a ella y tímidamente le pone la mano en el hombro, con temor a que se la retire bruscamente. Ainhoa no lo hace. Sentirlo de nuevo tan cerca la ayuda a calmarse. Le hacía falta. Sin pensarlo, instintivamente, se gira y abraza al vallisoletano. El abrazo no dura mucho, pero sí lo suficiente para borrar de golpe los malos rollos entre los dos. No es que le perdone, ni olvide lo que piensa respecto a la relación con su ex. Pero necesita a alguien que la ayude a sobrevivir durante el curso. Alguien como él, que, junto a Nicole, ha sido su gran respaldo en Madrid.

—Su madre no quiere que vuelva —comenta sollozando—. Lo más probable es que no regrese.

—Entiendo que en su casa estén preocupados. Aunque debería ser ella la que tome la decisión de vivir en una ciudad u otra.

—Yo también pienso así. Pero Nicole no quiere que su madre lo pase mal.

—Si se queda en Valencia y deja la universidad, la que lo pasará mal será ella.

Óscar tiene razón. Renunciar a lo que deseas a la larga supone un problema mayor. Su amiga es tan buena, piensa tanto en los demás, que antepone la preocupación de su madre y de su familia a su deseo de estudiar Odontología en Madrid.

—Tengo que volver a mi habitación —dice el chico mientras recupera las dos latas de refresco de encima de la papelera del pasillo.

—Sí, yo también debo hacer cosas —indica Ainhoa sorbiendo por la nariz.

La chica saca un pañuelo y se seca las lágrimas. Menuda tarde lleva de llantos y lágrimas. Deja que sea Óscar el que camine delante y espera unos segundos a que se distancie unos metros. Sus sensaciones en ese instante son contrapuestas. No está feliz, pero se alegra de haber permitido que se derrumbara el muro entre ellos. Es mejor así.

Cuando Óscar está a punto de llegar a su habitación, se detiene y se vuelve hacia la canaria con una sonrisa. De esas que a ella le encantaban.

—Ainho, me alegro de volver a hablar contigo. Te echaba de menos.

La chica se queda inmóvil un segundo, hasta que sus labios, y el corazón, la obligan a responder con otra sonrisa.

—Yo también me alegro de que volvamos a hablar.

CAPÍTULO 27

Cierra el paraguas y entra en la cafetería, en la que la esperan Miriam y César. La pareja de novios está sentada en el centro del local, abarrotado de gente que está merendando o tomándose un café. Elena camina hasta ellos, que se levantan para recibirla con dos besos. Después de saludarlos afectuosamente, como si se conocieran de toda la vida, se instala en la silla que está libre.

—¿Quieres algo? Invitamos nosotros —pregunta el chico mientras busca al camarero con la mirada.

Ellos ya han pedido un café y un cruasán para cada uno. Elena acepta la invitación y elige lo mismo que ellos cuando el camarero se acerca a su mesa.

—¿Qué estáis haciendo por aquí? —pregunta Elena, que trata de encontrar la manera de que su paraguas no gotee demasiado en el suelo.

—Hemos venido a verte —responde César sonriente—. Para saber cómo estás.

—¡Oh! Muchas gracias. Pero...

—En realidad, hemos venido al cine aquí, a un par de calles —la interrumpe el joven—. Y cuando ha terminado la película, nos hemos acordado de que tu residencia estaba cerca.

—No le hagas caso —interviene ahora Miriam—. Es verdad que hemos ido al cine, pero teníamos intención de quedar contigo después. ¿Cómo te encuentras?

—Pues... regular. Un poco agobiada. Hoy me han dado una nota y he suspendido. Es el primer examen que no apruebo en mi vida.

—Qué cabrones son los profesores, ni en los domingos nos dejan respirar —apunta César negando con la cabeza.

La toledana dibuja una sonrisa tristona y se queda en silencio por la llegada del camarero con su merienda. Cuando le sirven, toma otra vez la palabra.

—No sé qué quiero hacer con mi vida. Este suspenso es como una especie de señal. No sé qué me van a decir mis padres cuando se enteren.

—¿Todavía no lo saben? —pregunta Miriam.

—No, se lo he dicho solamente a David, con quien os conté que me besé antes de Navidad y que es el novio de mi hermana, y a Martín, mi chico.

—David siempre está metido en todo.

—Bueno..., sí.

Ella también lo sabe. Aunque se han distanciado, su amigo ha estado presente en las cosas importantes que le han pasado en los últimos meses. ¿Casualidad? Puede ser, pero, por unas razones o por otras, el sevillano ha formado parte de lo que rodea su vida desde que está en Madrid.

—Tu novio, ¿no está celoso de ese chico?

Elena piensa un instante lo que le pregunta César antes de responderle.

—Quizá esté molesto por la confianza que tengo con él. Pero no creo que piense que me gusta o que estoy enamorada de David.

—¿Estás enamorada de David? —insiste el joven, echándose hacia delante, impaciente por conocer la respuesta.

—David es el novio de mi hermana. Ya lo sabéis.

—Esa no es la respuesta correcta porque no responde a la pregunta que te he hecho.

Elena resopla. Echa azúcar en el café y contesta sin mirarlos a los ojos.

—Aunque me gustara o estuviera enamorada de David, no podría..., es imposible.

—Imposible no hay nada, Elena. Hay cosas más difíciles que otras.

—Esto es imposible, César. Haría daño a dos personas, dos personas a las que realmente aprecio. Y, además, ni siquiera sé lo que él siente por mí.

—Te besó. ¿No es eso una prueba?

—Sí, me besó. Pero fue en un momento de debilidad de ambos. Fue un error. David a la que quiere es a mi hermana Marta.

—¿Dónde está Elena?

—No tengo ni idea —responde Marta, que cierra la pequeña maleta que ha traído para pasar el fin de semana en la residencia.

La joven está muy feliz. Por fin lo ha hecho con el chico de su vida. Aunque tenga que regresar a Toledo y separarse de su novio una vez más, se marcha con una sensación indescriptible dentro de ella. ¡Ha sido mejor de lo que imaginaba!

—Me dijo que nos acompañaría a la estación. Pero no está en su cuarto —explica David.

—Estará con Martín. Ya sabes...

La sonrisa pícara de Marta no deja ninguna duda de a lo que se refiere. El chico agacha la cabeza y tiene la tentación de escribirle un WhatsApp para preguntarle si al final los acompaña o no. Sin embargo, prefiere no molestarla. Ha decidido que a partir de ahora toda su atención se centrará en Marta. Ella es su novia y la persona que debe hacerle feliz.

—¿Cuánto falta exactamente para que salga tu tren? —pregunta el sevillano, que no tiene el móvil a mano.

—Cincuenta minutos. Vamos bien.

—¿Me da tiempo a tomarme un café rápidamente?

—Sí, yo te espero aquí. Aún tengo que peinarme y pintarme un poco.

El joven asiente y, tras darle un beso en los labios a su novia, sale del cuarto. En el pasillo no hay nadie y la puerta de Elena está cerrada. En la cafetería de la residencia tampoco ve a la de Toledo ni a ninguno de sus amigos. Pide un café con leche templada al camarero nuevo, que le atiende rápidamente. En ese momento, Carmona entra solo en la cafetería. A David le extraña que Elena no vaya con él. Los dos se saludan con frialdad.

—¿Ya se ha ido tu novia? —pregunta Martín al tiempo que reclama la atención del camarero con una mano.

—No, aún está aquí, pero nos vamos ya.

—¿Está Elena con ella?

—No, no la he visto en toda la tarde.

Esa afirmación inquieta a Carmona. Ella le dijo que acompañaría a su hermana a la estación. Si no está con Marta..., ¿dónde se ha metido?

David percibe la impaciencia del veterano, pero no le dice nada más. Se bebe el café de un trago y se despide de él con el mismo desinterés con el que le saludó.

Cuando regresa al pasillo 1B, Marta le está esperando en la puerta con la maleta preparada.

—No me quiero ir —murmura la chica antes de lanzarse sobre él para abrazarlo.

—La semana que viene, más.

—Jo. A mí me gustaría estar contigo todos los días de mi vida. ¿Esto que has hecho conmigo es magia?

—No, pero el truco es muy bueno.

—Te quiero. Te quiero mucho.

El joven se aleja un par de metros de su novia y la mira a los ojos, que le brillan. Parece tan sincera cuando le habla que le asusta. Lamenta que él no haya sido igual de sincero con ella. Pero el pasado no se puede cambiar. Se inclina sobre Marta y la besa. La besa de verdad, con sinceridad. Y aunque sabe que no puede arreglar sus errores, tratará por todos los medios de no equivocarse más.

—Volvamos al tema de los estudios —propone César después de pedirle al camarero otro café—. ¿Te arrepientes de haber elegido Derecho?

De fondo suena *Eleanor Rigby,* de los Beatles. Llevan más de veinte minutos hablando sobre David, Martín y Marta, y todas las cosas que han ido sucediendo en la vida de Elena desde septiembre.

—Mmm. No, no me arrepiento —responde Elena mostrándose lo más segura que puede—. Hacía muchos años que lo tenía decidido. Estaba convencida de que era lo mío. No se trataba de una carrera ni un mundo que desconociera: mis padres son abogados.

Miriam cabecea en señal de desacuerdo. Observa a la chica y trata de no ser demasiado dura con ella.

—No deberías hacer la carrera que tus padres quieren para ti. Deberías elegir tú misma.

—Derecho no es una imposición de mis padres. Es una decisión personal.

—Pero antes has dicho que tus padres se enfadarán cuando sepan que has suspendido el examen —le recuerda Miriam—. Y la que debería estar enfadada eres tú.

—Y no lo estás, ¿verdad? —interviene César apoyando la teoría de su novia.

Elena reflexiona un instante sobre lo que la pareja dice. Realmente, no está enfadada. Se siente cansada, decepcionada consigo misma, apenada, confusa..., pero no se ha enfadado por suspender Civil.

—Que una persona como tú, perfeccionista, exigente, que tenía tan claro su futuro, no se haya enfadado por suspender y esté más pendiente de lo que sus padres pensarán cuando se enteren... es la prueba de que quizá no es todo como tú crees.

—Estaba muy claro hasta hace unas semanas, Miriam.

—Hace unas semanas no es hoy. Tienes que vivir de los sentimientos y de las sensaciones del presente, Elena —opina César—. Para todo. No tienes que engañarte acerca de lo que sientes ahora mismo respecto a la carrera, David, tu novio, tus padres o tu hermana... Debes aceptar cuál es la realidad y hacer lo mejor para ti, no lo que creas que es mejor para los demás.

—Ni yo misma sé qué es lo mejor para mí.

—Estoy seguro de que sí lo sabes. Pero es difícil tomar medidas cuando estas no son sencillas.

—Es difícil tomar medidas cuando no sabes qué elegir —insiste Elena agobiada—. De todas maneras, chicos, os agradezco esto que estáis haciendo por mí. Os estáis preocupando sin conocerme prácticamente de nada.

—En estos dos días nos ha dado tiempo a conocerte bastante —le asegura Miriam mientras piensa en lo mucho que Elena le recuerda a su amiga Paula cuando tenía su edad—. Y nos caes bien, ¿verdad, cariño?

César asiente y da un sorbo al café que acaban de ponerle.

La chica sonríe. Es una suerte haberlos encontrado. Estos temas no los puede hablar con sus amigos del pasillo, por lo que implica. Ante Miriam y César puede contar sus problemas en voz alta. Y aunque la solución esté lejana, o no la vea cerca, le permiten desahogarse.

—Bueno, me tengo que marchar. Si no, no me dará tiempo a despedirme de mi hermana. Gracias por la merienda y por los consejos.

Elena se despide de la pareja de novios dándoles de nuevo las gracias por todo. La tarde, al final, no ha ido tan mal, a pesar del recuerdo de la discusión con Martín y el suspenso de Civil. Sin embargo, la noche traería consigo situaciones que jamás le harían olvidar ese domingo de enero. Un domingo de toma de decisiones importantes y acontecimientos totalmente inesperados.

CAPÍTULO 28

En su cuenta de Twitter, Isa ha anunciado hace una hora que a las 19:00 subirá un nuevo vídeo a su canal de YouTube «que nadie se puede perder». Toni siente curiosidad por verlo editado. Tanto él como sus amigos son los protagonistas de ese vídeo en el que juegan con churros y chocolate. David y Marta se acaban de marchar a la estación de Atocha y Elena tampoco está en la residencia, o por lo menos no se encuentra en su habitación. Así que tendrá que verlo solo, sin el resto de sus compañeros de grabación. Todavía faltan diez minutos para las siete, y el valenciano dedica ese tiempo a seguir buscando información sobre Rocío Costa. En Google parece que no hay más *links* de los que ya ha visto relacionados con la noticia de su fallecimiento, así que lo intenta de otra forma. Realiza un rastreo por unos cuantos periódicos digitales usando la pestaña de búsqueda de cada uno de ellos, escribiendo la fecha del suceso y las palabras «accidente moto». En *El País, El Mundo, Abc* y *La Razón*, no encuentra nada diferente a lo que ya sabe. Tampoco en *El Confidencial Digital*, ni en *20 minutos*. Sin embargo, cuando prueba fortuna en un pequeño periódico local de Sevilla llamado *La Pàloma Mensa-*

jera, al que llega de forma fortuita, corre distinta suerte. Hasta el momento, solo había visto la fotografía de la chica atropellada, pero no la del chico que se salvó. Aunque no es de muy buena calidad y está tomada desde bastante lejos, aquel modesto periódico digital muestra la imagen de Fernando, junto a algunas palabras suyas entrecomilladas que no se especifica cómo fueron obtenidas: «He perdido lo más importante de mi vida», «nunca podré recuperarme de esto», o «espero que la culpable pague y sufra lo mismo que estamos sufriendo nosotros».

Está tan inmerso en su descubrimiento que no se da cuenta de que son más de las siete. Rápidamente, entra en el canal de Isa come Pizza y busca el vídeo. Ya está subido. En la miniatura aparecen los cuatro protagonistas embadurnados de chocolate. Lo ha titulado «Pringados: cuatro tontos muy tontos», y en la cajita de información explica el *challenge* del chocolate con churros y cómo convenció a unos pardillos de su residencia para pringarse hasta las cejas. Esto también lo cuenta en el inicio del vídeo, mirando a cámara y riendo sin parar, mientras se burla de los que han participado.

A Toni aquello no le hace ninguna gracia. Y menos lo que ve después. Isa se ha encargado de editar el vídeo de forma que él y sus amigos quedan en ridículo. Incluso ha incluido ruiditos extra y ha puesto bocadillos que parten de sus bocas, como si fuera un cómic, en tono de burla. Son cinco minutos absurdos, en los que todos parecen estúpidos salvo Isa, que queda como la triunfadora al no haberse manchado ni un dedo y haber conseguido la colaboración de esos cuatro inocentes.

El chico se levanta indignado y sube a la segunda planta enfurecido. Se dirige a la habitación de Isa y golpea su puerta con los nudillos de forma violenta. Unos segundos más tarde, la chica le abre. Tiene una amplia sonrisa y gesticula bastante nerviosa.

—¡He llegado a veinte comentarios y más de cincuenta *likes* en menos de cinco minutos! —exclama en cuanto lo ve—. ¡El vídeo del chocolate con churros está siendo un éxito!

—Qué bien —responde Toni irónico.

—¿Y si se hace viral? ¿Te imaginas?

—No, no me lo imagino —comenta el valenciano intentando cortar de raíz su alegría—. Nos has dejado en ridículo.

Pero la chica no oye lo que dice. O, más bien, no le hace caso. Camina hacia el interior de la habitación, donde tiene el ordenador, y vuelve a actualizar la página. Tiene diez *deditos arriba* más.

—Tengo que hacer una buena campaña con este vídeo. Puede ser mi oportunidad para despegar definitivamente en YouTube.

—¿Has escuchado lo que te he dicho? —grita Toni desde la puerta, sin atreverse a entrar en su cuarto.

—Podría escribirle a Melo o a Celopan... Que ellos también organicen el *challenge* y digan que lo han visto en mi canal y se han inspirado en mí para hacerlo. Eso sería increíble.

El joven observa que Isa actualiza la página del vídeo del chocolate con churros cinco veces en menos de un minuto. No la conoce demasiado, pero juraría que está atravesando un ataque de euforia exagerado e incontrolable. Duda si irse o quedarse. Finalmente, entra y cierra la puerta tras él. Da unos pasos hacia la *youtuber* e Isa, tras unos segundos de recapacitación, recuerda que no está sola.

—¿Qué haces? —le pregunta desconcertada—. ¿Por qué estás dentro de mi habitación?

—Para quejarme. Te has burlado de nosotros en el vídeo.

—No tienes motivos para quejarte. Es YouTube. Lo que importa son las visualizaciones, los *likes,* los suscriptores...

—A mí me importa más no quedar como un idiota, que es justo como he quedado después de ver el vídeo.

Isa da un gritito de fastidio y vuelve a actualizar la página pulsando la tecla F5. En voz alta lee el comentario que acaban de dejarle.

—DiosaPecosa dice: «Isa, eres la mejor. Queremos más vídeos como este. Te amo». —Suelta una carcajada y mira a Toni—. ¿Ves? ¡Necesitan más! ¿No te parece genial?

—No. Me parece fatal que te hayas aprovechado de nuestra ayuda. Y que en lugar de hacer un vídeo divertido, contando la realidad de lo que hicimos, nos dejes en ridículo y te burles de nosotros.

—Venga, hombre. No es para tanto. Mañana os invito a desayunar. Pero si queréis churros, vais vosotros a comprarlos.

Al valenciano la actitud de la chica le enciende cada vez más. ¿Cómo puede ser tan insolente? ¡Está muy enfadado!

—No me extraña que estés tan sola si actúas así con todo el mundo.

La chica escucha lo que Toni le dice y lo fulmina con la mirada. Se muerde la lengua para no soltarle lo que se le pasa ahora mismo por la cabeza. Pero el valenciano continúa con su ataque.

—Dices que no tienes amigos, que estás sola. Que lo único que te da alegrías es YouTube..., y no me extraña. Tratas mal a la gente. Además, a gente que no te ha hecho nada malo y que solo quería echarte una mano sin pedirte nada a cambio. ¿Es esa tu forma de ser agradecida? ¡Pues vaya mierda! No creo que tus padres te enseñaran esa manera de comportarte. Deberías...

Isa no lo soporta más. Se aproxima hasta Toni y le intenta dar un puñetazo en la cara. No lo consigue, ya que el valenciano detiene antes su mano a escasos centímetros de su rostro. En ese instante, contempla de cerca a la *youtuber*. Su expresión da miedo, tiene los ojos inyectados en sangre y los labios tan apretados que podrían estar cortándose con los dientes. Un grito ahogado y furibundo secunda al intento de agresión.

—¡Lárgate de mi habitación! ¡Gilipollas! —chilla Isa totalmente fuera de sí—. ¡No vuelvas a entrar en mi cuarto o te denunciaré! ¡Diré que me has intentado violar! ¡Vete ahora mismo!

La reacción de Isa asusta tanto a Toni que suelta su brazo, aún en tensión, y se marcha de la habitación a toda velocidad. Ni siquiera cierra la puerta tras de sí. Baja la escalera rápidamente y se mete en la 1154. Se sienta en la cama y respira hondo.

¿Qué ha sido eso? ¿Está bien de la cabeza?

Él le ha dicho cosas muy duras, pero el comportamiento de la chica es totalmente injustificable. Si no hubiera tenido reflejos, le habría pegado un puñetazo en la cara. Y aunque no es muy grande, ni parece muy fuerte, seguro que le habría hecho daño. Una persona en ese estado, desatada, puede resultar muy peligrosa.

Tarda unos minutos en serenarse, en recuperar la tranquilidad que ha perdido en la habitación de arriba, aunque no lo consigue del todo. No le resulta sencillo, porque acaba de vivir una escena de película de terror. ¿Qué pasará por la mente de Isa para ser así?

Ya solamente el uso que ha hecho de las imágenes de las que disponía para hacer el vídeo ha sido una falta de respeto. Y no está exagerando. ¿O sí?

Se acerca hasta su ordenador y vuelve a ver el vídeo del chocolate con churros. En esta segunda visualización, le parece todavía peor. No estaba exagerando. Movido por la rabia, le da un *dislike* y escribe un comentario bajo el nombre de usuario de una cuenta que ya no usa. Evidentemente, no menciona que es uno de los «pringados» que aparecen en el vídeo manchándose con el chocolate.

> PeetaMe: «A mí el vídeo no me ha gustado. Sobre todo porque tú no te pringas y reconoces que te has reído de gente a la que has engañado. ¿Es esa la educación que te han enseñado tus padres? Espero vídeos mejores en los que tú seas la protagonista».

Toni duda: una vez redactado el comentario, no sabe si enviarlo o no. Sigue enfadado con Isa, pero la rabia ha ido desapareciendo conforme iba escribiendo. En cambio, pulsa el *enter* y sus palabras se publican. Cuando las lee en la página de la chica, él mismo se sorprende de su dureza. Pero no las borra. Es el único que critica a la *youtuber*, que no deja de recibir comentarios positivos en el vídeo.

El valenciano pulsa el *play* una vez más y reproduce de nuevo el *challenge* del chocolate con churros. En esta tercera visualización, se percata de que los que peor quedan son David y Elena, a los que Isa ha ridiculizado especialmente. Incluso deja caer que son novios. Se pregunta cómo se tomarán eso sus amigos, sobre todo Marta.

Cuando el vídeo acaba, lee los comentarios nuevos que aparecen. Algunos le contestan directamente a él. Y entonces se lleva las manos a la cabeza.

Anubi: «Eres un inútil. ¿Educación de sus padres? ¡Sus padres están muertos, imbécil!».

MrGalleta: «Hay que ser muy hijo de... para mencionarle a Isa sus padres».

DiosaPecosa: «Isa, pasa de este capullo. El vídeo es increíble. Eres la mejor, te quiero».

Y así hasta diez comentarios más. En todos lo insultaban o le echaban en cara que hablara de los padres de la chica.

Una insoportable sensación de culpabilidad se apodera de Toni.

—Así que sus padres murieron... —murmura el chico aterrado por su falta de tacto.

Esa puede ser la razón por la que ha reaccionado de esa forma en su cuarto. Sus padres fallecieron y él le había hablado de ellos, echándole en cara su falta de educación.

¡Idiota! ¡Menuda metedura de pata! Rápidamente, borra el desafortunado comentario. Espera que ella no lo haya visto, porque sabrá que es él y no imagina lo que puede llegar a hacer. Piensa en subir e intentar aclarar las cosas. Pero no lo considera una buena idea en ese momento. Lo más probable es que vuelva a gritarle o a amenazarle si regresa a su cuarto. Le ha dejado claro que no quiere verle más. Esperará unas horas a que se calme; tal vez después de cenar sea el momento adecuado para dialogar con ella. O intentarlo.

Hay una cosa que no entiende: ¿cómo saben sus suscriptores lo de sus padres? Si están al corriente tantos de ellos, significa que lo ha contado en algún vídeo, en alguno de los que no vio. ¿En el que explica por qué está en una residencia de estudiantes?

Impaciente, recorre su canal de YouTube hasta que da con el vídeo que desea, titulado «Benjamin Franklin, allá voy». *Play.*

Durante algo más de cuatro minutos, Isa cuenta el motivo por el que se ha ido a vivir a la residencia. Explica que por fin le han dado plaza y que será el último vídeo que grabe desde la casa de su tía abuela en Madrid, donde lleva viviendo desde septiembre. Se había trasladado a la capital desde Gijón. Allí vivía con sus abuelos, que desde que murieron sus padres eran toda la familia que tenía en Asturias. Necesitaba un cambio, un punto y aparte en su vida, y por eso decidió irse a estudiar fuera. No tenía intención de instalarse con su tía abuela, a la que apenas conocía, pero se quedó sin plazas en la residencia y la metieron en una lista de espera. A finales de diciembre le comunicaron que un residente había decidido dejar su habitación y que, si estaba interesada, dispondría de ella a partir de enero.

«No es que me haga demasiada ilusión irme a vivir con un montón de tíos y tías que en lo único en lo que pensarán será en follar y salir de fiesta. Pero es la mejor solución. En fin, no os preocupéis, porque Isa come Pizza seguirá subiendo vídeos todas las semanas e intentará ser feliz. Estoy bien».

Las últimas palabras las decía con los ojos mojados. Toni tiene la impresión de que trataba de convencerse a sí misma de que todo iba a ir bien.

El vídeo acaba y, aunque el valenciano sigue molesto por lo que les ha hecho, siente cierta tristeza por ella. Seguro que no ha tenido una vida fácil y se comporta de esa forma por todo lo que ha pasado.

Es muy complicado, pero intentará hablar con ella. Corre el riesgo de no salir de su habitación de una sola pieza, pero necesita aclarar las cosas con Isa come Pizza.

CAPÍTULO 29

En los sillones de la tercera planta, algunos de los chicos del pasillo 1B están reunidos a petición de Ainhoa. Junto a la canaria se encuentran Julen, Iria, David —que acaba de llegar de Atocha—, Óscar —que ha subido sin Naiara porque esta ha preferido quedarse en la habitación— y Toni, el último en incorporarse al grupo. No están Manu, que continúa en paradero desconocido, ni Elena, que ha salido a cenar con Carmona.

—¿Lo que queréis es que hagamos un vídeo entre todos los del pasillo para intentar convencer a la madre de Nicole de que la deje volver a Madrid? —pregunta Óscar, a quien Julen ha avisado de la reunión en la tercera planta.

El vallisoletano no le ha comentado a Naiara las palabras que tuvo con la canaria hace un rato ni el abrazo en el pasillo. Prefiere que no se entere de momento, por eso le ha parecido buena idea que, mientras él habla con sus amigos, ella se diera una ducha. Luego, cuando terminen de conversar, la recogerá para cenar en el comedor.

—Sí, eso es —responde tímidamente Ainhoa, a quien todavía le cuesta dirigirse a Óscar mirándole a los ojos. Han sido muchas semanas sin hablar.

—Pero ¿eso servirá de algo?

—No lo sé, pero si no intentamos nada, su madre no la dejará regresar a la universidad.

El grupo permanece unos segundos en silencio, hasta que la canaria vuelve a hablar.

—Basta con que cada uno grabe un pequeño vídeo pidiendo la vuelta de Nicole y asegurándole a su madre que ella va a estar bien aquí, con nosotros. Lo importante es que esa mujer sepa que su hija estará segura en Madrid y no correrá peligro.

—Pero eso no lo podemos garantizar —indica Iria, que hasta ese instante no había intervenido en la charla.

La gallega mira el reloj constantemente, sin ocultar su preocupación. Manu no ha vuelto todavía y tampoco se ha puesto en contacto con ninguno de ellos. Aunque le escribió hace unas horas un WhatsApp, sigue inquieta. Incluso tiene como un mal presentimiento. ¿Por qué se preocupa tanto ahora por el malagueño?

—No, no lo podemos garantizar al cien por cien. Pero tampoco en Valencia estará segura siempre, ni a todas horas. Hay racistas y malas personas en todas partes.

—Ya, pero allí tiene a su familia.

—Y aquí nos tiene a nosotros, Iria —insiste Ainhoa convencida—. Nicole quiere volver. Y si no la ayudamos, ella sola no lo conseguirá. Además, es tan buena que no desafiará a su madre. Hará lo que le pida.

Se produce otro silencio en la sala de descanso de la tercera planta que sirve para que las palabras de la canaria calen en el resto. Ha sido convincente y, aunque no muchos confíen en lograr que la peruana regrese, todos pondrán su granito de arena en el intento.

—Yo puedo grabar los vídeos con mi cámara y editarlos —señala Toni tomando el relevo de Ainhoa—. Podríamos hacer un solo vídeo hablando de lo importante que es Nicole para nosotros y pidiéndole a su madre que no se preocupe, que está en buenas manos. ¿Qué te parece?

—Me parece perfecto.

Los demás también están de acuerdo con la propuesta del valenciano.

—Bien. Entonces, ¿cuándo lo hacemos? —pregunta Óscar.

—Cuanto antes, mejor. ¿Después de cenar, aquí mismo?

—Manu no está —advierte Iria.

—Ni Elena tampoco. Volverá tarde —señala David.

Los dos han regresado a la residencia juntos después de despedir a Marta en Atocha. La chica le contó que esta noche cenaría con los padres de Martín en el Asador Donostiarra para celebrar el cumpleaños del padre de Carmona. No hablaron mucho más. A ella la notaba cansada, preocupada, como si estuviera ausente de la realidad. Sin duda, el suspenso de Civil y sus dudas con la carrera la estaban afectando de verdad. Él tampoco quiso insistir ni preguntarle por su estado. Debe centrarse a partir de ahora en Marta; hacer todo lo posible por quererla, por estar a su altura. Y preocuparse en exceso por Elena puede llevarle a desviar sus sentimientos. No permitirá que eso suceda de nuevo.

—Ellos que graben después. Más tarde o mañana. Pero cuanto antes esté listo el vídeo, mucho mejor.

—Muy bien. Entonces, después de cenar, nos vemos en estos sillones otra vez para grabar los que estemos —indica Julen poniéndose de pie.

El navarro es el primero en abandonar la zona de descanso de la tercera planta. Desde hace un rato, se siente raro. No es capaz de eliminar sus dudas, aunque no se lo están poniendo fácil. Antes de la reunión recibió otro *e-mail*, este más cortito y directo, pero firmado por la misma persona que le escribió durante la madrugada.

> Querido Miramón,
>
> Necesito verte. Faltan pocas horas para que llegue a Madrid. Espero que te animes y me escribas, me llames o vengas a verme. Si no, me volveré loco. No debería haber aceptado viajar a la capital, porque no soportaré estar tan cerca de ti sin ti. Piénsatelo bien, por favor.
>
> Tu querido exprofesor,
>
> Imanol

Iria camina deprisa detrás de él. En cuanto su amigo recibió el correo, se lo contó. Estaba afectado, nervioso, dubitativo. En el *e-mail* de Imanol había impaciencia, desesperación, necesidad..., como si estuviera de rodillas mientras escribía y le rogara que se pusiera en contacto con él fuera como fuese.

Lo que hasta ese instante había sido una rotunda negativa ya no parece algo tan claro. Ese correo le ha hecho pensar.

—¿Y por qué no vas a verle? Me da que estás deseándolo.

—¿Y luego qué, Iria? Por muy bien que vaya todo, no hay posibilidades de nada más entre nosotros.

—Ya no eres su alumno y tienes dieciocho años.

—Creo que eso ahora es lo menos importante —replica el joven frotándose las manos agitado—. Es lo menos importante.

—¿Y qué es lo que tú consideras más importante, Julen?

El chico va a responder, pero se lo piensa mejor antes de hacerlo. Realmente, ¿qué es lo más importante para él? ¿La distancia que habría entre ellos si empezaran una relación? ¿El qué diría la gente sobre la diferencia de edad? ¿El afrontar su bisexualidad públicamente?

—La confianza —señala por fin—. De todo lo que me preocupa y me parece más importante, confiar en alguien es lo principal.

—¿Y no confías en él?

—No, no confío en Imanol —responde firme—. Pero tienes razón, creo que debo quedar con él.

Después de marcharse también David y Toni, solo quedan en los sillones de la tercera planta Ainhoa y Óscar. La chica está escribiéndole un WhatsApp a Nicole para darle ánimos.

—¿Le vas a explicar lo que estamos planeando? —pregunta el chico, sentado enfrente de la canaria. La examina detenidamente y se percata una vez más de lo delgada que está.

—No. Si se lo cuento, me dirá que no lo hagamos. Prefiero mandarle el vídeo cuando esté listo y que se lleve una sorpresa. Así me costará menos convencerla de que se lo enseñe a su madre.

—Me parece bien. Mejor que no lo sepa antes.

Óscar continúa contemplando los rasgos demasiado definidos en el rostro de Ainhoa. Sus mofletillos sonrosados son historia; ahora destacan los huesos marcados de los pómulos en su cara. La chica percibe que la está observando y levanta la mirada hacia él.

—¿Qué pasa? ¿Por qué me miras así?

—No te estoy mirando de ninguna forma —contesta el joven sonriendo, tratando de disimular—. Oye, ¿sigues yendo al nutricionista?

Ainhoa arruga la frente y da un pequeño respingo que casi hace que se le caiga el móvil al suelo.

—Lo dejé hace un mes —indica recobrando la compostura—. ¿Por qué me lo preguntas?

—Porque te veo... muy delgada, ¿no?

—No, aún tengo que perder cuatro o cinco kilos más.

—¿Me lo estás diciendo en serio?

A la chica no le agrada el tono del comentario de Óscar. Se dispone a responderle que ese tema no es de su incumbencia, pero no le da tiempo porque en la zona de descanso de la tercera planta aparece Naiara. Le hubiera encantado grabar su expresión de incredulidad y horror al verlos solos, uno frente al otro, en los sillones.

El vallisoletano rápidamente se pone de pie y sale al encuentro de su novia. Antes de que hable, se adelanta y le da un beso en la boca. Luego la coge de la mano y la conduce a las escaleras. Ni siquiera se despiden de Ainhoa que, con una sensación extraña en su cuerpo, mueve la cabeza de un lado a otro.

CAPÍTULO 30

Una guapa camarera rubia les acaba de poner sobre la mesa una bandeja de jamón ibérico, perfectamente cortado, con un aspecto sensacional. Enseguida, la misma muchacha trae otra fuente de chipironcitos fritos y una tercera de cogollos de Tudela rellenos de bonito. Esta última ración es la preferida de la madre de Martín, que ha sido quien la ha pedido. Todo para compartir.

—Pruébalos, Elena. Te van a encantar —indica Ana sonriendo, acercándole a la chica la bandeja con los cogollos.

—Gracias.

La joven se sirve y también sonríe. De momento, el examen está resultando facilito. Los padres de Martín están siendo muy agradables con ella y no la han puesto en ninguna situación complicada. Se han centrado más en la cena. Desde que se han sentado, no han parado de soltar maravillas del Asador Donostiarra; según ellos, el mejor restaurante de Madrid.

Tampoco su novio ha dicho una palabra más alta que otra. Antes de entrar en el restaurante han hablado y han decidido darse una tregua durante el tiempo que estén con sus padres. Sin discusiones ni recriminaciones. Los dos desean pasar una velada tranquila y que el padre de Carmona disfrute de una adelantada feliz cena de cumpleaños.

La charla es relajada y amena durante el primer plato. José Manuel y Ana llevan la voz cantante y les hablan a los chicos acerca de Nueva York, la ciudad a la que viajarán en unos días, les cuentan historias de cuando ellos eran más jóvenes, anécdotas del pequeño Martín... Nada hace presagiar la tormenta que llegará después.

Otra camarera, distinta a la que les ha servido anteriormente, le trae el plato principal a cada uno. Elena ha elegido lenguado a la plancha acompañado de unas patatas panaderas.

—Bueno, ¿qué tal vas con la carrera? —pregunta José Manuel antes de clavarle el tenedor y el cuchillo a un impresionante chuletón de Donosti.

La chica sabía que ese asunto aparecería en la conversación tarde o temprano. Intenta no responder de forma precipitada, aunque, para su sorpresa, Martín sale al cruce e intenta echarle una mano.

—No hablemos hoy de trabajo ni de estudios, papá. Es domingo y estamos celebrando tu cumpleaños.

—Ha sido una simple pregunta de cortesía, hijo —responde el hombre algo incómodo por la intromisión del chico—. No quería molestar.

—No me ha molestado —interviene ahora Elena en un tono sobrio muy correcto. Tampoco a ella le ha agradado que su novio contestara antes—. La verdad es que me está costando más de lo que pensaba.

—Es una carrera complicada.

—Sí, lo es. Pero no es eso lo que me preocupa.

—¿Qué es lo que te preocupa?

La chica retira con el tenedor las espinas de los laterales del lenguado antes de continuar hablando con el subdirector de la residencia sobre la carrera. Se arrepiente de haber dado pie a la siguiente pregunta. No quiere darle más información de la cuenta, pero ya no hay marcha atrás. Tampoco va a mentirle. Es un hombre inteligente, profesor y su actual suegro. Engañarlo sería una estupidez.

—No sé si realmente Derecho es la carrera que me hace feliz —dice Elena con la mayor tranquilidad con la que es capaz de reconocer su gran preocupación.

—Ninguna carrera te hará feliz —señala sorprendentemente José Manuel—. Las carreras no están para eso. La etapa universitaria sirve para formarte, para enseñarte una profesión o aproximarte a ella. La felicidad la tendrás con otras cosas.

La joven no está de acuerdo con lo que el hombre comenta, pero no quiere iniciar una discusión que no la lleve a ninguna parte. Así que no responde y prosigue con la limpieza del lenguado.

—A Martín tampoco le gustaba Derecho —apunta Ana alegremente, como si le hiciera gracia que su hijo y su novia hayan coincidido en eso—. Y mira, ya está en cuarto y a punto de convertirse en jurista.

—Era lo mejor para él —apostilla el padre—. Y estoy convencido de que también es lo mejor para ti. Tienes media vida resuelta por seguir los pasos de tus padres; la otra media te la tienes que ganar tú con tu trabajo y con mucho esfuerzo. Pero no empiezas de cero como la mayoría. Y esa ventaja no la puedes desaprovechar.

—Papá, eso es cosa de ella.

—Lo sé, hijo. Elena es la que tiene la última palabra —señala José Manuel, hablando de la chica como si no estuviera allí—. Pero la vida es demasiado complicada como para complicarla aún más. Y seguro que no va a encontrar mejores oportunidades que en Derecho. Es su futuro.

Elena escucha lo que el hombre dice y se muerde la lengua para no contradecirle. Ese debate es absurdo. Además, le sabe mal discutir el asunto con ellos antes incluso de que sus padres estén al tanto de lo que piensa.

—Sea como sea, no es momento ni lugar para hablar de esto —insiste Martín, que hace un par de minutos que no toca su entrecot.

—Es un momento como otro cualquiera —señala José Manuel, contrariado por la continuada imposición de su hijo. El hombre chasquea con la lengua, desvía la mirada y fija sus ojos oscuros en la chica—. Hazme caso, Elena: aguanta ahora los malos momentos y verás que al final estarás encantada de haber elegido Derecho. Si te rindes ahora, a la larga te arrepentirás.

—Gracias por el consejo. Lo tendré en cuenta.

La contestación de la toledana es diplomática, aunque algo seca. El tono autoritario del padre de su novio le recuerda al que él ha usado en los últimos días con ella. Por lo visto, de tal palo, tal astilla.

Sin embargo, todavía hay más, a pesar de que ella ha dado por concluido el debate. En esta ocasión, la que habla y aconseja es Ana.

—Mi marido tiene razón. Si no fuera porque le insistimos una vez tras otra, Martín ahora estaría totalmente perdido en la vida. Es lógico que, con dieciocho años, no sepas cómo funcionan las cosas y todo te venga grande. No es el momento de tomar decisiones importantes.

¿Está oyendo lo que cree que está oyendo? Por lo visto, no sabe nada de nada. Según esa señora, no está capacitada para tomar decisiones importantes. ¿Y elegir Derecho no ha sido una decisión importante? ¡Menudo sinsentido! Hace lo posible para que no se le note su fastidio agachando la cabeza. Se mete un trozo de lenguado en la boca, que se le va por otro lado y comienza a toser, atragantada.

—¿Una espina? —pregunta la mujer alarmada.

«Una estupidez. Me he atragantado por las tonterías que estáis diciendo», piensa Elena. Sin embargo, la realidad es que ese último trozo de pescado ha tomado un rumbo equivocado.

La joven se levanta y les pide disculpas mientras continúa tosiendo. Camina veloz hacia el cuarto de baño y se coloca delante del lavabo. Abre el grifo del agua fría, se inclina y bebe un buen trago. Poco a poco, la tos va desapareciendo y solo le queda una pequeña, aunque incómoda, carraspera. Sobrevivirá.

Debe volver a la mesa, aunque no hay prisa. Si está allí dentro, desconectada un par de minutos, no pasará nada. Lo necesita. Frente al espejo, se retoca un poco el maquillaje y arregla su ropa. Mientras tanto, intenta olvidar lo que los padres de Martín le han dicho. Sabe que no lo han hecho con mala intención, pero se ha sentido presionada. Y parte de culpa la tiene ella misma por decirle al hombre que no le molestaba hablar de la carrera. Tendrá más cuidado con lo que dice a partir de ahora.

El sonido de su WhatsApp la devuelve a la realidad. La que le escribe es Marta para preguntarle qué tal la cena con sus suegros. Le responde con un simple «OK» y aprovecha para revisar sus redes sociales y el correo electrónico. Durante la cena, por educación y respeto a los padres de Martín, ha preferido no mirar el teléfono.

Echa un vistazo rápido y no encuentra nada interesante, salvo un *e-mail* en el que la avisan de que ya tiene la nota de Historia del Derecho. Es la última calificación que le falta del primer cuatrimestre. No está segura de si es buena idea saberla ahora mismo o debería esperar a llegar a la residencia. Ese examen no le salió mal, así que no tendría que haber ningún problema. Duda un minuto y finalmente decide entrar en el aula virtual para averiguar lo que ha sacado.

Sus ojos se abren como platos cuando descubre que el resultado es el mismo que en la asignatura de Derecho Civil: «SUSPENSO». También está escrito con letras mayúsculas.

En esta oportunidad, Elena sí se sorprende de no haber aprobado. Se lleva las manos a la cara y de repente se siente muy mal consigo misma. Es lo que necesitaba, la señal definitiva. No puede golpearse más contra ese muro.

Precipitadamente, sale del cuarto de baño tan a lo loco que no ve a Martín, que está esperándola fuera. El chico la sujeta del brazo e impide que continúe caminando. Su expresión, mezcla de susto, asombro y tristeza, desconcierta a su novio. Antes de que este le pregunte, ella anuncia la mala noticia.

—He suspendido también Historia.

—¿Cómo? ¿Has suspendido?

—Eso he dicho. He suspendido Historia del Derecho —repite de muy malas formas.

Elena se cruza de brazos y baja la cabeza. Martín se acerca a ella y coloca las manos en su cintura. En cambio, la chica se las retira.

—Comprendo que no estés de humor, pero terminemos de cenar con mis padres. En cuanto acabemos, nos vamos para la residencia.

—No me apetece volver a la mesa. Tus padres me están agobiando.

Carmona resopla desesperado, pero rápidamente cambia el gesto y su rostro se relaja. Vuelve a intentar rodear por la cintura a su novia, pero de nuevo Elena lo impide. La chica se pasa la mano por el pelo nerviosa y clava sus ojos en los de él.

—Esto no funciona.

—¿Qué es lo que no funciona? —pregunta el joven confuso.

—Nada. Ahora mismo nada en mi vida funciona.

—Tienes que tranquilizarte, cariño. Estás muy alterada y lo ves todo negro.

Pero la toledana no se tranquiliza. En un segundo, sus ojos se han empapado y tiene problemas para expresarse con claridad.

—No funciona nada. No estoy siendo sincera. No... no puedo seguir así.

—Vamos, cariño. Cálmate. Respira hondo. Tienes que relajarte.

—Es... imposible.

La chica rompe a llorar y sale corriendo de nuevo hacia el cuarto de baño, donde se encierra. Durante varios minutos permanece allí dentro desconsolada. En ese momento le da lo mismo lo que los padres de Martín puedan estar pensando de ella. Tampoco desea ver a su novio. Él no la comprende, no sabe lo que le pasa. Entre otras cosas porque aquel chico, que ha sido su primer novio, es una de las causas por las que está llorando. ¿Por qué empezó a salir con él? ¿Por qué si no estaba enamorada? No se comprende a sí misma; hace mucho que no entiende el motivo por el que hace o no hace las cosas.

Suena de nuevo el móvil. En esta ocasión, el WhatsApp es del propio Martín.

> «Les he dicho a mis padres que te encontrabas mal y que cuando vengan de Nueva York nos tomaremos el postre. Se irán en cinco minutos, cuando paguen. No te quiero agobiar más. Tómate el tiempo que necesites. Te espero en la puerta del restaurante. No olvides que te quiero mucho».

Ese gesto honra a su novio. Al menos ya no tendrá que dar explicaciones a sus padres de por qué se ha ausentado tanto tiempo. Y no, no olvida cuánto la quiere. Pero ¿y ella, cuánto lo quiere a él?

Sabe la respuesta. Y no va a volver a engañarse.

Se seca las lágrimas y, aún llorosa, busca un número en su móvil y lo marca. Al segundo *bip*, una voz cálida y dulce responde:

—¿Elena?

—Hola, David. ¿Puedes hablar?

CAPÍTULO 31

La noche ha caído completamente sobre la ciudad. No hay ni rastro de la luna, ni se ve una sola estrella. Sopla el viento frío de enero, que golpea con fuerza contra las paredes de la residencia. Ahora no llueve, pero está anunciada una gran tormenta para la madrugada.

Entra en el pasillo 1B vigilante. No quiere que nadie le vea, eso sería peligroso. Da unos pasos y se detiene frente a la puerta de la 1152. No se oye nada, ni siquiera el silbido del viento que azota inmisericorde las paredes del edificio.

Lo que va a hacer es arriesgado, pero le da igual. Es el momento de arriesgar, de cumplir con lo que tiene planeado.

Revisa una vez más que no hay nadie mirándole y, a continuación, saca un bote de una pequeña bolsa que lleva consigo. Es un espray de pintura negra. Lo agita y rápidamente escribe en la puerta del cuarto de David:

Rocío no olvida

Es menos de un minuto repleto de adrenalina, en el que el corazón le palpita a mil por hora. Cuando termina, guarda el espray de nuevo en la bolsita y sale del pasillo 1B caminando deprisa. Nadie le ha visto.

Todo ha salido bien. Sin embargo, no sonríe. No tiene nada por lo que sonreír, a pesar de que, por una vez, la suerte está de su parte.

CAPÍTULO 32

—Sí, claro que puedo hablar —responde David, que nota preocupada a Elena al otro lado del teléfono—. Aunque te oigo regular. Estoy en el comedor terminando de cenar.

—Siento molestarte. Te llamo luego si...

—No, no te preocupes. Espera un minuto.

El chico se levanta de la mesa en la que cena con Iria y Julen y abandona el comedor. Sube aceleradamente la escalera y se mete en la habitación en la que están las máquinas expendedoras y la fotocopiadora.

—¿David?

—Sí, perdona, Elena. Ya estoy. ¿Qué tal ha ido la cena?

—Fatal —explica la chica, sin poder ocultar sus sentimientos—. Todo ha salido mal.

—¿Y eso? ¿Qué ha pasado?

—Me he agobiado muchísimo.

La joven relata parte de la conversación con los padres de su novio. David solo escucha, sin intervenir ni dar su opinión. Cuando ella termina de contarle lo sucedido, hace una pausa en la que solo se oye su agitada respiración. Reúne valor y añade algo más a la exposición de los hechos:

—Y para colmo, he suspendido Historia.

—¿Has suspendido?

—Sí. No me salió mal el examen, pero acabo de enterarme de que no he aprobado.

—Vaya, lo siento mucho.

—No sé, David. Cada vez tengo más dudas respecto a la carrera. Esto es como una especie de señal. Nunca había suspendido un examen, y, en un día, llevo dos.

—Estás en la universidad. Que suspendas una o dos asignaturas está dentro de lo previsible. No eres la primera a la que le pasa.

—Lo sé, pero a mí no me debería pasar. Además, lo que peor llevo no son los suspensos, sino las sensaciones que tengo. No estoy bien.

Elena se vuelve a quedar en silencio, quizá esperando a que David diga algo que pueda consolarla. Sin embargo, el chico sale por un camino inesperado.

—¿Por qué no vuelves ya a la residencia? Vamos a grabar un vídeo para Nicole.

Durante un par de minutos, el sevillano le explica que los chicos del pasillo se han puesto de acuerdo para hacer un vídeo en el que le pedirán a la madre de su amiga que le permita volver a Madrid. Elena escucha atenta y se olvida momentáneamente de sus problemas.

—Creo que Toni está grabando ahora a Ainhoa —continúa David—. En un rato subiremos Iria, Julen y yo. Aunque si quieres te espero y grabamos juntos.

—No sé si estoy con muchos ánimos para animar a alguien.

—Nosotros te animaremos a ti.

Las palabras de David sacan una sonrisa a Elena, que sigue encerrada en el cuarto de baño del Asador Donostiarra. Sabe que su amigo quiere ayudarla y que piense en otra cosa para no obsesionarse con el tema de la carrera. De lo que ni el sevillano ni nadie está informado es de las cuestiones referidas al corazón.

—Gracias, David. En cuanto pueda, regreso a la residencia. Ahora te tengo que colgar.

—Vale, aquí te esperamos —dice él—. Y no te agobies. Todo irá bien.

Se despiden discretamente, aunque en el rostro de ambos aparece una sonrisa. La de la chica dura poco. Debe enfrentarse a un reto difícil de resolver.

Sale del baño y camina hacia la puerta del restaurante. En la calle la espera Martín junto a su moto. A Elena, al principio, no le gustaba demasiado montar en ella. Le daba miedo, pero ha terminado acostumbrándose.

—¿Cómo te encuentras? —pregunta Carmona mientras la chica se acerca hasta él. Su tono de voz es conciliador, sereno, aunque no carente de preocupación.

Cuando Elena está a su lado intenta abrazarla, pero ella rehúsa hacerlo.

—Tenemos que hablar, Martín.

—Siento lo de mis padres. No tenían que haberte insistido en lo de la carrera. Se han puesto un poco pesados.

—No es eso —dice la joven agachando la cabeza—. No es solo eso.

—Muy bien. ¿Quieres que vayamos a la residencia o prefieres hablar aquí?

—Mejor en la residencia.

El joven asiente y le pasa uno de los cascos. Elena se lo pone y aguarda a que él suba primero para montarse en la moto. Una vez encima, se inclina hacia delante y se agarra con fuerza a su cintura. Carmona nota sus manos en el costado y arranca cuando ella grita que está preparada.

No hablan en todo el trayecto hasta la Benjamin Franklin, ni siquiera en los semáforos que encuentran en rojo. La toledana reflexiona y visualiza la conversación que están a punto de tener. Una charla que deberían haber tenido hace tiempo, aunque para la que no está segura de sentirse lista.

Quinientos metros antes de llegar, comienza a llover. Carmona acelera y, tras pedir permiso al guarda de seguridad e identificarse, entran en el aparcamiento de la residencia. Estaciona en su lugar y corren hacia el interior del edificio.

—¿Te importa que pille un café? —pregunta el chico, ya en recepción.

—Claro que no.

Los dos se dirigen a la habitación donde está la máquina de café. Martín selecciona uno con leche y espera apoyado contra la pared. Elena evita mirarle, porque sabe que él tiene sus ojos fijos en ella.

—¿Tú quieres uno?

—No, gracias.

Martín coge el vasito de café con leche y se echa azúcar. Mientras lo remueve con un palito de madera, busca el contacto visual de ella. Pero Elena no quiere mirarlo hasta que empiecen a hablar.

—¿Prefieres que vayamos a tu habitación o subimos a la mía?

—Mejor en la mía —responde Elena mientras salen del cuarto.

—Vale.

Aunque corre el riesgo de que sus amigos del pasillo se enteren de lo que van a hablar si alguno de los dos alza la voz, necesita sentirse segura y cómoda en su espacio.

La pareja atraviesa recepción y entra en el pasillo 1B. Hay un gran silencio. Seguramente todos están grabando el vídeo para Nicole, como antes le advirtió David. La chica coge el bolso y saca la llave para abrir la puerta de la 1151.

—¿Quién es Rocío? —pregunta Martín desconcertado.

—¿Rocío? ¿De qué hablas?

La joven se gira hacia su novio, que está detrás de ella, y contempla la pintada en la puerta de la habitación de David: «Rocío no olvida».

Rocío... No puede ser una casualidad. Es el mismo nombre que surgió en la sesión de *ouija* de ayer, el mismo nombre de la chica a la que atropelló la exnovia de su amigo. Y ahora aparece escrito con espray en la puerta de David.

—¿Rocío no olvida? Suena a una ex despechada —bromea Carmona.

—Es una broma de muy mal gusto.

La chica alcanza su móvil y escribe un WhatsApp al sevillano.

> «Ya estoy en la residencia. ¿Has visto lo que han puesto en la puerta de tu cuarto? Luego te veo».

—¿Quieres que hable con mi padre de esto? —pregunta Martín, que se da cuenta, por el gesto de Elena, de que esa pintada es algo más que una simple broma estúpida.

—No, no te preocupes. Entremos en mi habitación.

El mensaje pintado con espray desorienta a la toledana, que ya no tiene los cinco sentidos puestos en la conversación pendiente con su novio.

—Puedo llamarle y que se encargue él de esto. O que avise a alguien para que se haga cargo. Habrá que limpiar la puerta —insiste el joven, ya dentro de la habitación de Elena—. ¿Sabes quién ha podido ser o qué significa?

No, no sabe quién ha podido ser ni por qué han hecho algo así. ¿Quién está al corriente de lo de Rocío? Nadie, salvo ella y su hermana. Toni también conoce la historia, excepto la relación con David. Y que ella sepa, nadie más está al tanto de lo que le ocurrió a Rocío Costa. Bueno, Manu también estaba presente en la sesión de *ouija* cuando salió aquel nombre, pero se supone que no sabe nada de su trágica muerte.

Manu...

—Espérame aquí un momento —le pide Elena a su novio y sale otra vez al pasillo.

Se dirige con paso firme hacia el cuarto de Manuel y llama con energía a su puerta. Si hay alguien capaz de hacer algo así es el malagueño. Martín la observa desde el umbral de la 1151 sin comprender nada.

—¡Manu! ¡Abre! ¿Estás ahí? ¡Manu!

Pero, pese a la insistencia de la chica, nadie responde. Carmona se acerca a ella preocupado.

—¿Qué está pasando aquí? ¿Por qué buscas a Manu? ¿Crees que ha sido él quien ha pintado la puerta?

—No lo sé. No sé quién ha sido.

—Pero has venido directa a la habitación de Manu.

—Eso no significa que crea que ha sido él.

—Entonces..., ¿por qué?

—¡No lo sé! ¡No lo sé! —grita exaltada Elena alzando la voz—. ¡No me agobies más, por favor! ¡Siempre estás igual! ¡Siempre!

—¿De verdad crees que siempre te estoy agobiando?

—¡Sí, Martín! ¡Sí! ¡Me agobias! —insiste la chica muy tensa—. Y no puedo más. No quiero seguir así. Ni quiero ni puedo.

El joven se rasca la mejilla nervioso y contempla a su novia, que ahora también lo mira a él fijamente.

—Entiendo. Lamento que te sientas así por mi culpa. Aunque creo que tus problemas con la carrera te están pasando factura y lo estás pagando conmigo.

—Puede ser. Todo influye. Pero aunque lo uno afecte a lo otro, son dos temas completamente diferentes —indica ella recuperando un poco la calma—. Martín, tenemos un gran problema.

—Ya veo. ¿Y cuál crees que es la solución a ese problema?

La puerta del pasillo 1B se abre y un chico entra en él corriendo. Se detiene bruscamente y observa la puerta de la habitación 1152. Se pasa la mano por el pelo, totalmente desconcertado. A continuación, observa a la pareja frente al cuarto de Manu. Elena también lo mira a él, aunque enseguida se centra de nuevo en Carmona. Se moja los labios y arranca de su interior la frase que necesitaba soltar.

—No hay ninguna solución a nuestro problema. Lo siento mucho, Martín, pero quiero que dejemos de ser novios.

CAPÍTULO 33

Antes de cenar, Julen intentó escribirle a Imanol, pero no sabía exactamente qué decirle. Algo que podría resultar muy fácil no lo era en absoluto. ¿Cómo empezar un *e-mail* dirigido a una persona que confunde y hace añicos tus sentimientos? ¿Debes ser amable, exigente, rencoroso, escueto, desvergonzado, seco, simpático? ¿Todo a la vez? Por mucho que el navarro se planteó y trazó un esquema en su cabeza, a la hora de teclear, dirigirse a su exprofesor no resultó tan sencillo.

Así que ha decidido otra cosa: mandarle un mensaje de voz, a través de WhatsApp, con lo que se le vaya ocurriendo. Improvisando, siendo natural.

Iria está sentada a su lado en la zona de descanso de la tercera planta, donde acaban de grabar su vídeo para Nicole.

—No le des tantas vueltas. Solo queda con él en alguna parte y ya está —le dice la gallega, que, aunque tiene sus propias preocupaciones, intenta apoyar a su amigo en ese momento tan especial, como siempre ha hecho él con ella.

La verdad es que Iria no deja de pensar en Manu. El malagueño no ha vuelto para la cena. Le ha escrito un par de veces y también le ha llamado, pero su teléfono sale desconectado; o lo ha apagado o se ha quedado sin batería. Eso le provoca una mayor incertidumbre, aunque intenta mostrarse tranquila y transmitir sensación de calma.

—¿Dónde podríamos quedar?

—En el sitio donde queda todo el mundo en Madrid: el Oso y el Madroño de Sol.

—Ahí nos verá demasiada gente.

—¿Y qué más te da? Nadie os conoce aquí —comenta Iria mientras revisa las redes sociales de Manu en su móvil. No ha escrito nada en las últimas horas—. Relájate.

—Tienes razón. No debería estar tan tenso. ¿Le mando ya el audio?

—¡Claro! ¡No sé a qué esperas!

Julen busca a Imanol en la lista de contactos. Cuando lo encuentra, lee su estado de WhatsApp: «¿Feliz?». No quiere preguntarse por el motivo de los interrogantes. Parece que la inseguridad sigue presente en la vida de su exprofesor. Aunque en la foto de su perfil aparece sonriendo. Y muy guapo, excesivamente guapo. Suspira y pulsa en la opción «Enviar mensaje». Reflexiona un instante sobre lo que va a decir, a pesar de que quiere sonar natural y auténtico. Pero es consciente de que, una vez que grabe el audio, no podrá dar marcha atrás.

Tras unos segundos de indecisión, toma aire, presiona el pequeño micrófono de la pantalla con el pulgar de la mano derecha y se lanza. Su voz sale algo temblorosa.

«Hola, Imanol, ¿qué tal estás? Al final, me he decidido a... contestarte. Ha pasado mucho tiempo. No sé muy bien por qué estoy haciendo esto, ni el motivo por el que acepto quedar contigo. Pero si te viene bien nos podríamos ver mañana en el Oso y el Madroño, en Sol, sobre las... ¿siete de la tarde? O mejor a las seis. Bueno, pon tú la hora. Ya me dirás. Que tengáis un buen viaje mañana. Nos vemos».

El chico levanta el pulgar de la pantalla y el audio se envía.

—Ya está. Lo hecho, hecho está —dice Julen echándose hacia atrás y dejando el móvil a un lado.

—Has estado muy bien.

—¿De verdad? Me he puesto un poco nervioso. Sobre todo al principio. Me temblaba todo. ¡Qué tensión!

—No se ha notado nada —indica Iria sonriente para animarle, consciente del tembleque en la voz del navarro—. A ver qué te dice ahora.

Julen no está muy seguro de las consecuencias de lo que ha hecho. ¿Le responderá Imanol con otro audio? Si todo va bien, mañana volverá a ver a la persona que tanto daño le causó en el pasado. El adulto que se comportó como un crío y no supo asumir lo que sucedió en aquel local de Pamplona. El primer tío del que realmente se había enamorado.

—Espero que no me entre un ataque de pánico y me arrepienta.

—No pienses en eso, hombre. Lo más difícil ya está hecho. Solo te queda verlo y hablar con él de lo que tenéis pendiente.

—¡Lo dices como si eso fuera lo más fácil del mundo!

—Creo que será más fácil de lo que te imaginas.

—Ojalá tengas razón.

El sonido del móvil interrumpe la conversación entre Julen e Iria. Los dos examinan sus teléfonos al mismo tiempo, pero el que ha sonado es el del chico. La gallega se resigna y observa a su amigo con curiosidad.

—¿Es él?

—Sí, me ha enviado un audio.

—¿Y a qué esperas para oírlo? ¡Quiero escucharlo!

—¡Voy, voy!

El mensaje que Imanol le ha enviado dura veintidós segundos. Julen le da al *play* y escucha atentamente junto a Iria.

«Hola. Qué bueno volver a oír tu voz. Al final, esto del WhatsApp no va a estar tan mal. Llevo tanto tiempo esperando saber algo de ti que ahora..., ahora no sé qué decir. Espero no estar tan nervioso mañana. Me parece perfecta la hora y el sitio que has propuesto. Nos vemos a las seis en Sol. Estoy deseándolo. Hasta mañana, Miramón».

—Tiene una voz increíble —apunta la gallega en cuanto termina el audio—. Si funciona lo vuestro y cada uno está en una ciudad, el sexo telefónico será espectacular.

—¿Qué dices? ¡No seas tonta!

—Esa voz te pone, reconócelo.

El chico enrojece, pero no admite nada. Sí, le pone su voz. Y no solo su voz. Le excita recordar sus labios mientras explicaba en clase, pensar en su culo cuando se giraba en la pizarra o recuperar los detalles que sobreviven en su mente de aquella noche loca.

Julen prefiere no hablar más sobre Imanol. Si sigue pensando en él, se volverá loco antes de tiempo. Y cambia de tema de forma brusca.

—Oye, ¿aún no sabemos nada de Manu? —le pregunta a Iria, que no lo esperaba.

—No, lo he llamado antes y después de la cena. Tiene el móvil apagado.

—Se habrá quedado sin batería.

—Seguramente —dice ella, y se le nota la preocupación—. Pero es un capullo por no estar aquí ya, después de lo que le pasó ayer. Y más capullo aún por no tener batería en el móvil. Cuando lo vea, me va a escuchar.

—Manu siempre va a su bola.

—Pues debería pensar un poco más en los que nos preocupamos por él. Aunque, la verdad, no tendríamos que estar tan pendientes. No se lo merece. Es un idiota egocéntrico.

Julen arquea una ceja al oír las quejas de su amiga. En su tono de voz percibe algo diferente a las protestas de otras veces.

—¿Hay algo que me tengas que contar?

—No te entiendo. ¿A qué te refieres?

—Vamos, Iria, te conozco bien —insiste Julen—. ¿Hay algo entre Manu y tú?

—¿Qué? ¿Estás oyéndote? ¿Manu y yo? ¡Estás mal de la cabeza!

La sobreactuación de la gallega la delata: exagera sus gestos y agudiza en exceso sus chillidos. Además, se toca el pelo nerviosa, alborotándolo, y ríe histérica. Cuando se da cuenta de que se está excediendo en sus modos, mira hacia otro lado.

—Puedes contarme lo que sea. Yo no te voy a juzgar si te gusta.

—¡Que no me gusta! ¡Cómo va a gustarme un tipo

que se cree el centro del universo y que solamente piensa en sí mismo!

—El amor es así de raro.

—Me estás poniendo nerviosa. ¡No estoy enamorada de nadie!

Otra vez está gesticulando demasiado y aparta la mirada de Julen cuando termina de hablar. Su amigo sonríe.

—Prefiero que te enamores de Manu a que vuelvas a sentir algo por el gilipollas de Antón. Ahí sí que me preocuparía de verdad e intentaría boicotearle.

—Julen. Basta. No estoy enamorada de Manu, ni me gusta. Estoy preocupada por él simplemente por lo que le pasó ayer. Se le fue la cabeza y eso es algo muy serio. Tal vez tendríamos que haberlo llevado a un médico. En el momento en que aparezca o se ponga en contacto con nosotros, pasaré de nuevo de él como he hecho hasta ahora.

Julen sabe que Iria no está siendo del todo sincera. Después de más de cuatro meses conviviendo diariamente con ella, la conoce bien. Pero tampoco va a insistir más. Si no quiere hablar de Manu y de lo que sucede entre ellos, que no lo haga. Aunque tarde o temprano confesará.

—Vale. Lo voy a llamar yo, a ver si tengo más suerte y lo coge —dice el chico a la par que marca su número. Pero rápidamente obtiene el mismo resultado que Iria—. Está apagado.

—Ya lo imaginaba. Espero que no le haya pasado nada.

—Estará bien, tranquila.

Estará bien. Seguro que sí. Solo ha desaparecido para fastidiarla. O eso es de lo que trata de convencerse.

Pero debería mostrar un poco más de respeto y de tacto hacia ella. Más después de lo de esa mañana. Aún puede sentir los labios del malagueño en su boca. Sus manos recorriendo su cuerpo de arriba abajo. Se estremece al pensar en ello y se sorprende al desear repetirlo. ¡Dónde coño se ha metido ese idiota!

—Buenas noches, *princeso.* ¿Qué tal has dormido?

El chico acaba de abrir los ojos y mira a su alrededor. No reconoce nada de lo que ve. Se encuentra tumbado en un sofá gris, situado en el centro de una habitación escasa de luz.

—Manu, ¿estás bien? —repite la misma voz.

El malagueño observa detenidamente a la chica que le habla. Se trata de una joven de unos veintitantos años, más cerca de los veinte que de los treinta quizá. Tiene el pelo largo, liso y muy oscuro, aunque un mechón morado decora el lado izquierdo. Lleva un *piercing* de aro en la nariz y otro en la ceja derecha. Es guapa, aunque tal vez le falten algunos kilos.

—¿Por qué sabes mi nombre? —pregunta el chico incorporándose lentamente.

—¿Qué? ¿Me estás hablando en serio?

—Claro que te estoy hablando en serio. ¿Dónde estoy? ¿Quién eres tú?

La joven suelta una risita forzada y luego se queja en voz baja de su sentido del humor.

—Déjate de bromas, anda. ¿Quieres cenar? Voy a prepararme algo.

—No es ninguna broma —señala Manu, que tiene la sensación de haberse despertado de un largo sueño—.

Y no quiero comer nada. Pero ¿tienes una aspirina? Me duele tanto la cabeza que creo que me va a estallar.

La chica asiente sonriente y se marcha en busca de una aspirina. Entra en un pequeño cuarto de baño y abre un cajón lleno de medicamentos. Coge la cajita de las aspirinas y extrae la última que queda. Luego llena un vaso con agua del grifo y regresa hasta la habitación en la que está Manu. Este se ha sentado en el sillón y tiene el móvil en las manos. Está sin batería.

—Toma, aquí tienes —dice la joven del mechón morado entregándole el vaso de agua y la pastilla.

—Gracias. No sabes cómo me duele la cabeza.

—No me extraña después de lo que bebimos.

Manu no recuerda haber bebido. Ni siquiera sabe quién es ella, ni tampoco dónde está. ¿Qué demonios le pasa? Cuando se toma la aspirina, echa otro vistazo a la habitación y descubre un cargador encima de una mesa pequeña de cristal que está en una esquina. Lo alcanza y enchufa su móvil a la corriente. El teléfono se enciende, pero se encuentra con un gran problema: no recuerda la contraseña de su *smartphone.* Eso le provoca que su ansiedad aumente. Observa a la chica confuso, y abre los brazos desesperado.

—Te aseguro que no estoy gastándote ninguna broma. Debes decirme qué hago aquí y por qué no puedo recordar nada. Tengo la mente totalmente en blanco.

CAPÍTULO 34

—¿Adónde vas?

—Arriba, a la tercera planta. Tengo que subir a grabar el vídeo para Nicole —responde Óscar muy serio—. ¿Quieres venir?

A Naiara no le apetece ver a ninguno de los amigos de su novio. Y menos a Ainhoa. Por su culpa, han tenido la mayor discusión desde que han vuelto a ser pareja. Verlo antes junto a ella le ha hecho perder los nervios. Por lo visto, vuelven a ser amiguitos.

—No lo sé, ¿estará la canaria?

—Probablemente. Ella es la que ha propuesto lo del vídeo.

—Claro. ¡Cómo no! Ella es la que lo ha propuesto —repite la chica con tono de fastidio.

Ni siquiera han cenado. La pelea se inició cuando llegaron a la habitación tras la reunión en la que acordaron hacerle el vídeo a Nicole. Todavía los ánimos están encrespados, a pesar del silencio que ha habido entre ambos durante más de veinte minutos.

—No sé qué te pasa con Ainhoa. No te ha hecho nada.

—Te has liado con ella varias veces, ¿te parece poco?

—Ya hemos hablado de eso. No quiero volver a lo mismo —dice Óscar abriendo la puerta del cuarto—. ¿Quieres venir conmigo o no?

Al joven le molesta que su novia saque de nuevo ese asunto. Por mucho que insista, no tiene razón. Cuando se acostó con la canaria, ellos ya no estaban juntos. Además, la que le puso los cuernos fue ella a él, no al contrario. No comprende que le dé rabia que vuelvan a dirigirse la palabra. Es absurdo.

—¿Qué pasará ahora que volvéis a ser amigos? —pregunta Nai, sin responder a su novio—. ¿Te la vas a tirar otra vez? ¿Vas a follar con ella cuando yo no esté?

No es la primera vez que Óscar escucha algo así durante esa noche. Aunque en esta oportunidad la chica se ha pasado de la raya y ha sido demasiado agresiva. Hay límites que no está dispuesto a traspasar. No piensa ponerse a su misma altura. Sale de la habitación y cierra la puerta, guardándose la llave del cuarto en el bolsillo.

Mientras sube por la escalera hacia la tercera planta, se lamenta de la situación. ¿Es que no puede vivir tranquilo? De una forma o de otra, termina pagando por algo de lo que no cree que tenga ninguna culpa. Ainhoa dejó de hablarle por volver con Naiara y ahora Naiara se enfada con él por hacer las paces con Ainhoa. No lo entiende.

En la zona de descanso de la tercera planta solo se encuentra la canaria. Óscar se acerca al sofá en el que está sentada y se coloca a su lado.

—Toni ha bajado un momento a su habitación. Vuelve enseguida —explica la chica, que estaba escribiendo algo en su móvil.

—¿Ya habéis grabado todos?

—No, solo Julen, Iria y yo. David estaba aquí para grabar, pero se ha ido hace un rato y todavía no ha vuelto. De Manu no sé nada.

El vallisoletano se echa hacia delante y agacha la cabeza, en un gesto de cansancio evidente. Ainhoa lo observa de reojo y se percata de ello, aunque no está segura de intervenir y preguntarle qué le pasa. Está prácticamente convencida de que ha discutido con su novia y de que el motivo tiene que ver con ella. Sin embargo, aunque no sea asunto suyo, le da pena. O tal vez sí es asunto suyo.

—Oye, Óscar... —empieza a decir la canaria, aclarándose la garganta para hablar—. Siento el mal rollo de estas semanas.

—Sí, yo también lo siento. Y siento haberte insistido antes en lo del nutricionista.

—Ah, eso. Bueno. No sé si hice bien o no dejándolo, pero lo dejé. Simplemente, lo dejé. Ya está.

La chica no se siente cómoda hablando de ese tema. Sonríe de lado cuando acaba de responderle y vuelve a examinar su móvil. Precisamente estaba contándole a Mía algo relacionado con su exnutricionista. Cierra la conversación y se guarda el teléfono en el bolsillo.

—Entonces, ¿crees que este vídeo puede ayudar a que la peruana regrese?

La pregunta que formula el joven está hecha claramente con la intención de buscar un tema con el que ambos puedan sentirse bien. Cómodos. Sin tener que preocuparse por lo que se digan el uno al otro. Ainhoa se da cuenta de eso y lo agradece.

—Espero que sí. Tiene que sentir que la queremos aquí. Y su madre también.

—Seguro que Nicole no tiene ninguna duda de que estamos deseando su regreso.

—Claro que no. Pero debemos convencerla de que realmente la echamos de menos y de que la necesitamos en la residencia. Aunque a la que hay que convencer de verdad es a su madre. Ella es la clave para que Nicole vuelva a Madrid.

Los dos conversan durante varios minutos sobre cuánto se nota la ausencia de su amiga peruana en la residencia y las posibilidades que tiene de volver. Cada vez están más a gusto hablando y parecen olvidadas las rencillas de las últimas semanas. Todo está bien entre ambos hasta que aparece Naiara. La novia de Óscar se dirige hasta ellos y se sienta al lado del chico, que se teme lo peor. La tensión que se crea en la planta tercera se puede cortar con un cuchillo. Sin embargo, Nai sorprende al vallisoletano con un beso en los labios.

—Perdona, me he pasado un montón antes. No debería haberte dicho todas esas cosas —reconoce la joven con timidez, después del beso—. Eres lo mejor que tengo y no te he tratado como te mereces.

La insólita disculpa de Naiara coge desprevenido a Óscar, que al principio no está seguro de la intención de su chica. Una vez que se autoconvence de que no hay ironía ni sarcasmo en sus palabras, esboza una sonrisa. Ya era hora de disfrutar de un minuto de paz. Aunque teme que la presencia de Nai repercuta en la canaria. Sin embargo, su amiga no hace ningún gesto disconforme ni actúa de manera diferente a como se ha comportado con él en el rato que llevan juntos. Se queda sentada en el mismo sitio tranquila. Al menos, aparentándolo.

Los sentimientos de Ainhoa, en realidad, no han cambiado. Pero no puede estar enfadándose cada dos por tres con Óscar. Y menos después de haber hecho las paces. Ella es su novia y debe respetarlo. Por el momento, no puede hacer más que aguantar y tragar con la situación. Le guste más o menos.

—¿De qué estabais hablando?

—Estamos esperando a Toni para que me grabe —responde el joven a su chica, que apoya la cabeza en su hombro—. Tarda demasiado, ¿no?

—Sí, ya debería haber subido —contesta Ainhoa comprobando su reloj—. Voy a enviarle un WhatsApp a ver si se ha entretenido con algo.

La canaria alcanza su móvil y, cuando está escribiéndole a Toni, este aparece por la puerta de acceso a la tercera planta. El valenciano camina deprisa hasta ellos.

—Tenéis que bajar ahora mismo —les dice respirando con dificultad. Ha subido la escalera a toda velocidad, de dos en dos escalones.

—¿Y eso? ¿Qué pasa? —pregunta extrañado Óscar.

—Alguien ha pintado en la puerta de David.

—¿Que han pintado en su puerta?

—Sí, han puesto algo relacionado con Rocío —señala Toni exaltándose al pronunciar ese nombre, aunque rápidamente se da cuenta de que ellos no saben nada del tema—. Ahora os lo explicamos todo. Hay reunión en la habitación de David. Nos están esperando.

CAPÍTULO 35

En la habitación 1152, siete chicos del pasillo 1B y Naiara, la novia de Óscar, se han reunido para hablar sobre el asunto de la pintada en la puerta de David. En la cama están sentados David, Elena y Ainhoa. En la silla del cuarto se encuentra Nai, que tiene a su novio justo al lado, apoyado sobre el escritorio. Iria y Julen han traído la silla de su habitación y Toni ha preferido sentarse en el suelo.

—Gracias a todos por venir —dice el sevillano, que es el que ha tomado la decisión de juntarlos a todos.

También ha llamado a Manu, pero el malagueño sigue en paradero desconocido. Al que no ha invitado es a Carmona. Hace unos minutos, Elena rompió su relación con él, al parecer de forma definitiva. David fue testigo directo del supuesto final del noviazgo de su amiga toledana con el hijo del subdirector de la residencia. Sabe que su cabeza no va a estar centrada en lo que hablarán ahora, pero ha sido ella misma la que ha insistido en participar en la reunión.

—Como habéis visto, alguien ha pintado con espray en mi puerta la frase «Rocío no olvida». Perdonadme que os pregunte esto, pero tengo que hacerlo: ¿ha sido alguno de vosotros para gastarme una broma? ¿O sabéis quién ha podido ser?

Los chicos se miran entre ellos, pero ninguno responde afirmativamente a la pregunta de David.

—¿Y Manu? Esto parece algo propio de él —apunta Ainhoa, al ver que nadie dice lo que algunos están pensando.

—Manu no ha sido —interviene Iria al instante—. Lleva todo el día fuera de la residencia. Me mandó un WhatsApp por la tarde, pero desde hace unas horas tiene el móvil desconectado. No sabemos dónde está. Desde luego, no ha sido él quien ha pintado la puerta. Pondría la mano en el fuego por el malagueño, por lo menos en esta ocasión. No le acusemos simplemente porque sí.

—No estaba acusándole. Solo he dicho que esta clase de bromas es de las que él haría.

—Pues esta vez no tiene nada que ver con esto.

Ainhoa baja la mirada tras la regañina de Iria y de nuevo se establece el silencio en el grupo. Cuando David está a punto de volver a hablar, Óscar se le anticipa.

—¿Quién es Rocío? ¿Y por qué tengo la sensación de que este tema es más grave que una simple broma estúpida?

El sevillano resopla. Antes de reunirlos ya tomó la decisión de informar a sus amigos de todos los detalles de aquel espinoso caso. Pero ahora que llega el momento de contar lo que pasó, le cuesta mucho. Adentrarse en aquel pasado horrible no es fácil. Sin embargo, debe hacerlo. Debe explicarles qué sucedió y qué significa el nombre que hay escrito en su puerta.

—Rocío Costa es el nombre de una adolescente sevillana que murió atropellada por una moto hace algo más de dos años. La que conducía esa moto era mi exnovia, aunque la moto... era mía.

Lo que suelta David origina un gran revuelo en la habitación. Salvo a Elena, que ya estaba enterada de la historia, a los demás se les acumulan en la cabeza multitud de preguntas que hacer.

—¡Así que, al final, sí tenía que ver contigo! —exclama Toni al confirmar sus sospechas—. Por eso te pusiste así ayer cuando salió el nombre de Rocío Costa en la sesión de *ouija.*

—Sí, fue algo... muy raro que me impresionó. Aún no le he encontrado explicación.

—¿Se puede saber de qué coño estáis hablando? —pregunta Óscar desconcertado.

—De lo que pasó ayer en el cuarto de Manu —indica el valenciano, que sigue uniendo piezas mentalmente—. David, ¿por qué no nos haces un resumen de todo, para que el resto esté informado y tratamos de buscarle entre los que estamos aquí un poco de lógica a lo que está pasando?

El sevillano duda acerca de la propuesta de Toni, pero acepta. A lo mejor entre todos consiguen una respuesta satisfactoria y realista sobre el misterio de Rocío Costa. De perdidos, al río.

—Está bien. Este asunto está yendo demasiado lejos. A ver si alguien da con una posible solución.

El chico inicia la narración de los hechos desde el principio. Elena observa a David mientras habla del accidente de moto de su exnovia, de la muerte de la chica, de sus pesadillas, de la sesión de *ouija* en el cuarto de

Manu... Presta toda la atención posible, aunque no puede evitar recordar una y otra vez lo que ha ocurrido con Martín hace unos minutos. Siente una intensa presión en el pecho y contiene a duras penas las ganas de llorar. Su primera relación ha terminado. ¿Ha hecho lo correcto? ¿Ha luchado lo suficiente? ¿No se ha precipitado? ¿Ha sido justa con Martín? No todas las preguntas tienen respuesta y está demasiado reciente como para pensar con claridad. Esta vez ha hecho lo que su corazón le dictaba. Ni siquiera discutieron, ni se llevaron la contraria. Martín arrojó la toalla en el momento en que los ojos de Elena dictaron sentencia. Allí no había más que hablar. Carmona se limitó a retorcerse, sin mucha fuerza, como un pez que pica el anzuelo y sabe que puede escapar:

—Si es lo que quieres, no puedo hacer nada más. Pero estás pasando una mala racha que creo que estás pagando conmigo. Si mañana piensas lo mismo, no insistiré en que volvamos a estar juntos. Yo te sigo queriendo, no lo olvides.

Y no lo olvidará. Pero ese no es el problema. El problema de su relación estaba en ella, en lo que no conseguía sentir por él, a pesar de lo bien que se encontraba a su lado la mayoría de las veces.

Después de varios minutos de exposición, David hace una pequeña pausa y termina de hablar.

—El último episodio de esta historia es el que ya habéis visto en mi puerta. Alguien se está encargando de despertar al espíritu de Rocío Costa.

—¡Dios mío! ¡Qué miedo! —exclama Naiara abrazando a Óscar.

—Todo esto es muy extraño —señala el vallisoletano, que, más que temeroso, se siente intrigado por los increíbles hechos que ha relatado su amigo—. ¿Manu sabe lo del accidente?

—En principio, no. Yo no se lo he contado a él.

—Es que es el único, junto a Toni o Elena, que pudo manipular el indicador de la *ouija* y pintar la puerta de tu habitación.

—Manu no ha sido —insiste Iria molesta—. Os recuerdo que lleva fuera de la residencia todo el día.

—¿Y si está en la residencia, pero escondido? —interviene la canaria, que continúa creyendo en la teoría de que el malagueño está detrás de todo eso.

—¡Joder! ¡Qué pesados! ¿Esconderse? ¿De verdad pensáis que se ha ocultado en alguna parte de la Benjamin Franklin como si fuera un niño jugando al escondite? ¡Manu va siempre de frente!

—A lo mejor se ha enterado de la historia de David y está gastándole una broma. O simplemente quiere fastidiarle —vuelve a decir Ainhoa ignorando a Iria, que cada vez parece más enfadada.

—Es una opción creíble y posible —la apoya Óscar.

—¡Estáis fatal de la cabeza si pensáis que Manu ha organizado todo esto! Es imposible.

Julen contempla a la gallega y certifica lo que antes había pensado. Ahora está seguro de que la chica siente algo por el malagueño. Esa defensa a ultranza solo la puede hacer alguien que está enamorado.

—Bueno, no discutamos entre nosotros —comenta Toni con serenidad—. David, ¿alguien más de la residencia sabe algo de esto?

—Que yo sepa, no.

—¿No hay ningún informe referido al accidente que entregaras a la dirección de la residencia o de la universidad para matricularte? Tuviste que declarar en un juicio, ¿no?

—Sí, solo fui un día a declarar al juzgado, pero yo no tengo antecedentes. La moto era mía, pero la que atropelló a esos chicos fue mi exnovia.

—Ya, pero ¿es posible que el informe de tu juicio con tu declaración apareciera en los documentos de la matrícula? —pregunta el valenciano interesado.

—No lo sé. Sé que el instituto en el que estaba tenía el expediente con mi declaración. Yo mismo se lo di cuando sucedió el accidente. Pero no sé si desde el instituto lo tramitaron a la universidad. Tampoco creo que sea importante.

Pero no todos piensan que ese sea un detalle baladí. Elena construye mentalmente el castillo de naipes en un segundo. Si el instituto de David envió el informe del juicio a la universidad, posiblemente también lo tenga la residencia. Y conoce a alguien que podría tener acceso a ese documento: Martín Arias Carmona, el chico con el que acaba de romper. Su exnovio odia a David. Sabe que no le cae bien desde que empezaron a salir. ¿Ha intuido sus sentimientos hacia el sevillano? ¿Sabrá algo del beso que se dieron en diciembre y está vengándose por ello? Elena siente un escalofrío al pensarlo. Si Manu le hubiera revelado el secreto, Martín podría querer fastidiar a David y hacerle la vida imposible. Pero él no estaba presente en la sesión de *ouija* y estaba cenando con ella y con sus padres cuando pintaron la puerta de David. ¿Y si alguien le está ayudando? ¿Manu? Siempre termina saliendo el nombre de Manu como una opción real en todos sus pronósticos.

Los demás continúan debatiendo sobre el asunto cuando la toledana recibe un WhatsApp. Examina el móvil y lee sorprendida lo que pone:

«Sé lo que estás pensando. Se te nota. Yo he pensado lo mismo. Siento preguntarlo, pero ¿crees que tu novio...?».

El mensaje es de Toni, que tiene el teléfono en las manos y se lo acaba de enviar. Elena lo mira y mueve la cabeza de un lado a otro negando lo que el valenciano sospecha. Pero ¿realmente cree en la inocencia de Martín?

—Supongamos que es verdad. Que el espíritu de Rocío se os apareció ayer —comenta Óscar buscando la cábala idónea que dé la solución a aquel tremendo enredo.

—¡Pero cómo va a ser eso verdad! —exclama su novia interrumpiéndole.

—Ya sé que es una locura y que los espíritus no existen, pero imaginemos que sí. Que Rocío Costa se manifiesta y aparece ayer en el cuarto de Manu. Eso no justifica lo de la puerta. Un ente no puede pintar con espray una puerta, que yo sepa.

El tono de humor con el que Óscar intenta aliviar la tensión entre sus amigos no da mucho resultado.

—Es obvio que alguien, de carne y hueso, ha pintado la puerta —señala Julen intentando aportar algo de cordura—. ¿Y si alguien se ha aprovechado de lo que pasó en la sesión de *ouija* para escribir «Rocío no olvida» en la puerta de David?

—Nadie sabía la historia de Rocío ni la relación que tenía conmigo —explica David un poco saturado ya del tema—. Excepto Elena y Marta, a las que se lo conté anoche.

—¿Tú se lo has contado a alguien?

Elena, que sigue pensando en Martín y las posibilidades que él tendría de perpetrar todo aquello, no se da cuenta de que Toni se dirige a ella. Esta vez sin mensajes de WhatsApp a través del teléfono.

—¿Elena?

—Perdona, ¿qué decías?

—Si le contaste a alguien lo que David te explicó anoche sobre Rocío.

—¡No! ¡A nadie!

—¿Ni siquiera a tu novio?

La chica suspira y después de tocarse la frente y el pelo, nerviosa, responde a Toni.

—No, ni siquiera a Martín. Que, por cierto, ya no es mi novio. Lo hemos dejado esta misma noche.

CAPÍTULO 36

La reunión entre los chicos del pasillo 1B no se alargó mucho más. Se repitieron preguntas, teorías y dilemas. En cambio, ninguno ofreció soluciones definitivas y concluyentes a las dudas que se habían planteado durante la conversación.

¿Quién había pintado en la puerta de David?

¿Había alguien de la residencia, sin contarlos a ellos, que estuviera al tanto de la historia del sevillano?

¿Existía alguna teoría no paranormal que explicara la manifestación del espíritu de Rocío Costa y cómo el puntero señaló su nombre?

¿En el expediente de David trasladado a la universidad constaba su declaración en el juicio del accidente de moto de su exnovia que acabó con la vida de aquella chica?

¿Por qué alguien se estaba tomando tantas molestias en tratar de asustar al residente de la 1152?

—Voy a ver si encuentro a alguien que limpie la frase que han puesto en la puerta —dice David a Toni y Elena, que son los únicos que todavía permanecen en su habitación.

El chico sale de su cuarto y deja solos a la toledana y al valenciano.

—Tenemos que hablar —indica Toni en cuanto David se marcha—. No quería decir nada delante del resto que pudiera perjudicar a...

—Martín no es el que ha organizado esto —sentencia Elena rotunda antes de que su amigo acuse a su exnovio.

—¿Cómo lo sabes?

—Porque no estaba con nosotros en la sesión de *ouija*. Y cuando pintaron la puerta, cenábamos con sus padres en el Asador Donostiarra.

—Ya. Dos coartadas demasiado perfectas. Pero ¿y si alguien le ha echado una mano? Alguien como... Manu.

Elena ya había pensado en eso, por lo que la suposición del joven rapado no la pilla desprevenida.

—Imagínate que...

—No quiero imaginar nada, Toni.

—Venga, Elena. Escúchame y luego me insultas, me llevas la contraria o me dices que es imposible lo que se me ha ocurrido. Pero escucha primero lo que pienso —le pide el valenciano casi implorándole. La chica termina aceptando a regañadientes y oye la teoría de su amigo—. Pongamos que Carmona se entera de la historia de David, porque su padre se la comenta, porque tropieza con ella...; yo qué sé, por lo que sea. Y, por algún motivo que se me escapa, quiere aprovecharse de esa información para fastidiar al sevillano. Pero no lo hace él directamente; no puede hacerlo, entre otras cosas, porque siempre está contigo y tú vas a ser su coartada perfecta. Todos sabemos cómo es Manu y los conflictos que tiene desde siempre con David. Así que entre los dos idean esta extraordinaria e inquietante película de terror. Por un lado, el malagueño organiza una sesión de *ouija* y, ¿quién se marcha de ella para no ser sospechoso? ¡Qué sorpresa! Carmona... Así que Manu se encarga de manipular la sesión y de que aparezca el nombre de Rocío Costa en la tabla mediante el puntero. Primer objetivo: superado. Ya han creado la incertidumbre y han llamado la atención de David. Pero la obra no está completa si no hay una continuación. Manu desaparece hoy durante todo el día. Se ha escondido en alguna parte de la residencia y aprovecha cuando nadie está en el pasillo para escribir «Rocío no olvida» en la puerta del cuarto de David. Mientras, Carmona se va a cenar contigo y con sus padres. Segunda coartada perfecta y segundo objetivo conseguido: David tiene el susto metido en el cuerpo y, además, ha tenido que confesarnos a todos lo que pasó hace dos años, algo que hiere su honor, afecta a su reputación y revive la peor época de su vida, según él mismo nos ha relatado. Jugada redonda. ¿Qué opinas? ¿Creíble o no? Yo lo veo claro como el agua.

El chico se queda en silencio, expectante, estudiando la reacción de Elena, que no se altera demasiado. A ella también se le había ocurrido algo parecido, aunque no va a reconocerlo.

—Y, según tú, ¿la función se detiene aquí o continúa?

—No lo sé. Depende de los próximos acontecimientos. ¿Vas a hablar con tu novio de esto?

—Exnovio.

—Es verdad, perdona. ¿Le vas a preguntar sobre el tema?

—Ahora mismo no creo que quiera hablar conmigo de nada —reconoce la chica resignada—. Me parece que acusarle de todo lo que ha pasado no es lo mejor que puedo hacer después de cortar con él.

—Si él es el culpable y quien está dirigiendo este teatro, ¿no te gustaría saberlo?

—Claro. Aunque, sinceramente, Toni, no creo que Martín sea el responsable. Lo hubiera notado. Me habría dado cuenta, ¿no?

—A veces, las cosas no son lo que parecen y la gente logra ocultarnos la verdad. ¿Quién me iba a decir a mí que Lauren en realidad era un tío?

El simple hecho de nombrarla le provoca un escalofrío. La chica de quien se había enamorado no solo había desaparecido para siempre, sino que tras ella se ocultaba un hombre llamado Mariano que simulaba ser otras personas. Todo lo que Toni había vivido con ella/él había sido una gran mentira. Aún le costaba asimilarlo y por las noches tenía pesadillas.

—Conozco bien a Martín. No lo veo preparando un montaje de esta clase para fastidiar a David solo porque no le cae bien.

—Habla con él al menos. Para asegurarte. Aunque suene frío y poco sensible por mi parte, ya no tienes nada que perder.

Elena suspira y se frota los ojos. Ya no son novios, no tiene nada que perder, es verdad. Aunque todavía no es del todo consciente de ello. ¡Acaba de pasar! No ha sido un sueño. Ha roto con Martín. De pronto, vuelve a sufrir esa sensación de angustia en el pecho que ya conoce. Solo aguanta las lágrimas porque Toni está delante mirándola.

La puerta de la habitación se abre y entra David. Por su expresión, el sevillano no parece muy contento.

—Es increíble. Hay cosas que no me entran en la cabeza. El conserje casi me echa la bronca a mí por lo de la puerta. Dice que ya somos muy mayores para estos jueguecitos de novios enfadados.

—¿Y no van a limpiar la pintada? —pregunta Elena sorprendida.

—Mañana. Hoy ya no hay nadie que pueda hacerlo, porque él desde luego no va a mover un dedo —señala David mientras se apoya en el escritorio—. Le he pedido que me dejen un cubo de agua, lejía y un paño, pero me ha dicho que no. Que mañana la señora de la limpieza se encargará de borrar la pintada de la puerta. Y que, si quiero denunciarlo, que hable con el subdirector de la residencia, que es el encargado de estos temas.

El joven continúa explicándoles que el padre de Carmona es el supervisor de la residencia y el responsable de solucionar ese tipo de conflictos. También les cuenta que el conserje de guardia le ha advertido, cuando ha mencionado lo que había escrito con espray en su puerta, que «las peleas con las novias las dejemos para fuera de la residencia, que las puertas de las habitaciones no tienen la culpa de nada». Y ha finalizado con un insultante «niñería absurda de una chica celosa o enfadada porque no te acordaste de su cumpleaños» para referirse al «Rocío no olvida».

—Qué machista —murmura Elena moviendo la cabeza.

—No me puedo creer que te haya dicho eso —dice Toni con los ojos muy abiertos.

—Pues lo ha dicho. Y con una sonrisa de oreja a oreja.

—¿Y qué vas a hacer? ¿Vas a denunciarlo al subdirector?

—No, Toni. Me parece que lo mejor será que la mujer de la limpieza mañana lo quite y que la residencia no se meta en esto.

Elena sospecha que si David no lleva lo que ha pasado hasta José Manuel Arias es por ser quien es: el padre de Martín. Además, podría salir el asunto de la *ouija* y meter en un lío a todos los que participaron en ella.

—Bueno, me parece bien. Este asunto es mejor que lo resolvamos nosotros y que no entre la dirección de la residencia —indica el valenciano antes de levantarse y caminar hasta la puerta—. En fin, cuántos jaleos. Me voy a dormir. Espero que encontremos al que está detrás de esta historia, David.

El sevillano asiente. Él también lo espera. Desde hace un rato le duele mucho la cabeza y el estómago. Malditos nervios. Si no tenía bastante con la tensión que estaba soportando, ahora se ha sumado el interés de alguien por hacerle la vida imposible. Pero ¿quién?

Aunque Toni se marcha, Elena continúa en la habitación. Los dos se miran y se sonríen tímidamente. Pero es una sonrisa de apenas un par de segundos. David se acerca hasta ella y se sienta a su lado.

—Estoy agotado.

—Yo también. Ha sido un día difícil.

—¿Quieres hablar de... eso?

—No lo sé —dice la chica apartándose el pelo de la cara. No hace falta que especifique a qué se refiere—. Me siento muy rara.

—Es normal. Cuando terminas con alguien, las sensaciones son muy extrañas. Has pasado muchos momentos con él. Además, ha sido tu primer novio.

—Ya.

Todavía no puede asimilar que estén hablando en pasado. «Ha sido tu primer novio». Ha sido ella la que ha tomado la decisión de romper y, sin embargo, no se encuentra bien. No hay alivio. Tampoco añoranza. Es como si estuviera en otra dimensión, en otro plano alejado de la realidad.

—Lo superarás.

—Imagino que sí. Pero tengo ganas de llorar. ¿También es normal?

—Es lo más normal del mundo.

Las lágrimas de Elena no se demoran más. Sus párpados descienden como el telón al final de la obra y, una tras otra, las lágrimas van apareciendo, resbalando por sus mejillas. Con los ojos cerrados, busca a David, que está a su lado. Lo abraza con todas sus fuerzas, sin parar de llorar, liberando la tensión acumulada. El chico deja que ponga la cabeza sobre su pecho y, con la mano, comienza a acariciarle el cabello. Se había prometido a sí mismo que su prioridad sería Marta, solamente Marta, pero no puede abandonar a su hermana en ese momento. Ni puede ni lo desea. Aunque le apena que su amiga esté pasándolo mal, se siente feliz de servirle de paño de lágrimas. De ser su soporte en aquella fría noche de enero en la que se multiplican los acontecimientos.

Los dos permanecen sin hablar durante unos minutos, en los que solo se oyen los sollozos de Elena. Poco a poco, la toledana se va encontrando mejor. Se separa de David y le pide permiso para limpiarse la cara en el baño.

Un buen rato después, Elena regresa junto a él. Pese a que se ha lavado la cara y los ojos, no puede ocultar que ha estado llorando. Le siguen brillando las pupilas, sorbe por la nariz repetidamente y sus pómulos están más sonrojados de lo habitual. En cambio, se encuentra mucho más tranquila y la angustia que le oprimía el pecho le ha dado una tregua.

—¿Mejor?

—Sí, bastante mejor —reconoce ella, sentándose otra vez a la izquierda de David—. Menudo día. ¿De esto iba la universidad?

—La mejor etapa de nuestras vidas —dice David mascando cada palabra, hablando como si fuera un presentador de televisión anunciando su programa.

—Dudas existenciales, exámenes suspendidos, rupturas de pareja, amores fracasados...

—Envidias, problemas de estima, amenazas, engaños...

Y aun así, los dos sonríen. Se miran el uno al otro, sin decir nada más. Por muy complicado que haya sido su comienzo en la universidad, hay algo por lo que merece la pena haber llegado hasta allí.

—Por lo menos, nos hemos conocido —concluye David, que no aparta sus ojos del rostro de la chica que tiene a unos pocos centímetros.

¿No es esa la vez que más guapa ha visto a Elena? Sin duda, sí. Y eso es algo muy difícil, porque esa chica está siempre muy guapa.

—Eso es un punto a favor para la universidad —responde la chica, que ahora sonríe después de volver a sorber por la nariz.

¿Por qué le han entrado esas ganas impresionantes de besarle? Es el novio de su hermana. ¡Por Dios! ¿No tiene bastantes problemas ya? Ya lo besó una vez y... fue maravilloso. Un maravilloso error. Debe reconocer que con ningún beso que le dio Martín llegó a sentir lo mismo que el 23 de diciembre del año pasado cuando lo besó a él.

Pero sus rostros se están acercando. Joder. No puede hacerlo. ¡No debe hacerlo! ¿Qué pasará después? Su hermana, los remordimientos... ¡Marta, joder! ¡Tiene que pensar en Marta!

Los labios de David son tan besables. Los desea ahora. No hay freno, no quiere frenarse. Necesita volver a sentirse como aquella vez, la única vez que ha besado a alguien de quien ha estado enamorada. Lo necesita. Quiere besarlo. Va a besarlo. ¡Va a besarlo!

—Espera —dice el sevillano echándose hacia atrás. Luego se levanta y camina nervioso por la habitación—. Elena, no puedo hacer esto. No podemos... No puedo besarte otra vez. A la única persona a la que debo besar es a Marta. Perdóname.

La chica también se pone de pie alterada. Casi vuelve a cometer el mismo fallo que hace unas semanas. ¿Por qué está enamorada de él?

—Tienes razón. Estás con mi hermana. Marta es la única que debe besarte y sentir algo por ti. Lo siento.

Y sin mirarle más, Elena acelera el paso y se marcha de la 1152, cerrando la puerta sobre la que todavía está pintado con espray aquel mensaje que, por unos minutos, se ha convertido en algo secundario. Un mensaje que muy pronto volvería a cobrar importancia. Y es que Rocío Costa no olvida, ni tampoco perdona.

CAPÍTULO 37

Ese estúpido, ¿dónde se supone que está? Son más de las doce de la noche y no aparece.

Iria camina de un lado para otro en su habitación. Está irritada, nerviosa, enfadada con Manu. Pero, sobre todo, está muy preocupada. No cree de ninguna manera la teoría de algunos de sus compañeros de pasillo. ¿Cómo va a estar el malagueño escondido en alguna parte de la residencia? Es absurdo, una gilipollez del tamaño de la Torre de Hércules. Su amigo es lo peor, pero no haría ese tipo de niñerías, como esconderse y pintar la puerta de la habitación para fastidiar a David. Y si lo hubiera hecho, se habría reído en su cara reconociendo su autoría en la reunión que han tenido.

Pero está convencida de que Manu no se encuentra en la Benjamin Franklin.

Hace varias horas que no le llama por teléfono, tampoco quiere que vea ochocientas llamadas perdidas suyas cuando encienda el móvil. Lo único que hace falta es que crea que se ha obsesionado con él. Aunque un poco obsesionada sí que está, porque no puede apartar de su cabeza lo que pasó entre ellos por la mañana. Espera que no se haya quitado de en medio por eso. No, no es por eso. Seguro que hay otra razón, pero se le escapa el motivo por el que ha vuelto a desaparecer y adónde ha podido ir.

Se tumba en la cama con el móvil en la mano. Tiene la tentación de llamarle otra vez, a pesar de que sabe que no es una buena idea. Seguramente, su teléfono seguirá apagado y se desesperará aún más. Y por otra parte, acumulará una llamada perdida más que se sumará a las otras y hará que Manu se ría de ella cuando regrese.

¡Basta!

De un brinco, se incorpora. No va a llamarle: decidido. De hecho, guarda el móvil dentro del cajón del escritorio para evitar la tentación y sale del cuarto. Como cabe esperar, a esa hora de la noche no hay nadie en el pasillo y todas las puertas están cerradas. El silencio absoluto solo lo interrumpen las voces de Óscar y Naiara, que están conversando. Iria no alcanza a escuchar lo que dicen, pero tampoco le interesa demasiado. Esa tía no le cae bien. ¿Qué pintaba ella en la reunión que han tenido antes? Nada, absolutamente nada. Odia su aire de suficiencia y sus maneras de perdonavidas. No entiende lo que le ha visto Óscar.

La gallega atraviesa el pasillo 1B y se detiene frente a la puerta de David. Allí sigue la frase pintada: «Rocío no olvida». Nunca habría imaginado que el sevillano se hubiera visto envuelto en un asunto tan turbio. Un atropello, una muerte, familias destrozadas..., por una estúpida imprudencia.

¿Quién habrá sido el responsable? Se fija bien en las letras, que están en mayúsculas. No percibe nada especial en ellas, solo que parece que se han dado prisa al escribirlas. No es extraño, ya que viven nueve personas en ese pasillo, ocho provisionalmente sin Nicole, y casi siempre suele haber alguien por allí. No cree que haya sido ninguno de sus amigos del pasillo. Tampoco Manu, como dijo antes. Esta vez pondría las dos manos en el fuego por él. ¿Carmona? Es una posibilidad. Aunque no le ve haciendo algo así, por mucho que se note que no le gusta David. Que el hijo del subdirector haya roto con la toledana es una gran sorpresa; se los veía siempre juntos y, aunque ninguno de los dos era excesivamente cariñoso, parecía que estaban bien. Esa ruptura, ¿la afecta en algo? Posiblemente no. Aunque cuando Manu se entere, podría empezar de nuevo a tirarle los tejos a Elena como al principio de curso. ¿Y qué? Le da lo mismo y no es asunto de ella lo que haga el malagueño. O eso es de lo que trata de convencerse a sí misma. Lo que está garantizado es que Elena intentará ser el centro de atención y les llorará a unos y a otros para dar pena. Le encanta que se fijen en ella. La mosquita muerta tendrá una cola de babosos detrás otra vez para consolarla.

Iria sale del pasillo y desde recepción observa la lluvia a través de los ventanales. La escena le recuerda a su Galicia natal, que de vez en cuando echa mucho de menos. Morriña. Durante cinco minutos permanece ensimismada mirando por el cristal, recordando los paseos por la playa, los partidos del Dépor en Riazor, las escapadas con sus padres por el monte..., casi siempre acompañada de la lluvia y por ese olor a mojado que la hipnotiza.

¿Qué hará cuando termine la carrera? ¿Volverá? No tiene ni idea. En Madrid está bien, es una gran ciudad; acogedora, dinámica, variada. Pero su tierra es su tierra.

¿Habrá lugar para una criminóloga en La Coruña? Es una pregunta que todavía deberá esperar a ser contestada. Su etapa universitaria en la capital acaba de comenzar.

Después de aparcar la morriña, se dirige al cuarto de las máquinas expendedoras a por un refresco. Conforme se acerca, escucha risas provenientes de esa habitación, una de ellas muy familiar. Se asoma y descubre a Julen riéndose como pocas veces lo había visto. Su acompañante es Virus. La chica duda entre interrumpirlos o no, pero el navarro se percata de su presencia y la llama.

—¡Iria! ¿Qué tal? Pensaba que ya estabas durmiendo.

—No, no podía dormir.

—Yo tampoco —comenta Julen, que tiene una lata de Coca-Cola Light en las manos—. Estaba hablando con Marc precisamente de eso.

El otro chico sonríe a Iria cuando oye su nombre y da un trago a una Fanta limón. La gallega se pregunta si no tendrá frío vestido solo con aquel pantalón corto y una camiseta de tirantes.

—Estamos aquí los del club del insomnio —suelta Virus riendo a continuación, satisfecho de su ingenio.

Para asombro de la chica, Julen también ríe. No sabe si esa felicidad repentina viene de una broma anterior que se han hecho entre ellos, pero lo que acaba de decir no tiene ninguna gracia.

—Están los del club de los poetas muertos, el club de los incomprendidos, el club de los corazones solitarios y nosotros: ¡el club del insomnio!

Algo interesante y fantástico debe de haberse perdido porque no entiende qué tiene de divertido lo que dice Virus. Sin embargo, él y su amigo se parten de risa.

Iria sonríe por compromiso y avanza hacia la máquina de refrescos. Saca una lata de Coca-Cola y, tras abrirla, da un buen sorbo. Mientras los dos chicos continúan su particular fiesta, se fija en Marc. ¿Cómo está tan seguro Julen de que es gay?

—Bueno, chicos. Me voy a mi habitación —indica Iria, que considera que, en ese momento, tres son multitud—. Buenas noches.

—Espera un segundo.

Julen sale detrás de ella y, lejos del alcance de los oídos del otro joven, le confiesa algo.

—Estoy histérico. Nunca había estado tan nervioso como ahora.

—¿Y eso? ¿Tanto te gusta Marc?

—¿Marc? Está muy bueno y es muy simpático —susurra el pamplonés para que no le oiga el veterano—. Pero si estoy tan nervioso es por lo de mañana. Me ha vuelto a escribir mi exprofesor.

—¿Imanol? ¿Y qué te ha dicho?

—Que no puede dejar de pensar en mí y que espera que no se le pierda ningún niño durante el viaje. Está atacado. Casi más que yo.

—Míralo por el lado bueno: si se le pierde algún chaval, no va a poder regresar a Pamplona y se quedará en Madrid contigo —bromea la gallega.

Pero ahora Julen no ríe. Se mete la mano en el pantalón y saca un paquete de cigarros. Extrae uno y se lo coloca en la boca. Mira por una ventana y protesta gimoteando, como cuando a un niño el profe le deja sin recreo:

—Mierda de lluvia, con lo que me apetece un cigarro —farfulla entre dientes—. ¿Sabes ya algo de Manu?

—No. Nada.

—¿Hace mucho que no le llamas?

—Un par de horas. No quiero ser pesada.

—No creo que seas pesada por preocuparte por un amigo. Porque sigue siendo solo un amigo, ¿no?

El tonillo que utiliza Julen no es del agrado de Iria, que no quiere volver a hablar de ese tema.

—No ha cambiado nada desde que me lo preguntaste antes. Ni siquiera lo he vuelto a ver. Así que, sí, solo es mi amigo. Y de ahí no pasará. Punto final.

El navarro levanta las manos en señal de paz. No debe insistir si ella no desea hablar del tema. Pero no ha podido evitar preguntarle. Aunque será la última vez. Si Iria quiere contarle lo que siente por el malagueño, ya lo hará.

—Perdona, yo sí que he sido un poco pesado.

—No te preocupes, no pasa nada. ¡Pero olvídate de una historia entre Manu y yo!

El chico sonríe y le promete que no volverá a pasar. El tiempo dirá si se ha equivocado o no en su intuición.

—Voy a despedirme de Marc y me iré a la cama.

—¿Solo?

—Solo —contesta Julen con una sonrisa pícara—. ¿Has visto cómo está?

—Recuerda que yo lo conocí sin camiseta.

Los dos ríen y se olvidan por un instante de las preocupaciones que tienen encima. Luego se dan las buenas noches y cada uno toma una dirección diferente. Iria regresa a su habitación con la Coca-Cola en la mano. De reojo contempla la lluvia, que no cesa, cuando pasa junto a los ventanales de recepción. La noche está fría, oscura y desapacible. Se detiene y se da cuenta de que alguien sube por la escalera de la residencia sin paraguas. ¿Manu? Sus ojos no mienten. ¡Es Manu! Empieza a experimentar sensaciones contradictorias. Quiere salir y lanzarse a sus brazos, pero por otro lado...

—¡Dónde coño te has metido! ¡Nos tenías muy preocupados! —grita la gallega cuando lo tiene delante, ya dentro del edificio.

—Yo también me alegro de verte.

El malagueño no le hace demasiado caso y continúa caminando hacia el pasillo 1B. Iria lo sigue a menos de dos metros de distancia.

—¿Por qué tienes el móvil apagado? ¿No entiendes que no vives solo en el mundo?

Manu no responde. Entra en el pasillo y se queda mirando durante un par de segundos la pintada en la puerta de David. Sonríe divertido y continúa andando hasta su habitación, con la gallega detrás, inseparable. Esta se ha dado cuenta de su expresión jocosa al pasar por la 1152, pero prefiere no sacar conclusiones.

—¿No vas a decirme nada? ¿No piensas contarme dónde has estado?

—¿Por qué tengo que darte explicaciones? ¿Eres mi madre?

—Capullo, no soy tu madre. Pero...

—Pero nada. No tengo que darte explicaciones de adónde voy o dónde estoy. Como si quiero tirarme de un puente.

Los dos llegan frente a la habitación del joven y se paran. A Iria ese comentario le duele en el alma. Se liaron esa mañana, estuvo cuidando de él por la noche y lleva todo el día preocupada por su ausencia, por si le habría ocurrido algo. No merece que le responda de esa manera.

—¿Sabes? Creo que no estás bien. Que tienes un problema grave que no nos quieres contar. Lo pienso desde hace tiempo —dice la gallega apretando los puños, sin querer echarse a llorar. Mientras tanto, Manu abre la puerta de su cuarto—. Pero también pienso que te estás buscando lo que te pasa por tu forma de comportarte con los demás. Lo que no sé es si eres así por lo que te sucede o lo que te sucede es porque eres así. Y eso me preocupa. Porque en el fondo, por alguna extraña razón, te tengo aprecio.

El chico parece no oír lo que Iria dice. Entra solo en su habitación y cierra sin dar las buenas noches ni despedirse de ella. La gallega se queda paralizada frente a la puerta de la 1156. La invade una gran sensación de impotencia. Definitivamente, Manu se ha convertido en un chico nocivo. En una persona que puede hacer mucho daño si se lo propone e incluso de manera involuntaria.

Siente lástima, y no solo por él. Y es que está convencida de que cualquier persona que tenga un trato directo con Manu saldrá perjudicada quiera o no quiera. Por lo menos, mientras las cosas sigan así y él no pida ayuda.

CAPÍTULO 38

Con todo el alboroto del vídeo a Nicole y la reunión por el asunto de la pintada en la habitación de David, Ainhoa no ha cumplido con el ritual que realiza después de cada comida. Se siente llena, pesada, como si su cena hubiese sido una fabada asturiana y de postre hubiera tomado arroz con leche. En realidad, solo ha probado una sencilla ensalada y un poco de pescado a la plancha. Sin postres.

Se ha hecho muy tarde. Hay demasiado silencio en el pasillo y todo el mundo está ya en sus habitaciones. Corre el riesgo de que la escuche Elena, que vive en el cuarto de al lado, o Toni, que está justo en el de enfrente. Pero necesita deshacerse de la cena.

Entra en el baño y se encarga de prepararlo todo como de costumbre: grifos abiertos, música alta en el móvil, tira de la cisterna para que haya más ruido..., y esta vez tiene especial cuidado para que no se oigan demasiado sus arcadas.

Cuando termina se siente culpable de continuar con aquella historia, pero mete la mano por debajo de la parte de arriba del pijama y se toca el vientre plano. ¿Compensa? En un mes ha perdido más kilos que los que perdió en todo el tiempo que estuvo tratada por el nutricionista. Casi el doble.

Es duro, muy duro, enfrentarse a esa sensación que se ha instalado en ella. El que no ha pasado por eso no comprenderá sus razones para hacerlo. La acusarían de frágil, de loca, de enferma... Mía se lo ha repetido muchas veces. Realmente, se ha convertido en una superviviente. En una gran luchadora. Una valiente que tiene la personalidad y la fuerza para conseguir lo que otras muchas se plantean y no son capaces de lograr.

«Todo está en tu mente, canaria. Si quieres estar delgada, puedes estar delgada. Y que no te importe lo que te digan los demás. Solo tú estás capacitada para decidir cómo quieres ser y conseguir el cuerpo con el que sueñas».

Esa doctrina ha ido más allá de una simple obsesión por adelgazar. Lo sabe. Sabe que esa misión se ha grabado en su mente con fuego. Que lo que al principio creía controlar se ha transformado en una imperiosa necesidad y obligación diaria. No solo por adelgazar, por perder todos esos kilos que consideraba de más; ya no se trata de eso. Su mente, su cuerpo, se han hecho con el poder y son los que la obligan a tomar esas decisiones extremas y radicales.

¿Compensa? Posiblemente no. Pero fuera cual fuese la respuesta, no está segura de si sería capaz de cambiar la tendencia de sus actos.

Mientras se enjuaga la boca y se quita el mal sabor, llaman a la puerta de su habitación. Ainhoa se extraña de que alguien vaya a verla tan tarde. ¿La habrán escuchado vomitar? No tiene intención de abrir; sin embargo, quienquiera que sea insiste. Chasquea con la lengua y se dirige a la entrada de la habitación. De todas las personas que podían ser, la que se encuentra cuando abre es la menos esperada. También la menos deseada.

—Hola —la saluda sonriente Naiara—. ¿Te he despertado?

—No, aunque estaba a punto de irme a dormir.

Las dos chicas se repasan con la mirada disimuladamente. La novia de Óscar lleva una de las sudaderas del chico, que la canaria reconoce, y un pantalón de pijama rosa bastante coqueto. Le fastidia verla sonreír de esa forma socarrona e infantil. ¿Qué hace allí? No tarda en averiguarlo.

—Oye, perdona que te pregunte esto. Pero Óscar y yo nos hemos quedado sin... —en ese instante, Naiara baja la voz— preservativos. ¿Tienes algún condón que te sobre? Yo te lo pago. —Le enseña una moneda de dos euros que lleva en la mano derecha.

Sus palabras están repletas de intención. ¡Qué gilipollas! ¿Marcando territorio? Ainhoa no se sorprende de que esa chica haga algo así. Pero no va a darle el placer de causarle daño alguno. Intenta aparentar que no le afecta y responde en tono calmado, con voz suave y sosegada.

—No, se me han terminado. Lo siento.

—Vaya, una pena. Tendré que dejarlo a medias. Bueno, así la próxima vez lo cogeré con más ganas. Aunque Óscar es de los que siempre responden.

Está tentada de contraatacar y decirle que sí, que ella es perfectamente conocedora de las habilidades sexuales de su novio. Lo comprobó durante varias semanas casi a diario. Pero se contiene. Si entra en el juego de Naiara, esta se dará cuenta de que lo que hace da resultado. Ahora que vuelve a hablar con Óscar, esa idiota le buscará las cosquillas. Y no quiere más guerras.

—¿Necesitas algo más?

—No, gracias. Ya te dejo tranquila... con lo que estuvieras haciendo. Buenas noches.

La chica se gira y camina de vuelta a la habitación 1159. Ainhoa cierra la puerta enrabietada, resoplando con fuerza. Aprieta los puños y se tumba en la cama. La saca de sus casillas. ¿A qué se refería con lo último que ha dicho? Espera que no sea a nada relacionado con su ritual.

No quiere pensar más en Naiara. No merece la pena. Lo importante de aquel domingo ha sido que Óscar y ella vuelven a hablar. Todavía les cuesta, no están cómodos del todo. Aunque poco a poco irán recuperando sensaciones. Seguro. Quizá no sea como antes, porque las circunstancias son muy diferentes y, además, han sucedido demasiadas cosas entre ellos. Pero se alegra de tenerlo en su vida de nuevo y de haber acabado con el mal rollo. Y no siempre estará su novia en la residencia...

—¿Y el refresco?

—¿Qué?

—La Coca-Cola por la que te estabas muriendo de ganas y para la que te he dado los dos euros, ¿dónde está?

Naiara se da una palmada en la frente exagerando su gesto.

—Se me ha olvidado. Qué tonta soy.

En realidad, no se ha olvidado del refresco, porque nunca lo quiso. Salió de la habitación para otra cosa:

fastidiar a Ainhoa. Sabía que, si le pedía condones, la afectaría. Y lo ha conseguido, pese a que la canaria ha intentado disimularlo. Pero no es tan buena actriz. Naiara se siente satisfecha, y más gracias a la información extra que ha conseguido. Tantos kilos perdidos en tan poco tiempo no podía lograrse de otra forma.

—¿Se te ha olvidado? ¡Cómo es posible si has ido expresamente a por ella!

—Ya lo sé, soy tonta, pero me he entretenido con Ainhoa.

—¿Qué? ¿Has hablado con ella?

—Sí, la he escuchado vomitar y he llamado a su puerta para ver si se encontraba bien —señala Nai ocultando la verdad—. Esa chica no me cae bien, pero hay cosas que una no puede pasar por alto. No soy tan mala.

—Nadie ha dicho que seas mala.

—Por si acaso lo piensas. A veces, me siento como si fuera la mala de todo.

Lo que piensa Óscar en ese momento no está relacionado con Naiara. Si es cierto lo que su novia le cuenta, Ainhoa está metida en un problema muy grave. Recuerda cuando en septiembre la convenció para que fuera a un nutricionista y se dejara de técnicas raras para adelgazar. Sin embargo, ella ya le ha confesado que ha dejado de ir al médico. Y está más delgada que nunca.

—Voy a ir a verla —dice el chico preocupado.

—¿Para qué?

—Para hablar con ella.

—¿Y qué vas a decirle? —pregunta Naiara molesta, a la que le fastidia tanto interés de su novio—. Si esa chica se provoca el vómito para estar así de delgada, necesita ayuda de otro tipo. No conseguirás nada hablando con ella.

En eso tiene razón. Quizá ya no sea la solución hablarle, como lo fue hace unos meses, cuando acababa de comenzar el problema. Si hace tanto que dejó de ir al nutricionista y se ha encargado ella misma de buscar otros métodos para perder peso, no será fácil que recupere la normalidad en sus hábitos alimenticios. Contradecirla o advertirla de que tiene que tomar otro rumbo puede provocar el efecto contrario. Lo sabe bien, porque se lo han dicho varias veces ya en la carrera. Él no está capacitado ni es el adecuado ahora mismo para hablar con su amiga. Acaban de hacer las paces y sería peligroso generar un nuevo conflicto. Otra disputa entre ellos podría resultar definitiva y proporcionaría más inestabilidad a Ainhoa.

—¿Estás segura de que estaba vomitando?

—Completamente segura. Ya te dije que esa chica estaba demasiado delgada. No se puede perder tanto peso en tan poco tiempo de forma natural.

Óscar está de acuerdo con eso. Hace tiempo que se dio cuenta. ¿Qué podría hacer para que Ainhoa busque ayuda? Está descartado hablar con ella directamente. Entonces, ¿hay posibilidades de que alguien la avise de que está cometiendo un error?

—Oye, cariño. Estoy aquí —protesta Naiara agarrándole la mano—. Me apetece jugar un poquito. Que mañana regreso sola a Valladolid.

La chica tira de él hasta que los dos caen en la cama, ella sobre él. Naiara le besa el cuello y la cara mientras le acaricia por debajo del suéter que el chico lleva puesto. En cambio, Óscar no parece demasiado dispuesto a seguir el juego. Aparta a su novia, que ya tenía las manos en su pantalón, y vuelve a ponerse de pie.

—Perdona, no tengo ganas ahora.

Naiara lo observa tumbada, apoyada sobre un costado, muy molesta. Si ha avisado a su novio de lo que estaba haciendo la canaria es para que se diera cuenta de que no está bien de la cabeza, de que tiene problemas psicológicos y puede perjudicarle, no para que se le quiten las ganas de follar.

—Si estás enamorado de ella, dímelo, así no pierdo el tiempo —señala la joven con rabia, tapándose con las mantas—. Eso sí, prepárate para acompañarla todas las semanas a visitar a un psiquiatra.

La mirada de Óscar lo dice todo. Contempla a Naiara con la misma rabia con la que ella le habla.

—¿Por qué llevas todo el día así? ¿Tienes que soltar esas cosas tan horribles de ella constantemente? No lo entiendo.

—Yo lo que no entiendo es que te preocupes más por ella que por mí.

—No me preocupo más por ella que por ti. Es mi amiga, me interesa lo que le pasa. Y que vomite voluntariamente para perder peso es algo lo suficientemente grave como para que me afecte y le dé vueltas a la cabeza.

—Pues me molesta. Me molesta mucho.

—¿El qué te molesta? ¿Que me preocupe por una amiga?

—Esa amiga tuya ha tenido una historia contigo cuando yo no estaba —replica Naiara sentándose sobre el colchón y abrazando la almohada—. Y mientras ella esté más cerca de ti que yo, seguiré teniendo la sensación de que ella es más que yo. Por mucho que me digas que estás enamorado de mí y que me quieres.

—Es injusto que dudes de mí.

—Lo que es injusto es que tú estés aquí, con ella, y no estés en Valladolid conmigo. Si se supone que me amas, ¿por qué no regresas a nuestra ciudad y vivimos juntos? Demuestra que realmente me quieres. ¡Demuéstralo!

CAPÍTULO 39

Lleva un buen rato en su habitación escuchando música, sin poder dormir. Después de escuchar algunas canciones de One Direction, que estaban en un archivo de su ordenador titulado «las canciones preferidas de Marta», Elena ahora se decide por Adele. Los suspiros se suceden mientras oye *Skyfall* o *Set Fire to the Rain.*

No ha sido un buen día. De hecho, puede considerarlo entre los tres peores días de su vida. Los problemas se han ido sucediendo y ha terminado intentando besar otra vez al novio de su hermana. ¿Por qué no siente por Martín lo mismo que por David? Es una pregunta imposible de contestar y en la que no debería insistir demasiado.

Vuelve a llorar. No quiere hacerlo más, pero es inevitable. No hay otra forma de desahogarse. O, tal vez, sí existe.

Se incorpora, se dirige hacia el ordenador y ocupa la silla del escritorio. Baja un poco la música, dejando a Adele de fondo, y abre el blog donde suele escribir, aunque últimamente lo tiene bastante abandonado. Antes no pasaba una semana en la que no escribiera. Necesitaba expresarse, contar lo que sentía. En cambio, sus prioridades han cambiado.

La chica experimenta una extraña sensación de añoranza al enfrentarse a la página en blanco de su blog. Como si no fuese la misma de hace unos meses y hubiera vivido la realidad de otra persona. No quiere pensar, solo desea escribir lo que su corazón le dicte. Que las palabras sustituyan a las lágrimas. Toma aire y lo suelta en un gran resoplido. Está preparada.

Hola, mirones, cuánto tiempo.

Siento haber estado desaparecida. Llevo unos meses muy liada con millones de cosas. Lo sé, no es excusa. Os dije que la universidad no iba a alterar nada, que seguiría escribiendo y preocupándome por tener la página al día. No ha sido posible. Y conforme estoy escribiendo estas palabras, me estoy arrepintiendo de no haber sido más constante. Pero, por suerte o por desgracia, no puedo dar marcha atrás y retroceder en el tiempo. Así que no hay forma de cambiar el pasado.

Os preguntaréis qué pinta esta tía otra vez por aquí, dándoos el coñazo con sus ñoñerías y sus historias. Voy a ser sincera con vosotros: he vuelto porque necesito desahogarme. Necesito soltar lo que llevo dentro y quizá así me sienta mejor. Porque no me encuentro bien y, cada día que pasa, mi situación es más complicada. Y es que nada está pasando como debería pasar. Nada.

¿Recordáis que era una maniática del control y que no era capaz de comportarme sin planear ni meditar las cosas? Pues ahora mismo soy justo lo contrario. Me muevo por impulsos, no paro de equivocarme y vivo en un caos de sentimientos y sensaciones. No estoy orgullosa de ello, la verdad.

Hoy he roto con mi novio. Sí, estáis leyendo bien. Novio. Creo que nunca os hablé de él. Un tío encantador, guapo, inteligente, unos años mayor que yo y con el que he vivido mi primera relación de pareja. No es que os mintiera cuando os dije que no quería saber nada de chicos y que me iba a centrar solo en la carrera. Lo pensaba, os juro que es lo que pensaba. Lo de M (permitidme que le llame M y que no diga su nombre) surgió sin buscarlo. Casi sin querer. Me gustaba, yo le gustaba, y de repente me vi saliendo con él. Besándole. Contándole cosas. Durmiendo en su cuarto... A lo mejor fuimos demasiado deprisa. Sobre todo, porque yo no sentía tanto por él como para que M se convirtiera de la noche a la mañana en mi compañero inseparable. Me agobié. Me agobié mucho. Me faltaba espacio, y supongo que ahí regresó la Elena que necesita tener las cosas bajo control y no que la controlen. Sé que no lo hizo con mala intención y que las últimas semanas han sido estresantes para mí, algo que ha influido en mi ánimo y mi comportamiento en general. Pero nuestra relación no daba para más. Y aunque ahora siento una gran opresión en el pecho y ganas de llorar mientras os escribo, sé que he tomado la decisión correcta. Aunque duele mucho por dentro.

Espero que esto se me pase pronto. No quiero estar gimoteando todos los días y tener que pintarme los ojos cada dos minutos. Estar triste por amor es una mierda.

Pero hoy no solo he roto con mi novio (¿o tengo que llamarlo ya exnovio?). Hoy también he suspendido los dos primeros exámenes de mi vida. Uno me lo podía esperar, el otro ha sido una sorpresa. Pero esto no es lo que más me preocupa. Mi verdadera preocupación está en que el *feeling* con la carrera no es el que había imaginado. Tenía tan claro que quería estudiar Derecho, que este sería mi futuro, que he entrado en pánico al darme cuenta de que tengo muchísimas dudas respecto a qué quiero ser y hacer cuando sea mayor.

Sé lo que estáis pensando. ¡Menuda (poned aquí el insulto que consideréis apropiado)!

Quizá la vida me está dando una lección. No puedes decidir y controlar todo, pese a que creas que lo tienes claro y decidido.

Lo de la carrera es un gran marrón. Si me diera por abandonar, tendría varios grandes problemas: mis padres no lo entenderían y se decepcionarían, me tendría que ir de aquí (donde he encontrado un gran grupo de amigos), debería volver a Toledo (lo que significaría dar un paso atrás, y no porque Toledo no sea maravilloso) y no sabría a qué aspirar en la vida. Por no hablar de la catastrófica duda existencial por la que pasaría. Tened en cuenta que en mi mente no existe otra cosa más allá del Derecho. Si eso se va, ¿qué será de mí?

Vais a pensar que lo digo por decir, pero llevo más de media hora sentada delante del ordenador escribiendo, y me siento mejor. Por lo menos, ya no lloro y, de momento, no tengo ganas de llorar. Voy a tener que repetir más a menudo. Lo que es seguro es que no tardaré tanto en regresar. Sería bonito acostumbrarme otra vez a pasar por aquí y contaros mi experiencia universitaria.

Además, me he guardado algo muy importante que no sé si debo revelar. Me lo pensaré.

Mirones, gracias por perdonarme, leerme y no juzgarme. No es fácil vivir.

Nos vemos pronto.

Elena le da al *enter* de su portátil y publica lo que ha escrito, después de leerlo un par de veces y revisar que no ha cometido errores ortográficos ni de expresión.

Como les decía a sus mirones, se siente mejor. Se ha desahogado, que es lo que pretendía.

Mira el reloj. Es casi la una y media de la madrugada. De fondo, sigue sonando Adele, muy bajito. Le relaja y decide que esa noche dormirá con la música puesta. Regresa a la cama y se tapa hasta el cuello. Cierra los ojos, pensando que mañana será otro día. Seguro que no puede ser peor que ese domingo. Empieza a notar cómo el sueño va apoderándose de ella poco a poco. Se siente cansada, como si llevase varios días sin dormir. Por fin, podrá relajarse y desconectar por unas cuantas horas.

Sin embargo, cuando no lleva más de cinco minutos dormida, alguien la llama por teléfono. Elena se sobresalta al escuchar el impertinente timbre. Pero enseguida se asusta, al percatarse de la hora a la que la llaman. Se trata de Marta. Se apresura a contestar pensando, en esos dos segundos, mil y una razones por las que su hermana quiere hablar con ella.

—Hola, Marta, ¿qué pasa? —dice preocupada, hablando deprisa para que la otra chica le dé una respuesta inmediata.

—Es David. No se encuentra bien —dice directamente Marta con la voz quebrada.

—¿Que no se encuentra bien? ¿Qué le ocurre?

—Dice que le duele mucho la cabeza y el estómago. Pero no quiere ir al médico. Estoy muy preocupada y me siento impotente por no estar ahí con él.

Elena no está muy segura de que su hermana no esté exagerando. David también ha tenido un día complicado, es normal que le duela la cabeza.

—Mañana estará mejor, no te preocupes.

—¿No vas a ir a verle?

—Marta, son casi las dos de la madrugada. No son horas para...

—¡Joder, Elena! ¿Qué clase de hermana y de amiga eres? —grita la más pequeña de las chicas alterada. Aunque luego suaviza el tono cuando es consciente de que ha elevado demasiado la voz—. Ve a verlo, por favor. Lo tienes enfrente.

Por lo visto, el día no ha acabado y da todavía para más. Elena no responde inmediatamente, aunque se ve comprometida por el ruego de su hermana. Tendrá que complacerla para que pueda quedarse tranquila y, además, que no se enfade con ella.

—Está bien. Voy a ver qué le pasa y te llamo ahora.

—Gracias. De verdad. Si no estuviera tan preocupada, no te habría llamado.

—Bueno, tranquilízate. En cinco minutos te digo algo.

Las dos se despiden y Elena se levanta de la cama perezosa. Bosteza mientras se pone las zapatillas, maldiciendo a su hermana por haberla despertado y pedirle aquel favor. Le fastidia todavía más ir a verlo ahora por cómo fue la última conversación entre ellos. Creía que ya no hablarían más hasta mañana. En fin, todo sea por Marta.

Sale de la habitación y llama a la puerta del sevillano, que sigue con esa horrible frase pintada. Está prácticamente segura de que su hermana está exagerando. Un dolor de cabeza y de estómago es algo habitual, más después de enfrentarse a una situación de estrés como por la que ese domingo ha pasado David. Él siempre aparenta tranquilidad; sin embargo, hoy también lo ha visto superado por la situación. ¿Le habrá contado algo a su hermana de la pintada?

Cuando el joven abre, Elena rápidamente observa que a lo mejor Marta no exageraba. Su cara presenta un color raro, cercano al morado. Está totalmente despeinado y tiene los ojos hundidos e irritados. Pero lo que denota que David no está bien es su expresión, muy diferente a la de siempre. Se frota los ojos antes de hablar.

—Hola, ¿qué haces aquí? —pregunta el sevillano desconcertado, apoyando una mano sobre el vientre.

—Me ha llamado mi hermana. Dice que no te encuentras bien.

—No es nada. No te preocupes.

Un gesto de dolor evidente, que David trata de ocultar, alerta aún más a Elena. Nunca lo había visto con un aspecto tan horrible.

—¿Qué es lo que te duele?

—Estoy bien. De verdad, Elena. Marta no debería haberte llamado.

—Si lo ha hecho es porque estaba preocupada, y ahora, después de verte, también lo estoy yo. ¿Por qué no me dices qué es lo que te pasa exactamente?

El chico hace otra mueca de dolor e invita a Elena a que entre en su habitación. Se sienta en la cama y vuelve a cubrirse el vientre con la mano.

—No recuerdo un dolor de cabeza tan grande como el que tengo ahora mismo —reconoce por fin David.

—¿Te has tomado algo?

—No, no tengo nada para tomarme. Nunca me duele la cabeza. Aunque lo que peor llevo es el dolor de estómago.

—¿Tanto te duele?

El siguiente gesto de David sirve de respuesta. El pinchazo en el vientre es tan intenso que le obliga a tumbarse en la cama y hacerse un ovillo. Se retuerce por el dolor. Elena lo observa alarmada. Si actúa así delante de ella, es que realmente está mal.

—Tenemos que ir al médico.

—No vamos a ir a ninguna parte. Se me pasará —susurra el chico, en posición fetal.

—David, no seas cabezota. Vas a ir sí o sí. Tú decides, ¿prefieres ir conmigo o quieres que avise a alguien de la residencia para que nos acompañe?

CAPÍTULO 40

Un taxi ha conducido a los chicos hasta el hospital más cercano a la residencia, bajo una gran manta de agua que continúa cayendo en la madrugada de Madrid. Llevan un rato sentados en la sala de espera de urgencias. Son los próximos. El dolor persiste en David, que no recuerda haber estado nunca peor que en ese momento. Siente el corazón en el estómago y cada pinchazo parece la contracción de una embarazada a punto de parir. La cabeza le va a estallar, a pesar del Nolotil que Elena le ha dado. Además, cree que tiene fiebre. Conforme transcurre el tiempo, los dolores se han ido extendiendo por el resto de su cuerpo, resintiéndose sobre todo muscularmente en los brazos y en las piernas. La toledana no se ha apartado ni un minuto de su lado. Está muy preocupada, pero intenta mostrarse lo más calmada posible.

Antes de ir al médico, llamó a su hermana, a la que también trató de tranquilizar. Esa vez prefirió no mentirle. Le contó la realidad: que su novio continuaba con dolores fuertes y que iban a ir al hospital para que le diagnosticaran lo que le pasaba. Desde entonces, Marta le ha enviado más de veinte WhatsApps para informarse en todo momento de lo que hacen.

El chico resopla, un nuevo pinchazo hace que se retuerza en la silla.

—Aguanta. Ya no queda nada para que te atiendan —le dice Elena, que sufre por no poder ayudarle más.

—Eso has dicho hace cinco minutos.

—Esta vez es verdad.

David sonríe resignado. Se siente débil, dolorido, y le arde la frente. ¡Menuda racha! Antes se ha visto en el espejo retrovisor del taxi en el que se han subido y tiene un aspecto horrible, aunque eso no es lo más importante ahora mismo, pese a estar Elena a su lado.

—No le he contado a Marta que han pintado en la puerta de mi habitación.

—Lo he imaginado cuando ella no me ha dicho nada.

—Es que no quería asustarla más —indica el chico, buscando sin éxito una postura en la silla con la que sentirse más cómodo—. No es normal lo que me está pasando. Parece que me han echado una maldición por lo de Rocío Costa.

—¡Nada de maldiciones! El espray lo usó una persona de carne y hueso con muy mala leche. Y esto es... ¿un enfriamiento? ¿Una gastroenteritis? ¿Un virus?

El joven se encoge de hombros. Suspira y examina su móvil. Marta le acaba de mandar un mensaje de WhatsApp de audio animándole y diciendo cuánto le gustaría estar a su lado.

—Ahora mismo me sobrepasa tanto entusiasmo. No estoy para...

—Tranquilo, le respondo yo —señala Elena, que también ha oído el mensaje de su hermana—. No te esfuerces en grabar un audio y descansa lo que puedas hasta que nos atiendan.

—Gracias.

La chica cumple con lo que le dice a David y le envía un WhatsApp escrito a su hermana explicándole que cuando salgan de allí la llamarán. Que todo sigue igual y que se vaya a dormir un rato. Marta responde que no va a dormir y que esperará despierta en su habitación.

—No quiere irse a la cama hasta que no salgamos de aquí y hable contigo —comenta Elena guardando su teléfono en un bolsillo de la chaqueta.

—Pues debería.

—Ya. Pero la entiendo. Yo tampoco podría irme a dormir tranquila si mi novio estuviera enfermo, en el hospital, pendiente de lo que le diga el médico... David, ¿qué te pasa?

—El estómago..., es insoportable.

El chico se levanta de la silla y termina arrodillándose en el suelo, doblado por el dolor. En ese instante, lo llaman para que pase a la consulta. Elena lo ayuda a incorporarse y entra con él en una sala en la que predomina el color blanco. Un médico muy alto y delgado, con el pelo cano, de mediana edad, lo recibe, preguntándole el nombre y lo que le sucede. Mientras David le cuenta lo que le pasa, una enfermera que no llega a los treinta años, rubia, con la cara repleta de pecas, le pide el DNI para tomar sus datos y rellenar una ficha.

El doctor Hernández, que es como se ha presentado el hombre de pelo canoso, invita al sevillano a que lo acompañe a otra habitación, donde le harán algunas pruebas iniciales. Elena se queda esperando en la otra sala. La enfermera le señala una silla, en la que le ofrece sentarse. La chica rechaza la invitación amablemente y opta por permanecer de pie.

—¿Eres su novia? —pregunta la joven rubia cuando termina de completar la ficha de David.

—No. Solo soy una amiga. Vivimos en la misma residencia de estudiantes.

—Pues hacéis buena pareja.

Elena va a responderle, pero prefiere quedarse en silencio y sonreír. Explicarle a esa enfermera que realmente la novia de David es su hermana pequeña y que ella ha roto hace unas horas con el que era su pareja no le lleva a nada y sería inoportuno. Además, está cansada de hablar y de dar explicaciones de todo. Ya se ha desahogado donde debía hacerlo. Donde le pedía el corazón que hablara: en su blog, para sus mirones.

—¿Crees que tardará mucho?

—No lo sé, depende de lo que tenga y de las pruebas que haya que hacerle. ¿Lleva mucho con esos dolores?

—Con esa intensidad, desde hace una hora más o menos. Aunque le lleva doliendo la cabeza y el estómago más tiempo. Creo que empezó a sentirse mal después de cenar.

—Tal vez ha comido algo en mal estado.

Ya lo había pensado. Ella no ha estado durante la cena y no sabe qué ha comido David que pudiera sentarle mal. Aunque si él se ha puesto enfermo por algo que ha cenado, los demás residentes también están en riesgo. En cambio, no ha aparecido ningún otro caso con los mismos síntomas que David. Que ella sepa, al menos.

—Sea lo que sea, espero que se ponga bien y nos podamos ir a la residencia pronto.

—Aquí lo cuidaremos bien, no te preocupes.

La enfermera sonríe y, tras darle una palmadita en el hombro a Elena, entra en la sala en la que se encuentran David y el doctor Hernández.

El tiempo avanza muy lento, y cada minuto que pasa se le hace eterno. Al final, la chica decide sentarse. Los mensajes de Marta siguen llegando a su móvil. No le apetece responderle más a su hermana, pero tampoco quiere que se preocupe en exceso.

«Están haciéndole pruebas, no te preocupes. Todo irá bien. Cuando sepa algo, te llamo».

El reloj marca las 3:15 cuando el doctor Hernández sale de la habitación, acompañado solamente de la chica rubia llena de pecas. No tiene muy buena cara, o esa es la impresión que le da a Elena. La chica se levanta de la silla y va hacia ellos.

—¿Y David? ¿Qué tal está?

—Estable. Tiene fiebre y eso es lo primero que quiero cortar —indica el médico mientras busca algún tipo de medicamento en una vitrina de cristal—. Vamos a hacerle unas pruebas ahora.

—¿Más pruebas?

—Sí, necesito comprobar algunas cosas.

—Entonces, ¿se quedará aquí toda la noche?

—Probablemente sí.

El médico no dice nada más, se gira y se dirige otra vez a la habitación donde se encuentra David. La enfermera mira a Elena e intenta tranquilizarla.

—Aunque se quede aquí ingresado, no te preocupes. Tu amigo se pondrá bien.

—Pero ¿es muy grave lo que tiene?

—No lo sabemos. Tenemos que hacerle esas pruebas de las que te ha hablado el doctor Hernández. Tiene fiebre y eso es señal de que hay algo en su cuerpo que no va bien.

—¿Le habéis dado algo para los dolores?

—Sí, todo está controlado. Aunque los dolores no desaparecen en un minuto. Pero esperamos que se le pasen en un rato.

Elena suspira. No imaginaba que David tendría que pasar la noche en urgencias. ¿Significa eso que está peor de lo que le están diciendo?

—¿Puedo verlo?

—Ahora lo llevaremos a otra zona del hospital para realizarle las pruebas. Podrás acompañarle si quieres.

—Vale, gracias.

La enfermera esboza una nueva sonrisa antes de retirarse otra vez.

De nuevo sola, en esa fría y blanquísima sala de hospital. Elena duda si sentarse o permanecer de pie a la espera de que David aparezca. También duda de si debe informar a su hermana de las novedades. Marta se pondrá muy nerviosa cuando escuche que su novio debe permanecer ingresado esa noche. Pero ha prometido informarla de todo, así que marca su número. Al segundo *bip*, la chica responde.

—Dime, Elena, ¿qué pasa? ¿Todo bien?

—Sí, todo está bien. Bueno, siguen haciéndole pruebas.

—¿Puedo hablar con él? ¿Lo tienes cerca?

—Ahora está en otra habitación con el doctor. Pero saldrá dentro de poco.

—¡Ah! ¡Qué bien! ¿Me lo pasas cuando salga, por favor? Necesito oírle.

Elena aguarda unos segundos en silencio. No sabe cómo explicarle a su hermana la situación. Decide finalmente ser directa y sincera.

—Marta, no sé si voy a poder pasarte a David. Ahora lo van a llevar a otra zona del hospital para hacerle más pruebas. Probablemente se quedará aquí toda la noche.

—¿Qué? ¿Lo van a ingresar?

—Solo van a hacerle más pruebas. No te preocupes.

—¿Cómo no voy a preocuparme? —grita Marta fuera de sí—. ¿Está muy grave? No me mientas, Elena. Si está grave o le pasa algo malo, tienes que contármelo.

—No, no está grave. De verdad. Sigue más o menos igual que cuando habló contigo antes en la residencia. Solo que tiene fiebre y deben averiguar los motivos.

—Joder, debería haberme quedado con él en Madrid.

—Tienes clase en unas horas, Marta. Tenías que volver a Toledo. Y no sabías que David iba a ponerse enfermo.

—Debería haberlo intuido. Las buenas novias intuyen ese tipo de cosas.

—¡No digas tonterías! —exclama Elena alzando la voz. Luego se da cuenta de dónde está y habla más bajito—. Eso que dices no tiene sentido. Estás cansada. Vete a dormir un rato y, cuando te despiertes, seguro que David está ya perfectamente.

—No voy a dormir.

—Eres una cabezota. Tu novio no se va a poner mejor si te pasas la noche en vela. Al contrario, lo vas a preocupar más si tú no estás bien.

Marta va a responderle algo a su hermana, pero piensa en lo que acaba de advertirle y considera que puede tener razón.

—¿Tú te vas a quedar ahí toda la noche con él?

—Imagino que sí. No voy a dejarle solo.

—Bien. Pues si hay cualquier noticia, mándame un WhatsApp para informarme.

—Es lo que he estado haciendo, Marta. Pero tranquila, que te avisaré de todo lo que pase. Échate un rato y descansa. Te vendrá bien.

—No sé si voy a poder dormir. Me siento muy mal.

—Inténtalo. Todo va a ir bien. Ya lo verás.

Las dos hermanas se despiden con el deseo común de la pronta recuperación de David. Un par de minutos después de que cuelgue Elena, el doctor y la enfermera rubia aparecen acompañados de su amigo. La chica se levanta y rápidamente se dirige hasta ellos.

—¿Cómo te encuentras? —le pregunta Elena a David mientras salen de la habitación.

—Mejor —responde él intentando sonreír.

—Es un chico duro —indica el doctor, que va delante de ellos, al lado de la enfermera.

—¿Seguro que estás mejor?

—Sí, aunque el estómago me sigue doliendo.

—Ahora te haremos unas pruebas para comprobar por qué tienes tanto dolor.

Los cuatro caminan por un estrecho pasillo, repleto de puertas laterales, que está en completo silencio. Durante el recorrido, el doctor Hernández les explica a David y a Elena cómo va a proceder, procurando no ser demasiado técnico para que lo comprendan. Finalmente, llegan a otro pasillo más corto, en el que hay varias habitaciones a ambos lados. La enfermera rubia abre la segunda puerta del lado izquierdo y los invita a entrar.

El sevillano contempla con cierto respeto toda la maquinaria que hay en el interior.

—Tranquilo, son inofensivas —comenta jocoso el médico al ver la expresión asustada de David—. Al único que tienes que tener miedo es a mí.

CAPÍTULO 41

Comienza otra semana. A Iria nunca le han disgustado los lunes, aunque aquel 19 de enero no se ha levantado de buen humor. Todavía tiene muy presente lo que anoche sucedió con Manu. Hasta ha sufrido una pesadilla relacionada con el chico. En su sueño, el malagueño le gritaba y le decía que no tenía ningún derecho a enamorarse de él. Ella lloraba y lloraba, hasta que se asfixiaba ahogada por sus propias lágrimas. Se ha despertado sobre las seis y media de la mañana, tosiendo y con los ojos empapados. Aunque su alarma estaba programada para sonar a las siete y cuarto, ya no se ha vuelto a dormir.

Ni siquiera la ducha de agua caliente le ha servido para mejorar su estado de ánimo. La discusión fue muy importante, pero tenía la esperanza de que Manu llamaría a la puerta de su habitación a lo largo de la noche para disculparse. No sucedió.

Lo que sí pasó durante la madrugada fue que, en el grupo de WhatsApp del pasillo, Elena avisó de que estaba con David en el hospital. Por lo visto, al sevillano lo han ingresado por unos dolores estomacales y fiebre alta. No sabían cuándo volverían a la residencia. La última mención de la chica era de las cinco y cuarto de la mañana para explicar que continuaban haciéndole pruebas.

La gallega está tentada de no ir a clase, pero sabe que, si se queda en el cuarto, será peor. Demasiado en lo que pensar. Así que después de vestirse sin mucho afán, baja a desayunar. Un buen café hirviendo quizá cause más efecto que la ducha.

Cuando llega al comedor, no ve a ninguno de los chicos del pasillo 1B. Se siente aliviada, porque no tiene muchas ganas de hablar. Sobre todo, no es buen momento de cruzarse con Manu. Intentará aclarar las cosas con él más adelante, al regresar de clase o después de comer.

Se da prisa en servirse un café con leche, que acompaña con una napolitana de crema. Mastica y bebe más deprisa de lo que lo hace habitualmente, incluso se quema los labios por lo caliente que está su bebida. Si no se apresura, corre el riesgo de que aparezca alguno de sus amigos.

Sin embargo, sus esfuerzos son inútiles. Cuando está casi terminando de desayunar y apenas le queda un sorbo de café por tomar, entran Julen y Manu por la puerta del comedor. Iria apura su bebida para marcharse inmediatamente, pero el malagueño llega antes a la mesa.

—¿Ya te vas? —le pregunta con una sonrisa. Julen se ha quedado en el bufé sirviéndose el desayuno en una bandeja.

—Sí, ya he terminado.

—¿Por qué no nos esperas y te acompañamos a clase?

La dulzura con la que Manuel hace la pregunta desconcierta a Iria. ¿Es el mismo chico que anoche se comportó con ella como un capullo? No entiende nada. Va a recriminarle su actitud de ayer, pero en ese instante llega Julen, que se sienta a su lado. La saluda dándole un beso en la mejilla y comenta lo que en el grupo de WhatsApp del pasillo ha dicho Elena. Mientras, el malagueño va a por su desayuno.

—Lo que le está pasando a David es de película de miedo —indica Julen llevándose a la boca una magdalena mojada en Cola Cao.

—Olvídate de las historias de David y de Elena. ¿Te ha dicho algo? —susurra Iria acercando su rostro al de su amigo.

—¿Quién? ¿Manu?

—Claro, ¿quién va a ser? Habéis llegado los dos juntos riendo. ¿No le has preguntado dónde coño estuvo ayer durante todo el día?

—No. Anoche oí que entraba en su habitación y me quedé tranquilo.

—¿Y ya está? ¿No te interesa qué hizo y por qué tuvo todo el día el móvil apagado?

—Me interesa que esté bien, Iria. Y cuando me lo he encontrado, parecía feliz. Lo que haga no es asunto mío.

La chica mueve la cabeza de un lado a otro. No está de acuerdo con la forma de pensar de Julen, pero tampoco puede culparle de nada. Allí solo hay un culpable y se acaba de sentar frente a ella.

—¿De qué hablabais? —pregunta Manu mientras echa azúcar en su café.

—De lo que le está pasando a David —responde el pamplonés quitándole el envoltorio a otra magdalena.

—Ya vi que alguien le ha pintado la puerta. ¿Sabéis quién ha sido?

—No. Ayer estuvimos hablando de eso por la tarde y nadie del pasillo sabe nada. Es un misterio.

Mientras Manu y Julen dialogan sobre el tema de la pintada, Iria observa al malagueño de reojo. O es muy buen actor o está claro que él no fue quien pintó con espray la puerta de David, como ella ya anunció y repitió una vez tras otra en la reunión.

—Seguro que a alguien se le pasó por la cabeza que fue una broma mía, ¿me equivoco?

Julen sonríe y asiente con la cabeza. En cambio, Iria continúa sin hablar. Juguetea con la cucharilla desganada y hace como si no le interesara la conversación. Nada más lejos de la realidad.

—El nombre de Rocío fue el mismo que apareció en la sesión de *ouija* que hicisteis. ¿Recuerdas?

—Sí, claro.

—David nos contó a todos la relación que tenía con ese nombre. ¿Tú sabes algo de eso?

—Me parece que no. Simplemente, sé que el sevillano puso mala cara cuando el puntero marcó el nombre de Rocío Costa en la tabla.

—Pues había mucho más detrás.

El navarro le cuenta por encima la historia del accidente de moto de la exnovia de David, con el consiguiente fallecimiento de Rocío Costa. Ni Manu ni Iria intervienen hasta que concluye.

—Así que el sevillano no es tan bueno y maravilloso como nos intenta hacer creer —apunta el malagueño sonriendo de lado—. Quizá lo que le ha pasado esta noche tenga que ver con ese accidente y la chica muerta.

—Sí, como la maldición del faraón Tutankamón —dice Iria irónicamente.

—Tú ríete de esas cosas. Nadie cree en ellas hasta que le pasan. David tiene que estar acojonado. Y con razón.

La gallega no tiene ganas de tonterías de ese tipo. Le fastidia que Manu se comporte como si no hubiera pasado nada entre ellos. Ni tiene en cuenta lo de ayer por la mañana ni la discusión de por la noche. ¿Es que se ha olvidado de todo?

—Bueno, me voy a la universidad o llegaré tarde a la primera clase —indica la joven notoriamente molesta—. Os veo luego.

Ni siquiera les da opción a que se pongan de pie para acompañarla. Deja su bandeja en el carrito y se marcha precipitadamente del comedor. Pasa un minuto por su habitación para coger la mochila, donde mete una carpeta de apuntes y un estuche con bolígrafos, y se marcha de la residencia. El día no está soleado, pero tampoco amenaza lluvia de momento, pese a que el cielo está cubierto de un campo de nubes blancas. Sí hace frío, bastante más que el día anterior.

—¡Oye, gallega! ¡Espera!

Iria no se gira al escuchar la voz de Manu gritando detrás de ella. Tampoco aminora el paso. El malagueño llega a su altura y durante unos cuantos segundos ninguno de los dos habla, se limitan a caminar uno al lado del otro hacia la universidad.

—No entiendo cómo puedes ser tan frío —rompe el silencio ella.

—¿Por qué lo dices?

—Ya lo sabes, Manu. ¿O es que no recuerdas nada de lo que pasó ayer?

—Si te refieres a si he vuelto a perder la memoria... No, no la he perdido. Me acuerdo de todo lo que sucedió ayer. Lo de la mañana y lo de la noche. Lo del resto del día es asunto mío.

A la chica se le escapa un «hum» sarcástico y una medio sonrisa de fastidio, a pesar de que Manu no ha sonado borde ni malintencionado. Realmente lo ha dicho con sinceridad. Lo que hace fuera de la residencia es asunto suyo, le guste o no le guste a Iria.

—Perfecto. Pero ¿entiendes al menos que estuviera preocupada por ti? ¿Y que nos pusiéramos un poco nerviosos cuando no cogías el teléfono?

—Me quedé sin batería.

—¿Y por qué no lo cargaste?

—Porque no... no pude.

—¿Es que donde vas no hay enchufes?

El malagueño no responde. Sí que hay enchufes donde va. En cuanto se dio cuenta de que su móvil no tenía batería, lo puso a cargar. El problema llegó después, cuando no recordaba el pin de su teléfono. Tardó un buen rato en acordarse de la contraseña y también en saber quién era la chica que estaba con él y por qué se encontraba en ese lugar.

—¿Estás enfadada conmigo? —pregunta Manu cambiando de tema.

—Tengo derecho a estarlo. Ayer me trataste como a una mierda.

—No estoy de acuerdo. Fuiste tú la que no paraste de acusarme y de pedirme explicaciones de todo. Si alguien tiene derecho a enfadarse soy yo.

—¿Me lo estás diciendo en serio?

—Completamente en serio. Por muy preocupada que estuvieras, no deberías haberme tratado así cuando llegué a la residencia anoche. Pero cuando me he despertado esta mañana, he preferido no darle más importancia al asunto y perdonarte.

Iria no da crédito a lo que oye. No solo no se disculpa, sino que la culpa es de ella. ¡La culpa es de ella! Por ahí no pasa. Se queda parada y contempla a Manu de arriba abajo. Con ira, con amargura, con odio... En ese instante, odia de verdad al malagueño. ¡Lo odia con todas sus fuerzas!

—¿Qué te pasa? ¿Por qué me miras así?

—¿Cómo... cómo puedes decir que...? No puedo con esto, de verdad que no puedo.

La chica se gira y emprende el camino de vuelta a la residencia. Camina acelerada, casi corriendo, con la cabeza agachada y maldiciendo en voz baja a Manu, en un repertorio ilimitado de insultos.

Ya no espera que el malagueño aparezca a su altura para intentar hablar con ella. ¡Le da lo mismo! ¡No piensa hablarle más en la vida!

Se acabó cualquier historia, relación, amistad... o cosa que hubiera entre ellos. ¡Fin!

—¿Vas a ir a la siguiente clase?

—Uff. Qué pereza.

—No seas vago.

—Es que no sé ni lo que tengo. Mejor me quedo durmiendo un rato en tu cama. ¿Te importa?

—Eres lo peor.

—Tú también has faltado a las dos primeras clases. No eres mucho mejor que yo.

La chica le propina un almohadazo, protesta bromeando y se pone de pie. Le da un poco de vergüenza que la vea completamente desnuda, así que agarra una sábana y se enrolla en ella. Deja al chico tumbado en la cama y entra en el cuarto de baño. Desde allí lo escucha silbar, aunque no reconoce la canción. Le gusta cuando está así de relajado, natural. Siendo él mismo, o su versión buena.

¿Por qué sonríe como una tonta?

No puede hacerse ilusiones. No es su novio, ni la quiere. Desconoce el motivo por el que se ha acostado con ella. Pero ha sido una decisión compartida. De los dos. Ella, simplemente, se ha dejado llevar. ¿Solo ha sido sexo? Para él, posiblemente sí.

Se va a volver loca. No entiende nada. Cómo son capaces de vivir en los dos extremos. Dicen que del amor al odio hay solo un paso. Por lo visto, del odio al amor, también. Por lo menos en esa extraña historia entre Iria y Manu. Una historia repleta de acontecimientos inesperados.

CAPÍTULO 42

—¿Cómo vas con el vídeo?

—Todavía quedan Manu, David y Elena por grabar —le advierte Toni a Ainhoa mientras se dirigen juntos a la universidad—. Y estando en el hospital, no sé si podrán hacerlo hoy.

—Ya. Qué mala suerte. Pobre David.

Los dos siguen caminando y charlando sobre las cosas extrañas que están sucediendo en el grupo del pasillo 1B desde que empezaron las clases. A Toni le pasó lo de Lauren, a David lo de Rocío Costa y su ingreso en el hospital. También recuerdan la agresión a Nicole por parte de esos indeseables racistas. Y las desapariciones de Manu, los cuernos que le puso a Iria su exnovio, Elena acaba de cortar con Carmona, el tiempo sin hablarse entre Ainhoa y Óscar...

—Y lo que no sabemos de cada uno —indica el valenciano—. Porque estoy seguro de que no estamos enterados ni de la mitad.

Ainhoa asiente tímidamente con la cabeza. Quizá ella es la que más esconde de todos. ¿Qué pasaría si sus amigos se enterasen de su ritual después de cada comida? No está muy segura de cómo reaccionarían.

—Somos muchos y cada uno de nosotros tenemos una vida, una forma de ser, una historia... —comenta la canaria con tono calmado—. Es lógico que nos pasen cosas, ¿no?

—Lo del espíritu de Rocío Costa no tiene ninguna lógica. Y ahora David ingresado en un hospital. ¿Qué será lo próximo?

Sus móviles suenan al mismo tiempo. Ambos lo alcanzan y leen en voz baja el mismo mensaje. Elena acaba de escribir en el grupo de WhatsApp del pasillo.

«Ya le han hecho todas las pruebas a David. Está en una habitación descansando, todavía dolorido, aunque ya no tiene fiebre. En un rato nos darán los resultados y nos dirán si puede regresar a la residencia».

—Tienen que estar agotados —señala Ainhoa mientras vuelve a guardar el teléfono en su abrigo—. Espero que no sea nada y puedan volver ya.

—Algo importante ha sido cuando lo han tenido ingresado toda la noche haciéndole pruebas.

—Puede que solo se trate de alguna cosa que le sentó mal en la cena.

—Si es eso, resulta muy raro que solo se haya puesto enfermo él —apunta Toni—. Unos cuantos cenamos lo mismo que el sevillano.

—A lo mejor tomó algo únicamente él. O solo el trozo que David comió estaba en mal estado.

—Puede ser, aunque me sigue pareciendo extraño.

—¿Y qué piensas tú?

—La sesión de *ouija* con el nombre de Rocío, la pintada en su puerta, ahora esto... Demasiados sucesos raros en tan poco tiempo. Es como si alguien estuviera haciendo lo posible para perjudicarle. Alguien que quiere perjudicar a David de todas las maneras que estén en su mano.

Las palabras de Toni provocan un escalofrío en la canaria. ¿Quién podría querer hacerle daño al sevillano?

—¿Tienes alguna teoría de quién puede ser?

—Debe de ser alguien de la residencia, eso está claro. El que ha pintado su puerta no puede ser de fuera. No tiene lógica.

—¿Y si se han colado?

—¿De verdad piensas que alguien podría colarse en la residencia con un bote de espray, pintar la puerta justo en el momento en que no estábamos ninguno en el pasillo y luego irse sin más, sin levantar sospechas? No lo creo. Además, ten en cuenta que sea quien sea conoce a David y lo que le sucedió con aquella chica a la que su exnovia mató en el accidente de moto.

—Joder, Toni. Me estoy asustando mucho. Entre nosotros hay un loco.

—Sí. Solo espero que ese loco no sea alguien del pasillo.

—¿Qué? ¿Crees que puede ser uno de nosotros?

—Después de lo que he vivido con Lauren, no veo nada imposible, Ainhoa. Los que mejor conocemos a David somos los del pasillo 1B.

Las palabras del valenciano coinciden con el final del camino. Los chicos llegan a la universidad, se despiden hasta el mediodía y cada uno se dirige a su facultad. Ainhoa no deja de darle vueltas al tema. Ni siquiera se percata de que alguien se le acerca por detrás y le da un susto. El grito de la canaria se escucha en medio Madrid.

—¡Joder! ¿A qué coño juegas? ¿Quieres matarme?

—Perdona, no sabía que te ibas a poner así.

Borja Reixa va vestido con un caro abrigo largo, de color azul marino, que no oculta del todo una bonita camisa blanca, abrochada hasta el penúltimo botón. Sus vaqueros celestes Levi's son ajustados y le quedan de miedo. Lo único que le sobra, en opinión de Ainhoa, es ese ridículo gorrito de lana negro.

—¿Cómo se supone que debo ponerme si un tío se me acerca por detrás y me sacude por los hombros gritando?

—Pues depende del tío —indica Borja con una sonrisa—. Venga, no te enfades. Ya te he pedido disculpas. ¿Qué tal terminaste el fin de semana?

—Bueno, no estuvo mal del todo.

No está segura de la intención en las palabras de su compañero de clase. En cualquier caso, no piensa darle detalles.

—Perdona por no llamarte. No estaba seguro de que quisieras hablar conmigo.

Es una de las peores excusas que ha escuchado de un tío para justificar la invisibilidad al día siguiente. De todas maneras, ella tampoco lo llamó a él. Y si se liaron fue porque los dos quisieron. Así que tampoco va a darle más importancia al asunto.

—No te preocupes. No tenías por qué llamarme.

—¿Lo pasaste bien?

De nuevo Ainhoa no sabe a qué se refiere exactamente. ¿Habla de si lo pasó bien en general? ¿En la cita? ¿Al sexo en el cuarto de baño del local en el que estuvieron?

—Fue una noche diferente —concluye la canaria en un alarde de diplomacia.

—Sí, para mí también. Algún día podemos repetirla si te apetece.

—Claro. ¿Por qué no?

La chica sigue apostando por la vía diplomática. Aunque no cierra puertas, está prácticamente segura de que nunca más tendrá algo con ese chico. Por muy bueno que esté.

—Eso sí, la próxima vez que quedemos, espero que te encuentres mejor. Pasé un mal rato cuando te mareaste.

Pasó un mal rato porque casi se va a casa sin conseguir lo que andaba buscando. Ainhoa lo sabe y sonríe sarcásticamente al escuchar a Borja. Ese tío sabe cómo darle la vuelta a la tortilla para que las cosas parezcan distintas a lo que son en realidad.

—Siento que lo pasaras mal por mi culpa —responde la canaria guardándose para sí las ganas de soltarle algún comentario menos amable.

—Se te subió el alcohol muy rápido, ¿no? Y eso que solo te bebiste una copa de ron.

—Ya ves, no todos tenemos tanto aguante.

—Bueno, los chicos resistimos más que las chicas bebiendo. No es que sea machista, simplemente es una cuestión de genética. Aunque he salido con tías que han aguantado unos cuantos asaltos más que tú.

—Será que mi genética no está preparada para beber ron.

—Será eso —responde Borja soltando una carcajada.

La paciencia de Ainhoa está empezando a no dar más de sí. Si aquel chico dice o insinúa algo más de ese estilo, jura que empezará a hablar del tamaño de su...

Sin embargo, Borja cambia de objetivo. Delante de ellos, ve a una de las tías buenas de la clase, por lo menos la que más tetas tiene, y, tras despedirse rápidamente de la canaria, vuela hacia ella.

Cómo son algunos tíos. Ainhoa observa el encuentro feliz y pomposo entre Reixa y la chica de su clase. Besitos, palabras y hasta un abrazo. ¿Ríe o llora? Opta por lo primero y no puede contener un susurro malicioso:

—Debería haberle dicho que la tiene pequeña.

CAPÍTULO 43

En su último sueño, David estaba con Marta en la estación de Atocha. La chica le contaba los planes que tenía para el futuro de ambos. Se mudaría a Madrid cuando terminara el curso, donde compartirían piso. En dos años se casarían y al tercero tendrían el primer hijo. Pasados otros dos, el segundo. Quería cuatro. El sevillano no era capaz de decir que no, aunque la idea de su novia no le parecía bien. Realmente, le horrorizaba. ¿Cómo explicarle que la que le gustaba era su hermana y que no quería seguir adelante con la relación? Elena aparecía en ese instante arrastrando una maleta rosa. Se acercaba hasta ellos y anunciaba que se marchaba a vivir a Kuala Lumpur. ¿Dónde demonios estaba Kuala Lumpur y por qué quería irse allí? La respuesta que la chica daba no sonaba muy creíble: se iba para alejarse del Derecho, estudiar Medicina y ayudar a las tribus del país a mejorar su nivel de vida.

Al despertar, David comprueba que se encuentra en una cama de hospital. Elena está sentada en una silla, a su lado, revisando el móvil. Tiene aspecto de cansada, ojerosa y bastante peor peinada de lo que suele ir. La chica se percata de que el sevillano abre los ojos y arrima un poco más la silla a la cama.

—¿Qué hora es? —pregunta el joven frotándose los ojos.

—Las diez y cinco. ¿Cómo te encuentras?

—Tengo mal cuerpo. Y me duele el estómago. Pero ni punto de comparación a como me dolía anoche.

—Eso es muy buena señal —indica Elena sonriente. Se incorpora y le pone la mano en la frente—. No tienes fiebre.

El chico también se toca la frente para hacer la misma comprobación que su amiga y llega a la misma conclusión.

—¿Cuándo podremos irnos a la residencia?

—Espero que pronto.

—¿Tú has dormido algo?

—Bueno, he dado un par de cabezadas.

—¿En la silla?

—¡Claro! ¿Dónde si no? —exclama Elena sentándose en la cama—. Pero es muy cómoda. No te preocupes.

—Deberías haberte echado a mi lado. La cama es grande para los dos.

—Bueno..., preferí la silla.

Los dos se quedan mirándose sin saber muy bien qué decir. Hasta que suena el móvil de la toledana. Rápidamente, lo revisa y lee el WhatsApp que le ha enviado su hermana.

—Es Marta. Dice que, cuando despiertes y te espabiles un poco, la llames o le envíes un audio diciéndole que te encuentras mejor.

—Qué positiva es tu hermana.

—Ya la conoces, es como el niño que se despierta la mañana del día de Reyes y se encuentra con el barco pirata de Playmobil. Todo alegría y felicidad. Aunque también tiene ese punto dramático que tan bien representa.

—Un poco dramática sí es. Y cuando se enfada, lo hace de verdad. Tiene carácter.

—Mejor un enfado en serio que diez peleas por tonterías, ¿no? Porque discutir hay que discutir. No podemos decir a todo que sí, ni que todo nos parezca bien.

—Exacto. Las discusiones son necesarias —apunta David mientras se incorpora un poco y apoya la espalda contra el cabecero de la cama. Luego coge la almohada y la pone entremedias—. Mientras haya respeto, educación, y se discuta por un motivo serio. Normalmente los dos van a llevar su parte de razón. Siempre habrá dos puntos de vista de un mismo tema.

David se da cuenta entonces de que Elena está sonriendo. A pesar de su aspecto de cansada, su sonrisa hace que se le ilumine la cara. Incluso sus ojos parecen más vivos.

—Eres increíble —le alaba la chica aún risueña—. Te han hecho no sé cuántas pruebas durante la noche, te acabas de despertar y eres capaz de filosofar sobre las discusiones de pareja.

—Yo por lo menos he dormido un par de horas. Tú solo has dado una cabezada en esa silla.

—Insisto en que es una silla muy cómoda.

—¿Quieres que la pidamos y nos la llevamos para la residencia?

—No sería mala idea. Pero no creo que tengan una caja tan grande para empaquetarla.

La broma de Elena encuentra una carcajada de David que, enseguida, se echa la mano al vientre, dolorido.

—Tu humor manchego va mejorando. Pronto podrás competir con los andaluces de la residencia —comenta el sevillano, que se queja a continuación de un fuerte pinchazo en el estómago.

—Nunca estaré a vuestro nivel. ¿Sabes que hay un cordobés en la segunda planta que cuenta unos chistes impresionantes? Además, es un tío guapísimo. Moreno, alto, ojos oscuros casi negros...

—Pues ya sabes, a por él. Ahora estás libre.

La expresión de Elena cambia radicalmente. Arruga la frente, desaparece la sonrisa y de repente parece incluso más cansada de lo que se encuentra. Ha estado tan ocupada toda la noche, pendiente de David, que ni le ha dado tiempo a pensar en Martín, con el que acaba de romper. No ha vuelto a hablar con él ni a escribirle desde que discutieron en el pasillo. ¿Cómo estará? ¿Se habrá enterado de lo de David?

—Creo que me toca estar sola durante un tiempo —responde la chica, más afectada de lo que en un principio podría imaginar.

—Eso es decisión tuya. Pero recuerda la idea con la que llegaste a la universidad.

—Ya, no iba a salir con nadie y solo me iba a dedicar a estudiar.

—No caigas otra vez en el mismo error. Plantéate las cosas cuando sucedan.

—Tienes razón. Lo que sea, será. Aunque necesito estar sola.

—¿Quieres que me vaya a otra habitación? —bromea David para rebajarle tensión a la charla—. Puedo pedirle a la enfermera de las pecas que me busque una con vistas.

—La enfermera de las pecas, que se llama Jenny, por cierto, se marchó hace un rato. Me dio recuerdos para ti y me dijo que esperaba que no estuviéramos por aquí cuando regresara.

—Qué considerada.

Los dos sonríen. También ellos esperan poder irse pronto del hospital y volver a la residencia. Sin embargo, pese a todo, ambos se sienten bien con la compañía del otro. En realidad, se encuentran a gusto cuando se quedan a solas. No necesitan decir mucho ni poco. No se sienten obligados a hablar ni tampoco a estar en silencio. Al menos era así antes del beso de diciembre. ¿Están volviendo a ese punto de su amistad en el que eran capaces de charlar de todo durante horas? La relación de Elena con Carmona fue el desencadenante para que se separaran un poco; y lo que ocurrió antes de Navidad, el factor decisivo de su distanciamiento.

—¿Sabes? Jenny me ha preguntado si era tu novia —se atreve a confesar con confianza Elena—. Si le llego a explicar que en realidad somos cuñados...

—¿Ya nos consideramos cuñados?

—Eres el novio de mi hermana. Eso significa que no nos queda otra, ¿no?

—Imagino que no —indica David, buscando otra postura diferente en la cama que le ayude a estar más cómodo.

—Hablando de Marta, deberías llamarla. Así se quedará más tranquila.

—¿No estará en clase?

La chica mira el reloj y comprueba la hora en su móvil. Después, repasa mentalmente el horario de su hermana.

—En dos minutos empezará el recreo.

—Entonces, tengo dos minutos para ir al baño.

David se levanta de la cama y se dirige al cuarto de baño. Mientras el sevillano está ausente, Elena revisa su móvil y lee los mensajes de ánimo de los chicos del pasillo 1B hacia su amigo en el grupo de WhatsApp. Todos han escrito algo. Incluso Manu. Sin darse cuenta, se encuentra sonriendo y considerando lo duro que será dejarlo todo si decide marcharse de allí. Echaría de menos hasta a Iria, con la que sigue sin llevarse bien. Elena, sin pretenderlo, se emociona. Chasquea con la lengua y se lamenta de ser tan sensible. Últimamente llora con demasiada facilidad.

—Necesito urgentemente lavarme los dientes —comenta David al salir del cuarto de baño. Entonces repara en que los ojos de la toledana están vidriosos—. Ey, ¿qué te ocurre?

—Nada, estoy bien —responde Elena limpiándose con la mano—. Necesito respirar un poco de aire.

—¿Quieres que vayamos a dar una vuelta?

La joven sonríe. Se levanta de la cama y, después de darle un beso en la mejilla, se dirige a la puerta de la habitación.

—Llama a mi hermana. Voy a despejarme cinco minutos.

—Vale, pero ¿seguro que estás bien?

—Sí. Estoy bien. No es grave. Ahora vengo.

Elena sale de la habitación, todavía con los ojos rojos. Atraviesa un gran pasillo y baja después por la escalera hacia la planta baja del hospital. Se cruza con varios pacientes, algunos con aparatosas lesiones, bastantes en silla de ruedas, otros con rostros de preocupación o marcados por una tragedia que no tiene marcha atrás. Es un lugar en el que no debe de resultar fácil estar cada día. Ella no podría ser médico o enfermera. Aunque ahora mismo tampoco sabe si desea ser abogada, jueza o procuradora. Tiene muchas dudas. ¿Para qué podría servir? ¿Logrará cualquier cosa que se proponga? El conflicto consigo misma es real, tan real como el cielo blanco algodón que ahora contempla sobre su cabeza. El aire frío de enero le sopla en el rostro. Recorre un pequeño sendero que contiene banquitos de hierro a ambos lados. Se sienta en uno de ellos y deja que el viento le pegue de pleno en la cara. Se echa hacia atrás y cierra los ojos. ¿Qué color es el que se ve cuando tienes los ojos cerrados? Lo intenta descubrir aceptando que el aire helado juegue con su pelo y acaricie sus pestañas. ¿Negro? ¿Rojo? ¿Gris? ¿Azul?

Poco a poco, va abandonando el juego de los colores. Su interés desaparece, como sus preocupaciones. Lentamente, huye del mundo. Un mundo lleno de signos, de señales, de problemas, de días y noches con pensamientos que van y vienen, hurgando. Excavando en el fondo de sus ideas. Ideas distintas y sentimientos imposibles. Un mundo de sonidos. Sonidos musicales, ambiguos, irreverentes... Sonidos como ese que oye.

De pronto, Elena abre los ojos. Lo que escucha es real: la melodía de su móvil. Se lanza a responder cuando observa que el que la llama es David.

—Dime.

—¿Estás bien?

—Claro. Solo he salido a dar una vuelta.

—Una vuelta de una hora —apunta el chico, tranquilo ahora que escucha su voz—. Me tenías preocupado.

—¿Una hora? ¡Qué dices!

Exactamente han transcurrido cincuenta y siete minutos desde que se fue de la habitación.

—¡Me he dormido! —grita levantándose del banquito—. ¿Has hablado con mi hermana?

—Sí, hace rato que hablamos. Si hasta me han dicho que me puedo ir a casa.

—¿Qué? ¿En serio?

—Sí, acaba de venir una enfermera, otra que no es Jenny, y me ha dado permiso para que nos vayamos ya a la residencia.

—¿Y los resultados de las pruebas?

—Todavía no están. Esta tarde o mañana los tendrán listos. Ahora volvamos a la Benjamin Franklin. Aunque no pueda comer mucho hoy, estoy muerto de hambre.

CAPÍTULO 44

«Chicos, estoy bien. Muchas gracias por vuestros ánimos. Ya vamos para la residencia. Luego nos vemos».

Óscar lee el WhatsApp que David ha escrito en el grupo y se alegra de que su amigo se encuentre mejor. Hace un rato vio a la mujer de la limpieza quitando la pintada de la puerta. El asunto de Rocío Costa sigue pendiente, sin que nadie haya proporcionado una solución ni haya aparecido el autor. Aunque su cabeza está ahora en otra parte. Y es que, desde ayer, su relación con Naiara no pasa por su mejor momento.

Esa mañana, su novia se ha marchado otra vez a Valladolid. Lo hizo tras una nueva y última discusión. El motivo de la conversación fue el mismo que las anteriores veces a lo largo del domingo.

—No sé si me estás dando un ultimátum con esto —dice Óscar mientras hace la cama.

—Lo único que te digo es que lo nuestro es muy especial como para perderlo —indica Nai antes de cerrar la cremallera de su pequeña maleta de viaje—. No quiero que volvamos a alejarnos. Porque si rompemos otra vez, creo que la ruptura será definitiva.

El silencio entre ambos es intenso. Repleto de cosas por decir y de recriminaciones que ya están repetidas. El joven coloca la almohada en su lugar y se dirige hacia el otro lado de la cama para estirar la manta y eliminar las dobleces. Observa cómo su novia entra en el cuarto de baño. No sabe si está enfadado con ella. Tampoco si lo que le propone es justo o no. Regresar a Valladolid no entraba en sus planes, pero ¿debería planteárselo?

Siempre se ha sentido un romántico, alguien capaz de dejarlo todo por amor. Sin embargo, ahora se encuentra entre la espada y la pared.

—No puedo irme con esta sensación de angustia —señala Naiara con tristeza cuando sale del baño—. Nos queremos. Debería ser muy fácil.

—Es que lo que me estás pidiendo no es tan fácil.

—Si lo piensas bien, sí lo es. Solo llevas unos meses aquí. No es que estés renunciando al trabajo de tu vida o a cuatro años de carrera.

—Renunciaría a elegir mi vida. Una vida que me gusta, en la que me siento cada día mejor.

—Una vida conmigo lejos. ¿Es eso lo que deseas de verdad?

El chico baja la mirada y va hasta el escritorio. Allí tiene la carpeta de la universidad, en la que mete algunos folios en blanco. Se le está quitando cualquier gana de ir esa mañana a clase. Aunque hacer cualquier cosa que no sea discutir con su novia le apetece más en ese instante.

—¿Por qué no me contestas? —pregunta Naiara antes de agarrar la maleta para marcharse.

—Estoy agotado, Nai. Llevamos hablando de esto todo el fin de semana.

—Porque es importante. Se trata de nuestro futuro, cariño.

—Y no pararás hasta que me convenzas de que vuelva a Valladolid contigo.

—No pararé hasta que tenga la seguridad de que lo nuestro no está en peligro —insiste la joven mientras abre la puerta de la habitación—. Las relaciones a distancia son peligrosas para cualquier pareja. Y la única forma de que no estemos lejos es que tú regreses a Valladolid.

Con aquella rúbrica y tras un último beso en los labios, más de compromiso que de amor, Naiara salió del cuarto de su novio sin que este la acompañara al aparcamiento. No había dudas: se hallaba frente a un ultimátum.

Al final, Óscar no va a clase. Están al comienzo del segundo cuatrimestre y todavía no es tan importante perderse alguna asignatura. Además, la primera parte del curso ha ido bien. Todo aprobado menos una que intentará recuperar en junio. Psicología no es una carrera sencilla, pero se ha adaptado muy bien a ella; todavía puede permitirse el lujo de faltar un día. Y más si no se encuentra con ánimo para ir a la facultad. Las discusiones con Naiara le hacen perder mucha energía. Su novia le ha puesto en un gran dilema. La comprende, entiende que para estar juntos uno de los dos debería ceder. Y la lógica indica que tendría que ser él: Valladolid es la ciudad de ambos y ella lleva mucho más avanzada la carrera. Se sentiría sola en Madrid. Óscar, en cambio, solo necesitaría volver al pasado, donde lo dejó hace unos meses.

Harto de comerse la cabeza en la habitación, decide dar una vuelta por la residencia. Sus amigos continúan en clase, salvo Elena y David, que están regresando del hospital.

Cuando sale de la 1159, descubre una puerta abierta al inicio del pasillo. Por lo que parece, Toni tampoco está en clase.

Camina hasta el cuarto de su amigo. Se asoma y ve al valenciano delante de su portátil, sentado frente al escritorio. El chico se da cuenta de su presencia.

—¡Ah! ¿Eres tú? ¿Qué tal?

—Por lo que veo, no soy el único que no va a clase hoy.

—Yo sí he ido. Pero solo he aguantado la primera hora. Me dolía muchísimo la cabeza y me he vuelto. Aunque ya estoy mejor.

—¿No tendrás lo mismo que David?

—No creo, Rocío Costa lo quiere solo a él, no a mí. O eso espero —responde sonriendo—. ¿Y tú por qué no has ido a la universidad? ¿Todo bien?

Óscar cabecea negativamente. Se mete las manos en los bolsillos y entra en la habitación de Toni sin necesidad de ningún permiso. La ley no escrita del pasillo 1B así lo indica: si una habitación está abierta, puedes entrar en ella.

—Naiara quiere que me vaya con ella a Valladolid.

—¿A vivir?

—Sí. Dice que le preocupa la distancia. Que nuestra relación puede terminarse por culpa de los kilómetros.

—No estáis tan lejos. Podéis veros los fines de semana, como estáis haciendo, ¿no?

—Para ella es insuficiente —apunta Óscar echando un vistazo a su alrededor y observando el habitual desorden en el cuarto de su amigo—. Y la comprendo. Entiendo que no vernos siempre que queramos pueda resultar complicado en el futuro.

Toni se le queda mirando dubitativo. No está seguro de lanzarle la cuestión que se le pasa por la cabeza. Le parece obvio lo que sucede. No se puede morder la lengua y opta por preguntarle.

—Esto no tiene nada que ver con Ainhoa, ¿verdad? Quiero decir, que vuestra relación iba bien hasta que has hecho las paces con la canaria. ¿No tendrá miedo de que vosotros dos...?

—Entre Ainhoa y yo no hay nada.

—Lo sé. Yo no insinúo nada. Tú estás con Naiara y nuestra compañera está medio saliendo con un chico de su clase.

—¿Ainhoa está con alguien? —pregunta Óscar desconcertado.

—Bueno, el sábado salió con él. No sé si son novios o no.

La noticia coge a contrapié al joven vallisoletano. No tendría por qué importarle lo más mínimo. Es lógico que su amiga rehaga su vida y salga con otras personas. Entre ellos no hay nada desde hace tiempo. En su caso ni siquiera hubo amor. Realmente, siempre estuvo enamorado de Naiara.

—En cualquier caso, con novio o sin él, Nai no debería preocuparse por Ainhoa.

—Eso significa que lo está, ¿verdad?

—No sé hasta qué punto. Pero hemos hablado del tema —reconoce Óscar resignado—. Ella piensa que no es justo que Ainhoa viva en el mismo sitio que yo y ella no. Le fastidia un poco.

—Le fastidia mucho.

—Quizá sí. Imagino que, además de la distancia, no resultará fácil aceptar que tu novio y la chica con la que ha estado liado compartan pasillo en una residencia de estudiantes. Pero tiene que confiar en mí y saber que ella es la única a la que quiero.

—No le has dado motivos para lo contrario, ¿no?

—Ningún motivo.

En ese instante, en la habitación se oye un ruido ensordecedor. Los dos chicos miran hacia arriba. El ruido se repite en el techo del cuarto de Toni.

—¿Qué ha sido eso?

—Mi vecina de arriba, que estará grabando algún vídeo. Es *youtuber.*

—Pues será un vídeo sobre cómo detonar explosivos.

—Tiene mucho peligro, pero no creo que llegue a tanto —indica el valenciano recordando la discusión con ella de anoche—. Mira esto.

Toni se centra de nuevo en su ordenador y entra en YouTube. Busca el vídeo de los churros y se lo enseña a Óscar. El vallisoletano asiste atónito al espectáculo.

—¿Cuándo ha sido esto? —pregunta sin quitar ojo a la pantalla.

—Ayer. Te has perdido muchas cosas este fin de semana.

—Ya me doy cuenta. Aunque me alegro de no haber participado en esta historia. ¿Por qué habéis permitido que os hagan quedar como idiotas?

—No lo hemos permitido. El juego estuvo bien. Fue divertido. Pero Isa ha editado el vídeo de tal manera que parecemos tontos.

—Tiene muchas visitas. Os vais a hacer famosos.

—Espero que no.

El vídeo termina y juntos leen algunos comentarios. Óscar se ríe de las ocurrencias y el ingenio de la gente. A Toni, en cambio, no le hace tanta gracia. Aunque en esta ocasión se contiene y prefiere no escribir nada. Ayer ya tuvo bastante.

—La chica es mona —comenta Óscar cuando regresan a la página del perfil del canal de Isa—. ¿No te gusta?

—Tiene algo. Pero... no sé. No creo ni que yo sea su tipo ni que pudiera gustarle.

—¿Por qué no?

—Su personalidad es muy peculiar. Odia a la gente.

—Es una buena razón para que no le gustes —apunta Óscar sonriendo.

—Prefiere ver a las personas a través de la pantalla del ordenador. Piensa que no tiene por qué aguantar a alguien que no le cae bien y que le vaya a hacer perder el tiempo.

—Menuda chica complicada.

—Ni te lo imaginas —asiente Toni suspirando. Y se vuelve a oír el ruido en el techo de su habitación—. Ayer discutí con ella. Metí la pata y le mencioné a sus padres, que están muertos.

Los ojos de Óscar se abren como platos.

—¿Queriendo o sin querer?

—¡Sin querer, por supuesto! ¿Cómo iba a saber yo que los padres de Isa habían fallecido? Fue una estupidez involuntaria. Pero se puso como una loca. Parecía que estaba poseída.

—¿Y no has vuelto a hablar con ella?

—No, no me he atrevido.

El ruido del techo, que proviene de la habitación de Isa, se oye por tercera vez con la misma intensidad que las otras dos.

—Tengo curiosidad por saber qué está haciendo y cómo provoca ese ruido.

—No tengo ni idea. El otro día sucedió lo mismo.

—¿Quieres que subamos? Tarde o temprano tendrás que hablar con ella.

—Prefiero esperar, Óscar. No quiero molestarla otra vez. Cuando se dé la oportunidad, hablaremos.

El vallisoletano se encoge de hombros y se dirige otra vez hacia la puerta de la habitación de Toni.

—Si te gusta esa chica, no tardes mucho en hacer las paces con ella. Cuanto más tardes, más difícil será luego —dice Óscar antes de marcharse—. Nos vemos en la comida.

Al valenciano no le da tiempo a responderle a su compañero de pasillo. Se gira y vuelve a mirar la pantalla del portátil. No le gusta Isa come Pizza. Y aunque así fuera, su manera de ser lo volvería loco.

Lo que sí tiene claro es que debe pedirle disculpas por lo de sus padres. Cómo, cuándo y dónde..., eso todavía no lo ha pensado. Quizá cuando termine de hacer ese espantoso ruido en la habitación de arriba.

CAPÍTULO 45

Ni siquiera la noticia de que ha aprobado las dos asignaturas que tenía pendientes de saber ha conseguido traerla de vuelta a la tierra. A Iria le ha costado concentrarse en clase. Únicamente ha ido a las dos últimas, pero su mente estaba lejos de allí. Solo piensa en Manu y en el sexo que han tenido en su habitación. ¿Cómo calificarlo? Irracional, morboso, apasionado, excitante..., en una palabra: ¡guau!

Estúpido malagueño. ¿Por qué se ha dejado llevar? ¿Por qué obedece a sus instintos? Se trata de un juego de tira y afloja que será difícil que termine bien. Sabe que por su culpa va a sufrir. Lo sabe desde el momento en que la besó por primera vez. Ahí comprendió que su vida se complicaría, que todo había cambiado. Y no quiere ni debe hacerse ningún tipo de ilusiones, pero es inevitable experimentar ese cosquilleo tan típico de cuando se siente algo por alguien. Lo vivió con Antón; ¿y ahora?, ¿es el mismo sentimiento?

—Y entonces el koala verde bajó de la nube y le salvó la vida a su amigo el poni blanco. ¿Qué te parece?

Los ojos de Iria se fijan en el rostro de Julen, que la mira inquisitivamente. ¿Qué ha dicho de una nube y de un poni?

—Me parece bien.

—Sí, ¿no? ¡No me estabas escuchando!

—Perdona, es que ando algo distraída. ¿Qué decías?

La pareja regresa a la residencia después de las interminables e insufribles últimas clases de la mañana. Para ninguno ha resultado una jornada sencilla.

—¡Te digo que estoy muerto de miedo! ¡En unas horas veré a Imanol! ¿Me queda bien la media perilla que me he dejado? ¿Me hace parecer un poco más maduro?

—Estás muy guapo.

—¿No crees que debo afeitarme del todo?

—Me gustas así, tranquilízate.

—No es que quiera gustarle más de la cuenta, porque sé que entre nosotros dos no pasará nada. Por lo menos nada que tenga que ver con algo parecido a una relación. ¿Relación? Me pica el cuerpo con solo pronunciar la palabra.

Mientras Julen continúa hablando de la cita de la tarde con su exprofesor y de su imposible relación, Iria vuelve a desconectar y se desplaza a su propio planeta. Lo hace sin darse cuenta y sin mala intención. Pero su mente solo parece estar preparada para administrar lo que tenga que ver con Manu. El resto del universo queda en segundo plano. De esa forma, llegan a la residencia. Suben por la escalera y, cuando están cruzando por la puerta giratoria, coinciden con el malagueño, que va en dirección contraria a ellos. La chica se le queda mirando, aunque parece que él no la ha visto.

—Sigue tú, Julen. Avísame cuando bajes a comer —comenta la gallega ya dentro del edificio.

Quedan en que él la pasará a buscar dentro de aproximadamente veinte minutos para ir a comer. Iria se da la vuelta y de nuevo atraviesa la puerta giratoria, ahora hacia el otro lado. Su amigo ya ha bajado la escalera y se encamina a la salida de la Benjamin Franklin. No quiere gritar para no parecer desesperada por saber adónde va, así que simplemente se limita a acelerar el paso para alcanzarlo. Lo logra cuando acaba de cruzar la puerta de la cancela de la residencia. Manu contempla extrañado a su nueva acompañante.

—¿Qué haces? —pregunta el chico sin parar de caminar.

—Andando. ¿No lo ves?

—¿Y por qué andas a mi lado?

—Porque quiero. ¿Adónde vamos?

El malagueño se frena y mira a Iria con cara de pocos amigos. Taconea con el pie derecho parado en el mismo sitio y endurece el tono de voz.

—No te he invitado a que vengas conmigo.

—Es verdad. Pero quiero ir contigo —responde la gallega, afectada por la brusquedad de las palabras de Manu.

—No puedes venir.

—¿Por qué?

—Porque no.

El chico empieza a caminar otra vez. Lo hace deprisa, tratando de deshacerse de Iria que, sin embargo, continúa junto a él.

—Vamos, Manu. Dime adónde vas.

—No puedo.

—Somos amigos. Me preocupas. ¿Vas a desaparecer otra vez?

—Ese no es asunto tuyo.

—No puedes ser tan insensible. ¿Cómo puedes decir que no es asunto mío? Joder, Manu, ¡acabamos de acostarnos!

—Ese no es motivo para que me controles y me persigas. Tienes que aprender a separar las cosas.

A Iria se le vuelven a humedecer los ojos y a quebrar la voz. No debería seguirle ni hacerle caso. Pero si se rinde, si lo deja marchar sin que le dé explicaciones, lo perderá de nuevo. Y seguro que no sabrá de él hasta... hasta cuando se le antoje. Eso puede ser por la noche, mañana o la semana que viene. No quiere vivir la angustia de ayer.

—¿Por qué no me cuentas qué pasa? Puedo ayudarte.

—No me pasa nada.

—Sí que te pasa, Manu. Lo sé. Sé que algo ocurre. Y no es algo bueno —insiste Iria, que camina ya sin resuello—. ¿Y si vuelves a perder la memoria? ¿Y si te quedas en blanco? No comprendes que nos preocupamos por ti, que te queremos.

El chico no responde. Camina cada vez más deprisa, con la gallega a su lado siguiéndole a duras penas, esforzándose para ir a su ritmo. Cruzan la calle con el semáforo todavía en rojo. Un coche que pasa muy cerca de ellos hace sonar el claxon. Aquello está llegando demasiado lejos.

Y, entonces, Manu se detiene en seco. Mira a Iria a los ojos y le suelta algo completamente inesperado:

—Cuando veas un unicornio azul, no te preguntes por qué ves un unicornio, sino por qué es azul.

La chica se queda perpleja, sin entender el significado de lo que Manu acaba de decir. Aprovechando la confusión de la gallega, el joven echa a correr. Iria tarda en reaccionar. Para cuando lo hace, él ya le saca varios metros de distancia. Es mucho más rápido que ella. En pocos segundos, apenas lo puede ver. Sin embargo, al final de la calle, Manuel se detiene. Iria continúa corriendo y contempla cómo su amigo entra en un coche blanco. Cree apreciar a una chica joven en el asiento del conductor. ¿Quién es esa?

El vehículo arranca y deja atrás a la gallega, que no entiende absolutamente nada de lo que está sucediendo. Se para y, exhausta, intenta recuperar el aliento inclinándose y apoyando las manos sobre las rodillas. Manu se ha ido con una tía a la que no ha podido identificar.

¿Qué coño está pasando?

Todavía puede ver el coche a lo lejos, detenido en un semáforo en rojo. Se trata de un Fiat 500. Desde donde está no consigue visualizar la matrícula, ni tampoco a quien va sentada al volante. No se va a dar por vencida tan pronto. Iria inicia una nueva carrera, tratando de llegar lo más cerca posible del coche antes de que el semáforo se ponga en verde. Quizá con un poco de suerte pueda alcanzarlo. Sin embargo, el disco cambia nuevamente de color y el Fiat 500 acelera hasta desaparecer en el tráfico de la ciudad.

Se acabó, no hay nada más que hacer.

Decepcionada y hecha un lío, Iria se sienta en un banco. Respira con dificultad por el esfuerzo que ha hecho. Incluso llega a marearse un poco. Sin embargo, eso es lo que menos le preocupa en ese momento. Se siente impotente. Ridícula. Manu acaba de demostrarle cuánto le importa. Nada que ver con lo que le importa él a ella. Ese capullo está jugando con sus sentimientos.

Saca un pañuelo de un bolsillo y se quita el sudor de la frente. Mientras lo hace, suena su teléfono.

¡Manu!

—¡No puedes hacer conmigo lo que te dé la gana! —grita la chica muy alterada en cuanto descuelga.

—¡Ey! Tranquila, gallega. Eres tú la que has hecho lo que has querido. Te he dicho que no podías venir conmigo.

Su tono de voz suena más calmado y conciliador de lo que esperaba. Todo lo contrario al que usa ella: tenso, nervioso, desesperado.

—¿Adónde vas?

—A un sitio.

—¿Qué sitio?

—Un sitio al que no puedes venir conmigo.

Esa respuesta la pone más nerviosa aún. ¿Es que siempre van a ser las cosas tan difíciles con él? No lo entiende; por mucho que se esfuerza, no comprende qué pretende el malagueño.

—¿Quién es la chica del coche?

—¿La has visto?

—De lejos. ¿Quién es?

—Una amiga. Una buena amiga —indica Manu, que mantiene la tranquilidad en su voz.

Iria no quiere imaginar el significado de «buena amiga». ¿Es la tía con la que se acuesta cuando se va de la residencia? ¿Está jugando a dos bandas? Ya se espera cualquier cosa de él.

—¿Tampoco me puedes decir quién es?

—No, no puedo.

—No lo entiendo. Este asunto me supera.

—No tienes que entender nada, gallega. Si te estoy llamando es para que te quedes tranquila. Para que sepas que todo está bien.

—Es mentira. Si todo estuviera bien, no me dejarías tirada como a una colilla en medio de la calle. Ni tendría que correr detrás de ti por Madrid, a toda velocidad, para poder estar a tu lado. Si las cosas fueran normales entre nosotros, no te irías con otra chica después de haberte acostado conmigo. ¿Todo está bien? ¿De verdad? No. Nada está bien, Manu. Y no intentes convencerme de lo contrario, por favor. Mi paciencia se ha terminado contigo.

Unos segundos de silencio hacen creer a Iria que su amigo ha colgado. Sin embargo, le oye respirar y escucha cómo su acompañante dice algo que Iria no logra descifrar.

—Tengo que colgar, gallega. No te preocupes más por mí.

—No lo haré —responde fríamente Iria—. Descuida, que no me preocuparé más por ti.

—Así debe ser. Hasta luego.

Sin esperar a que ella se despida de él, Manu da por finalizada la llamada y cuelga. Iria tarda un poco en recuperarse y en volver a guardar su teléfono. Se queda sentada un buen rato en el banco, reflexionando acerca de aquella extraña situación. Pensando en lo que ha sucedido en las últimas horas. Aunque le duela, la conclusión es muy sencilla: o se aleja de Manu definitivamente o él terminará alejándola de todo, especialmente de todo lo que tiene que ver con la razón y la coherencia de sus actos. Aunque cuando uno tropieza con el amor, razón y coherencia no son términos muy compatibles. ¿Es ese su caso?

CAPÍTULO 46

Toni sube por la escalera hasta el pasillo 2B. Hace media hora que dejó de oír los ruidos en el techo de su cuarto. Por eso ha decidido ir hasta la habitación de Isa.

Su puerta está cerrada. El valenciano llama, pero no le abre. Insiste un par de veces más con el mismo resultado.

Tal vez se haya ido a la universidad o haya bajado a comer. O simplemente no quiere ver a nadie, algo que no descarta. Esa chica es tan peculiar que podría estar haciendo cualquier cosa. El caso es que había reunido valor para hablar con ella y ahora no la encuentra. ¿Espera, la busca o regresa a su cuarto? Opta por sentarse en uno de los sillones de la zona de descanso de la planta y esperar a que aparezca.

Los minutos van pasando y Toni continúa sin tener noticias de la *youtuber.* En ese tiempo, mira algún que otro vídeo del canal de Isa come Pizza, incluido el del juego del chocolate con churros. Debe reconocer que, si no fuera uno de los «pringados» implicados, se reiría. Tiene una gran edición y los planos son excelentes. Él, que estudia Comunicación Audiovisual, nota lo bien hecho que está el vídeo técnicamente. Por no hablar del contenido: divertido, ingenioso y resuelto de manera brillante. Esa chica es muy buena, aunque no tenga tantos seguidores como los grandes *youtubers* de Internet.

Toni se levanta y se dirige de nuevo hasta la habitación de la joven. Quizá estaba con alguien en otro cuarto del mismo pasillo y ha regresado al suyo. Es una opción poco probable por el carácter antisocial de Isa. Pero ¿quién sabe?

Llama en hasta cuatro ocasiones, sin éxito. Y se da por vencido. No va a esperarla más tiempo. Ya hablarán cuando dé con ella.

El valenciano se da la vuelta y sale del pasillo 2B. Entonces, mientras baja la escalera, se encuentra de frente con la chica a la que tanto rato ha estado esperando. Sus miradas coinciden rápidamente. Es Toni el que se detiene y deja que ella suba hasta el escalón anterior al que él se encuentra.

—Hola, vengo de tu habitación —comenta el joven rapado, tapando el hueco por el que ella podría pasar—. Quería hablar contigo.

—No tengo tiempo de hablar. He quedado con una *youtuber* muy conocida dentro de una hora y me tengo que preparar —responde Isa mientras desplaza a Toni con su brazo para abrirse hueco y seguir subiendo la escalera—. Además, no tenemos nada de lo que hablar.

La chica empieza a subir los escalones de dos en dos para ir más deprisa. Toni la imita y va tras ella.

—Creo que es mejor solucionar lo que pasó ayer y que hablemos. No estoy satisfecho con lo que te dije.

—Caíste muy bajo. Es normal que no estés satisfecho.

—No sabía que... No lo sabía, Isa —dice nervioso Toni ya en el interior del pasillo 2B.

—Es peligroso hablar sin saber. Por eso no me gusta la gente. Las personas hacen y dicen tantas estupideces... ¿Por qué tengo yo que soportarlo?

Isa se detiene frente a su habitación y saca la llave, que mete en la cerradura impaciente.

—Todos nos equivocamos. Tú también. De hecho, todo esto empezó por el vídeo nuestro que subiste a YouTube.

—YouTube es espectáculo. Y el vídeo es perfecto.

—Nos dejas como idiotas.

La puerta se abre y la chica entra. Extrae la llave de la cerradura y trata de cerrar. Sin embargo, Toni pone el pie a tiempo y lo evita.

—¿Qué haces? Vete —dice Isa en tono autoritario—. O llamo a seguridad.

—Dame dos minutos, por favor. Solo quiero irme con la conciencia tranquila. Luego, si quieres, no me vuelvas a hablar en lo que queda de curso.

—Te repito que no quiero hablar contigo.

—Un minuto. Simplemente un minuto.

La *youtuber* intenta cerrar de nuevo sin conseguirlo. Resopla y se echa hacia atrás, abriendo la puerta de par en par. La invitación para que pase no es de muy buen grado.

—Treinta segundos. Ni uno más.

—Gracias.

El valenciano entra en la habitación de Isa muy tenso. Tiene la sensación de que ella le hará algo en cualquier instante. Quizá le lance un cuchillo, saque una pistola o simplemente intente agredirle usando los puños. Tras una rápida ojeada, no ve un lugar donde sentarse. Sobre la silla hay una cámara, la que ella usó en el vídeo para los primeros planos, y encima de la cama no queda ni un hueco libre. Casi no se ven las sábanas, cubiertas de folios, guiones, objetos usados para grabar y su ordenador portátil. Así que Toni se queda de pie. Isa hace lo mismo.

—Rápido. Habla.

—Perdona por mencionar a tus padres, no sabía nada. Fue un error mío, pero sin ninguna mala intención. No hago ese tipo de cosas a propósito. Tuvo que ser muy duro para ti y tal vez por eso te comportas de esa forma. Pero no quiero juzgarte más. Me gustaría ser tu amigo, pero no para que te aproveches de mí, como hiciste ayer con el vídeo del chocolate con churros, sino para que cuentes conmigo cuando tengas un problema o necesites hablar de lo que te sucede. Aunque no lo creas, algunas personas pueden aportarte más que un canal de YouTube. De verdad.

Isa comprueba su reloj y avanza hacia Toni, que se ha quedado en silencio.

—Bueno, solo te has pasado siete segundos. ¿Ahora puedes irte de mi habitación?

—¿Has escuchado algo de lo que te he dicho?

—No soy sorda. Y hablamos el mismo idioma, así que no te preocupes, que te he entendido perfectamente.

—¿Y?

La chica resopla otra vez. Se pasa la mano por el cabello antes de mirarlo fijamente a los ojos. De alguna forma, Toni se siente intimidado por la mirada penetrante de Isa.

—Me caías mejor cuando no eras tan intenso.

Voluntariamente o sin querer, a la joven se le escapa media sonrisa durante un par de segundos. A Toni le vale.

—¿Con qué *youtuber* has quedado?

—Con María Cadepe —responde con expresión de enorme satisfacción—. Ya aparecí en uno de sus vídeos y ahora va a colaborar conmigo en uno de los míos. Voy a ver si aprovecho el tirón del vídeo de los churros y llego a los cinco mil suscriptores.

—¿Tan importante es para ti sumar suscriptores?

—Ya te he dicho que YouTube es muy importante para mí. Y si quiero dedicarme a esto, necesito muchos suscriptores. Si no, las marcas no se fijarán en mi canal.

Durante unos minutos, Isa le explica a Toni cómo se mueve el mundo de YouTube. Le informa de *partners, gamers, vlogs...* y del dinero que supone conseguir muchas reproducciones por vídeo subido. Es tal el entusiasmo de la chica hablando de ese universo que se olvida de que hasta hace un rato no quería ni que pisara su habitación. El valenciano se limita a escuchar y no dice nada. Se alegra de que al final hayan arreglado las cosas y no quiere volver a equivocarse. Aunque, por el carácter de esa chica, seguro que termina metiendo la pata tarde o temprano.

CAPÍTULO 47

El regreso a la residencia es duro, especialmente porque no dispone de las respuestas a tantas preguntas que rondan por su cabeza. Su aspecto cansado y triste es fiel reflejo de lo que siente en ese instante. Iria está abatida y superada por los últimos acontecimientos. La conversación con Manu de hace unos minutos le ha puesto el lazo al regalo envenenado que había recibido por la mañana en forma de caricias, besos y deseo apasionado. También la esperanza de convertir aquella historia en algo más. Ahora se arrepiente de haberse dejado llevar.

Camina despacio, desganada, como si le pesaran las piernas una tonelada. Hasta se le han quitado las ganas de comer. Recuerda que ha quedado con Julen para bajar juntos al comedor y le envía un mensaje para que no la espere más.

> «Vete tú a comer. Yo iré dentro de un rato. Ahora mismo no tengo hambre».

El «OK» de su amigo a través del WhatsApp la libera de reunirse con él. Solo quiere tumbarse en la cama y cerrar los ojos. Seguramente sirva de poco: no por intentar olvidar los problemas durante unas horas, estos se van. Tal vez quede una conversación más con Manu. Una charla frente a frente en la que le obligue a revelarle qué está pasando, por qué se va, quién es la chica que conducía el coche blanco. Aunque pensar una y otra vez en ello la agota. La agonía de la incertidumbre desgasta más que la carrera que se ha dado para perseguir al malagueño.

Cuando llega a la residencia, se encamina directamente al pasillo 1B. El plan es encerrarse en su cuarto y que pase el tiempo. No va a volver a llamar a Manu, aunque pasen horas sin saber de él. Al menos tiene la seguridad de que está acompañado. Si le ocurre algo, imagina que la chica del coche blanco le ayudará y le cuidará como es debido.

Abre la pesada puerta verde del pasillo rogando no encontrarse con ninguno de sus amigos. Sin embargo, en ese mismo instante, Elena está saliendo de la habitación de David. Las dos chicas se miran la una a la otra, como un enfrentamiento de pistoleros en el salvaje Oeste. Su relación es fría desde el comienzo. Nunca han encajado y se evitan cuando pueden. Ni siquiera han tenido una discusión fuerte entre ellas que haya podido provocar algún tipo de odio. Incompatibilidad de caracteres, de personalidades. Pero ambas son inteligentes y comprenden que, para el buen funcionamiento del grupo, deben respetarse. Y eso lo han cumplido desde el primer día a pesar de que todos están al tanto de sus desavenencias.

—Hola —saluda primero Elena, que acaba de llegar con el sevillano del hospital.

—Hola —responde Iria. La gallega se fija en el rostro de su vecina de pasillo. Nunca la había visto con un aspecto tan descuidado—. Tienes mala cara.

—¿Sí? No me extraña. Casi no he dormido en toda la noche —contesta Elena, que también percibe el cansancio de Iria—. Tú tampoco parece que hayas tenido tu mejor día, ¿no?

—No. La verdad es que no está siendo un buen día.

Las dos chicas están a punto de regresar cada una a su habitación; sin embargo, para sorpresa de Elena, Iria se deja caer y se sienta en el suelo del pasillo 1B, frente a la puerta de la 1151.

—Estoy agotada. Sobre todo mentalmente —dice la gallega encogiendo las piernas, que rodea con sus brazos haciéndose un ovillo—. Llevo una racha horrible. No logro que las cosas me salgan bien. Ni con Antón ni con... nadie.

No comprende por qué está haciendo eso, por qué le cuenta sus debilidades a una persona que ni siquiera le cae bien. Al contrario, prácticamente ha llegado a odiarla.

Elena la observa algo desconcertada. Tampoco entiende el motivo por el que Iria está hablando con ella. En cambio, también se sienta en el suelo y la escucha.

—¿Qué hay que hacer para que alguien te dé lo mismo que das tú? ¿O eso es imposible? Yo no pido mucho: solo que se comporten conmigo como yo me comporto con cada persona. Uno va, me pone los cuernos y luego intenta hacerme la vida imposible. Y el otro..., el otro me está volviendo loca. No consigo saber qué quiere de mí, a qué está jugando. Es una sensación muy rara. ¡Qué frustración!

La toledana no sabe a quién se está refiriendo con «el otro». ¿Julen? ¿Toni? ¿Un compañero de su clase en la Facultad de Criminología? ¿Alguien de la residencia?

No tiene ni idea. Pero prefiere no preguntar por la identidad del chico del que está hablando y seguir escuchándola.

—Ya no vale con que des todo de ti, que te entregues. Que incluso estés más pendiente de él que de ti misma. Nada vale si lo que sientes no es correspondido de la misma forma.

—El amor es complicado —se limita a comentar Elena.

—El amor es una locura, pero nosotros lo complicamos más. Nos gusta llevarlo a la frontera de lo imposible. Nos enamoramos de quien no debemos y, aunque sabemos que terminaremos sufriendo, nos empeñamos en ilusionarnos y en conseguir un final feliz. Y está comprobado que los finales felices solo ocurren en los cuentos que nos leen de pequeños.

Elena oye ensimismada a Iria. Nunca la había escuchado hablar de esa manera y con tanta determinación. Se siente identificada con lo que dice. Ella también está sufriendo por amor. Acaba de romper su relación con Martín y está enamorada de alguien imposible. De alguien a quien no podrá aspirar jamás.

—El amor debería ser algo bonito, sin presión ni obsesión —dice la gallega sonriendo.

—Estoy de acuerdo. No deberíamos presionarnos ni obsesionarnos con nadie —opina Elena, que recuerda lo sucedido antes de Navidad. Ella misma debería aplicarse sus propios consejos.

Pero ¿cómo no obsesionarse? Aquel beso fue mágico. Especial. El mejor beso de todos los que ha dado. El beso de diciembre con David fue... todo. Un beso prohibido que no se volverá a repetir nunca.

Los besos de Manu también lo han sido todo para Iria. Le han hecho recordar los primeros que se dio con Antón. Y el cosquilleo en los labios. El hormigueo en el estómago. El calor abrasando las mejillas. La vergüenza que suscita la duda de si le habrá besado bien.

—¿Te puedo hacer una pregunta absurda? —dice la gallega volviendo a llamar la atención de Elena.

—Claro.

—Si alguien te advierte de que, si ves un unicornio azul, no te preguntes por qué ves un unicornio, sino por qué es azul, ¿qué pensarías?

—Pensaría que está loco.

—Sí, lo mismo opino yo. Pero, si fuera algo en serio, ¿cómo lo interpretarías?

—No sé, quizá significa que, aunque haya cosas que parezcan imposibles, no debes quedarte con el hecho en sí, sino preguntarte por las circunstancias que van ligadas a él.

—Puede que sea eso.

—O, a lo mejor, simplemente quiere que te comas la cabeza y está burlándose de ti.

—Me inclino más por la segunda. Esa opción es mucho más probable.

—Lo mejor es que no le des muchas vueltas —le aconseja Elena.

—Es lo que haré. No le daré más vueltas. Gracias.

Las dos se quedan en silencio. Enfrentadas, pero más unidas que nunca en los más de cuatro meses que llevan viviendo en la Benjamin Franklin.

—Bueno, ¿cómo está David? —pregunta Iria, quien, al ver que ella y Elena se están acercando demasiado a nivel emocional, opta por cambiar de tema conscientemente.

—Está mejor. Aunque todavía le duele un poco el estómago.

—¿Qué es lo que le ha pasado?

—No lo saben. Esta tarde o mañana le dan los resultados de las pruebas que se ha hecho. El médico cree que ayer comió algo en mal estado.

—Es muy raro que solo le haya pasado a él de entre todos los residentes.

Elena asiente y se pone de pie. Iria la imita.

—¿Has comido ya? —pregunta la toledana mientras sacude la culera de su pantalón vaquero.

—No, no tenía mucha hambre. Aunque creo que bajaré ahora.

—Si me das dos minutos, voy contigo. David se quedará descansando en su habitación y no bajará al comedor. Yo le subiré algo de fruta.

—Yo también necesito esos dos minutos —señala Iria—. Te veo ahora.

Las chicas se despiden con la frialdad de costumbre. En cambio, es la primera vez que han hablado de verdad. La primera y única vez que han aparcado sus diferencias para tratarse de igual a igual. Como dos compañeras de pasillo que tienen un montón de cosas en común. Entre ellas, la confusión en el amor.

Tanto Iria como Elena entran en sus respectivas habitaciones.

La gallega, tras pasar por el cuarto de baño, se cambia de ropa. Mientras lo hace, reflexiona sobre lo que acaba de hablar con Elena. La toledana ha sido muy simpática con ella y ni siquiera la ha juzgado. Es más, la ha escuchado en silencio y no ha opinado ni ha querido saber a qué chico se estaba refiriendo.

Lo cierto es que se ha comportado como si fuera su amiga.

Termina de vestirse y alcanza un tique rojo para la comida. Abre la puerta del cuarto y sale al pasillo. Elena también acaba de dejar su habitación.

Iria se aproxima hasta ella y juntas caminan hacia el comedor.

—Oye, ¿sabes algo de Manu? Ni recuerdo la última vez que le vi —comenta la joven toledana.

—Pues... No sé mucho de él —miente Iria—. Bueno, lo vi salir antes de la residencia.

—Seguro que desaparece otra vez. ¿Adónde irá? ¿Crees que se ve con alguna chica de fuera de la residencia a escondidas?

Iria no contesta. No va a explicarle lo que sabe, ni que Manu es el chico del que estaba hablando antes. La confianza con Elena no da para tanto. Prefiere encogerse de hombros y guardar silencio.

Cuando están en los últimos peldaños de la escalera que conduce al comedor, suena su teléfono móvil. Examina la pantalla del *smartphone* y comprueba que no tiene ese número entre sus contactos.

—¿Sí?

—¿Eres Iria? —La voz que pregunta es femenina. Sin acento, algo ronca.

—Sí, soy yo, ¿con quién estoy hablando?

—Soy la chica de antes.

—Perdona, no sé a qué te refieres. ¿Qué chica de antes?

Se produce un silencio en la línea. Iria mira a Elena y le indica con gestos que se adelante y entre ella en el comedor. La toledana le hace caso y la deja sola.

El silencio persiste y la gallega revisa en la pantallita del móvil que no se ha cortado la llamada. Así es: el minutero del contador no se ha detenido.

—¿Estás ahí? ¿Hay alguien? ¿Hola? ¿Hola?

—Hola —responde por fin la misma voz femenina de antes—. Mi nombre es Eva. Me gustaría hablar contigo. ¿Tienes cinco minutos?

—Sí, pero ¿quién eres?

—Soy amiga de Manu. La chica que viste hace un rato conduciendo un Fiat 500 blanco. ¿Puedes hablar? Creo que debo contarte algo.

CAPÍTULO 18

Se dispone a salir de su habitación después de lavarse los dientes. Se ha esmerado en ello durante casi diez minutos para quitarse el mal sabor de boca que le han provocado los vómitos. Ainhoa escucha cómo su estómago ruge e intenta ignorarlo. El consejo de Mía es que nunca debe hacerle caso: tiene que ser más fuerte, y más lista, que el hambre y conseguir que su mente controle la situación. Si se lo propone, puede lograrlo.

Así lleva más de un mes.

Como Elena y David ya han regresado del hospital, va a pedirles que graben el vídeo para Nicole. Manu lo hizo hace un rato, antes de marcharse a no se sabe dónde, así que solo faltan ellos dos. Si pudieran enviárselo esa noche a la peruana, sería fantástico.

Cuando sale al pasillo, oye el sonido de una guitarra. Proviene de la habitación central del fondo: el cuarto de Óscar.

La canaria se aproxima hasta allí y pega la oreja a la puerta de la 1159. Reconoce el tema *Clocks*, de Coldplay. El sonido melódico de las cuerdas, acariciadas por el chico, hace que recuerde esos días en los que se sentaba junto a él y lo oía tocar ensimismada. Después hacían el amor en su cama, enredados entre las sábanas. O tonteaban y terminaban liándose en el cuarto de ella. Realmente lo echa de menos.

La música termina y enseguida se oyen unos pasos acercándose a la puerta. A Ainhoa no le da tiempo a reaccionar y alejarse lo suficiente de la habitación. Óscar abre y la contempla de espaldas, más o menos en la mitad del pasillo 1B. Grita su nombre y la canaria se detiene y se gira hacia él. El joven se acerca hasta ella.

—Me pareció sentir que alguien estaba detrás de la puerta de mi habitación —comenta Óscar sonriendo—. Veo que estaba en lo cierto.

—Tienes poderes mágicos extrasensoriales. O rayos X que atraviesan la madera —bromea Ainhoa algo nerviosa—. Solo estaba escuchando la guitarra, no pienses que te espiaba.

—Tranquila, eso no se me había pasado por la cabeza.

—Oí la música y me acerqué a oírla mejor. Me gusta cómo tocas. Ya lo sabes.

Una sonrisilla pícara aparece en el rostro de Óscar. Ainhoa se da cuenta del doble sentido de lo que acaba de decir y se pone colorada.

—La guitarra. Me gusta cómo tocas la guitarra. No seas mal pensado.

El chico asiente mientras la canaria intenta recuperar la compostura. Ese tipo de bromas y de tonterías entre ellos eran más propias de cuando se enrollaban, antes de que volviera con Naiara.

—Voy a dar una vuelta por Madrid, ¿quieres venir? —pregunta Óscar risueño.

La proposición, que parece decente, es una sorpresa para Ainhoa. No imaginaba que su amigo quisiera pasar tiempo con ella. Y menos salir a dar una vuelta por la ciudad. A lo mejor lo hace porque su novia ha vuelto a Valladolid. ¿Es un segundo plato? En esta ocasión, no le importa. Hasta ayer ni siquiera estaba en el menú.

—Iba a ir a pedirles a David y a Elena que fueran al cuarto de Toni y grabaran el vídeo para Nicole.

—Creo que David está descansando en su habitación y Elena ha bajado a comer. Yo he subido cuando ella acababa de llegar al comedor. Mándales un mensaje al grupo de WhatsApp y ya lo verán.

La canaria resopla. No quiere molestar a David, que se ha pasado toda la noche en el hospital, si está descansando. Y tampoco va a ir a por Elena al comedor. Lo mejor será seguir el consejo de su amigo. De pie, apoyada en la pared, escribe en el WhatsApp del grupo del pasillo para pedirles a los dos que faltan por grabar que cuando puedan vayan a la habitación de Toni y lo hagan. En ese tiempo, Óscar vuelve a su habitación a por su móvil y un bolsito negro que se cuelga del hombro.

—Hecho. Enviado —dice la chica cuando el vallisoletano está de regreso.

—Muy bien, ¿te vienes conmigo entonces?

—¿Volverás muy tarde?

—No. Solo es dar una vuelta por Madrid —señala el joven mientras abre la puerta verde del pasillo 1B—. Apúntate. No me apetece ir solo.

—Te ibas a ir solo antes de verme.

—Hasta que no te vi, no me entraron ganas de ir a dar una vuelta.

Él gana una vez más. Siempre tiene una última respuesta mejor que la suya. ¡Y le da rabia! Aunque lo asume y termina por sonreír.

—Está bien. Te acompaño. Pero no me hagas andar demasiado.

Óscar le promete que no caminarán mucho. Sin embargo, la promesa se va diluyendo con el paso de los kilómetros y de los minutos. Cogen el metro, que los deja en Argüelles, y recorren toda la calle Princesa hasta la plaza de España. Después suben la Gran Vía y llegan a Callao.

—¿Estamos andando por andar o vamos a algún sitio en concreto?

—Mmm. Buena pregunta.

—Entonces, ¿no sabes adónde vamos?

—Ya te lo dije: vamos a dar una vuelta por Madrid.

Tras dejar atrás Preciados, Ainhoa y Óscar rodean Sol para afrontar la calle Mayor. La chica empieza a sentir algo de fatiga. Además, cada vez hace más frío. Y a pesar de que está disfrutando de la compañía y de la conversación, en la que hablan de casi todo, las sensaciones comienzan a no ser las mejores. Otra vez surgen los mismos síntomas del malestar que experimenta en algunas ocasiones: mareo, rodillas temblorosas, visión borrosa...

—¿Por qué no nos sentamos? —le pide la canaria, ya en la plaza Mayor.

—¿Estás cansada?

—Un poco. Y me ha entrado frío.

—Tranquila, estamos cerca.

—¡Ah! ¿Es que sabes adónde vamos?

—¡Por supuesto! ¡Por quién me tomas!

La China Mandarina es un local que han abierto hace unos meses en pleno barrio de La Latina. Está en la plaza de Cascorro, la zona donde ponen el Rastro los domingos.

Los chicos entran en el coqueto restaurante y se sientan a una mesita para dos situada en la parte izquierda de la sala. Ainhoa se deja caer en el asiento, bastante cansada. Los mareos han continuado y también la sensación de que se iba a ir al suelo en cualquier momento. Afortunadamente, ha aguantado.

—Pide lo que quieras, yo te invito —señala Óscar entregándole una de las dos cartas que hay sobre la mesa.

—No quiero nada, gracias.

—Insisto. No tiene sentido que me acompañes a dar una vuelta y meriende yo solo.

—Es muy pronto para merendar.

—Nunca es pronto para merendar. Venga, ¿qué quieres? Y no aceptaré un «nada» por respuesta.

La canaria vuelve a rechazar la invitación de su amigo, pero este continúa insistiendo. Al final, Ainhoa acepta. Puede que le venga bien tomar un poco de azúcar después de todo para recuperar fuerzas y recobrar la energía perdida. Los dos se decantan por café con leche para beber. Y mientras el chico elige una napolitana de crema, ella opta por una berlina de chocolate.

Cuando el camarero trae la bandeja con lo que cada uno ha pedido, la joven contempla su merienda con ardiente deseo. El primer mordisco conlleva un placer tan monumental como un orgasmo. En el segundo bocado, saborea el chocolate del que va relleno en todo su esplendor. La berlina apenas dura un minuto en las manos de Ainhoa, que se relame cuando ha terminado. Óscar la observa atónito. Su napolitana todavía está por la mitad.

—¿Qué pasa? ¿Por qué me miras así?

—Si te ha visto hacer eso algún creativo de Durex o de Control, seguro que te contrata para la próxima campaña publicitaria.

—¡Qué tonto! —exclama Ainhoa tapándose la cara con las manos avergonzada.

—Tenías hambre, ¿no?

Admitirlo hace daño a la chica, que se siente culpable por haberse comido la berlina rellena de chocolate. Sabe que ha sido débil y que aquello no tendría que haber pasado nunca. ¿Cuántos millones de calorías tenía ese maldito bollo?

—Ahora vengo —comenta la canaria antes de levantarse de la silla.

—¿Adónde vas?

—Al baño. Está al fondo, ¿verdad?

El chico se encoge de hombros y observa preocupado a su amiga, que se aleja hacia el otro lado del local después de preguntarle al camarero. A Óscar le viene a la cabeza lo que Naiara le dijo anoche. ¿No irá a...?

No quiere quedarse con la duda. El joven también se pone de pie y recorre el mismo camino que ha hecho Ainhoa hace unos segundos.

Disimuladamente, se sitúa junto a la puerta del baño de chicas. Se agacha haciendo como que tiene que abrocharse los cordones de su bota derecha e intenta escuchar lo que pasa en el interior. Sin embargo, no oye nada. Pasa más de un minuto y tiene miedo de que ella le descubra, así que decide volver a la mesa, donde aún le queda un poco de napolitana por comer. Pincha el trozo y se lo mete en la boca. Lo mastica pensativo. Quizá Ainhoa simplemente ha ido al baño porque tenía que ir. A lo mejor está exagerando y ha adelgazado tanto porque come más sano. O por los nervios de los exámenes. No tiene por qué provocarse el vómito. Tal vez Naiara se equivocó y oyó que tosía. O estaba en lo cierto en lo que había oído, pero el motivo era que le había sentado mal la comida, como parece que le ha pasado a David.

—¿En qué piensas? —le pregunta la chica a Óscar sorprendiéndole al aparecer de improviso.

—En nada en particular.

—Mentira —dice Ainhoa, que sonríe y se sienta de nuevo en la silla—. Está claro que en algo importante pensabas. Se te nota en la cara. Te conozco bien. Vamos, dímelo. ¿O ya no confías en mí?

—Claro que confío en ti.

—Pues cuéntame.

No va a contarle la verdad. No quiere iniciar una discusión con ella, ni va a acusarla de algo que no puede demostrar. Aunque tenga la mosca detrás de la oreja por lo de su drástica pérdida de peso, no puede interrogarla al respecto ni confesarle que le preocupa su delgadez. Toca buscar una alternativa.

—Estaba pensando en nosotros. En el mes que hemos estado sin hablarnos —improvisa Óscar—. No quiero que vuelva a pasar.

—Yo tampoco.

—Me alegro de que seamos esa clase de amigos que pueden salir a dar una vuelta y tomar un café juntos.

—Es algo normal. ¿Qué amigos no lo hacen?

—Por eso. Esto tiene que ser algo frecuente entre nosotros —incide Óscar en el asunto—. Por lo menos mientras esté en Madrid. Quiero aprovechar al máximo contigo y con los demás el tiempo que me quede aquí.

La frente de Ainhoa se arruga al escuchar eso.

—¿Es que te vas a algún lado?

—No lo sé. A lo mejor regreso a Valladolid. Si quiero consolidar mi relación con Naiara, no podemos vivir cada uno en una ciudad.

Por un instante, la expresión de la canaria refleja exactamente cómo se siente: aturdida, sobresaltada y desencantada por lo que acaba de oír. Sin embargo, no se deja guiar por sus emociones y, tras dar un sorbo al café, cambia el gesto.

—Es lógico que queráis estar juntos.

—Todavía no hay nada seguro. Estoy muy a gusto en Madrid y marcharme me costaría muchísimo. Pero tengo que colocar en una balanza los motivos para quedarme y para irme y ver qué lado pesa más. Aunque se supone que el amor está por encima de todo, ¿no?

—Supongo que sí. Depende de ti —responde ella con frialdad. Su cara y sus palabras indican una cosa. Por dentro siente otra completamente diferente.

Y es que, si echa de menos su isla, Nicole no está y Óscar se va, ¿qué la retiene allí?

CAPÍTULO 49

—Tranquila, me encuentro bien.

—¿No está mi hermana contigo?

—No, ha bajado a comer. Ahora subirá.

—¡Muy mal! ¡Tendría que estar ahí, cuidándote!

Los gritos de Marta a través del teléfono molestan a David, que tiene que apartar un poco el móvil de la oreja.

—Elena ha estado toda la noche a mi lado, pendiente de todo lo que me hacían. Déjala que desconecte un rato.

—¿Y si te pasa algo?

—¡Pero qué me va a pasar! —exclama tenso el sevillano, pasándose la mano por la frente, cansado de tanta protección—. Estoy bien. Solo me duele un poco el estómago.

—Eso lo dices para que no me preocupe.

—Eso lo digo porque es la verdad.

—Hasta que no te vea, no me quedaré tranquila.

—No me apetece conectarme ahora a Skype, Marta. No tengo cuerpo para...

En ese instante, David oye que alguien llama a la puerta de su habitación.

—No hace falta que lo pongas, ¡estoy aquí! ¡Sorpresa!

La voz de la chica se oye al mismo tiempo a través del móvil y fuera de la habitación, en el pasillo. El joven sevillano se precipita sobre la cama y está a punto de caerse al suelo.

—¿Qué? ¿Estás aquí?

—¡Sí! ¡Si estás en ropa interior, ponte algo encima! ¡No vengo sola!

—¿Cómo? ¿Con quién vienes?

—Con mi madre, que ha sido la que me ha traído. Queremos verte, ¡abre! —Y cuelga al instante.

El chico deja su *smartphone* sobre la cama. Se pone de pie nervioso, con las manos en la cabeza. Por la ropa no hay problema: lleva un pantalón de chándal y una sudadera. Pero ¡qué pinta allí la madre de Marta! Pasa un instante por el baño para peinarse de cualquier manera. Suspira. ¿Le duele ahora más el estómago? Puede ser. Esa visita no entraba dentro de sus planes. La intención de David era descansar y dormir todo lo que pudiera durante el lunes para intentar recuperarse lo antes posible. La impresión que tiene es que no va a ser así.

—¡Cariño! ¿Nos abres? —vuelve a gritar Marta desde fuera—. ¡Queremos verte!

El sevillano escucha la voz de la madre de la chica recriminándola y echándole la bronca por meterle prisa. Un nuevo resoplido antes de abrir.

—Hola, ¿qué tal? —dice David forzando una sonrisa cuando las tiene frente a él.

Marta no se corta por tener a su madre delante y se lanza enérgicamente a los brazos de su novio. Le planta un apasionado beso en la boca y luego se abraza a él, susurrándole al oído cuánto le quiere. Hasta que la mujer no tose ostensiblemente, la chica no se aparta.

—¿Cómo te encuentras, David? —le pregunta Pilar al chico, liberado, tras darle dos besos.

—Bien. Prácticamente recuperado. Todavía me duele el estómago un poco, pero no es nada importante.

Los tres entran en el cuarto, aunque la madre de Marta se queda de pie. Su hija, en cambio, se acomoda rápida e instintivamente en la cama, algo que incomoda tanto a la mujer como al chico. Este termina sentado junto a su novia cuando ella tira de su mano para atraerlo a su lado.

—No sabes lo mal que lo he pasado —dice Marta agarrando su brazo y apoyando la cabeza en el hombro de David—. ¿Seguro que ya estás bien?

—Sí, no tenías que haberte molestado en venir desde Toledo.

—¡No digas eso! ¡Soy tu novia! ¡Tengo que cuidarte cuando estés enfermo!

El chico se da cuenta de la forma en que Pilar los está mirando. Resulta evidente que no le entusiasma el cariñoso y descontrolado comportamiento de su hija. A él tampoco le agrada demasiado que Marta esté tan encima de él. Se siente algo agobiado, pero no se lo dice.

—Tengo que hacer unas cosas en el centro. Os dejo solos. Vengo dentro de un rato —señala la mujer deseando desaparecer de allí cuanto antes.

—Gracias, mamá. Pero, si quieres, regresa tú sola. Yo cojo el tren mañana por la mañana y...

—No, Marta. Mañana tienes clase. En dos o tres horas estoy aquí y nos volvemos las dos a Toledo en coche

—insiste muy seria Pilar, que se gira y se dirige hacia la puerta.

Cuando la mujer abre, sin hacer caso a las irritantes protestas de su hija pequeña, se encuentra de frente con su hija mayor, que lleva una manzana roja y un plátano en las manos y estaba a punto de llamar a la puerta.

—¡Mamá! ¿Qué haces aquí? —pregunta sorprendida Elena.

—He venido a traer a tu hermana. Se ha puesto muy pesada con que quería venir a ver a David. Y como tenía que tratar unos temas en Madrid, la he traído conmigo.

La chica echa un vistazo al interior del cuarto por encima del hombro de su madre y ve a David y a Marta sentados en la cama. Su hermana la saluda con la mano con cierta frialdad.

—Podrías haberme avisado y habríamos comido juntas.

—No te preocupes —dice Pilar dándole un beso en la mejilla—. Luego nos tomamos un café las dos.

La mujer se despide de David gritando «¡que te mejores!» y sale al pasillo 1B. Elena se queda un instante sin saber si entrar o no en el cuarto de su amigo. Finalmente, decide pasar. Su hermana está besando el cuello del chico, aunque este no parece muy receptivo.

—Te he traído esto —comenta Elena mientras le enseña la manzana y el plátano que le ha subido del comedor—. Si quieres, puedo bajar a por más.

—No, gracias. Tengo hambre, pero no quiero comer mucho, no vaya a ser que me siente mal.

David se levanta de la cama dejando a Marta con la miel en los labios. Se acerca hasta Elena y esta le entrega la fruta. Ambos se sonríen con complicidad, algo que no pasa desapercibido para la otra hermana, que gruñe descontenta.

—Bueno, ¿qué puedo hacer para que estés mejor? —interviene molesta Marta, que también se pone de pie.

—No tienes que hacer nada.

—¡Claro que tengo que hacer! Quiero mimarte todo lo que pueda el tiempo que esté contigo.

Marta se acerca hasta David y le arrebata el plátano y la manzana de las manos. A continuación, se coloca detrás de él y, decidida, lo empuja por la espalda para que regrese a la cama. El chico se deja hacer a regañadientes. Se sienta sobre el colchón y mira a Elena encogiéndose de hombros.

—De verdad, no hace falta que hagas nada.

—Quiero hacerlo. Deja que te cuide. ¿No es lo que ha estado haciendo mi hermana hasta ahora? Pues ya estoy yo aquí para encargarme de todo.

La chica habla mientras pela el plátano que Elena le ha llevado a David. Se lo da sin la piel y se coloca a su lado. Luego, con un gesto con la cabeza le pide a su hermana que se marche de la habitación. Esta capta el mensaje.

—Voy a buscar a Toni para grabar el vídeo de Nicole. Luego os veo.

—Dile que me avise cuando pueda, para grabarlo yo también —dice el sevillano tras morder el plátano.

Elena asiente y se marcha del cuarto de su amigo. Ya en el pasillo, sus sensaciones son contradictorias. David parece muy recuperado y eso la alegra: el susto ha sido de los grandes. Pero la presencia inesperada de Marta la molesta. Y no debería. Ella es su novia y la que debe estar con él ahora. No tiene derecho a enfadarse ni a sentirse disgustada. Sin embargo, no puede evitarlo.

Entra en su habitación y se queda de pie, pegada a la pared. Suspira desganada. ¿Por qué no fue de ella de quien se enamoró? Tantos meses viviendo el uno frente al otro y cada uno eligió un camino diferente. En sus planes no estaba enamorarse, quizá ahí estuvo la clave: en esos primeros días. Marta jugó muy bien sus cartas. Ella, en cambio, se equivocó y, pese a que Martín le dio todo lo que pudo, no fue suficiente. En realidad nunca ha estado enamorada de él. Solo se engañó a sí misma forzando lo que había entre ambos. Pagó su inexperiencia en el campo del amor y las relaciones.

Casi sin querer, sin prácticamente darse cuenta, se encuentra sentada y enseguida tumbada en la cama. Le duele la cabeza y el sueño se va apoderando rápidamente de ella. Tendría que buscar a Toni y grabar el vídeo para Nicole. Sin embargo, no sería capaz de transmitir ningún mensaje optimista ahora mismo. Cierra los ojos y no tarda ni un minuto en quedarse dormida. Esta vez no se preocupa por el color que ve con los ojos cerrados.

No sueña nada. O no lo recuerda al volver a despertarse. No es consciente de la hora que es hasta que no examina el reloj. Solo han pasado veinte minutos. Alguien está llamando a la puerta de su habitación.

¿Será Toni, que la busca para lo del vídeo? ¿Su hermana? ¿David? Se convence y lucha consigo misma para levantarse a abrir. El dolor de cabeza no ha desaparecido y le retumba la sien cuando se pone de pie. Los ojos le escuecen. Necesita dormir, está claro. Lo intentará otra vez en cuanto despache a quienquiera que sea el que la espera en el pasillo.

Camina despacio arrastrando los pies. Se detiene frente a la puerta, se ajusta la sudadera que lleva puesta y se sube un poco el pantalón, que tenía ligeramente caído.

Abre y se lo encuentra medio sonriendo. Tiene las ojeras muy marcadas y de repente le parece que aparenta muchos más años de los que en realidad indica su DNI. Por lo que se ve, él tampoco ha dormido demasiado en las últimas horas. Su aspecto maltrecho es incluso peor que cuando sufrió la gripe.

—Hola, Martín —susurra.

—Hola, Elena. ¿Puedo pasar?

—Pues...

—Necesito hablar contigo. Solo serán unos minutos.

—No sé si es buena idea —responde ella a la defensiva. No está en condiciones de hablar con él en ese instante.

—Creo que nos debemos una conversación. Desde ayer, no paro de darle vueltas a todo. Esto me está matando.

Y por su cara diría que no exagera demasiado. Le da pena verlo así, pero tampoco quiere tratar ahora el tema.

—Estoy cansada. Me he pasado la noche en el hospital con David. No he dormido nada. Estaba echándome una siesta cuando...

—¿En el hospital? —pregunta Carmona interrumpiéndola—. ¿Con David?

—Sí, se puso muy mal y yo le acompañé. Nos hemos pasado allí toda la noche.

—Solos. Tú y él.

—Sí. Los dos.

La expresión de Carmona se torna diferente. Inquisitiva, más dura. Como si ella hubiera dicho algo que le ha aclarado las cosas. Una revelación que intuía, pero necesitaba escuchar de su boca.

—¿Es por él por lo que me has dejado?

—¿Qué?

—¿Él es el motivo? ¿El causante de todo?

—¡No! ¡Por supuesto que no!

Elena no está segura de estar siendo muy convincente con sus palabras. Porque... ¿hasta qué punto está diciendo la verdad?

—Sabía que el sevillano... Lo sabía.

—No hay nada con el sevillano. ¡No te confundas! ¡David es el novio de mi hermana! —grita Elena fuera de sí. Entonces recuerda lo que Toni insinuó acerca de él y se revuelve. Lo suelta sin pensarlo, enrabietada—. ¿No habrás sido tú el que hizo la pintada en su puerta?

—¿En serio me estás acusando de eso?

—¿Has sido tú? ¡Dímelo! ¿Has sido tú?

La mirada ojerosa de Martín Arias Carmona se llena de fuego y de ira. Se muerde el labio con fuerza. No se puede controlar y da un puñetazo seco en la puerta de la habitación 1151. Elena cierra los ojos, grita y se tapa la cara en un acto reflejo. Cuando vuelve a mirar, el chico ya no está y la puerta del pasillo 1B se mueve lentamente adelante y atrás.

Todavía impresionada por lo que acaba de presenciar, la chica cierra la puerta de su cuarto temblorosa. Nunca había visto así de enfadado a Martín. Su rabia descontrolada le ha puesto los vellos de punta. Eso la hace desconfiar y plantearse la situación.

¿Realmente es él quien está detrás de todo lo que le está pasando a David? No sabe qué pensar. Lo que antes veía imposible ahora empieza a cobrar sentido. Y le asusta, le asusta de verdad.

CAPÍTULO 50

El día sigue siendo frío, aunque el sol se asoma tímidamente en ese instante entre los edificios de la ciudad antes de volver a ocultarse. Iria se encuentra en la puerta del intercambiador de Moncloa, mirando nerviosa a un lado y a otro. Ella le ha dicho que pasaría por ahí a las cuatro en punto. Son y cinco y todavía no hay rastro de la chica con la que hace un rato ha charlado por teléfono.

—Sí, puedo hablar. Dime, ¿dónde está Manu?

—Aquí, conmigo —indica Eva bajando el tono de voz—. Bueno, en realidad él está en el salón y yo estoy en el cuarto de baño. No quiero que me vea hablando contigo.

—¿Por qué? ¿Qué pasa?

—Él no quiere que hable con ninguno de vosotros.

—No entiendo nada. ¿Me puedes explicar qué está pasando, por favor?

Silencio. Iria espera ansiosa una respuesta que aclare aquella situación, que le dé soluciones a tantas cuestiones pendientes. Sin embargo, Eva no dice nada.

—¿Estás ahí? —pregunta la gallega segundos más tarde impaciente.

—Sí —murmura la otra chica—. Espera. Creo que Manu está al otro lado de la puerta. Un segundo.

Pasa más de un minuto sin que le vuelva a decir nada. Iria, ansiosa, se muerde las uñas. No tiene ni idea de quién es esa misteriosa chica y por qué tiene que esconderse de Manu para hablar con ella. ¿El malagueño le ha prohibido que se ponga en contacto con sus amigos de la residencia? ¿Por qué? ¿Qué hay detrás de aquel extraño secreto?

—¿Iria?

—Sí, aquí estoy.

—Bien. Siento todo esto. Te estarás haciendo mil preguntas e incluso imagino que pensarás que estoy loca o algo así.

—Ahora mismo no puedo pensar en nada. Quiero que me cuentes de qué va todo esto.

—Para eso te llamo. Pero no puedo hablar aquí. Manu me mataría si se enterara de que estoy hablando contigo. ¿Sabes dónde está el intercambiador de Moncloa?

—Claro.

—Te veo ahí a las cuatro. ¿Puedes ir?

—Supongo que sí.

—Perfecto. A las cuatro en punto nos vemos entonces en Moncloa. Iré con mi coche, el blanco que has visto antes. Hasta luego.

La gallega ni siquiera tiene tiempo de despedirse antes de que Eva cuelgue. Ha estado tentada de volver a llamarla y seguir con la conversación. Pero se lo ha pensado mejor y ha declinado la idea. Si está tomando tantas precauciones será por algún buen motivo. Aunque, ¿por qué tiene que confiar en ella? ¿Por qué debe creer lo que le ha contado? Porque no tiene más remedio. Está claro. Si quiere llegar al fondo de aquel asunto, tendrá que acudir al intercambiador de Moncloa y reunirse con Eva.

Lleva diez minutos esperando impaciente a que aparezca el Fiat 500 blanco. Desde que la chica la llamó por teléfono, han pasado por su cabeza mil hipótesis de lo que puede estar sucediendo. Historias de todo tipo relacionadas con decenas de circunstancias diferentes. Aunque ninguna de esas teorías le satisfacen; sobre todo porque no dispone de informaciones concluyentes ni definitivas. No tiene ni una sola pista de aquel mayúsculo acertijo. Por eso hablar con Eva es esencial. Espera que ella le aclare todo y ponga luz en aquel oscuro panorama: las desapariciones de Manu, sus pérdidas de memoria, los cambios repentinos en su carácter... ¿Tendrá todas esas respuestas?

Son las cuatro y cuarto y Eva continúa sin aparecer. Iria empieza a pensar que no va a acudir a la cita y que aquello no es más que una broma de mal gusto orquestada por el propio Manu. Que esa chica es su novia, amante, pareja, lo que sea, y los dos se están riendo de ella. Si fuera así, no volvería a mirar al malagueño a la cara. Su relación con él terminaría para siempre.

Cuando Iria está a punto de marcharse, casi veinte minutos después del horario que Eva le había propuesto, un Fiat 500 blanco pasa por delante de ella. Aparca sobre la acera y se abre la ventanilla delantera derecha.

En el asiento del conductor, la gallega puede ver a una joven de pelo largo muy oscuro, con un mechón morado en la parte izquierda de la melena. Se fija también en que tiene un *piercing* de aro en la nariz.

—¡Sube! —grita la chica sin bajarse del vehículo—. ¡Vamos! No tengo mucho tiempo.

Iria duda un momento, pero termina obedeciendo. Abre la puerta y se acomoda en el asiento del copiloto.

—Siento el retraso. No he podido salir antes de casa.

—¿Y Manu? —se atreve a preguntar Iria en cuanto se ponen en marcha.

—Se ha quedado en mi casa. Le he dicho que tenía que salir a comprar unas cosas. No puedo entretenerme mucho, así que iré al grano directamente. Imagino que estarás hecha un lío, ¿no?

—Sí, no entiendo nada de lo que pasa.

—Bueno, intentaré aclararte lo que pueda. Creo que debes saber algunas cosas importantes.

El coche se detiene en un semáforo en rojo. La joven aprovecha para mirar a Iria. Sonríe con cierta tristeza.

—Eres muy guapa —le suelta sin que Iria se lo espere—. No me extraña que le gustes a nuestro malagueño.

—¿Le gusto? ¿Te lo ha dicho él?

—No, por supuesto que no. Manu no cuenta ese tipo de sentimientos. Lo sé por cómo habla de ti. Antes hablaba así de Elena.

—¿Nos conoces a todos?

—Creo que sí. Al menos, a los que formáis el pasillo 1B de la residencia Benjamin Franklin. Hemos pasado muchos días juntos y de algo teníamos que hablar. Sois su familia en Madrid.

A Iria le sorprende que esa chica, hasta ahora una total desconocida, tenga tanta información sobre ellos. En cambio, ella no tiene ni idea de quién es y qué clase de relación tiene con Manu.

—¿Es contigo con quien está cuando se marcha de la residencia?

La joven del aro en la nariz asiente con la cabeza. El semáforo se pone otra vez en verde y arranca de nuevo.

—Conocí a Manu en septiembre. Y de vez en cuando quedamos y nos ponemos al día. Tenemos muchas cosas en común. Demasiadas. Algunas de ellas, por desgracia, no son como para estar muy orgullosos.

La gallega escucha hablar a Eva, que no aparta la vista de la carretera. Tiene la impresión de que se dirigen a la Casa de Campo.

—¿Dónde os conocisteis?

—No tiene un nombre definido. Al menos, no técnicamente. Nosotros lo llamamos el Centro.

—¿El Centro?

—Sí, nunca me aprendí el nombre completo de la organización. Es muy largo —indica Eva medio sonriendo. Aunque rápidamente vuelve a ponerse muy seria—. Es un sitio en el que te ayudan a tratar los problemas con las drogas.

El corazón de Iria le da un vuelco al oír aquello. De pronto, todo le parece irreal, como si no estuviera en el asiento de copiloto de aquel Fiat 500 blanco. Una sensación que nunca había experimentado hasta ahora. Una especie de frío interior que le hiela la sangre.

—¿Manu tiene problemas con...? —pregunta trastabillándose. Hasta se muerde la lengua al hablar—. ¿Drogas?

—Por desgracia, sí. Aunque está intentando dejarlo. No consume desde principios de diciembre.

Otro semáforo en rojo sirve para que las dos chicas se miren de nuevo a los ojos. En la expresión de la gallega está instalado su completo desconcierto. De entre todas las teorías que había barajado, ninguna tenía que ver con ese problema.

—No lo comprendo. Nunca nos ha contado nada.

—Porque no quiere que nadie más lo sepa. Por eso no quería que yo hablara con vosotros, ni que supierais de mí, ni dónde iba cuando se ausentaba de la residencia. Yo también... lo estoy dejando.

—¿Cuánto hace que consume?

—No lo sé con exactitud, nunca hemos hablado del origen. Pero empezó muy jovencito. Sé que le afectó mucho la muerte de su abuela y un problema que tuvo con una chica con la que salía. Pero ya sabes cómo es de cerrado: no es sencillo sacarle información y menos si tiene relación con sus sentimientos.

—Entonces, ¿no es algo que haya empezado a hacer en Madrid?

—No, viene de lejos. De cuando vivía en Málaga —comenta Eva dejando atrás el semáforo en el que estaban paradas—. En Madrid ha intentado solucionarlo. Por eso acudió al Centro en busca de ayuda. Según me contó, lo encontró en Internet de casualidad. Fue como una revelación, como la señal que necesitaba para tratar de terminar con su adicción. Allí nos conocimos y desde primera hora nos caímos bien. Nos prometimos el uno al otro dejarlo para siempre. Pero no es fácil desengancharte de algo así. Yo lo conseguí antes que él, y desde finales de octubre no he probado nada. A Manu le está costando más. Trato de ayudarle. Se queda en mi casa de vez en cuando, hacemos muchas cosas juntos, hablamos del problema, nos ponemos pequeñas metas... Es una lucha diaria. Una batalla que puedes estar ganando durante mucho tiempo y que en un instante de debilidad puedes volver a perder.

La emoción de Eva va aumentando conforme habla del tema y revela el gran secreto de Manu. Iria escucha con la misma intensidad con la que la chica se expresa. Le es imposible no preguntarse por qué no se dio cuenta ella misma de que su amigo estaba conviviendo con las drogas.

—Manu nunca ha querido contarme cómo y dónde consigue lo que consume. Solo sé que se ha propuesto dejarlo para siempre y que desde diciembre no toma ni se mete nada.

—¿Estás segura?

—Completamente. En esto no va a mentirme. Hemos vivido mucho juntos. Incluso hemos compartido... Prefiero no hablar de eso.

Eva suspira y da la vuelta en una rotonda. El Fiat 500 toma el camino inverso por el otro arcén de la carretera.

—¿Y por qué me cuentas esto si se supone que es un secreto? ¿Por qué no antes y sí ahora?

—Ya te he dicho que Manu nunca ha querido que vosotros supierais nada de su problema. No se siente orgulloso de ello, evidentemente.

—¿Entonces?

—Ayer pasó algo que me alarmó mucho. Después de echarse una siesta, se despertó y no se acordaba de nada. Decía que tenía la mente en blanco. Al principio pensé que era una de sus bromas. Sin embargo, me di cuenta de que decía la verdad. Había perdido la memoria. Y me asusté. No sabía qué hacer ni a quién recurrir. Afortunadamente, una hora o así más tarde empezó a recordarlo todo.

—También le sucedió eso con nosotros —dice con preocupación Iria—. Exactamente lo mismo.

—Sí, lo sé. Le pregunté que si le había ocurrido alguna vez y al final confesó que le había pasado estando con vosotros.

La chica hace una pausa para tomar aire. Iria la observa detenidamente. Es una chica muy guapa, del estilo de las que seguro le gustan a Manu, aunque cinco o seis años mayor que ellos. No puede evitar preguntarse si entre los dos habrá habido algo.

—No quiero seguir viviendo esto sola —continúa diciendo Eva—. Estaré siempre a su lado. Es un gran chico y me ha ayudado muchísimo. Pero cuando ayer perdió la memoria, no supe cómo reaccionar. Hoy, cuando te vi correr detrás de nosotros, me di cuenta de que lo mejor era que supieras lo que estaba pasando. No sé si tú podrás hacer algo o no, pero Manu siente algo por ti, estoy segura. Tienes derecho a saber lo que sucede y yo tengo derecho a que alguien me eche una mano con esto.

—¿Y cómo puedo echar una mano? Tú misma me has dicho que Manu te matará si se entera de que has hablado conmigo.

—Es que de momento no le vamos a decir nada —indica Eva deteniendo el coche a un lado de la carretera—. No sé si esos lapsus de memoria tienen que ver con las drogas. Quizá su cerebro esté dañado.

—¿Qué dices? ¿Crees que ha podido afectarle tanto como para eso?

—Es una posibilidad. Manu, por desgracia, ha estado consumiendo bastante en algunos periodos de su vida. Además, ha probado de todo. Eso ha podido causarle un daño neuronal.

La gallega no quiere creer lo que oye. ¿Qué pasaría si lo que piensa Eva es cierto? ¿Qué riesgos hay para su amigo? Iria se pone muy nerviosa, hasta casi llegar a las lágrimas.

—¡Dios! ¿Qué podemos hacer?

—No estoy segura. Pero no va a querer ir a un médico. Si va, descubrirán que ha tenido trato con las drogas y corre el riesgo de que todo el mundo se entere, incluida la universidad y la residencia. Perderíamos el tiempo intentando convencerle.

—Entonces, ¿qué propones?

—De momento, estar muy pendientes de él. Yo trataré de que no vuelva a recaer y tú vigílalo en la residencia. Controlemos sus pérdidas de memoria. Si se siguen produciendo, entonces lo plantearemos de otra forma. Pero, por ahora, creo que lo mejor es atarlo de cerca. ¿Qué piensas tú?

A Iria tanta información de golpe la sobrepasa. Quizá lo mejor sería intentar llevarlo al médico a la fuerza si no quiere ir por las buenas. Su salud es lo primero. Pero Eva tiene razón: Manu es un cabezota y, si alguna de las dos le impusiera visitar un hospital para que le examinaran, no conseguiría nada y además correrían el riesgo de perder su confianza para siempre. Por no hablar de lo que le perjudicaría al chico que la universidad o la residencia se enterasen de su adicción.

—Haré lo que me has dicho. Lo vigilaré de cerca. Creo que en este momento es la mejor solución.

—Muy bien. Yo seguiré quedando con él de vez en cuando. A ver cómo evoluciona. Ojalá que todo se quede en un susto y no vuelva a perder la memoria.

—Ojalá.

Eva sonríe y arranca el coche de nuevo. Se incorpora a la carretera y conduce en silencio varios minutos, dejando que Iria asimile todo lo que le ha contado. En el siguiente semáforo en rojo, vuelve a mirarla.

—¿Te encuentras bien?

—Si te soy sincera, no —confiesa la gallega, que no deja de pensar en el malagueño.

—Es normal. Pero debemos afrontar el problema con optimismo. Ahora nos tenemos la una a la otra para ayudar a nuestro Manu.

—No se lo cuento a nadie más, ¿no?

—De momento, no. Es mejor que esto lo llevemos entre nosotras. Más adelante, dependiendo de lo que suceda, ya veremos.

—Bien.

Llegan a Moncloa de nuevo. Eva aparca sobre la acera y resopla.

—Siento haberte abrumado con esta historia, pero me pareció que debías conocerla. Tienes mi teléfono, así que llámame con cualquier cosa que pase o se te ocurra.

—Gracias. Espero que no pase nada más.

La gallega se despide de Eva con una apagada sonrisa y baja del coche. Cuando lo hace, y está caminando hacia el interior del intercambiador de Moncloa, la joven del mechón morado acude hasta ella corriendo. Sin que lo espere, le da un gran abrazo. Pega la boca a su oído y le susurra algo que Iria tampoco imaginaba.

—No te preocupes por mí. Entre Manu y yo no hay nada. Es todo tuyo. Sé que a ti también te gusta mucho. ¿No es así?

CAPÍTULO 51

Cuando Julen llega a Sol, quedan todavía diez minutos para las seis de la tarde. Se dirige a la estatua del Oso y el Madroño y echa un vistazo a su alrededor. No ve a Imanol entre la gente que pasea por uno de los lugares más transitados de la capital. Su ansiedad le ha hecho llegar demasiado pronto. No quería retrasarse, por eso ha preferido irse con tiempo de sobra. Con el metro de Madrid nunca se sabe...

La tentación es la de sacar un cigarro y fumárselo mientras le espera. Sin embargo, se resiste. No quiere recibirle oliendo a tabaco. Por el contrario, saca un caramelo de menta de otro bolsillo y se lo mete en la boca. Mejor, olor fresco a mentol.

Antes de salir hacia allí, recibió un último mensaje de WhatsApp de su exprofesor de Inglés.

> «Miramón, ya estamos en Madrid. Tengo muchas ganas de verte. Si me notas muy nervioso, no me lo tengas en cuenta. ¡Estoy hecho un flan! Hasta las seis. Nos vemos».

Él también está nervioso. Muchísimo. Normalmente es un tipo tranquilo, que se altera poco. En cambio, ver otra vez a la persona de la que se enamoró, con quien se enrolló en junio y que le hizo pensar tanto, provoca que las rodillas le tiemblen.

El caramelo apenas le dura un par de minutos. De nuevo, le apetece fumarse un cigarrillo. Saca el paquete y se pone un pitillo en la boca, aunque evita encenderlo. Ya son casi las seis. ¿Le hará esperar mucho?

El pitido del WhatsApp hace que se tema lo peor. ¿Será él? ¿Por qué le escribe? ¿Se habrá arrepentido? Consulta aceleradamente su móvil y, con el corazón en un puño, lee lo que le han escrito.

> «Te quedan muy bien la chaqueta negra y el pantalón vaquero azul».

Julen sonríe y busca a Imanol por todas partes. Aunque todavía no es noche cerrada, la luz empieza a ser reducida. Eso no impide que el navarro descubra la figura de su antiguo profesor entre la muchedumbre. Va caminando hacia él desde la acera del Rodilla. Lleva un abrigo largo, oscuro, que casi le llega a los pies. La perilla con la que le recordaba se ha transformado en una barba negra. No es la barba de un *hipster*, pero sí más espesa que los cuatro pelos que tenía antes. Le hace mayor; aun así, Imanol está muy guapo.

El chico guarda el tabaco en el bolsillo del pantalón y sale a su encuentro. Cuando están frente a frente, los dos dudan en cómo saludarse. Finalmente, se dan un abrazo. Al separarse, se contemplan el uno al otro de arriba abajo.

—Uff. Parece que ha pasado un siglo desde la última vez que te vi. ¿Has crecido? —le pregunta Imanol tratando de serenarse.

—Sigo midiendo lo mismo que en el instituto.

—Te veo más alto.

—Pues estoy igual. Y tú sigues siendo más alto que yo.

Terminada la intrascendente conversación de las alturas y una posterior acerca del frío que hace en Pamplona, comparándolo con el que hace en Madrid, comienzan a andar sin una dirección determinada. Pese al frío intenso, el hielo parece que se ha roto.

—¿Conoces algún sitio tranquilo al que podamos ir a tomar algo?

—Hay pocos sitios tranquilos en Madrid. ¿Qué te apetece?

—No sé, algo muy dulce. Estoy en plan goloso. Aunque luego me arrepentiré.

—Mmm. Aquí al lado hay un Tommy Mel's. Ponen unos batidos muy ricos. ¿Vamos?

—Perfecto.

La pareja cambia el rumbo y se dirige a la calle Alcalá. En los menos de cinco minutos que dura el trayecto, conversan sobre varios asuntos con mayor tranquilidad. Hasta se detienen frente a la tienda de Apple, a la que Imanol desea hacer una visita uno de los días que esté en Madrid.

En el restaurante no hay demasiada gente. Los atiende una chica que lleva en un letrerito el nombre «Tina», vestida con un uniforme rosa, típico de los locales de comida norteamericanos de los años sesenta. Está sonando un tema de la BSO de *Grease*, algo que atrae inmediatamente al profesor.

Tina los guía hasta una mesa para dos y le entrega una carta a cada uno.

—¿Vienes mucho a este sitio?

—Solo he venido un par de veces a cenar con mis amigos. Los *wraps* y las hamburguesas están riquísimos.

—¿Tienes muchos amigos en Madrid?

—No me puedo quejar. He encontrado en la residencia un grupo muy bueno que ha hecho que me sea más fácil integrarme.

—Eso está genial. No debe de ser fácil vivir en una ciudad tan grande.

Julen no responde. Examina la carta del menú y piensa en que lo realmente difícil sería vivir en la misma ciudad que Imanol después de lo que pasó entre ellos. Madrid ha supuesto una vía de escape, una salida para él, lejos de la persona que en su día le hizo tanto daño. Sin embargo, están sentados juntos. En la misma mesa. Y quiere olvidar por unas horas lo que sucedió.

—¿Vas a tomar un *milkshake*? —pregunta Imanol tirando de su perfecto inglés.

—Puede ser. El de Kit Kat está muy bueno.

—¿Sí? Pues ese para mí. Y para comer..., *pancakes* con sirope de arce.

—Sobredosis de azúcar.

—¡Un día es un día! ¡Que viva la glucosa!

La camarera regresa y los chicos piden. Julen elige finalmente un batido de chocolate blanco. Nada para comer; no cree que su estómago esté preparado ahora mismo para soportar nada sólido. Desde que ha visto a Imanol, no ha dejado de removerse como si se tratase de una centrifugadora.

—Bueno, cuéntame. ¿Qué tal te ha tratado el amor aquí? ¿Tienes pareja? —le suelta sin más el profesor de Inglés, dándole poca importancia a una pregunta que lleva toda la intención del mundo.

El chico se ve sorprendido por el atrevimiento de su acompañante. No imaginaba que Imanol sería tan directo. Ni siquiera está seguro de querer hablarle de eso.

—No tengo nada serio —responde el navarro sin precisar.

—¿Nada serio? ¿Eso es que hay algo con alguien pero no está muy afianzado?

—Eso es que no hay nada serio con nadie.

—Bien. Entiendo.

Tal vez se ha mostrado excesivamente seco. Él mismo se da cuenta. A lo mejor, Imanol no pretendía inmiscuirse en sus asuntos personales. Simplemente preguntaba por preguntar.

—A ver, no estoy saliendo con nadie —comenta más relajado, rescatando la pregunta anterior—. Desde que estoy en Madrid, me he preocupado más de otras cosas. No he estado con ningún chico ni con ninguna chica.

—Claro, porque tú eres...

—Sí, soy bisexual.

La temperatura en su rostro sube en cuanto confiesa su condición sexual. Se ha puesto rojo. Le ha salido sin más. No tenía planeado sacar el tema, ni que él se enterara de una manera u otra. Ni siquiera había previsto contárselo. Ha surgido y ya está. Sin embargo, eso no significa que no le ruborice hablar del asunto.

Tina aparece justo en ese instante con una bandeja en la que porta los dos *milkshakes* y un plato con los *pancakes* cubiertos de sirope de arce. La pareja guarda silencio y sonríen hasta que la camarera se retira.

—Yo estuve saliendo con alguien un par de meses —indica Imanol después de dar un sorbo con una pajita a su batido con sabor a Kit Kat—. Pero no me llenaba. Tenía la cabeza puesta en otra cosa. En... otra persona.

Julen no dice nada y también pega un trago largo de su bebida. No sabía que su exprofesor había estado con otro. Tiene curiosidad por saber más, pero decide no preguntar. Tampoco es asunto suyo. Así que se limita a asentir y deja que continúe hablando.

—La verdad es que estos meses, desde que terminó tu curso hasta hace unas semanas, han sido muy raros. Me sentía observado por los demás profesores, por los alumnos, por la gente en las calles de Pamplona... Tenía la impresión de que todos me miraban y cuchicheaban a mi espalda. Era una gran paranoia, evidentemente. ¿Sabes que he estado yendo al psicólogo?

—No lo sabía.

—Pues sí. Y al principio no me ayudaba mucho. Pero poco a poco me he ido sintiendo mejor gracias a él. Euge no me juzga, ni me dice lo que hago bien o hago mal. Se limita a escucharme y a buscar soluciones cuando no me siento como debería.

En los minutos siguientes, Imanol devora los *pancakes* mientras le explica a Julen lo que hace y lo que cuenta en sus sesiones con el psicólogo. El navarro escucha sin demasiado interés, pero no quiere cortarle. Por lo que está oyendo, es algo muy importante para él. Se alegra de que alguien lo ayude a vencer sus miedos. Aunque no comprende alguna de las cosas que le ha dicho. ¿Creía que la gente lo observaba? ¿Por lo que pasó entre ellos?

—Euge es un tío muy inteligente. Eso me viene bien porque hablamos de todo un poco. Incluso, en ocasiones, hacemos la sesión en inglés y le ayudo a practicar.

—Seguro que se le da mejor que a mí.

—Eso no es difícil, Miramón.

—¿Puedes llamarme Julen? Cuando me llamas por mi apellido, suena como si siguiera en el instituto.

—Claro, perdona, Julen.

La sonrisa de Imanol es encantadora. Blanquísima. Sencilla. Amable. La sonrisa de alguien en quien se podría confiar. En cambio, no siempre la sonrisa es el reflejo del carácter de una persona. Hay sonrisas que esconden más de lo que muestran.

La pareja termina de merendar en silencio. Son un par de minutos algo incómodos, de revisión de móviles, de miradas al techo...

—¿Quieres cenar conmigo? —pregunta de pronto Imanol—. Acabo de hablar por WhatsApp con la otra profesora que viene en la excursión y le he pedido el favor. No le había dicho nada hasta ahora por miedo a que entre nosotros no hubiera habido buena sintonía. ¿Qué me dices? ¿Te apetece?

—Bueno, no sé —contesta titubeante Julen.

—Solo si quieres. Si te sientes incómodo o tienes otros planes...

—No tengo otros planes.

—Ven a cenar conmigo entonces. Podemos ir a algún sitio en Malasaña o Chueca.

El chico no está seguro de si debe aceptar la propuesta de Imanol. Es verdad que entre ellos hay buena química, mejor de la que esperaba, pero no deja de sentirse raro en algunas ocasiones. ¿La cena es el paso previo de algo más?

Sea cual sea la intención de su exprofesor, la tentación gana la apuesta.

—Está bien. Cenaré contigo.

—¡Estupendo! —exclama Imanol colocando eufórico una mano sobre la del navarro, aunque la retira instantáneamente cuando se da cuenta del exceso que ha cometido—. Voy al baño y después nos vamos.

—Vale.

El profesor se levanta de su silla y cruza el establecimiento en dirección a los baños de Tommy Mel's. Julen se queda pensativo en su asiento, mordisqueando la pajita de su batido. ¿Hace bien yendo a cenar con él?

No puede negar que le sigue atrayendo. Aquel tío de treinta y un años es una verdadera tentación. Y no deja de imaginar lo que podrían llegar a hacer juntos.

Pero...

—Aquí tiene. La vuelta.

La voz es la de Tina, que ha aparecido de la nada y deja sobre la mesa un pequeño plato con dos euros y veinte céntimos. Julen la observa extrañado.

—Yo no he pagado nada.

—Ha sido su padre el que ha pagado en la barra —contesta la camarera del uniforme rosa—. Que pasen una buena tarde.

Julen se queda ojiplático después de escuchar a Tina. Tanto que Imanol, al regresar del cuarto de baño, percibe que algo le pasa. Sin embargo, prefiere no comentarle nada. No quiere que aquel momento tan especial con su exalumno se estropee por nada del mundo.

CAPÍTULO 52

Lleva más de tres horas en su cuarto. Ni siquiera ha salido cuando Toni ha ido a preguntarle si quería grabar el vídeo de Nicole. Elena le ha pedido por favor que esperara a la noche, que se encontraba muy cansada después de haber estado acompañando a David en el hospital. La realidad es que aún le tiembla el cuerpo tras lo sucedido con Martín. No deja de recordar una vez tras otra la escena que ha vivido hace un rato y que ha finalizado con el puñetazo a la puerta. Nunca habría imaginado que su exnovio pudiera acumular tanta rabia como para hacer algo así. Desde ese momento no ha parado de plantearse si Carmona podría ser el causante de lo que le ha pasado a David. Al menos de la pintada en la puerta de su cuarto. No es su estilo, pero tampoco lo veía capaz de comportarse como lo ha hecho antes.

Sentada frente al ordenador, intenta desahogarse en su página.

> ... Y es que hay situaciones que te sorprenden, para las que no estás preparada. Que no te imaginas hasta que suceden. Es más, cuando suceden, te cuesta

creer que eso haya pasado. Y te sientas a preguntarte si es real. Si no ha sido más que un sueño. Pero cuando te aseguras de que estás despierta, de que no lo has soñado, surgen otro tipo de preguntas. Muchas de esas preguntas no tienen respuesta...

La redacción del *post* en la web se ve interrumpida por unos golpes en la puerta de su habitación. Elena se sobresalta al oírlos, aunque quien llama lo está haciendo de forma suave. Espera que no sea Martín. No tiene ganas de verle ni de discutir con él. Tendrá que pasar un tiempo para que pueda sentirse bien a su lado.

Cuando abre encuentra a su madre. Está sola, no va acompañada de Marta.

—¿Te viene bien ahora ese café prometido? —le pregunta Pilar, que decide no entrar en el cuarto.

Elena lo piensa un par de segundos y opta por aceptar la invitación de su madre. Las dos se dirigen a la cafetería, donde una arisca camarera las atiende. Por un momento, la toledana echa de menos a Gonzalo, el chico que trabaja allí desde enero y que hoy tiene el día libre. No es que él sea la personificación de la simpatía, pero es más agradable que esa chica.

—Vaya cómo está el servicio —protesta la mujer, ya sentada a una mesa con el café delante.

—Esto no es lo habitual.

—Con lo que pagamos en esta residencia, más vale que no lo sea. Por lo menos que no te pongan mala cara por cumplir con su obligación.

—Bueno, no le des más vueltas. Ya te digo que esto no es lo normal.

La conversación sobre la atención en la cafetería de la residencia da para un par de vueltas más. Finalmente, Pilar decide cambiar de tema.

—¿Y Martín? ¿Está en clase?

La pregunta coge a contrapié a Elena, que todavía no ha puesto al día a su madre sobre las últimas noticias respecto a Carmona. No tiene ganas de hablar del tema, pero prefiere contarle la verdad.

—Lo hemos dejado —responde tras un larguísimo suspiro.

—¿Cómo? ¿Ya no estáis juntos?

—No, mamá. Ya no estamos juntos.

—¿Desde cuándo?

—Desde ayer.

—¿Por qué? Creía que os llevabais bien.

Elena suelta otro resoplido antes de responderle a su madre. No le agrada que se meta en su vida.

—Porque no todo consiste en llevarse bien con alguien. Además, creía que no te hacía gracia que saliera con alguien. Que estaba aquí solo para estudiar Derecho.

—Pero ese chico era bueno para ti. No sé si encontrarás a alguien mejor.

—¡Mamá!

—¿Qué? Es la verdad —contesta Pilar con la taza de café en la mano—. Guapo, maduro, amable, a punto de terminar la carrera de Derecho, de buena familia... Era el chico perfecto para ti.

—No me puedo creer que digas eso.

—No he dicho nada malo. A tu padre y a mí nos costó asimilar lo del novio, pero, bien pensado, tarde o temprano tenía que aparecer alguien que te gustara. Martín era el prototipo perfecto para ti.

—Pues el prototipo perfecto para mí resultó no ser tan perfecto.

—¿Por qué? ¿Te ha pasado algo grave con él?

De nuevo la imagen del puño de Carmona impactando contra su puerta. El sonido hueco de la madera. Pero eso no lo puede decir.

—Mamá, dejemos el tema ya. No ha funcionado, como millones de relaciones. Ya está. Hablemos de otra cosa.

—¿Quieres que hable con su padre?

—¡No! ¿Para qué ibas a hablar con su padre? ¡Esto es de locos! —protesta sulfurada Elena—. No tendría que haberte dicho nada. No soy una niña de tres años que se ha peleado con su amiguito de la guardería y la profesora manda llamar a los padres de ambos. Soy una chica mayor de edad que está en la universidad y toma sus propias decisiones.

—Y me parece bien. Pero es normal que tu madre se preocupe de lo que haces. De tus novios, tus estudios, la carrera...

Allí está. Sabía que saldría en la conversación: «la carrera». Espera un instante para comprobar que su madre no tiene más que decir respecto a las cosas que le preocupan de su hija. Es su oportunidad. Frente abierto, estados de ánimo algo alterados, momento perfecto para lanzar la bomba.

—Esa es otra. La carrera...

—¿Qué pasa con la carrera?

Hacía tiempo que no veía la vena del cuello de su madre tan azul. Si lo de la ruptura con Martín la ha impactado, lo que va a decirle a continuación espera que no termine con un corte de digestión o algo peor. La chica da un trago al café antes de seguir hablando.

—A ver, no quiero que montes un drama con lo que te voy a decir.

—Eso ya lo decidiré yo cuando te oiga. ¿Qué pasa con la carrera?

—No me gusta. O eso es lo que creo —indica Elena, frotándose los ojos después de confesarle a su madre lo que siente.

Pilar no pestañea. Se queda petrificada cuando escucha lo que su hija le revela. La vena del cuello se ha hinchado un poco más. La mujer toma su taza de café y bebe sorbiendo con fuerza. Son unos segundos en los que se masca la tensión. Elena la observa aguardando su reacción, que llega por fin.

—¿Cómo que no te gusta la carrera?

—Pues eso, mamá. No tengo buenas sensaciones. No sé si Derecho es lo que quiero hacer.

—Claro que es lo que quieres hacer. Desde que tienes uso de razón has dicho que querías seguir los pasos de tu padre y los míos.

—Lo sé. Pero ya no estoy tan segura. Hasta he suspendido dos exámenes.

—¿Has suspendido?

—Sí, Civil e Historia.

La mujer respira hondo, se mesa el pelo con ambas manos e intenta no alterarse más de lo que está.

—Bueno. Podrás recuperarlas más adelante. Todos podemos cometer un error. Pero esa no es una razón para querer dejar la carrera.

—No es por eso. Viene de más atrás. Es que realmente no estoy cómoda.

—Vamos a ver, Elena: acabas de romper con Martín. ¿No te ha influido eso para que...?

—No, esto me pasa desde antes de cortar con él. De hecho, Martín está al tanto de mis dudas con la carrera.

—¿Lo sabe?

—Sí, lo hablé con él. También Martín pasó por una situación parecida. Solo que él ha aguantado hasta el final.

—Un chico inteligente.

—Ah. ¿Si yo dejara la carrera no sería inteligente?

—¿Sinceramente? No. Serías bastante torpe si dejaras la carrera. Por eso no vas a hacerlo.

La mirada entre madre e hija, por primera vez desde que están en la cafetería, es desafiante.

—Esa decisión debería tomarla yo, ¿no?

—Por supuesto. Tú decides continuar en Derecho. Y no quiero hablar más del asunto —señala Pilar poniéndose de pie—. Voy a por tu hermana. Se me ha hecho tarde.

—No es justo. ¿Cómo voy a estudiar algo que no me gusta?

—Solo llevas cuatro meses de curso. Te gustará.

Y sin otorgarle a su hija más derecho a réplica, Pilar se marcha de la cafetería haciendo sonar a propósito sus zapatos de tacón. Elena permanece sentada, desolada. También enfadada. Sabía que hablar del asunto con sus padres no resultaría sencillo. Pero tampoco esperaba el tono autoritario de su madre.

Siente impotencia. Todo le está saliendo mal: la carrera, su relación con Martín, la historia con David... Y ahora un enfrentamiento con su madre.

Mientras da el último sorbo a la taza, entra en la cafetería Manu. El malagueño la ve y se dirige directamente a su mesa.

Lo que faltaba.

El chico se sienta frente a ella y se la queda mirando.

—¿Qué?

—Nada. Quería ver cuánto aguantabas mi mirada —responde socarrón—. ¿Has visto a la gallega?

—No.

—Qué brusca.

—No estoy para bromas.

—No te he gastado ninguna. ¿Qué te pasa? ¿No eres feliz?

—Soy muy feliz.

—Se te nota —comenta Manu con una sonrisa.

—¿Te he dicho ya que no estoy para bromas?

—¿Y para chistes? Van dos moscas encima de una moto y una le dice a la otra...

—Manu. Para.

El chico asiente y se levanta de su asiento. Tamborilea en la mesa y sonríe de esa forma tan particular suya.

—Y una le dice a la otra: «Para, que se me ha metido un mosquito en el ojo».

Termina de tamborilear y se marcha de la cafetería tras guiñarle un ojo.

Elena mueve la cabeza y termina por sonreír. ¡Qué chiste tan malo! Manu es de lo que no hay. Pero ha conseguido hacerla reír en un momento en el que lo necesitaba. Y eso es algo que no todo el mundo es capaz de lograr.

CAPÍTULO 53

Risas, bromas, complicidad..., recuperar el tiempo perdido. ¿De eso se trata? Ninguno de los dos piensa en ello. Ni en los motivos por los que encajan y se lo pasan tan bien cuando están juntos. Ainhoa y Óscar regresan por el camino que los lleva hasta la residencia. Charlan animadamente sobre sus carreras y lo más o menos bien que les ha ido en el primer cuatrimestre.

La canaria intenta olvidar lo que su amigo le ha confesado hace un rato: que quizá deje Madrid y regrese a Valladolid por amor. Si lo piensa, se siente mal. Y no quiere deprimirse por eso. Debe aprovechar los momentos a solas con él porque no sabe cuántos le quedan. Se ha dado cuenta de que su amistad tiene que estar por encima de otras cuestiones. Especialmente, por encima de Naiara.

El sonido del teléfono del vallisoletano se inmiscuye en la conversación. Le pide disculpas a Ainhoa y contesta.

Es su novia.

—Hola, Nai.

—Hola, cariño. ¿Cómo estás? ¿Qué haces?

—Dar una vuelta.

—Vaya, pensaba que ibas a decir que estabas pensando en mí —indica la chica fingiendo que se decepciona más de lo que realmente lo está—. ¿Una vuelta por dónde?

—He ido al centro a tomar café. Ya estoy llegando a la residencia.

—¿Has ido al centro solo para tomar café?

—También me he comido una napolitana de crema —añade Óscar, que sabe que Naiara va por otro lado.

—¿No hay cafés y napolitanas en la cafetería de la residencia?

Tantas preguntas empiezan a agobiarle. Su novia no va a parar hasta que consiga la respuesta que desea.

—Sí, aunque me apetecía salir un rato y despejarme.

—Si estuvieras aquí, no tendrías que ir solo a despejarte. Estarías conmigo.

Otra contestación con segundas intenciones. El modo en que ha remarcado la palabra «solo» le deja muy claro a Óscar lo que pretende Naiara. Y, pensándolo bien, no tiene por qué ocultar que ha ido acompañado.

—No vamos a hablar más por hoy de ese tema, Nai. Y no he ido solo, me ha acompañado Ainhoa.

El silencio que se produce en la línea es más que significativo.

—Esto lo haces para provocarme, ¿verdad? —dice la chica con un tono de voz diferente al que ha empleado hasta ahora.

—¿El qué?

—Salir con la bulímica esa.

—No la llames así.

—¿Por qué? ¿Acaso no lo es? Si prefieres ignorar la verdad, allá tú y allá ella. A mí lo que me fastidia es que esa tía intente quitarme a mi novio y que mi novio no se dé cuenta y le siga el juego. Me fastidia mucho. Porque con la que tendrías que ir a tomar un café y una napolitana de crema es conmigo.

—Nai, como ya te he dicho, no voy a discutir más de este tema. Ainhoa es mi amiga, como Julen, Iria, David o Toni. Paso mucho tiempo con ellos y, mientras siga en Madrid, no tiene nada de malo que meriende, me tome un café o salga con cualquiera de ellos.

—Está bien. Engáñate a ti mismo. Las cosas que parecen, muchas veces también lo son. Adiós, Óscar.

La chica cuelga y da por terminada la llamada con su novio. Este chasquea la lengua y se guarda el móvil en el bolsillo de la chaqueta. Mira a Ainhoa, que le observa con preocupación.

—Tu novia no me aguanta, ¿no?

—No es nada personal contra ti —contesta el chico, preguntándose si la canaria ha oído lo que Naiara ha dicho.

—Sí es personal, Óscar. Me odia.

—Lo que odia es lo que hubo entre nosotros.

Ainhoa sonríe con ironía. Supuestamente, y según él, entre ellos solo hubo sexo, sin sentimientos de por medio por su parte.

—No debería tener celos de mí.

—Ya se lo he dicho. Que solo somos amigos y que no debería ser un problema salir a tomar un café contigo.

Por una parte, a la canaria le agrada que la haya defendido frente a su novia. Por otra, se resigna a aceptar que él lo tiene tan claro respecto a lo de su amistad. Solo son amigos. Ya lo sabe. Pero escucharle repetirlo...

—Las personas somos muy posesivas. No queremos compartir lo que es nuestro.

—Yo no soy de nadie. Estoy saliendo con Nai, ella es mi novia. Pero si quiero ir contigo a alguna parte, tengo todo el derecho del mundo a hacerlo. Sin tener que dar explicaciones. Le guste o no le guste.

—Hay parejas que no lo entienden así.

Llegan a la residencia inmersos en un debate sobre lo que deberían y no deberían permitir las parejas. No van al pasillo 1B directamente, sino que pasan primero por la habitación de las máquinas expendedoras. El vallisoletano quiere una Coca-Cola.

—Por cierto, que me he enterado y no te había comentado nada: enhorabuena —dice Óscar mientras se agacha a recoger la lata de refresco.

—¿Enhorabuena por qué?

—Por lo de tu novio. Es un chico de tu clase, ¿no?

A Ainhoa se le escapa una pequeña carcajada.

—Si te refieres a Borja, sí es de mi clase, pero no es mi novio.

—¿No saliste el sábado con él?

—Sí. Salí con él. La primera y la última vez. No es el tipo de chico con el que convenga tener una relación. Esta mañana ya le estaba tirando los tejos a otra de clase.

A Ainhoa le parece ver una fugaz sonrisa en el rostro de Óscar a la que no debería buscar explicación. Tarde. Su cerebro empieza a funcionar instintivamente. ¿Se alegra su amigo de que Borja no sea su novio? ¿Ha sacado el tema para averiguar si había encontrado pareja o seguía soltera?

—Si es uno de esos, haces bien no saliendo más con él.

—Gracias, hombre, por interesarte y cuidar de mí —contesta la canaria sarcásticamente.

¿Le recuerda que él también estuvo con ella solo por el sexo? ¿Que los sentimientos únicamente los puso una de las dos partes?

No puede recordarle nada porque de nuevo suena el móvil de Óscar. Este resopla al comprobar que la que llama es otra vez Naiara. Está a punto de no contestar, pero piensa que, si no lo hace, su novia se enfadará todavía más.

—Hola, Nai —dice el chico apartándose un poco de Ainhoa. Prefiere mantenerla al margen por si acaso la discusión continúa por los mismos derroteros que antes.

—Hola, Óscar.

El saludo de su novia suena tan frío y distante que le duele. No tiene ganas de seguir con aquel enfrentamiento, pero parece que no habrá más remedio.

—¿Llamas para recriminarme algo más?

—Llamo por dos motivos —comenta Naiara con el mismo tono de voz áspero—. El primero es para disculparme. No debí llamar bulímica a tu amiga, aunque sea la verdad. Esa chica tiene un problema grave con la comida. Si no lo quieres ver... Pero me pasé al usar esa palabra en plan despectivo.

—Bien. Me alegro de que rectifiques.

—Rectifico en la forma, no en el contenido. Esa chica vomita lo que come y está así de delgada por eso. Yo misma la oí en su habitación.

Óscar prefiere no analizar ahora el tema, y menos con ella. Aunque la seguridad con la que habla su novia le hace pensar en que podría tener razón. Él mismo lo sospecha desde hace tiempo: Ainhoa está demasiado delgada y ha perdido muchos kilos en poco tiempo. Pero, si es verdad, ¿qué puede hacer?

—¿Cuál es el otro motivo por el que me llamas?

—No me siento bien discutiendo tanto contigo. Y creo que las cosas irán a peor. Si tú estás allí y yo aquí, es imposible que no haya discusiones.

—Hemos estado así bastantes semanas.

—Ya. Pero no me veo capacitada para mantener una relación a distancia —asegura Naiara, que traga saliva y espera unos segundos para continuar—. No quiero ser la mala. Simplemente, deseo estar contigo en la misma ciudad y poder darte un beso todos los días cuando me despierto y antes de irme a dormir. No pido demasiado.

—Pides algo que ahora mismo no puede ser.

—Pues quiero que sea. Por eso no me queda más remedio que pedirte que te vengas ya a Valladolid a vivir conmigo.

—Nai, yo no...

—Te dejo de plazo hasta el viernes. Si decides no volver, no me quedará otra opción que terminar lo nuestro. Con todo el dolor del mundo. Te quiero, pero no puedo seguir así, Óscar. Prefiero no tenerte a tenerte solo a medias. No hay otra solución.

CAPÍTULO 54

La pareja de chicos camina por las calles de Madrid. La luz de las farolas ilumina la ciudad, en la que la temperatura ha bajado varios grados con la llegada de la noche. Imanol mira hacia arriba y observa la luna mientras sonríe. Julen, por su parte, contempla a su exprofesor de Inglés algo confuso. Se le ha quedado grabado en la mente lo que le ha dicho aquella camarera hace un rato. ¿Realmente se nota tanto la diferencia de edad entre ambos?

Aunque esa barba, más espesa que la perilla que lucía antes, le favorece, es cierto que también le hace parecer mayor. Si ya se llevan más de trece años, su nuevo aspecto produce la impresión de que hay más años de diferencia entre ambos.

¿Eso le preocupa? ¿Le molesta? No debería. Simplemente, están pasando una tarde juntos. No hay más. Ni salen como novios ni mantienen una relación. ¡Qué más da lo que piensen los demás! Entonces, ¿por qué le ha fastidiado el comentario de la chica de Tommy Mel's?

—Me encanta Madrid —dice Imanol metiéndose las manos en los bolsillos de su chaqueta para resguardarlas del frío—. Algún día también me gustaría vivir aquí una temporada.

Julen nota que tiene las manos heladas y saca unos guantes de lana de su abrigo. Deben de estar a uno o dos grados como máximo. Se los pone y continúa caminando junto a Imanol, que sigue hablando sobre la capital.

—Lo mejor de Madrid es que nadie te mira por la calle. Todo el mundo es libre. Hay gente de todas las razas, de mil culturas diferentes. Puedes vestir como te dé la gana. Y todos pasean tan tranquilos, sin miedo a que alguien los juzgue por su aspecto o su indumentaria.

—Eso está bien. Aunque también lo hace más frío. Nadie se conoce, nadie te para en la calle o te saluda.

—Sí. Esa es la desventaja, y tal vez se nota más cuando llevas mucho tiempo aquí. Pero a veces me gustaría andar por Pamplona sin que nadie supiera quién soy.

Y no es que Imanol sea famoso o haya hecho nada fuera de lo normal, más que dar clases de Inglés en un instituto. Pero Pamplona es una ciudad pequeña donde al final todo el mundo se conoce o conoce a alguien que te conoce.

—En Madrid, si quisiera, te podría dar un beso en mitad de la calle sin miedo. Nadie nos miraría o nos diría algo.

¿Ha oído bien lo que acaba de decir? ¿Un beso? Julen se queda mirándolo desconcertado.

—Tranquilo, estaba bromeando.

Intercambian sonrisas cuando Imanol anuncia que solo era una simple broma. Más tímida la del joven, más nerviosa la del profesor.

Un beso en el centro de Madrid no estaría mal, pero Julen no está seguro de cómo lo afrontaría.

—¿Adónde vamos? —pregunta el chico buscando otra alternativa en la conversación.

—Antes me han dado un folleto de una exposición muy interesante.

—¿Una exposición?

—Sí, pero no te preocupes. No es una exposición de cuadros o de esculturas; ya sé que no te gustan. Ahora lo verás. Es en un local de Malasaña. Luego podemos buscar un sitio por allí para cenar. Me encantan los garitos de esa zona. El hotel en el que nos quedamos también está cerca de ahí.

Julen no las tiene todas consigo, pero se deja guiar por Imanol. En el camino hacia el local de la exposición, charlan sobre cómo están las cosas por su ciudad. Nada ha cambiado en esos meses en los que ha estado fuera. Todo sigue más o menos igual en Pamplona y en el instituto en el que estudió. Hablan de profesores, alumnos, asignaturas, gente que los dos conocen...

—Como ves, no hay grandes cambios —apunta Imanol parándose frente a un escaparate de una tienda de zapatos—. Todo es muy aburrido. Te envidio mucho, Miramón.

El chico no se da cuenta de que su exprofesor le observa a través del cristal de la zapatería. Tampoco se percata de las inmensas ganas que tiene de abrazarle y de darle un beso. Unas ganas que lleva conteniendo desde que se vieron en Sol.

—Julen.

—Perdona, Julen. La costumbre de llamarte siempre por el apellido —rectifica nuevamente Imanol—. En la universidad habrás conocido a millones de chicos.

¿De verdad que no has encontrado a nadie aquí que te guste?

El pamplonés niega con la cabeza. Aunque en ese instante le viene alguien a la cabeza: Marc, ese veterano al que llaman Virus. ¿A quién elegiría entre él y su acompañante? Se sorprende de no tenerlo tan claro como podría parecer.

—En estos meses me he preocupado más de la carrera y de estar con mis amigos que de buscar pareja.

—Las parejas no se buscan, ¿no? Aparece alguien, se produce el contacto, llegan las chispas y surge.

—Pero si no estás receptivo, no hay forma de que surja.

—Aunque no estés receptivo, si te encuentras a esa persona en el camino, surgirá —insiste Imanol sonriente—. Hemos llegado. Aquí es.

El profesor entra en primer lugar a un local muy iluminado. Julen lo sigue. Desde el vestíbulo ya se hace una idea de lo que han ido a ver. En la pared ve enmarcados varios cómics: uno es *Spiderman*, una edición especial. El otro es *La guerra de las galaxias*. Un tercero tiene como protagonista a Tintín.

—Una exposición de cómics —murmura el chico mientras camina hacia el interior del local.

—Es una de mis pasiones. ¿Lo sabías?

—Sí. Sí lo sabía.

Lo había contado varias veces en clase. A él también le gustan los cómics, sobre todo los japoneses.

—Un amigo me habló de esta exposición. Y qué casualidad que, nada más llegar a Madrid, delante de nuestro hotel, un chaval me entregó un folleto de esta colección. Es de varios que han juntado todo el material que tienen. Los lunes la entrada es gratis y puedes llevarte dos por uno.

—Ah. Qué bien. No sabía nada de este sitio.

—Estará abierto hasta mayo. Como puedes ver, cada cómic tiene una etiqueta con un color. Los verdes se pueden comprar; los rojos son de colección y no están a la venta.

—¿Y los azules?

—Los azules te los puedes llevar a casa para leerlos en alquiler. Te gusta el manga, ¿verdad?

—Sí, ¿cómo lo sabes?

—No te voy a revelar mis fuentes. Vamos a verlos, están allí.

Imanol señala la parte izquierda del fondo del local y ambos se dirigen hacia esa zona. En ocho grandes mesas pueden ver manga de todo tipo. Julen coge uno de *Naruto* y lo examina por encima. Es uno de sus preferidos. En cambio, Imanol se acerca hasta una mesa de clásicos. Alcanza un cómic de *Ranma* y se lo enseña al chico.

—Esto marcó mi infancia.

—Sé que tiene su serie de televisión, pero nunca la he visto.

—¿En serio? ¡Ranma y Akane eran únicos! —El profesor lo deja en la mesa y coge otro—. ¿Y *Sailor Moon*? ¡Dios! ¡Qué recuerdos!

—Tampoco he leído los cómics ni he visto la serie. No son de mi época.

—¡Me estás haciendo sentir muy mayor! —grita Imanol a la par que realiza exagerados aspavientos con los brazos—. Dime que al menos has leído el manga de *Kimagure Orange Road*.

—No. No lo he leído.

Lo mismo le sucede a Julen con *Marmalade Boy*, *Love Hina* o *Sakura Card Captor*. Aunque conoce todos los que le nombra Imanol, no ha leído ninguno. El manga más antiguo que tiene es *Death Note*.

El chico se aleja un poco de Imanol y da una vuelta solo por una sección de cómics actuales, algunos incluso continúan en curso. La mayoría de ellos se pueden comprar o alquilar. Echa un vistazo al último número de *Aoha Ride*. Sin embargo, pasa las páginas por pasar. No está centrado. No puede estarlo. Está preocupado por algo que no sabe si debería preocuparle.

—¿Quieres llevarte ese? —le pregunta el joven de la barba, que regresa junto a él.

—No, no me voy a llevar ninguno.

—¿Por qué?

—Porque no.

Julen deja el cómic sobre la mesa y camina rápidamente hacia la salida del local. Imanol lo sigue de cerca.

—Si es por dinero, te invito yo.

—Tengo dinero, no te preocupes.

La pareja se marcha de la exposición de cómics antes de lo que el profesor de Inglés había previsto. No está seguro, pero cree que al chico le sucede algo. ¿Qué le habrá molestado? Acelera el paso y se pone a su altura.

—¿He dicho algo malo?

—No, no has dicho nada malo.

—Entonces, ¿por qué tengo la sensación de que estás enfadado conmigo?

—Estás equivocado si piensas así.

Imanol vuelve a dar otro pequeño acelerón y se coloca frente a Julen. Este se detiene y lo observa fijamente. Sí, verdaderamente parece mucho mayor que él. No solo por la barba: hay más de trece años de diferencia. ¿Por qué antes no le daba importancia a eso?

—Creo que me voy a ir a la residencia.

—¿Qué? ¿Por qué?

—Esto no... no funcionaría —indica el joven con la voz quebrada.

—¿El qué tiene que funcionar? Solo estamos dando una vuelta como amigos. Nada más.

—Vamos, Imanol. Antes me has dicho que te gustaría besarme. Y ambos sabemos que...

Su exprofesor no deja que termine la frase.

Un par de *hipsters*, mucho más barbudos que el propio Imanol, sonríen cuando pasan junto a ellos. También una chica de estilo *pin-up*, con los labios pintados de rojo pasión, se queda mirándolos, y también sonríe sin maldad. En cambio, la mayoría de las personas que se cruzan con Julen e Imanol no hacen caso del beso que durante varios segundos protagoniza la pareja. Un beso cualquiera de los millones que se dan en las calles de Madrid. Sin embargo, ni para uno ni para el otro es un beso más.

Es el chico el que decide apartarse primero. Se encuentra con la bonita sonrisa de esa persona de la que estuvo enamorado. Los dos jadean levemente.

—Tengo que irme —suelta inesperadamente Julen.

—¿Te vas? ¿De verdad?

—Sí. Y, por favor, no me llames ni me escribas más. Esta historia termina aquí. Lo siento mucho.

CAPÍTULO 55

Es casi la hora de cenar y por fin todos han participado en el vídeo para Nicole. Cuando se marchó Marta con su madre, lo hizo David. Y hace pocos minutos, Toni ha grabado a Elena. La toledana ha tenido que luchar contra su desánimo después de la discusión con Martín y el posterior enfrentamiento con su madre.

Sentada en uno de los sofás de la tercera planta, mira hacia ninguna parte, pensativa. No ha querido bajar con Toni, con quien ha quedado en quince minutos en el pasillo para ir al comedor. En cuanto acaben la cena, el valenciano mandará el vídeo a la peruana. En el grupo de WhatsApp han hablado de estar todos juntos cuando se lo envíen. Incluso Julen, que en ese momento no está en la residencia, ha dicho que sí.

Elena no se encuentra muy bien. Suspira cada vez que recuerda todo lo que ha acontecido en aquel lunes de enero. Echa de menos la vida sin preocupaciones de antes. Una vida en la que lo único de lo que tenía que estar pendiente era de sacar buenas notas. En la universidad, las responsabilidades han aumentado y no consigue controlar lo que pasa a su alrededor. ¿Es el precio que debe pagar por hacerse mayor? Posiblemente.

Mientras piensa en sus problemas actuales, David aparece en la sala de descanso de la tercera planta y Elena lo contempla con alegría. Él es de lo mejor que le ha pasado en esos meses que lleva en Madrid. El chico se acerca hasta ella y se sienta a su lado.

—Toni me ha dicho que estabas aquí —indica el sevillano, que parece cansado—. ¿Qué tal ha ido la grabación?

—No demasiado bien. Para animar a alguien, hay que estar animado. Y hoy no he tenido un buen día.

—Cuando tu madre entró en la habitación para recoger a Marta, no parecía muy contenta. ¿Habéis discutido?

—Sí —reconoce Elena echándose hacia delante y apoyando los codos en las rodillas—. Hemos tenido una discusión importante sobre la carrera.

—¿Qué te ha dicho?

—Resumiendo, en pocas palabras: que tengo que seguir estudiando Derecho sí o sí.

—¿Te lo ha impuesto?

—Exactamente. Ni siquiera ha sido una recomendación.

La joven le cuenta a su amigo la conversación completa con su madre. Incluye lo de las dos asignaturas suspensas, la ruptura con Martín y el tono autoritario que ha empleado a lo largo de todo el enfrentamiento.

—Vaya, no ha tenido que ser un buen trago —comenta David, que comprende la desolación de la chica.

—Entiendo que pueda preocuparse por mí y que le inquiete que ya no lo tenga tan claro. Pero no imaginaba que sería tan dura y tan poco comprensiva.

—La ha pillado por sorpresa. Has estado muchos años diciendo que querías seguir sus pasos y convertirte en una gran jurista.

—Ya lo sé, David. Soy la primera que está muerta de miedo por esto. Ni siquiera tenía un plan B por si fallaba lo de Derecho, ni me he planteado nunca dedicarme a otra cosa. Así que imagina cómo me siento ahora.

—Te entiendo perfectamente.

El sevillano está a punto de lanzarse y abrazar a Elena para consolarla. Sin embargo, se retrae y evita hacerlo. Ella desea ese abrazo. Se decepciona cuando no lo recibe, aunque, visto cómo han acabado los dos últimos acercamientos, considera que lo mejor es que mantengan las distancias.

—Bueno, no hablemos más del tema. ¿Cómo te encuentras?

—Bien. Estoy agotado, pero no me duele nada. Eso es lo importante.

—Mi hermana te habrá cuidado mucho esta tarde.

—Sí, me ha cuidado demasiado. Parecía mi madre.

A la chica se le escapa una sonrisilla al escuchar la queja de David, que también termina sonriendo.

—Ella te quiere mucho.

—Lo sé. Y me esfuerzo porque sea recíproco.

Elena enarca las cejas. ¿Se esfuerza? ¿Qué significa que se esfuerza para que sea recíproco?

—¿Qué quieres decir? —pregunta la toledana muy seria—. ¿No te sientes bien con ella?

—No es eso. La relación con tu hermana es...

David busca la palabra adecuada para expresar exactamente lo que siente. Sin embargo, y pese a tomarse unos segundos para pensar, no la encuentra.

—Espera. No sé si quiero saber sobre esto. Es un asunto entre Marta y tú —comenta Elena nerviosa—. No tengo derecho a preguntar.

—Eres su hermana y yo soy tu amigo, tu vecino de pasillo y tu compañero de residencia. Si hay alguien que tiene derecho a preguntar sobre nuestra relación eres tú. No te preocupes.

—No me quiero meter.

Los dos se quedan en silencio unos cuantos segundos. ¿Hasta dónde puede contarle a Elena lo que siente y hasta dónde debe saber ella? Se ha prometido una vez tras otra que iba a centrarse en Marta. Que iba a hacer lo posible para complacerla e intentar hacerla feliz. Pero le falta algo cuando están juntos. No logra enamorarse. Y, después de tantos meses, ya debería existir esa química que continúa sin llegar.

—No estoy enamorado de tu hermana, Elena —suelta en un ataque inesperado de sinceridad—. No me preguntes por qué, pero no he conseguido enamorarme de ella. Me siento culpable. Lo he intentado. Lo sigo intentando. Pero no hay forma de que Marta me guste como me debería gustar.

La confesión de David deja a la chica con la boca abierta. Se le amontonan las ideas y los sentimientos. Aunque lo que más le afecta en ese momento es lo que su hermana sentiría si se enterase de lo que su amigo le está diciendo.

—Te has quedado callada, ¿en qué piensas?

—En Marta. Sufriría muchísimo si le cuentas esto. Ella te ama de verdad. Está loca por ti. Si le dices que tú no sientes lo mismo, no sé qué puede llegar a hacer.

—Ya lo sé, Elena. Ya lo sé. Pero no puedo hacer más, créeme. Me dolería muchísimo hacerle daño.

Con todas las veces que se ha imaginado que ella estaba en el lugar de su hermana. Con la cantidad de ocasiones en las que ha pensado que Marta había tenido suerte y se había quedado con el mejor. Con la de oportunidades en las que la envidió por besar a David o dormir en su cama. Y ahora se siente mal y haría lo que fuera para que él la amara. Siente pena por ella. Lástima por una persona a la que realmente quiere, que lleva su sangre y a la que, a pesar de sus discusiones y enfados, le desea lo mejor en la vida. Sufrirá mucho y le duele como si le fuera a pasar a ella misma.

—¿Se lo vas a decir?

—¿El qué? ¿Que no estoy enamorado? No lo sé. No sé qué voy a hacer.

—Dios, pobre Marta —susurra la toledana, cada vez más afectada.

—¿Y qué puedo hacer, Elena? A ti te ha pasado lo mismo con Carmona. Por, desgracia, no controlamos lo que sentimos, aunque intentes convencerte a ti mismo de que sí puedes hacerlo. No. Los sentimientos y el amor no se controlan.

—No te culpo, David. De verdad que no te culpo a ti de nada.

Pasan unos minutos sin que ninguno de los dos hable. La chica recibe un WhatsApp de Toni preguntándole si tardará mucho en bajar. Se le ha quitado el apetito. ¿Por qué esa empatía repentina hacia su hermana? Si ella está enamorada de David y hasta lo besó antes de Navidad. ¿No tendrá nada que ver ese beso con lo que está pasando ahora?

—Voy a bajar a cenar —señala el sevillano antes de levantarse del sofá.

—Yo también, aunque no tengo hambre.

—Ojalá las cosas fueran de otra forma. Creía que con Marta podría encontrar la felicidad. Pero parece que tengo un imán para las desgracias.

La chica prefiere no hablar más. No le gusta que compare lo que no ha llegado a sentir por su hermana con la cantidad de cosas raras que le han pasado durante esos días o con lo que vivió en el pasado en relación con aquel accidente de moto. No son lo mismo.

Ambos bajan la escalera que lleva hacia su pasillo. Antes de llegar al último tramo de escalones, el móvil de David suena. Es un número muy largo que, por supuesto, desconoce. Mira extrañado a Elena y responde.

—¿Sí? ¡Ah! Hola, doctor Hernández. Bien. Estoy muy bien ya. ¿Tiene los resultados de las pruebas? ¿Sí? Perfecto. Cuénteme.

La frente del chico se arruga cuando el médico le explica lo que dice el informe de los análisis que se hizo en el hospital. Elena lo observa con preocupación y cierta ansiedad.

Durante un par de minutos, David solo escucha el diagnóstico.

—Muy bien. Gracias. Pasaré a recogerlos mañana. Muchas gracias, doctor Hernández. Hasta luego.

El sevillano cuelga y se guarda otra vez el móvil en el bolsillo del pantalón.

—¿Qué te ha dicho? ¿Todo bien? —pregunta tensa Elena, que nota algo raro en David.

—Los análisis no han mostrado nada preocupante. Salvo... algo bastante extraño. Ha aparecido una sustancia que no sabe si debería estar o no en mi cuerpo y que parece que lo ha provocado todo.

—¿De qué estás hablando? ¿Qué clase de sustancia?

—Una sustancia dañina para los seres humanos que tienen algunos alimentos, pero que desaparece al hervirlos y no tendría que suponer un problema.

—¿Y eso qué quiere decir?

—Que o bien esa sustancia se coló circunstancialmente en mi comida cuando la prepararon, por alguna negligencia o error humano, o bien alguien la echó a propósito en algo que tomé ayer.

—¿Qué? ¿Estás hablando en serio? ¿Alguien...?

—Sí, Elena. Es posible que alguien me haya querido envenenar.

CAPÍTULO 56

Los ocho chicos del pasillo 1B ya han terminado de cenar. Lo han hecho escalonadamente. Primero bajaron Ainhoa y Óscar, a los que se sumó Toni. Después Elena y David. El sevillano y la toledana no le han revelado a nadie las últimas noticias sobre los resultados de las pruebas de los análisis que se hizo el chico. Todo hace indicar que alguien le puso algo en una de las comidas; posiblemente en la cena. Cuando los cinco estaban a punto de terminar, llegó Iria, y, acto seguido, Manu. Ambos se quedaron solos en la mesa de siempre, aunque casi no hablaron. Ninguno de los dos sacó el tema de la nueva desaparición del malagueño y se mantuvieron bastante fríos el uno con el otro. El último en llegar fue Julen, que apenas cenó. El navarro le hizo un gesto a la gallega de que ya le contaría más adelante su cita con Imanol, aunque no tenía muy buena cara.

Esos mismos ocho chicos se encuentran ahora reunidos en la sala de descanso de la tercera planta. El lugar en el que, de vez en cuando, se sientan a conversar o a gestionar las decisiones del grupo. Realmente, en pocas ocasiones han coincidido todos. Pero en esta oportunidad, el motivo lo merece: van a intentar convencer a Nicole y a su madre de que la peruana debe regresar a Madrid.

—Este es el vídeo que le vamos a mandar —comenta Toni mientras abre su portátil.

El valenciano coloca el ordenador encima de una mesa y el resto se sitúa en torno a él, rodeándole por la derecha y por la izquierda. A continuación, clica en el archivo .AVI y espera a que cargue. La primera que aparece es la canaria.

> «¡Hola, Nico! Me ha tocado presentar este vídeo que tus amigos del pasillo 1B te dedicamos. No te esperabas algo así, ¿verdad? ¡Pero es que te echamos muchísimo de menos! Queremos que vuelvas con nosotros. Que nos contagies otra vez tu preciosa sonrisa, tu buen rollo, tu positividad infinita. ¡Queremos que regreses a Madrid! Este es tu sitio. Y tú lo sabes. Sabes que, si te quedas en Valencia, ellos ganarán. Y los malos no tienen que ganar, Nicole. Los que deben ganar son los buenos. Y de los buenos, tú eres la mejor. ¡Mamá de Nico! ¡No se preocupe! ¡Nosotros cuidaremos de ella! Pero..., por favor, déjela volver. La necesitamos y ella necesita retomar su vida donde la dejó en diciembre. ¡Te quiero, peruana!».

Una lágrima aparece en el rostro de Ainhoa, que se apresura a apartarla cuando termina su intervención en el vídeo para Nicole. Manu no es tan emotivo, aunque también le pide a la madre de su amiga que la deje regresar. El mismo mensaje que lanza Óscar, que mira fijamente a la cámara el minuto que tiene de protagonismo. Es el turno de Elena. Aunque intenta sonreír, se le nota algo baja de moral. Aun así, se esfuerza para dirigirse a Nicole con alegría.

«¡Peruana! ¡Tienes que volver ya! Te echamos de menos. Además, tenemos pendientes mil cosas. ¡Nos debes una comida con ceviche y causa a la limeña, esos platos de los que siempre hablas y que tan bien cocina tu madre! Señora, su hija estará bien con nosotros en Madrid. Somos su segunda familia y no volveremos a dejar que nadie le haga daño. Denos ese voto de confianza. ¡Te queremos, Nico!».

—Qué mal. Menuda cara —apunta Elena tapándose los ojos.

—Lo has hecho bien. Ya verás yo —le dice David.

El sevillano es el próximo. Da muy bien en cámara y sus ojos transmiten mucho. Podría ser actor o presentador de televisión. No habla demasiado, pero lo que dice está repleto de sentimiento.

«[...] Queremos que vuelvas con nosotros, Nicole. Te necesitamos».

El final de la intervención de David saca otra lágrima a Ainhoa, que se seca los ojos con un pañuelo de papel.

Iria parece la más fría de todos los chicos del pasillo. Ella también le pide a Nicole que regrese a Madrid y se dirige a su madre de la misma forma que el resto. Pero no tiene la empatía de David o el sentimiento que ha puesto Ainhoa. La gallega ve en silencio su parte del vídeo dándose cuenta de que aparenta tener muy poca sensibilidad. ¿Es realmente lo que la gente percibe de ella?

—Solo falto yo —dice Toni en voz alta justo cuando acaba la intervención de Iria.

«¿Qué tal, Nico? Imagino que no muy bien. Normal. Debes de echar mucho de menos Madrid, la residencia..., a nosotros. Yo personalmente echo en falta nuestras conversaciones. Me ayudaste mucho con... con aquel tema que todos sabemos. Lo mío es estar detrás de las cámaras, no delante. Y no sé muy bien qué más decirte. Eres grande, peruana. Tu corazón es inmenso y queremos seguir conociéndote y contagiándonos de esa increíble manera de ser que tienes. Sé que estás deseando regresar. Así que espero que esa maravillosa mujer, de la que tan bien nos hablas, lo permita. Queremos verte en la Benjamin Franklin cuanto antes. Esto no es lo mismo sin ti».

El vídeo termina con varias fotos de Nicole con cada uno de ellos e imágenes en grupo que van pasando al ritmo de *De haber sido en Madrid*, de Bely Basarte.

—¿Os gusta? —pregunta el valenciano cuando acaba.

—¡Es una pasada, Toni! —exclama llorando Ainhoa—. ¡Te ha quedado genial! ¡De verdad!

—Muchas gracias. Espero que a Nicole también le guste.

—Y a su madre —añade Manu estirándose—. Recordad que su madre es la clave.

Aunque su manera de decirlo no es la más adecuada, todos saben que tiene razón: a la que deben convencer y a la que le tiene que llegar el vídeo es a la madre de su amiga.

—Entonces, ¿se lo mando ya? —Los otros siete dan el visto bueno—. Es un *link* de Dropbox, porque el archivo pesa demasiado como para enviarlo por WhatsApp o correo electrónico.

Toni copia y pega el enlace en la conversación de WhatsApp que tiene abierta con la peruana. Enseguida aparecen los dos *ticks* de color azul que indican que la chica ha visto el mensaje.

«¿Qué es esto, Toni? ¿No será un vídeo de broma de mal gusto?».

El valenciano lee en voz alta lo que pregunta Nicole. Manu es partidario de gastarle una broma y decirle que se trata de un vídeo porno, a ver cómo reacciona. Nadie secunda al malagueño y le piden a Toni que responda con sencillez. Este sigue las indicaciones de sus amigos.

«No te preocupes. No es ninguna broma. Mira el vídeo tranquila y luego me dices qué te ha parecido».

Nicole responde con un escueto «OK».

—Ya está. Trabajo hecho. A esperar siete minutos y veintiocho segundos, que es lo que dura el vídeo —señala el valenciano mientras recupera su portátil.

Todos permanecen en la sala de descanso de la tercera planta, excepto Julen e Iria, que bajan un instante al pasillo. En el camino, el navarro le explica a la gallega lo que ha ocurrido con Imanol. El resto se queda charlando sobre el tema que los ha reunido.

—Si esto no funciona, no sé qué más podemos hacer —dice la canaria cruzando las piernas intranquila.

—Funcionará, no te preocupes —trata de calmarla Óscar—. Seguro que lo conseguimos.

—Eso espero.

Los dos chicos se sonríen. Sería un palo muy grande no lograr el fin que se han propuesto. Especialmente para Ainhoa, que necesita la presencia de la peruana en la residencia. Que ella haya estado ausente ha hecho que se sienta peor.

—Y si no, lo que podríamos hacer es pegarnos todos un viajecito a Valencia, secuestrar a su madre y traérnosla aquí. Así seguro que la señora la deja venir.

—No seas bruto, Manu —protesta Elena.

—¡No me digas que no es una buena idea!

Pero la toledana ni se molesta en responderle. La chica mira hacia donde está David, al que ve muy pensativo. Seguro que está intentando encontrar respuestas al resultado de las pruebas médicas. Ella también se ha parado a reflexionar sobre eso. ¿Quién puede haberle echado algo en la comida al sevillano? ¿Es posible descartar a Martín? Él cenó con ella en el Asador Donostiarra, así que ni pudo hacer la pintada ni poner nada en el plato de David. ¿Alguien del pasillo? ¿Cómo iba a querer envenenarle alguien del pasillo? Todo aquel asunto es de locos.

—Ya estamos aquí —dice Iria, que regresa a la tercera planta acompañada de Julen—. ¿Ha llamado ya Nicole?

—No, aún no.

Los minutos pasan. Más de siete y pico. Y más de diez. Y de quince. Veinte minutos. Alguno empieza a impacientarse.

—¿Qué estará pasando para que no haya vuelto a decir nada? —pregunta Ainhoa cada vez más nerviosa.

—A lo mejor su madre, en lugar de mandarla para Madrid, le ha sacado un billete a Lima sin retorno.

—¡No es hora de bromear, Manu! —le advierte la canaria con severidad.

—Tranquila. Lo que he dicho ni siquiera era una broma. En Perú seguro que hay menos racismo que en

España. Así que no me extrañaría que la madre de Nicole se la llevara allí para siempre.

—Habrá racismo como en todas partes. Malas personas existen en todos los rincones del mundo. En Madrid, en Valencia y en Lima.

—Cuatro gatos son capaces de hacer mucho ruido —opina ahora Óscar—. Pero no dejan de ser cuatro.

Manu no tiene más interés en discutir con ellos dos. En realidad, está de acuerdo. Si unos cuantos quieren montarla, la montan. Aunque no sean representativos de las personas que viven en ese lugar.

Un nuevo silencio se instala en la planta.

—No aguanto más. Voy a llamarla —decide Ainhoa sacando su móvil.

Ninguno de los chicos pone objeción a la propuesta de la canaria. Todos están impacientes por descubrir qué impacto ha causado el vídeo.

Un *bip*, dos, tres... Cuatro. Cinco. Seis. Siete. Y salta el buzón de voz.

—Qué raro. No lo coge —indica Ainhoa mientras cuelga.

—Sí que es raro. En su WhatsApp pone que está *online* —comenta Toni, que acaba de examinar su teléfono.

—Voy a probar suerte de nuevo.

La canaria coloca el dedo pulgar sobre su número y marca otra vez el teléfono de su amiga peruana. Cada *bip* supone más desesperación e incertidumbre. ¿Por qué coño no lo coge si su WhatsApp indica que está en línea?

Cuando el contestador va a saltar de nuevo, se escucha una voz al otro lado de la línea.

—¡Canaria! ¡Qué bonito ha sido! —grita Nicole, que tiene la voz tomada—. No he parado de llorar.

—¿Te ha gustado?

—¡Cómo no iba a gustarme! ¡Sois increíbles!

—¡Qué alegría! ¡Es que te echamos mucho de menos!

—¡Yyo a ustedes! ¡Cómo me gustaría volver a Madrid!

Las lágrimas llegan también al rostro de Ainhoa, que pone el manos libres y el móvil sobre la mesa en la que antes vieron el vídeo.

—Están escuchándote todos.

—¡Hola, chicos! ¡Millones de gracias por lo que han hecho! Es lo más bonito que he visto en mi vida. ¡Os quiero muchísimo!

—¡Y nosotros a ti, Nico! —exclaman varios al mismo tiempo.

—Entonces, ¿volverás? —retoma de nuevo la voz cantante Ainhoa—. ¡Necesitamos que vuelvas a la Benjamin Franklin!

—Pues... Esperad, que quiere hablaros mi madre.

Los chicos del pasillo 1B se miran entre ellos en lo que tarda la mujer en ponerse al teléfono. ¿Qué querrá decirles?

—¿Hola? ¿Chicos? ¿Me oyen?

—Sí, señora. La estamos escuchando los ocho componentes del pasillo 1B, amigos de su hija Nicole. Encantados de saludarla.

—Igualmente. Verán..., me ha encantado el vídeo que le han enviado a mi pequeña Nicole. Se ve que la aman como ella los ama a ustedes. Es realmente hermoso que tengan tanto afecto hacia ella —dice la mujer visiblemente emocionada—. Pero no puedo permitir que Nicole Katherine regrese a Madrid. Nadie me garantiza que no vuelva a suceder lo que ocurrió en diciembre. Y no puedo permitirlo. Soy su madre y mi deber es cuidar de mi pequeña. Lo siento, muchachos. Nicole vivirá un tiempo conmigo en Valencia hasta que ahorremos lo suficiente para el pasaje y pueda regresar a Perú. Pero jamás volverá a pisar la capital. No deseo discutir con ustedes porque la decisión está tomada y es definitiva. Nicole no volverá a Madrid.

CAPÍTULO 57

La semana ha pasado muy rápido para todos, especialmente para Toni. El valenciano no ha asistido a demasiadas clases, y concretamente ese viernes, 23 de enero, a ninguna. Aunque no le preocupa en exceso. El segundo cuatrimestre acaba de empezar; no hay prisa.

Después de comer, el chico sube a la habitación de Isa. En los últimos días su amistad se ha ido consagrando. Él ha ido a verla a su cuarto varias veces con diferentes excusas y ella ha hecho exactamente lo mismo. No puede decir que sean uña y carne, pero hay cierto *feeling* entre ambos. Una extraña conexión. Hasta han cenado juntos en un par de ocasiones para sorpresa de sus amigos del pasillo. No a todos les cae bien la *youtuber*, pero eso al valenciano no le importa mucho.

La chica le ha pedido ayuda para el siguiente vídeo. No le ha dicho sobre qué va a tratar. Solo espera no parecer un idiota como en el anterior. Isa le ha prometido que podrá ver las imágenes editadas antes de subirlo a YouTube.

Llama a la puerta de su cuarto y ella enseguida le abre. Como de costumbre, la habitación está llena de cachivaches, objetos y aparatos relacionados con la grabación de los vídeos para su canal.

—Entra —le pide Isa, que se dirige hacia donde tiene el ordenador y ocupa su silla. Está viendo algo en YouTube que ha puesto en *pause*.

—¿Qué tienes ahí? —pregunta Toni sentándose en la cama.

—Un vídeo de Hecatombe. Son buenísimos. ¿Los conoces?

Toni responde que no. La chica le explica que son un grupo de jóvenes argentinos que hacen parodias y *sketches* en clave de humor. Se parte de risa con ellos.

Cuando el vídeo termina, Isa cierra la página. Mira fijamente al valenciano, todavía con la sonrisa en la boca, y se dispone a contarle lo que tiene previsto hacer.

—Tienes cara de miedo. ¿Te asusto?

—Mucho. Después de lo del chocolate con churros...

—Ya te he prometido que no subiré nada a YouTube si no lo has visto tú antes.

—De todas formas, me sigues dando miedo.

A Isa se le escapa una sonrisa pícara. Hace bien teniéndole miedo. Además, eso le gusta. Y Toni lo sabe. Sabe que disfruta haciéndole sufrir.

—El vídeo que vamos a grabar tiene cierta dosis de..., ¿cómo llamarlo? Digamos que es un vídeo íntimo. Así que comprendería que no quisieras hacerlo.

—¿Íntimo? Ahora me das más miedo todavía.

—Tranquilo, no soy inofensiva, pero tampoco te haré daño. A no ser que la ocasión lo requiera.

—Cuéntame ya lo que se te ha ocurrido.

—Se llama «el *challenge* del beso». Lo he inventado yo —indica Isa orgullosa—. Y ya que entre tú y yo hay buen rollo, salvo cuando te pones intenso, que ahí te odio y me gustaría terminar contigo, he pensado que serías una buena pareja para hacerlo.

—¿El *challenge* del beso? ¿En qué consiste?

La chica alcanza un cubo pequeño para palomitas de maíz que está sobre el escritorio y se sienta en la cama junto a Toni.

—Aquí dentro he metido quince papelitos —dice enseñándole el interior del cubo al valenciano—. En cada uno hay anotado un tipo diferente de beso y la explicación de cómo es. Lo demás te lo imaginas, ¿no?

—¿Nos tenemos que besar?

—Exactamente. Y puntuarnos.

—¿Cómo? ¿Puntuarnos?

—Sí. Sacaremos tres papelitos cada uno y tendremos que besar al otro de la forma en la que esté escrita en el papel. Una vez dado el beso, el otro lo puntúa. Gana el que más puntos saque después de tres rondas.

El chico casi no puede creer lo que acaba de oír. ¡No ha dado muchos besos en su vida y de buenas a primeras va a probar seis clases diferentes! ¡Y con Isa come Pizza! Esa joven que odia a las personas y que ama YouTube por encima de todas las cosas. ¡Menudo reto!

—No se trata de una broma, ¿verdad?

—¡Claro que no! ¡Estoy hablando completamente en serio! ¿No te parece una buena idea para un vídeo?

—Es un poco morboso, ¿no crees?

—¡Por supuesto que es morboso! —grita Isa levantándose—. De eso se trata. Morbo, espectáculo, visitas, *likes*... Eso es YouTube. Te lo he explicado muchas veces. El único límite que tiene Internet es el que tú le quieras poner. Con el vídeo del chocolate con churros y el que subí el miércoles con María Cadepe, he ganado el mismo número de suscriptores al canal que llevaba hasta entonces. ¡Tengo el doble de seguidores que hace menos de una semana! ¡Debo aprovechar este ascenso meteórico! Algunos *youtubers* famosos ya saben quién soy. ¡Mi objetivo está cada vez más cerca! Isa come Pizza empieza a ser una marca con sello propio y reconocido. Y en unos meses, a lo mejor, estoy a la altura de los grandes. O, por lo menos, cerquita de ellos. ¡Ese es mi sueño y no pararé hasta que se cumpla!

La particular visión de Isa sobre YouTube e Internet, que no deja de repetirle, sigue sin convencer a Toni. Para él, no todo vale por unas cuantas visitas y unos pocos suscriptores al canal. Sin embargo, la idea de besar a esa chica no le desagrada. A pesar de que le preocupa no hacerlo bien.

—¿Serás muy exigente con la puntuación de mis besos?

—Soy muy exigente siempre con todo. Pero seguro que apruebas. No te preocupes por eso.

—¡Me preocupa que te bese y luego me pongas un dos o un tres! ¡A ver si además del tonto del chocolate con churros voy a ser el inútil de los besos!

La chica estalla en una carcajada algo desafinada y descontrolada. Aunque pronto recupera su gesto serio habitual.

—¿Cómo te tengo que decir que no voy a subir nada sin que tú me hayas dado el visto bueno antes? ¡Confía en mí! ¡Y disfruta! ¡Serás el primero que me besa!

—¿No me digas que voy a ser el protagonista de tu primer beso? —pregunta Toni, que se siente todavía más presionado.

—He dicho «el primero», en masculino, no que seas mi primer beso. ¡Vamos a grabar!

La expresión del valenciano al oír a su amiga es la de alguien que acaba de llevarse una de las mayores sorpresas de su vida. ¿Ha insinuado lo que él cree?

Mientras Isa prepara todo, le cuenta a Toni cómo van a hacerlo. El chico escucha atento, aunque no puede olvidarse de lo que medio ha confesado la *youtuber*. ¿Le gustan las chicas? ¿Es por eso por lo que hacen aquel *challenge*? ¿Porque no sentirá nada cuando lo bese a él?

—El cubo lo pondremos aquí y nosotros nos sentaremos en la cama. ¿Prefieres el lado izquierdo o el derecho?

—Mmm. Me da igual.

—Vale, pues tú en la derecha y yo en la izquierda, que es mi perfil menos malo.

El valenciano acepta y continúa observando cómo Isa coloca las dos cámaras, una frente a ellos y otra grabando desde el escritorio, e improvisa un pequeño decorado detrás, pegado a la pared.

Al terminar, se sienta sobre el colchón y mira a Toni.

—¿Quieres ver los tipos de besos que hay o prefieres improvisar?

—Si no los veo, tendrás ventaja, ¿no?

—Al contrario. Yo ya sé lo que me espera y me resultará más difícil ser natural. En este tipo de vídeos, cuanto más natural parezcas, mucho mejor.

La lógica de la chica no le resulta excesivamente clara, pero elige no ver los tipos de beso que hay escritos en los papelitos antes de que empiecen a grabar.

—Bueno, ¿estás listo?

—Vamos allá. Tengo la impresión de que esto a la larga será un error.

—¡Para nada! ¡Será un éxito! Mmm. Si el vídeo llega a las diez mil visitas y a los mil *likes*, te prometo que no solo serán besos lo que haya entre nosotros.

La expresión de Toni lo dice todo. Sin embargo, Isa se apresura a advertirle que eso sí es una broma para aliviar tensiones. La chica sonríe, se levanta y pone las dos cámaras a grabar, tras revisar los planos una última vez. A continuación, recupera su lugar y presenta el vídeo.

—Hola, pizzeros, soy Isa come Pizza y hoy estoy con una persona muy especial a quien quizá recordéis del *challenge* del chocolate con churros. Hola, Toni. ¿Tienes algo que decir respecto a aquel vídeo? Es tu oportunidad para desahogarte, insultarme o lo que desees hacer.

—Solo quiero decir que... No soy tan tonto como parezco en ese vídeo.

—¡Doy fe! —exclama Isa riendo—. De hecho, no has sido nada tonto y has aceptado hacer conmigo este vídeo al que he llamado... ¡El *challenge* del beso!

La *youtuber* explica rápidamente el juego que van a realizar. Toni mira a cámara sin saber muy bien cómo comportarse. Nervioso, no está muy seguro de lo que va a hacer. ¿Besar a esa chica es buena idea? Solo es un simple vídeo para YouTube. Besos de mentira. O eso es de lo que intenta convencerse. No hay sentimientos ocultos, ni nada parecido a sensaciones que tengan que ver con el amor. ¿No es así? Es así, solo son amigos, presuntos amigos, que van a unir sus labios, sin más.

—¡Bien! ¡Empecemos, Toni! —vocifera la joven atrayendo toda la atención del valenciano, que se sobresalta al oírla gritar—. ¡Tú primero! ¡Coge un papelito!

El chico introduce la mano dentro del cubo y saca el primer papel. Está doblado varias veces. Lo desdobla y lee en voz alta:

—Beso de presión. Se da con la boca cerrada, presionando con fuerza los labios de tu pareja, que también tiene la boca cerrada.

—¡Genial! ¡Me gusta! ¿Estás preparado? Recuerda que, después de cada beso, el otro lo puntuará.

—No seas muy dura conmigo.

—Tranquilo. Seguro que me encanta. ¡Pero esfuérzate por hacerlo bien!

Toni acerca lentamente su cara a la de Isa. ¿Por qué tiembla? ¿Miedo? ¿Inseguridad? ¿Nervios? ¿Una mezcla de un montón de sentimientos y sensaciones al mismo tiempo? El caso es que ya no hay marcha atrás. La joven cierra los ojos y él junta su boca con la de ella, sin que ninguno de los dos la abra, apretando con fuerza los labios contra los suyos. Apenas son cinco o seis segundos, que para el valenciano resultan eternos. Maravillosamente eternos.

—¡Guau! —exclama Isa al separarse de Toni—. No ha estado nada mal. Te mereces por lo menos un siete.

—¿Un siete?

—¿No te parece bien?

—No, no. Está muy bien. Un notable es una buena nota. A ver si lo supero en el siguiente.

—¡No te emociones mucho! ¡Mi turno!

Isa alcanza su primer papelito y, después de desenvolverlo, lo lee.

—Beso francés. Básicamente, es un beso con lengua.

Los dos se miran algo vergonzosos. El nivel del juego aumenta y darse un beso con lengua es subir un escalón respecto a la anterior prueba.

—¿Preparado?

—Supongo que sí.

La chica no permite que lo piense mucho más. Se inclina sobre el valenciano y se lanza a por su beso. Rápidamente, Toni encuentra la lengua de Isa en el interior de su boca, jugueteando con la suya. Es ella la que lleva completamente la iniciativa y la que lo invita a continuar besándose de esa forma durante varios segundos. El final del beso llega cuando el chico nota que le falta la respiración.

—¡Madre mía! —jadea exhausto cuando despega su boca de la de Isa.

—¿Te ha gustado? ¿Qué nota me pones?

—Para que no te lo creas mucho..., un siete y medio.

—¿Solo? ¡Venga ya! ¡No te han dado un francés así en la vida!

—Siete y medio. Es justo lo que te mereces.

Tras varias protestas, la *youtuber* se conforma con la calificación que le ha puesto el chico y pasan al siguiente. A Toni le toca ahora el «beso palpitante», que consiste en dar muchos besos continuados alrededor de la boca de la otra persona, en la comisura de los labios. La nota que Isa le pone es un ocho. La misma que el valenciano le otorga a ella después de que le dé el «beso con los ojos abiertos». La pareja se mira a los ojos, sin cerrarlos, mientras se da un sencillo beso en los labios.

El último beso que tiene que dar Toni es el «beso de Hollywood».

—También llamado «beso de película». Se trata de sujetar a la pareja, mientras esta se deja caer, acomodarla entre los brazos e inclinarse sobre ella para besarla apasionadamente en la boca.

—Para este nos tenemos que poner de pie.

La chica cambia los planos de las dos cámaras y busca con cada una de ellas el mejor ángulo para grabar el último beso de Toni. *Rec.* Cuando está satisfecha, acude hasta él y sonríe.

—Si te luces en este, te pongo un diez.

El valenciano se lo toma como un desafío. Se prepara concienzudamente y agarra con seguridad a Isa de los hombros. Esta poco a poco va deslizándose hacia abajo, hasta que Toni decide colocar el brazo izquierdo en su espalda frenándola, dejando que la joven se apoye en él. A continuación, se inclina sobre ella y le da un beso. Primero dulce, luego apasionado. Luego francés. Y termina cerrando la boca y regalándole uno de presión, pequeño. Cariñoso. Un piquito de despedida. El conjunto ha sido increíble e Isa lo admite.

—¿Y bien?

—Te mereces un diez. Lo reconozco.

Ambos lo celebran. Sobre todo Toni, que se desquita así de la mala imagen que dio en el vídeo de los churros. Vitorea su hazaña y alza los brazos al cielo, como cuando Fernando Alonso ganaba grandes premios en F1.

—¡No hemos terminado! ¡Falta mi último beso! —dice Isa, que permanece de pie para no volver a cambiar el plano.

La chica coge su tercer papelito. Lo lee para sí y luego se lo enseña a Toni. El valenciano se pasa la mano por su cabeza rapada y se encoge luego de hombros.

—Beso de resistencia. La pareja tiene que estar al menos quince minutos besándose sin parar —lee Isa mirando a cámara—. ¿Te ves capaz?

—Vamos a intentarlo.

—Luego habrá que editarlo, o ponerlo a cámara rápida. Si no, el vídeo será demasiado largo. O, si quieres, falseamos que hemos estado quince minutos dándonos el beso.

—No me parece bien, por tus suscriptores, que lo falsees.

—¿Entonces?

—Quiero darte ese beso de resistencia sin trampas —asegura Toni con una amplia sonrisa dibujada en los labios—. Me gusta ser el primer chico con el que haces esto. Y como tú siempre me dices: YouTube está para dar espectáculo. ¡Hagámoslo!

CAPÍTULO 58

Desde que la madre de Nicole dictó sentencia, Ainhoa no levanta cabeza. Se siente desanimada y con pocas ganas de hacer nada que no tenga que ver con estar en su cuarto y lamerse las heridas. Entiende los motivos de esa mujer para que su hija no regrese a Madrid, pero debería ser la propia Nicole quien tome la decisión.

La peruana lleva disculpando a su madre toda la semana a través de mensajes que siempre dicen lo mismo. Desea regresar más que ninguna cosa en la vida, pero no se sentiría bien haciéndolo sin el consentimiento de su familia. Así que no le queda más remedio que resignarse e ir haciéndose a la idea de que su aventura en la capital ha finalizado, con todo lo que eso conlleva. Adiós, universidad; adiós, Odontología; adiós, Benjamin Franklin. Hasta siempre, pasillo 1B.

Ainhoa también se ha rendido. Después de intentar convencerla para que luchase por su futuro sin conseguirlo, ha bajado los brazos. Los imposibles existen y se ha topado con uno de ellos.

Para colmo de males, la única persona que podría alegrarle los días, y animarla un poco, está a punto de hacer las maletas. Óscar está considerando la posibilidad de marcharse a Valladolid tras el ultimátum que le ha dado su novia. Naiara es lo peor y casi ha conseguido lo que pretendía desde un principio. El joven tiene que contestarle ese mismo día si finalmente vuelve junto a ella o se queda en Madrid. Si es así, la relación se habrá terminado para siempre.

Tumbada en la cama, frente a su ordenador portátil, conversa con dos amigas en uno de los salones privados virtuales de un foro que acaban de abrir. Las tres han llegado allí después de que alguien denunciara el anterior en el que estaban y lo cerraran. En este, los administradores están tomando más precauciones para no ser descubiertos. Incluso el nombre de la página es diferente al que tenía anteriormente: Four Rooms, en relación a las cuatro habitaciones de las que dispone el foro.

—Echo de menos nuestra anterior casa —escribe Mía, una de las que dirigen la web y guía de Ainhoa.

—Sí, yo también la echo de menos. Estábamos tan bien allí —indica Huesos de Cristal.

A ninguna de las dos las ha visto nunca. A Mía la conoce desde hace unos cuantos meses y a Huesos de Cristal desde un poco antes de Navidad. Las tres se han hecho amigas y conversan a menudo sobre los asuntos que les preocupan. Sobre todo uno: adelgazar.

—Imagino que será cuestión de tiempo acostumbrarnos.

—Espero que cuando lo hagamos no nos echen otra vez. No lo entiendo. No hacemos daño a nadie. ¿Por qué nos denuncian? ¿Qué le importa a la gente si quiero perder peso para sentirme bien? Es asunto mío. Como si quiero pesar treinta kilos.

Ainhoa cataloga a Huesos de Cristal dentro de las chicas más radicales de la página. Las que hablan sin tapujos sobre vomitar, no comer o querer una talla 34 a cualquier precio.

—La gente se aburre mucho y tiene que meterse en cosas que no les importan, Huesos.

—Ya ves. Seguro que la mayoría piensa como nosotras, pero les parece políticamente incorrecto reconocerlo.

—Es que, ¿cómo una persona gorda va a sentirse bien? Eso es engañarse a uno mismo.

—Estoy contigo, Mía. Tú piensas igual, ¿verdad, Princesa Canaria?

—¿Estás ahí, Princesa?

Sí, está allí. Ainhoa lee todo lo que las otras dos chicas están escribiendo en el salón privado del foro.

—Pienso que no es necesario estar muy delgada para ser feliz.

—¿Qué? ¿Estás de coña?

—No, Huesos. Lo digo de verdad. Aunque no voy a negar que me veo mejor ahora que antes. Pero no sé si el precio que estoy pagando por ello lo compensa.

—¿Has leído eso, Mía? Princesa Canaria reniega del ritual.

—Todas hemos tenido dudas alguna vez —indica la administradora tratando de poner calma en la conversación—. Princesa lleva un mes perfecto. Pero todas somos seres humanos y nos planteamos las cosas cuando tenemos hambre o nos sentimos débiles. ¿Quieres que tengamos una sesión privada, Princesa?

A lo largo del último mes, ella y Mía han tenido tres sesiones privadas, en las que la administradora le recuerda ciertos aspectos relacionados con lo que está consiguiendo. Básicamente, le regala el oído a base de piropos y halagos. Ainhoa sabe que aquello no es más que palabrería. Amabilidad retocada. Una edulcorada receta que trata de hacerla sentir mejor. Y que curiosamente, y sin explicarse el porqué, lo conseguía hasta ahora.

—No hace falta, Mía. Muchas gracias.

—Ya sabes que puedes contar conmigo para lo que quieras y cuando lo necesites. Somos amigas y estaré siempre aquí para lo que sea.

¿Es eso así? ¿Para lo que quiera? ¿Puede devolver a Nicole a Madrid? ¿Puede hacer que Óscar no se vaya a Valladolid con la gilipollas de Naiara? ¿Puede conseguir que sus padres se respeten? No. Ni siquiera puede hablar sobre esos temas con ella porque ni sabe quiénes son. ¿Amigas?

Ainhoa no tiene ganas de continuar leyendo piropos y ofrecimientos que no son reales. Ellas no son sus amigas. Aunque probablemente sean las únicas que puedan entender lo que le pasa.

Sin avisarlas, cierra el privado, luego el foro y termina apagando el ordenador.

Una inmensa tristeza se apodera de ella. Le ruge la tripa y le entra muchísima hambre. Debe aguantar. No va a comer nada. Mira el reloj del móvil y piensa en llamar a sus hermanas. Tal vez ellas la ayuden a encontrarse un poco mejor. Primero marca el número de Paris, pero no responde. Lo mismo le ocurre con Yaiza, que tampoco coge el teléfono. Eso la hace sentirse sola. No hay nadie más a quien pueda recurrir.

Se tumba en la cama bocarriba y se tapa la cabeza con la almohada. Cierra los ojos e intenta no pensar en nada. Imposible. No es capaz de dejar la mente en blanco y olvidarse de todos los problemas que tiene encima.

Se incorpora y va al baño. Se mete los dedos en la boca e intenta vomitar, con cierto cuidado para no hacer mucho ruido. Pero no le queda nada en el estómago. Lo único que consigue es lastimarse la garganta al forzarla. Bebe un poco de agua del grifo y regresa a la cama frustrada. Examina su móvil y descubre un WhatsApp que no ha escuchado mientras estaba en el cuarto de baño. Es de Óscar:

«¿Estás en tu habitación? ¿Puedo hablar contigo?».

Le sorprende que su amigo le escriba a través del teléfono en lugar de ir directamente a su cuarto. Aquello le da mala espina. Excesiva formalidad.

«Puedes venir cuando quieras. No me moveré de aquí».

Un par de minutos después, Ainhoa oye que llaman a la puerta. Se apresura a abrir y Óscar entra en la habitación. Está muy serio. La canaria se teme lo peor. Pronto descubre que estaba en lo cierto.

—Acabo de hablar con Naiara. Hemos decidido que lo mejor para los dos es que regrese a Valladolid —suelta el chico sin preámbulos ni rodeos—. Mañana por la mañana vendrá a por mí y me iré en su coche.

Desde que su novia le obligó a decidir entre ella y Madrid, Óscar no ha parado de sopesar ambas posibilidades. Finalmente, ha elegido el camino del amor. Aunque ni siquiera ahora lo tiene del todo claro.

—¿Hemos decidido? Has sido tú el que ha elegido entre dos opciones, pero la que ha tomado la decisión importante ha sido ella —comenta Ainhoa sin esconder su malestar—. Eso sí, puedes contarlo como te apetezca.

—No quiero discutir. Solo he venido a decírtelo. Creo que debías ser la primera en saberlo.

—Muy amable por tu parte.

—Vamos, no te enfades conmigo, por favor. Esto no es fácil para mí. Llevo toda la semana dándole vueltas a mi vida. Ya la perdí una vez...

—Fue ella quien te puso los cuernos.

El chico resopla y mira hacia arriba. Luego se fija otra vez en la canaria. Tiene la impresión de que se va a poner a llorar en cualquier momento. Ya conoce esa expresión. Odia verla de esa manera.

—Espero que algún fin de semana vengas a visitarme —dice él intentando ganarse una sonrisa de su amiga.

—No creo que sea una buena idea. Tu novia me odia. Estoy segura de que el ultimátum no ha sido Naiara o Madrid: te ha obligado a elegir entre ella y yo. Mientras estábamos enfadados, sin hablarnos, no le preocupaba la distancia.

Esa recriminación deja sin respuesta a Óscar. Él también sabe que la amistad con Ainhoa ha influido en lo que siente y desea Naiara. Aunque quiere y prefiere pensar que su novia le echa de menos y lo necesita en Valladolid, a su lado.

—Ya te he dicho que no vengo a discutir contigo. Me gustaría irme bien. Sin rencores, sin malos rollos. Somos amigos y eso no va a cambiar.

Es la segunda vez en menos de media hora que alguien le dice que es su amigo en circunstancias difíciles.

En un momento en el que lo único que le apetece es llorar. Va a empezar a odiar esa palabra. Sin embargo, no quiere estar mal con él. Óscar le ha dado mucho en esos meses en Madrid. Su relación ha sido muy intensa tanto para lo bueno como para lo malo. Lo más normal es que su amistad se enfríe, hasta que desaparezca por el paso del tiempo. En cambio, también está segura de que jamás le olvidará.

El final debe ser digno.

—Será mejor que vengas tú a visitarnos a nosotros —señala la chica forzando una sonrisa de lado—. Aquí siempre serás bien recibido.

Se acerca a él y le abraza. Un abrazo lleno de intensidad, de sentimientos. También de lágrimas, las que ambos derraman durante el minuto que permanecen juntos y en silencio. Cuando dejan de abrazarse, se miran. A Ainhoa le encantaría besarle. Pero sería un error.

—Bueno, me voy a prepararlo todo. Tengo mucho que hacer. Esta noche, en la cena, se lo diré al resto.

La chica asiente con la cabeza. Le acompaña a la puerta y vuelven a abrazarse antes de que el joven vallisoletano se marche de la 1153. Al cerrar la puerta, otra vez sola en el interior de su cuarto, siente un gran vacío. Un vacío casi insoportable.

Primero se va Nicole y ahora Óscar, sus dos mejores amigos en la Benjamin Franklin. Quizá la próxima sea ella...

CAPÍTULO 59

Desde que supo lo que le sucedía a Manu, Iria controla a su amigo cada día sin que este se dé cuenta. Lo más importante es que no ha vuelto a perder la memoria. Tampoco se han vuelto a enrollar. Ninguno de los dos ha buscado al otro en ese sentido.

Otra cosa que ha hecho a menudo la gallega en esa semana ha sido hablar por teléfono con Eva. Las dos se entienden bien y se mueven por un mismo fin: su malagueño. El chico estuvo con la joven del aro en la nariz el miércoles, el único día de esa semana que se marchó de la residencia sin avisar. Afortunadamente para Iria, ya no es una incógnita adónde va. Y eso la deja más tranquila, sabiendo que, además, Eva lo cuidará y vigilará de cerca.

Las luces de la pista de tenis están encendidas. Casi es de noche ya. Ha sido Manu el que ha insistido en bajar a jugar con ella. Quiere ponerse en forma y volver a deleitar a sus fans, a las que tiene un poco olvidadas en las redes sociales.

—Eres un fantasma.

—Un fantasma guapo y con una personalidad arrolladora.

La chica niega con la cabeza, pero sonríe. Ese es el malagueño de siempre. El que conoció en septiembre y del que, poco a poco, se ha ido enamorando. Ahora ya no tiene ninguna duda, aunque lo negará ante cualquier persona que lo insinúe. No podría mantener una relación con él. Sería como saltar de un avión con una mochila a rebosar de libros en lugar de un paracaídas.

—No te olvides de que tenemos una apuesta pendiente —comenta ella colocándose en la parte derecha de la cancha.

—No me olvido, pero deberíamos cambiar las condiciones de esa apuesta.

—¿Qué propones?

—Deja que vea cómo le das a la bola y después hablamos.

El malagueño saca una pelota del bolsillo de la sudadera y la envía con su raqueta hacia Iria. La chica nota que viene con efecto y la golpea a dos manos. La bola pasa por encima de la red y bota cerca de la línea de fondo, dentro del lado de Manu. Este, sorprendido, se estira para alcanzarla y la devuelve de revés. Iria entonces se adelanta y realiza una bonita bolea. Por unos centímetros, su golpeo se marcha fuera, al pasillo de dobles.

—¡Joder! ¡Por poco! —grita ella molesta por su error.

Sin embargo, Manu la aplaude. Se aproxima a la red y le ofrece su mano para que la choque con la de él. La chica no está segura de si bromea o va en serio.

—Dos golpes muy buenos —comenta el malagueño cuando Iria estrecha su mano—. Veo que Julen te ha enseñado mucho en estos meses.

—Tendría que haber metido esa bolea.

—No era fácil. La pelota iba muy baja y llevaba bastante efecto. Deberías haberla amortiguado en lugar de golpearla. Pero me has sorprendido. Le has dado con mucha clase.

—Ya.

—De verdad —afirma él regresando a su posición—. No creo que puedas aguantar mi ritmo, pero al menos no me pasaré la tarde recogiendo las bolas del suelo.

—Qué capullo eres.

Con una sonrisa de fastidio, Iria también vuelve a la línea de fondo de su lado de la cancha. Le duele no haber metido la bolea, pero el chico tiene razón: debería haber amortiguado la bola y no darle tan fuerte. Un fallo que tendrá en cuenta para el futuro.

—¿Estás lista?

—¡Sí! ¡Vamos!

El malagueño sonríe y hace lo mismo que antes: una bola con efecto al centro. Iria la devuelve con problemas y le sale un golpe excesivamente alto. Manu no tiene reparos esta vez. Arma el brazo y suelta un derechazo que la chica ni ve.

—Parece que sigo en forma —dice mientras extrae otra pelota del bolsillo de su sudadera.

Iria alucina con lo que acaba de ver. El tiro de su amigo iba tan fuerte y colocado que ni se ha dado cuenta de dónde ha botado. Para llegar a esa bola, necesitaría practicar dos años sin parar. Aun así, no cree que hubiera podido alcanzarla.

—No seas malo. Deja que caliente un poco antes de ponernos más serios —pide la gallega quejosa.

—Perdona. No sabía que querías calentar.

—Pues sí. Todavía estoy fría.

—Si quieres, salto la red y busco la manera de que entres en calor lo antes posible.

—Mejor tira otra bola y ya me encargo yo de calentar solita.

El joven se ríe y le manda otra pelota, esta más sencillita. Recta, sin efecto, para que solamente tenga que golpearla. Iria logra darle correctamente y pasa la red sin problemas. Manu continúa jugando sin excesivo ímpetu. Se conforma con trasladar la bola al campo contrario, lo más cerca posible de su amiga. Una vez a izquierda, otra a derecha.

—¿Va bien así?

—Sí, gracias.

—Si prefieres que te la tire más flojito...

—No te preocupes. Ya voy entrando en calor —responde ella algo picada por la burla del malagueño—. No te confíes.

El intercambio dura hasta que Manu se cansa y golpea la bola con más fuerza y precisión, ajustándola a una de las líneas del campo. Iria no puede hacer nada, salvo mirar y admirar el tenis de su amigo.

Juegan durante más de cuarenta minutos seguidos. Es la chica la que opta por hacer un descanso. Se dirige hacia el lateral, fuera de la pista, y se sienta en un banquito echándose hacia atrás. Manu llega hasta allí en pocos segundos.

—Estoy gratamente sorprendido —confiesa mientras se deja caer a su lado—. No lo haces mal.

—Solo sé defenderme en peloteos fáciles.

—Por algo se empieza. Solo llevas unos meses jugando. He visto a gente con más tiempo de entrenamiento y mucho más torpe que tú.

—¿De verdad? Gracias, hombre —dice Iria dándole con la toalla con la que se está secando el sudor.

La chica revisa su móvil mientras Manu bebe agua. Tiene un WhatsApp de Eva en el que le pregunta qué tal está el malagueño. Iria teme que su amigo lo vea y rápidamente deja el teléfono sobre el banquito sin responder el mensaje.

—Bueno, vamos con lo serio —comenta él recuperando la raqueta, que apoya en las piernas—. No lo haces nada mal. Pero creo que no me ganarías ni un solo juego en un partido serio.

—A Julen le gano siempre alguno en cada set.

—Porque Julen es muy majo y te da vidilla. Yo te dejaría seis a cero en todos los sets que jugáramos. ¿Quieres que apostemos eso?

—¿Ahora mismo?

—Ahora no. Dentro de quince días. Así puedes prepararte mejor. Un partido a dos sets. Si consigues ganarme algún juego, haré lo que me pidas. Si no eres capaz de lograr un juego, lo haces tú. ¿Te atreves?

—¿Se puede pedir cualquier cosa?

—Cualquier cosa.

Iria no está segura de atreverse a apostar algo así con Manu. Conociéndole, al malagueño se le puede ocurrir cualquier barbaridad.

—No sé, no sé.

—¿Tienes miedo? ¿No te ves capacitada para competir conmigo?

—No seas chulito. Puedo ganarte perfectamente un juego.

—Sabes que no lo conseguirás. Seis, cero. Seis, cero.

—Qué seguro te veo, malagueño. ¡No te será nada fácil superarme!

—Por supuesto que me será muy fácil —dice el joven acercando su rostro al de la gallega y mirándola a los ojos desafiante.

Sin que se lo espere, Manu se inclina sobre ella y le da un beso en la boca. Iria, a la que ha pillado por sorpresa, no lo rechaza. Al contrario, continúa con el beso, disfrutando del momento y viviendo un instante que hacía días que deseaba rememorar. Echaba de menos sus labios.

—Me encanta cómo sabes.

—Qué tonto. Me has cogido desprevenida.

—Ya, ya. ¿Es que no querías que te besara?

—Sabes... que... sí.

Y tras devolverle el beso que le acaba de dar, Iria alcanza su raqueta y corre hacia su lado de la pista. El chico sonríe y pega otro sorbo a la botella de agua. ¿Cómo ha podido llegar a ese punto de querer besarla en cuanto la mira a los ojos? No lo comprende. Pero tampoco va a buscar una explicación ahora. Se levanta y se prepara para regresar al juego. Sin embargo, se vuelve cuando escucha el sonido de un móvil: es el *smartphone* de Iria, que está al otro lado del banco. Se inclina para cogerlo y llevárselo a la gallega, pero se percata del nombre de la persona que la está llamando: Eva.

Millones de ideas le pasan por la cabeza, pero una por encima de todas. ¿Qué posibilidades hay de que sea la misma Eva? Solo puede resolver la duda de una forma. Pulsa el botón verde y aguarda a que alguien hable.

—¿Iria? ¿Hola? ¿Estás ahí? ¿Hola?

Es su voz. La misma voz de la chica en la que confiaba. La misma voz de la persona que tanto lo ayudó con su adicción. La misma voz de esa Eva a la que acude cuando su alma se llena de dudas. La misma voz.

—Hija de puta. ¡Eres una hija de puta, Eva! ¡Las dos lo sois!

La gallega, desde lejos, observa al chico con su teléfono en la mano. ¿Ha dicho Eva? ¿La ha llamado? ¡Joder! ¡Se ha enterado de que se conocen!

No le hacen falta más detalles para comprender que acaba de suceder algo muy grave.

Arroja la raqueta al suelo y corre despavorida hacia Manu, que contempla cómo se dirige a toda velocidad hacia él. Furioso, repleto de ira, lanza el móvil de su amiga contra el suelo haciéndolo estallar en mil pedazos. A continuación, dedica en voz baja otro insulto a las dos chicas que le han traicionado y sale corriendo en dirección contraria a su querida gallega, huyendo de allí lo más rápido que puede.

El malagueño desaparece pronto ante la mirada horrorizada de una Iria temblorosa, muerta de miedo, que en ese momento no está segura de lo que puede pasar. Aunque sabe que un terremoto de magnitud infinita acaba de sacudir Madrid, con epicentro en aquella iluminada pista de tenis.

CAPÍTULO 60

No ha sido una semana fácil para Elena. Tampoco para David. Los dos han hablado largo y tendido de todo lo que ha ocurrido en esos días tan complicados para ambos. Una por una, le han sacado punta a las diversas circunstancias que les han rodeado en el último mes y para las que todavía no han encontrado solución.

Por eso van ahora en el tren camino de Toledo. A intentar solventar dos de esos problemas sin resolución. Elena, para debatir con sus padres el tema de la carrera; y David necesita hablar con Marta sobre sus sentimientos. En principio, el chico no tenía previsto ir con su amiga. De hecho, su novia ni siquiera está al corriente de que viaja hacia allí. El sevillano se sumó a última hora a la joven de improviso, tras acompañarla a la estación de trenes.

—¿Y si voy contigo?

—¿A Toledo?

—Sí. Tu hermana me ha dicho esta mañana que no puede venir a Madrid este fin de semana. Y no quiero esperar más tiempo para hablar con ella.

—¿Qué le vas a decir?

—Lo que pienso. No quiero alargar más esto. Cada día me siento peor.

—Me parece una buena idea. Estás a tiempo de venir conmigo. ¡Pero date prisa en sacar el billete o perderemos el tren!

Y así lo hizo David. Compró un billete para Toledo y acompaña a Elena a su ciudad para solucionar de una vez por todas la relación con Marta.

—Me sale apagado o fuera de cobertura otra vez —comenta el chico, que ha llamado a su novia varias veces con el mismo resultado en todas ellas.

—Estará en alguna parte con poca señal. En Toledo pasa a menudo.

A pesar de la valentía inicial y la intención de ese viaje, David no está muy seguro de lo que debe hacer y de lo que puede pasar. Lo ha hablado con Elena en esos días y su amiga solo le pide que, si corta con ella, sea lo menos duro posible. Que la trate con cariño. Aunque los dos saben que la chica sufrirá mucho; no importa cómo ni cuándo llegue el momento. Quizá en Toledo, donde vive ella, sea menos cruel. Podrá encerrarse en su habitación y soportar mejor las horas posruptura. En la residencia no estaría tan respaldada y segura como en su propia casa, y más con la presencia de su hermana mayor allí. Eso ha sido, sobre todo, lo que ha llevado al sevillano a decidirse a viajar ese viernes junto a Elena, aunque los nervios le están devorando por dentro.

—Me da pena que el primer viaje que hago a Toledo sea para esto.

—La vida tiene este tipo de maldades. Espero que estés seguro de lo que vas a hacer.

—Estoy seguro de que no estoy enamorado de ella. Ya lo sabes.

La joven agacha la cabeza y suspira. ¿Hace falta estar enamorado para salir con alguien? Imagina que, después de cuatro meses, sí hay que sentir algo más para continuar con una relación. No solo cariño, atracción o simpatía. Hay que tener mariposas en el estómago y notar que te falta el aire cuando te mira. Que le necesitas si no está. Que en lo único que piensas es en verle o escucharle. Si David no ha logrado encontrar esas sensaciones, será que su hermana no es la chica adecuada.

Y lo siente de verdad por ella. Porque aunque es joven, muy joven, y tendrá millones de oportunidades más, lo pasará mal. Marta es la persona que más intensamente vive de todas las que conoce.

—Haré todo lo que esté en mis manos para que se encuentre lo mejor posible —dice Elena juntando los brazos sobre el pecho.

—¿Volverás el lunes a Madrid?

—Sí. Tengo mucho que hablar con mis padres. Esa será otra batalla diferente, aunque también muy dura.

—Será un fin de semana complicado.

—Mucho. Aunque pasará, como todos. Y saldrá el sol otra vez —indica Elena tratando de ser optimista.

—Sí, al final todo pasa. Aunque hay historias que se te queden marcadas para siempre.

De eso sabe mucho David. De historias, de marcas. De vivencias que dan lugar a tatuajes. De tatuajes que simbolizan recuerdos inolvidables. Recuerdos que se transforman en huellas que son imposibles de borrar.

Una de esas experiencias vividas, inolvidables, ha arrastrado el mal hasta su nuevo hogar. Alguien se está encargando de que el pasado más oscuro brote repleto de espinas. Pero ¿quién?

En esos días ha repasado mil veces con Elena todo lo que hizo el domingo anterior, el día que pintaron su puerta con aquel «Rocío no olvida» y que alguien echó una sustancia llamada «contoperisamina» en algo que comió. Por suerte, aquello solo lo mantuvo un par de días enfermo. Pero ¿era solo el principio? ¿Quién podría querer hacerle daño hasta el punto de envenenar su comida? ¿Cómo lo hizo?

Ni sus compañeros de pasillo ni Marta saben lo de aquella sustancia. Solo Elena es consciente. Han preferido guardar el secreto para no alarmar a nadie.

Y todo vuelve a comenzar con la *ouija* en el cuarto de Manu y la aparición del espíritu de Rocío Costa.

Todo es tan confuso... Las teorías e hipótesis que se les ocurren tienen grietas por todas partes. Ninguna es válida al cien por cien porque en todas existen fallos, coartadas, falta de móviles...

Así que han decidido esperar a próximos acontecimientos y permanecer muy atentos a cualquier detalle extraño o fuera de lo normal que ocurra en torno al sevillano.

El viaje hasta Toledo no es muy largo, un poco más de media hora, tiempo en el que la pareja no para de hablar ni un instante.

—Esta mañana me he encontrado con Martín —casi susurra Elena—. Aún me duele cruzarme con él por la residencia.

—¿Habéis hablado?

—No. No hemos hablado.

La chica ha tenido varias pesadillas relacionadas con lo que sucedió entre ellos el día que Martín golpeó con fuerza la puerta de su habitación. Es una imagen difícil de borrar y que le ha quedado grabada.

—Tal vez algún día podáis solucionarlo y quedar como amigos.

—Le acusé de ser el responsable de lo que te estaba pasando, David. No creo que me perdone algo así. Y yo tampoco soy capaz de perdonarle de momento lo que me hizo. Su reacción fue desproporcionada y violenta.

—Sí, eso no tiene justificación alguna. Y me sorprende que actuara así. Carmona no parece el tipo de persona que pueda comportarse de esa forma.

—Yo también pensaba eso —reconoce la joven mientras, algo ausente, contempla el paisaje a través de la ventana.

El tren se aproxima a Toledo. Allí les espera a los dos una prueba difícil de superar. Una prueba en la que está en juego el futuro de ambos.

Cuando se detienen, Elena y David se levantan casi al unísono de su asiento. La chica agarra la pequeña maleta que lleva consigo y se dirige hacia la puerta del vagón. El sevillano va detrás; viaja sin equipaje. Ni siquiera ha cogido el cargador de su móvil. Su intención es regresar a la capital en el tren de las nueve y media, después de hablar con Marta. Si se prolongara mucho la charla, buscaría un hostal en el que pasar la noche. Aunque espera que no sea necesario.

—Aquí estamos —dice la chica ya pisando el suelo de la estación—. Mucha suerte.

—Lo mismo digo. Valor.

Los dos se dan la mano y aprietan con fuerza. Es un gesto simple, sencillo, pero que sirve para que uno le transmita ánimo al otro.

Caminan en paralelo hacia el vestíbulo.

—¿Tu casa está muy lejos de aquí?

—Andando, unos cuarenta minutos. Pero cogeremos un taxi. No te preocupes —responde Elena arrastrando la maleta por el vestíbulo—. He preferido decirles a mis padres que no vinieran a por mí. Están en el despacho y tendrían que ausentarse del trabajo.

El chico asiente con la cabeza y los dos continúan andando hacia una de las puertas de salida de la estación. David observa el precioso edificio de estilo neomudéjar.

—Tenéis una estación preciosa.

—Todo lo que hay en Toledo es precioso. Aunque termina quedándose pequeño.

El sevillano no quiere decirle que lo más precioso de Toledo va caminando a su lado. Se limita a sonreír y a continuar admirando el bonito vestíbulo de la estación.

—¿Te has fijado? —comenta David señalando a una pareja de adolescentes cerca de una de las puertas de la estación.

—¿En qué?

—Esa chica se parece mucho a tu hermana, ¿no?

Elena mira hacia la zona que indica su amigo y se sorprende por el gran parecido que tiene esa muchacha con Marta. Hasta visten con un estilo similar. Creería que es ella si no fuera porque su acompañante se inclina sobre la joven y le da un beso en los labios.

David y Elena se miran en ese instante. Un beso de apenas tres o cuatro segundos. Cuando se separan, ella se gira y se cubre la cara con las manos.

Un instante que parece una vida.

—Es Marta, ¿verdad? —dice David. Le cuesta creer lo que ve.

Nunca imaginó que la que todavía es su novia pudiera besar a otro. No entiende nada de lo que está sucediendo.

—Sí —responde escuetamente Elena—. No lo comprendo.

—Ni yo.

Los chicos cambian de idea y deciden dirigirse a la zona opuesta del vestíbulo. No quieren que Marta los vea. Se sientan en un banco y se quedan en silencio unos minutos reflexionando.

—No sé qué decir, David.

—Es que no tienes por qué decir nada. No te preocupes —indica el sevillano, que se encuentra como si estuviera en una nube—. Imagino que esto facilitará las cosas.

—¿Quieres que hable con ella?

—Sí, pero luego. En casa, cuando estéis tranquilas.

—¿Qué vas a hacer?

—Voy a coger el siguiente tren a Madrid —responde él levantándose—. Estoy demasiado confuso ahora para hablar con tu hermana. No tengo fuerzas para hacerlo. Tampoco puedo culparla de nada. Nosotros nos besamos a su espalda. Es lo mismo que está haciendo ella con ese chico.

—Entonces, ¿te vas?

—Sí, no sería buena idea quedarme y tener una bronca sin ningún sentido con Marta.

—Lo entiendo. De todas formas, hablaré yo con ella en cuanto llegue a casa. No sé quién es ese chico ni cuándo lo ha conocido. Todo es muy extraño.

El joven sonríe con tristeza y se dirige a comprar un billete de vuelta a Madrid. Elena lo acompaña en silencio. No sospechaba que la relación entre su hermana y su amigo terminaría de esa forma. Después de lo que ha visto, todo en la vida es posible. ¿Y el amor que sentía Marta por David dónde se ha quedado?

Posiblemente, en el mismo lugar en el que mueren los sueños que no se hacen realidad.

CAPÍTULO 61

Está sentado en un banquito junto a la cascada. Ya es de noche, pero no hace tanto frío como al inicio de la semana. Las luces encendidas de las habitaciones de la residencia alumbran más que la bombilla de la única farola que funciona en esa zona del lago.

Hace media hora, Imanol volvió a llamarle, pero no le cogió el teléfono. Igual que ha estado haciendo los últimos días. El lunes le dejó claro que no quería que le llamara más. Su postura pudo ser muy radical, pero era lo que sentía. Lo que siente.

Aquello no llevaba a ninguna parte. Tras estar con él, lo tiene más claro que nunca. El beso que se dieron fue la última prueba que necesitaba para saber que no siente nada verdadero hacia su exprofesor de Inglés. Justo lo contrario que para Imanol.

> «¡Julen! ¿Por qué te has ido así? El beso que nos hemos dado ha sido el mejor momento de mi vida. Podemos intentarlo. Vendré a Madrid todos los fines de semana. Sé que tienes miedo, que te preocupan cosas. Venceremos a todo eso. ¡Te quiero!».

Ese WhatsApp fue el primero que el navarro recibió de Imanol la misma noche en que salieron juntos. Luego llegaron varios más, parecidos. En todos se expresaba de una manera apasionada. En algunas ocasiones, hasta desequilibrada.

Al chico, realmente, le da pena todo aquello. Y ha estado tentado de responder alguna vez al teléfono. Pero sabe que la única forma de terminar aquella historia es cortar por lo sano. No hablándole ni escribiéndole más. Espera que pronto se canse.

Mientras está pensando en el profesor, recibe un correo electrónico de él. A Julen le da miedo leerlo por lo que pueda decir. Duda entre abrirlo o enviarlo directamente a la papelera de Hotmail.

En ese instante, aparece Iria corriendo: se dirige hacia el edificio de la residencia. El chico la ve y grita su nombre. La gallega escucha que Julen la llama y se reúne con él.

—¿Has visto a Manu? —pregunta respirando con dificultad.

Lleva su raqueta y la del malagueño en las manos y una mochila colgada en la que ha guardado lo que ha podido salvar de su móvil hecho pedazos.

—No, ¿qué ha pasado?

—Algo muy grave.

—¿Qué? ¿Algo muy grave? Explícate.

Iria se sienta a su lado y le narra durante varios minutos la historia de Manu. Sus problemas con las drogas, dónde va cuando desaparece, lo que ha sucedido mientras jugaban al tenis... Julen escucha con atención a la gallega, intentando asimilar tanta información. Cuando finaliza, enciende un cigarro y da una calada muy alterado.

—Dios mío. Se me ha puesto la piel de gallina. No tenía ni idea de esto que me estás contando.

—Yo tampoco. Lo descubrí hace unos días. Siento no haberte dicho nada hasta ahora, pero es un tema muy complicado. Eva y yo decidimos guardar el secreto y ocuparnos de todo nosotras dos solas. Quizá tendríamos que haber recurrido a alguien que nos ayudara.

—Ahora ya no hay vuelta atrás. ¿Sabes dónde ha podido ir?

—No, no tengo ni idea.

—¿Has hablado con esa Eva?

—¡No he podido! ¡Manu me ha destrozado el teléfono! ¡Ni siquiera me sé su móvil!

—Es verdad. ¿Has rescatado la tarjeta SIM?

—Sí, pero no sé si funcionará.

La chica abre la mochila y busca la pequeña tarjeta en uno de los bolsillos. Cuando la encuentra se la da a Julen, que apaga el cigarro.

—Voy a probarla en mi móvil.

El joven extrae la tarjeta de su *smartphone* y coloca en su lugar la de Iria. No funciona. Vuelve a repetir la operación sin éxito. La chica se lleva las manos a la cabeza y no sabe qué hacer para ponerse en contacto con Eva.

—¿Quieres que yo llame a Manu? A lo mejor me lo coge y puedo averiguar dónde está.

—Sería peor. Pensará que tú también estás implicado. Mejor guardar tu carta por si la cosa se pone más fea.

—Puede que tengas razón. Pero hay que hacer algo, aunque no se me ocurre qué.

—Esto es una pesadilla. ¡Espero que no haya hecho ninguna locura!

—Sobre todo no debemos ponernos nerviosos.

—Lo he visto fuera de sí, Julen. Completamente ido y enrabietado.

Ya no es solo que Manu haya explotado y esté en paradero desconocido. También cabe la posibilidad de que, por culpa de ese ataque de ansiedad, vuelva a perder la memoria. Si su amigo se queda con la mente en blanco, las cosas empeorarían todavía más.

—Deberíamos hablar con alguien de la residencia.

—¡No! No podemos. Si lo hacemos, entonces sí que estará todo perdido. Lo echarán de aquí y de la universidad.

—Si tiene una adicción a las drogas y está enfermo, es lo mejor, Iria. Necesitamos que alguien nos ayude. Seguro que en la residencia tienen medios. Además, alguien tendrá que avisar a su familia si no aparece.

La chica agacha la cabeza y comienza a llorar desconsoladamente. Está muy asustada y perdida. No quiere hacer lo que dice Julen. Esa no es la solución. Necesita hablar con Eva, pero ni siquiera sabe dónde vive para ir a su casa y contarle lo que ha sucedido. ¿Habrá ido Manu a verla a ella? Es una posibilidad. Aunque, ¿con qué intención? Todo son suposiciones. Ideas sin confirmar que se acumulan en su cerebro mientras no para de llorar.

Julen la observa y se le parte el alma. Recuerda haberla visto así cuando rompió con Antón. Es una chica dura, con carácter, pero tiene un corazón enorme. Y mucha sensibilidad. Aquel llanto agónico no hace más que confirmar lo que lleva suponiendo desde hace varios días: Iria está enamorada del malagueño. Tal vez más de lo que imaginaba.

—Tranquila —le dice el pamplonés acariciándole el cabello, que tiene un poco más largo que cuando llegó a la universidad—. Ahora lo ves todo negro, pero lo solucionaremos. Ya hemos vivido situaciones como esta.

—Manu me odia. Eso no tiene solución.

—Seguro que no te odia. Está enfadado con todo el mundo. Aunque creo que, cuando se siente y reflexione, se dará cuenta de que el mayor enfado lo tiene consigo mismo. Él es su peor enemigo en estos momentos.

—Manu nunca pensará eso. Pensará que Eva y yo le hemos traicionado.

—No creo que cuidar de una persona sea una traición.

La sonrisa de Julen no la tranquiliza, pero ayuda a que respire hondo y vea que su comportamiento no ha sido inadecuado. Solo quería cuidar de Manu y que estuviera lo mejor posible. No ha hecho nada malo.

Pasan los minutos y la noche se va haciendo más fría.

—Será mejor que entremos en la residencia o pillaremos un buen catarro —dice el navarro incorporándose—. Lo único que nos hace falta es pillar la gripe.

Iria también se pone de pie y se abraza a su amigo. Juntos regresan al interior del edificio. No les queda más remedio que tener paciencia y esperar a ver qué es lo que sucede. Sin embargo, al llegar a recepción, la gallega repara en una chica que lleva un arito en la nariz y un mechón morado en su larga cabellera negra. Eva también la ve y corre a su encuentro.

Las dos se funden en un emotivo abrazo. Cuando se vuelven a mirar, ambas tienen el rostro repleto de lágrimas. Mientras se limpian la cara, Iria le presenta a Julen.

—Encantado —dice el chico mientras le da dos besos a Eva.

—Igualmente. Manu me ha hablado mucho de ti.

La gallega le explica que el joven sabe todo lo referente al malagueño. Se lo acaba de contar. Los tres van a la cafetería, donde Iria narra lo que ha ocurrido en la pista de tenis al tiempo que toman un café con leche que les sirve Gonzalo, el camarero nuevo.

—Imaginé que algo muy grave había sucedido cuando me llamó hija de puta dos veces —señala Eva apenada—. Lo he llamado varias veces, pero tiene desconectado el teléfono.

—Espero que no haya hecho lo mismo que con el mío.

—No creo. Tu móvil lo rompió en un ataque de furia. El suyo lo necesita. Simplemente, lo habrá apagado para no tener que hablar con nadie. Estoy segura de que volverá a conectarlo pronto.

—¿Dónde crees que está? Pensaba que a lo mejor iba a tu casa.

—No, no irá a mi casa. Estará pensando que ya no puede confiar en mí y que todo lo que me ha contado en estos meses te lo he dicho a ti.

—Entonces, ¿adónde habrá ido?

—Ni idea. Pero tarde o temprano debe regresar a la residencia a por ropa limpia y a por el resto de sus cosas. Si es que decide marcharse a alguna parte. Porque lo mismo lo vemos por aquí dentro de un rato tan tranquilo —apunta Eva, y bebe de su café—. ¿Habéis hablado de esto con alguien más?

Tanto Iria como Julen mueven la cabeza negativamente.

—Antes lo comentaba con ella, ¿no sería mejor que avisáramos a alguien de la residencia? ¿Incluso a su familia?

—Yo no tengo el móvil de sus padres —señala Eva—. Pero creo que es mejor que esto lo resolvamos entre nosotros. No alarmemos a nadie antes de tiempo.

—Pienso lo mismo —interviene la gallega—. Si alguien se entera, Manu no saldrá bien parado. Me da mucho miedo lo que pueda hacer esta noche, pero creo que lo mejor es esperar.

—Estoy contigo.

—Si es lo que las dos pensáis..., OK.

Los tres determinan aguardar a que el chico aparezca de nuevo y ver cómo se desarrollan los acontecimientos.

—Yo me voy a mi casa ahora, no vaya a ser que esté equivocada y Manu vaya para allá.

—¿Y cómo estamos en contacto? Ni tengo móvil ni tengo tu número —le recuerda Iria.

Julen se ofrece como intermediario. Le da su número a Eva y ella hace lo propio con el suyo. Las dos chicas agradecen al navarro su ayuda.

La joven del *piercing* en la nariz se despide, con un cariñoso abrazo, de los dos residentes de la Benjamin Franklin, que la acompañan hasta el aparcamiento en el que está estacionado el Fiat 500 blanco. Quedan en avisarse si cualquiera de ellos recibe alguna noticia del malagueño. Si no hay noticias durante la noche, mañana se lo plantearán de otra forma.

Ven alejarse el coche de Eva antes de regresar al interior del edificio. Pero no solo ellos son los que contemplan cómo desaparece el vehículo en la noche.

Oculto en las sombras, Manu los observa. Su enfado no ha disminuido: al contrario, se ha multiplicado. Acaba de confirmar que también Julen está enterado de todo.

—Malditos cabrones —susurra casi silbando las palabras.

¿Qué harán? No puede leerles la mente, pero está seguro de que tarde o temprano avisarán a alguien para que se ocupen de él. Los tres juntos son más peligrosos que actuando individualmente. No lo permitirá.

¿Y ahora? ¿Cuál es el siguiente paso? ¿Desaparecer para siempre?

Es una pena, porque realmente la gallega empezaba a gustarle de verdad. Casi tanto como la chica que lo dejó. Con ella empezó todo.

Se muerde el labio tan fuerte que comienza a sangrar. Escupe al suelo e intenta no tragarse la sangre. O se relaja o lo pasará mal.

Tiene frío. No debe quedarse ahí. Ya no puede ir a casa de Eva. Puta traidora... Pero aún tiene un cartucho en la recámara. Una carta escondida bajo la manga.

Saca su teléfono móvil del bolsillo y lo enciende. Los pitidos de las llamadas perdidas son innumerables. También tiene varios WhatsApps sin leer. A la mierda.

Busca un número entre sus contactos y llama. Después de cinco *bips*, responden.

—¿Sí?

—Hola, ¿recuerdas que me debías una? Pues es el momento perfecto para cobrarme el favor.

CAPÍTULO 62

Sus padres hace diez minutos que han llegado. Ignacio se ha quitado la corbata y la chaqueta y se sienta en el sofá del salón mientras se remanga la camisa. Pilar también se ha puesto más cómoda vistiéndose con un pantalón ancho y una sudadera que usa para estar por casa. Los dos están dispuestos a escuchar a su hija —más él que ella—, porque Elena les ha pedido por favor una oportunidad para explicarse. Para eso está en Toledo.

La joven comienza recordándoles a ambos la charla que mantuvo con su madre hace unos días en la residencia, una conversación en la que la mujer apenas la dejó hablar. La acusa de autoritaria y de no tener en cuenta nada de lo que le contó.

—No me esperaba que me dijeras que no te gustaba la carrera. Para mí fue una gran sorpresa. Todavía me cuesta asimilarlo —se defiende Pilar—. De todas maneras, sigo pensando lo mismo. Y tú también, ¿no, Nacho? En esto estamos de acuerdo. Elena debe seguir estudiando Derecho.

—Vamos a escuchar todo lo que tiene que decir la niña y luego lo consideramos.

—Ya sabes lo que va a decir.

—Vamos a escucharla, Pilar. Si se ha molestado en venir desde Madrid, por lo menos oigamos lo que tiene que contarnos. No nos precipitemos.

La mujer suspira y hace un gesto con las manos expresando la disconformidad con su marido.

—Gracias, papá —dice Elena, a la que su madre ha puesto más nerviosa—. Esto no es fácil para mí y tampoco estoy dando nada por sentado. Pero es cierto que la carrera no me gusta. Y me parece que no me va a gustar nunca.

—¿Tienen algo que ver los suspensos o que lo hayas dejado con tu novio, que también estudia Derecho?

—Ya le dije a mamá que no. No ha influido. Esto viene de antes.

—¿De cuándo más o menos?

—No sé el día o la semana exacta, pero no me he encontrado bien desde que empecé a preparar los exámenes más en serio. El temario ni me atrae ni me motiva. Se me ha hecho muy pesado. Y hay cosas que no comprendo bien. En realidad, me he llevado una gran decepción con lo que hemos hecho en el primer cuatrimestre.

El hombre se acaricia la barbilla y cruza las piernas. Luego mira a su mujer antes de dirigirse a su hija de nuevo.

—Eso es algo normal, Elena. Las cosas nuevas al principio cuesta aceptarlas. A mí me pasó algo parecido.

—¿También quisiste dejar la carrera?

—No, no llegué a tanto. Pero sí que odié algunas asignaturas y a determinados profesores. Sobre todo al de Civil.

A la chica se le escapa una sonrisa al escuchar a su padre. No se lo imagina odiando a ningún profesor. Se pregunta cómo sería aquel catedrático para que albergara ese sentimiento de rechazo hacia él.

—¿Te suspendió?

—Pues no te voy a mentir. Sí, suspendí Civil en primero. Y tu madre también.

Aquello sí que no se lo esperaba. Creía que el expediente académico de sus padres estaba inmaculado de suspensos.

—Me ha pasado como a vosotros, entonces. Civil también se me ha atragantado.

—Suspender una asignatura en la carrera es habitual. Mejor que no pase, pero puede suceder. Sobre todo al principio, mientras te estás adaptando a la universidad, a los profesores, a la carrera... Nadie desea tener que ir a recuperación, pero eso sirve para aprender mejor la asignatura y te vale de experiencia para los siguientes exámenes.

—Entiendo, pero como ya os he dicho, suspender dos exámenes ha sido secundario. Y dejar a Martín tampoco tiene nada que ver con lo que siento. Martín y yo, simplemente, no funcionamos como pareja.

—Qué pena —masculla Pilar para sí.

La chica escucha el susurro de su madre y la observa con cara de pocos amigos.

—No es una pena, mamá.

—Sí lo es. Una verdadera lástima que no estés con ese muchacho.

—Si tanto te gusta Martín, divórciate de papá y cásate con él.

—No digas tonterías. Ese chico era bueno para ti.

—No sería tan bueno cuando he decidido dejarlo con él. ¿No crees? ¿O es que ya no confías en mí y en mi criterio?

—Ya he dicho lo que pensaba, Elena. Has dejado escapar a una joya.

—Esto es el colmo. Ya no solo quieres decidir qué estudio, sino también con quién me voy a la cama. ¿Elegirás también la marca de condones que uso?

—¡Elena! —exclama su madre escandalizada—. ¡No te reconozco!

—¡Ni yo a ti, mamá!

Las dos se dan la vuelta para evitar mirar a la otra. La conversación se les ha ido de las manos. Ignacio es el que intenta arreglarlo.

—A ver, calmaos las dos. O terminaremos diciendo cosas que no sentimos —comenta el hombre echándose hacia delante en el sofá—. Nos ha quedado claro que tus suspensos y la ruptura con tu novio no han tenido que ver en tu desengaño con Derecho, ¿no?

—Así es.

—Bien. Me gustaría saber una cosa importante: si dejaras Derecho, ¿qué harías?

—¡Nacho! ¿Cómo va a dejar Derecho? —pregunta alarmada Pilar, cambiando de nuevo de posición en el sofá y girándose hacia su marido.

—No he dicho que lo deje, le he preguntado qué le gustaría hacer si eso sucediera. Son dos cosas muy diferentes.

—¡Es lo mismo, dicho de manera distinta!

—Te confundes, Pilar. Pero quiero escuchar a tu hija. ¿Qué harías, Elena?

La joven reflexiona un instante. No quiere mentirle a su padre.

—No lo sé, papá. No tengo ni idea. Solo sé que no me gusta Derecho.

—Bien, pero ¿no hay nada más? ¿Ninguna inquietud? ¿Algo que te guste hacer?

—Me encanta escribir. Tengo... —Duda un momento. ¿Lo cuenta?—. Tengo un blog, una página en Internet en la que escribo.

—¿De verdad? Eso está muy bien. ¿Qué escribes?

—Lo que hago, lo que siento... No es un diario. Solo lo uso para desahogarme o escribir tonterías de vez en cuando.

—¿Escribir te desahoga?

—Sí, aunque, como os he dicho, no lo hago cada día. Desde que estoy en la universidad escribo menos, pero quiero recuperar el ritmo que llevaba antes. Un *post* o dos por semana al menos.

El hombre asiente con una sonrisa. También da la impresión de que Pilar se ha relajado. No sabía que a su hija le gustaba escribir. Ella lo hace a menudo y es una de sus grandes pasiones. De hecho, guarda un secreto: un par de libros que comenzó a escribir cuando estaba en la universidad.

—Pero escribiendo no se gana uno la vida. O por lo menos es muy difícil poder dedicarte a eso profesionalmente. En España hay pocos escritores que paguen las facturas con sus libros.

—Lo sé, papá. Y no es mi intención ser escritora. Escribir solo es un *hobby*.

—Me parece una bonita afición. Espero que sigas con ella.

—Lo haré. Disfruto mucho escribiendo. Además, es una necesidad.

De nuevo se produce una pausa en la conversación. Nacho contempla a su mujer y sonríe. Luego le pone una mano sobre la suya y se la acaricia con dulzura. Pilar resopla y mira a su hija. Está claro que no es la misma chica que se marchó de Toledo hace más de cuatro meses. Y, aunque le cueste reconocerlo, esta nueva Elena es, si cabe, más madura que la que se fue.

—¿Qué es lo que propones entonces, Elena? —pregunta la mujer en un tono de voz mucho más suave que el empleado hasta ahora.

—No lo sé, mamá. Solo quería hablar con vosotros para que sepáis que Derecho no me está gustando y poder tener la alternativa de cambiar de carrera.

—Sabes que con ninguna otra carrera tendrías tantas facilidades para sobrevivir en el futuro como estudiando Derecho, ¿verdad?

—Eso no me preocupa ahora, papá.

—Tal como están las cosas, debería preocuparte. Hay mucha gente en paro.

—Ese no debería ser un motivo para seguir o dejarlo. Paro hay en todas las profesiones. Tampoco estudiar Derecho me garantiza el éxito profesional.

—Ya. Pero nosotros podríamos echarte una mano siempre que lo necesitases. Si te dedicas a otra cosa, estaríamos a tu lado, pero no podríamos hacer nada.

—¿Lo importante no es hacer lo que a uno le haga feliz?

—Sí, pero sin trabajo, sin tener qué comer y sin estabilidad es más difícil ser feliz —interviene ahora su madre.

—Tampoco me asegura la felicidad ser jurista, mamá. Si la carrera no me gusta y tengo que estudiarla durante cuatro años, sí que me asegura cuatro años de infelicidad. No quiero eso. Prefiero arriesgarme y probar otra cosa.

—Pero no nos dices el qué.

—Porque no lo sé. No quiero mentiros —insiste la chica alzando un poco la voz—. Siempre he pensado y he tenido muy claro que Derecho era mi futuro. Ahora que no lo veo tan claro, no sé qué podría hacer o para qué podría servir. Necesito pensarlo. Investigar. Mirar otras alternativas. Lo que no quiero es sentirme atrapada en algo que no me gusta y no poder decidir mi futuro. Porque, aunque cuento con vosotros y os estoy muy agradecida por todo lo que hacéis, es de mi futuro de lo que estamos hablando.

Ignacio vuelve a mirar a su mujer cuando su hija termina de hablar. Elena siempre ha sido una joven muy madura y responsable. Lo sigue siendo, no duda de eso. Pero en sus ojos ve algo nuevo. Ya no es una cría y, aunque tiene mucho que aprender todavía, sabe lo que dice y por qué lo dice. Eso le gusta.

—Vamos a hacer una cosa. Si tu madre está de acuerdo también —indica el hombre centrándose otra vez en Elena—. Vas a seguir estudiando Derecho hasta que termine el curso. Quiero que te esfuerces al máximo y que apruebes todas con la mayor nota posible. Y, al mismo tiempo, quiero que te informes sobre otras carreras. Que averigües qué quieres hacer, a qué te quieres dedicar de verdad. De corazón. Si cuando termine el curso sigue sin gustarte Derecho y quieres cambiar, yo estaré de acuerdo. Pero da todo lo que tienes estos meses y tráenos buenas notas. ¿Te parece bien?

La joven sonríe. La propuesta de su padre le parece justa. Muy justa. Algo así es lo que deseaba escuchar.

—Me parece muy bien —contesta alegre. Cuando mira a su madre, oculta la sonrisa—. ¿Qué piensas tú, mamá?

—Lo mismo que antes: que debes seguir estudiando Derecho. Quiero lo mejor para ti y sé que no encontrarás una carrera que te dé tantas oportunidades. Pero acepto la propuesta de tu padre. Si no quieres continuar, no te vamos a imponer que lo hagas. Como tú has dicho, es tu futuro y tienes derecho a elegir. Aunque yo no lo veo claro. A todos nos cuestan las cosas al principio, pero terminamos acostumbrándonos y adaptándonos a las circunstancias.

A su manera, y tras un rodeo, su madre también da por buena la solución que ha encontrado su padre. Misión cumplida. Ahora le toca esforzarse todo lo que pueda durante lo que queda de curso y, cuando termine, decidir qué hacer.

—Muchas gracias a los dos —dice con una amplia sonrisa de gratitud—. Ahora sí estoy más tranquila.

—Pero estudia mucho y saca buenas notas.

—Lo haré, papá.

La chica se levanta y da primero un abrazo a su padre y, a continuación, otro a su madre. Luego recupera su lugar en el sillón en el que estaba sentada y saca otro tema de conversación. Unos minutos más tarde, mientras hablan de que mañana podrían salir a comer juntos a un restaurante de Toledo que a ella le gusta mucho, se abre la puerta del piso. Marta entra en el salón con los ojos vidriosos. Saluda a sus padres sin ningún interés y, agarrando de la mano a su hermana, la arrastra hasta su habitación. Elena sabe lo que está pasando.

Las dos se sientan en la cama y la mayor escucha lo que la pequeña tiene que decir:

—Soy una estúpida. La persona más estúpida de la Tierra —suelta llorando—. No te vas a creer lo que te voy a contar. Porque ni siquiera yo me lo puedo creer aún.

CAPÍTULO 63

¿Cómo va a olvidarse de lo que ha pasado en la habitación que justo tiene encima de la suya? Cada uno de los besos que se ha dado con Isa ha sido... ¡increíble! Toni sonríe como un niño con un futbolín nuevo. ¿Habrá sentido ella algo? Posiblemente no. Esa chica es muy complicada y distante. Y posee un carácter cambiante. Lo más probable es que no haya significado nada. Se han dado besos como podrían haberse comido una tarta entre los dos. En cambio, para él sí que ha sido especial. Aunque no sabe en qué sentido.

En cuanto terminó el beso de resistencia, en el que durante más de quince minutos estuvieron enrollándose, la *youtuber* se puso a editar el vídeo. El valenciano percibió que ya sobraba allí y bajó a su cuarto. Isa le prometió que, antes de colgar el vídeo en YouTube, le dejaría verlo por si no estaba de acuerdo con algo. Sin embargo, no está seguro de que la chica cumpla con su palabra. Depende de cómo le pille. Si hay algo que no resulta Isa come Pizza es fiable.

Debe dejar de pensar en ella. No es sano. ¿Qué puede hacer para que el tiempo pase?

Echa un vistazo a su cuarto y se da cuenta de lo desordenado que está. Incluso más de lo normal. Se remanga y empieza a recoger la ropa que tiene por medio y a ordenar las cosas del escritorio. ¡Incluso hace la cama! Tres cuartos de hora más tarde, da por cumplida su tarea. Su habitación no estaba tan visible desde el día en que llegó a la residencia.

¿Y ahora? Otra vez los besos que se ha dado con Isa acuden a su mente. Sonríe al recordar la puntuación que ella le ha puesto en el último. Debe de ser el primer diez que saca en algo desde que estaba en primaria. No, ni siquiera ahí sacó nunca un diez.

¿Por qué tiene tantas ganas de volver a verla? Peor todavía: ¿por qué tiene tantas ganas de volver a besarla?

Mierda. Esas sensaciones otra vez. Sentir algo por esa chica sería un error, un estúpido error. ¿Es que no pueden gustarle personas normales? Primero una chica que resultó ser un chico; no un chico, ¡un pederasta! Al que, por cierto, todavía no han encontrado. Y ahora se pilla de otra, a la que intuye que le gustan las chicas, obsesionada con YouTube y de la que no se puede fiar demasiado. Su historial amoroso no tiene desperdicio. ¿La próxima será una asesina en serie?

Enciende el ordenador, necesita un pasatiempo que le haga olvidarse un rato de Isa come Pizza y sus besos. Entra en YouTube y busca el canal del grupo de chicos argentinos que ella le recomendó antes. ¿Cómo se llamaban? Ah, sí, Hecatombe. Durante un buen rato se está riendo con ellos. Son unos tíos muy divertidos y con un gran talento. Sin embargo, llega al vídeo que estaba viendo Isa cuando antes subió a su habitación. Eso le hace volver a pensar en ella. Se acabaron los vídeos de Hecatombe.

Tiene que hacer algo que no le conduzca de una forma o de otra hasta la *youtuber*. Ya lo tiene.

El valenciano entra en una carpeta en la que guarda todo lo que ha encontrado respecto a Rocío Costa y el accidente de moto. Aunque el resto se haya olvidado un poco del asunto, él no ha parado de investigar. En esa semana no ha encontrado nada nuevo en Internet, pero tiene varias notas que repasa a menudo. Busca alguna relación entre el accidente y alguien de la residencia. Clica en el último artículo que encontró sobre el tema y...

Llaman a la puerta.

Toni se lleva un gran susto. Se apresura a abrir y se encuentra con Óscar.

—¿Bajas a cenar? —le pregunta el vallisoletano con el tique en la mano.

Toni examina su reloj y se da cuenta de que, entre unas cosas y otras, el tiempo ha pasado volando y es la hora de la cena. Sin embargo, todavía no tiene hambre.

—Todavía no. Estoy liado con una cosa ahora mismo. Luego bajo.

—Vale —dice Óscar algo decepcionado—. ¿Sabes dónde están los demás? No encuentro a nadie.

—No, no lo sé. Llevo mucho tiempo en mi cuarto y no he visto a los otros. Pregunta por el WhatsApp del grupo.

—Da igual. Tampoco quiero molestar a nadie. Es que me voy mañana.

—¿Te vas mañana? ¿Adónde?

—Dejo la universidad. Regreso a Valladolid.

—Al final, te has dejado convencer por Naiara.

—Bueno, creo que es lo mejor para nuestra relación —responde con poco entusiasmo.

—¿Y para ti? ¿Es lo mejor?

En ese instante se abre la puerta del pasillo. Toni y Óscar se giran y ven aparecer a Isa con su portátil bajo el brazo.

—Luego te veo. Ya nos despediremos como es debido.

—Claro. No te vas a ir de aquí sin que nos demos un buen abrazo.

Ambos se sonríen antes de que el de Valladolid salga del pasillo, tras saludar amablemente a la chica con la que se encuentra de frente. Óscar está entre los que ven con buenos ojos a Isa come Pizza.

La *youtuber* llega hasta la habitación de Toni, que mantiene la puerta abierta.

—¿Puedo pasar?

—Por supuesto.

La chica entra en el cuarto del valenciano y se sorprende al verlo tan ordenado.

—¿Qué ha pasado aquí?

—Me aburría y me puse a recoger —miente Toni, que no va a reconocerle el motivo real por el que ha ordenado su habitación.

—Parece hasta más grande.

—Es como siempre. Tú tienes una igual.

—La mía tampoco suele estar muy recogida. Siempre tengo cosas por medio —reconoce Isa mientras se sienta en la silla del escritorio y deja su ordenador encima, junto al de su amigo—. Quiero hablar contigo del vídeo que hemos hecho antes.

Se ha puesto muy seria. ¿Eso es bueno o malo? Toni se apoya en la madera del escritorio y se cruza de brazos, a la defensiva. Con esa chica, nunca se sabe lo que puede pasar.

—¿Hay algún problema con lo que hemos grabado? ¿Tenemos que repetir alguno de los besos?

—No, no es eso —dice la chica, que esboza una sonrisa tímida.

Es la primera vez que Toni ve a Isa sonreír de esa forma. Con cierta ingenuidad, sin ironía. Sin ningún tipo de descaro. Y le gusta.

—Pues cuéntame, ¿qué ha pasado?

—En realidad, no ha pasado nada. Ya lo he editado. ¿Quieres verlo?

—¿Lo has subido a Internet?

—No, quiero que lo veas —indica ella abriendo el portátil y clicando en la carpeta donde tiene guardado el vídeo—. Ya te dije unas cuantas veces que sin tu autorización no iba a subirlo a mi canal.

La joven le da al *play* del reproductor y comienza el vídeo. A Toni no le gusta demasiado cómo sale, pero él es así. Quizá deba dejarse el pelo un poco más largo. Instintivamente, se toca la cabeza rapada y se pasa la mano por ella.

—Estoy horrible —comenta él en voz baja mientras contempla cómo Isa presenta el vídeo—. Me parezco al de *La familia Addams*, al calvito.

La chica sonríe moviendo la cabeza de un lado a otro. Ella sí que lo hace bien. Parece profesional y Toni nota la evolución que ha experimentado en su forma de dirigirse a la cámara desde el comienzo del canal. Se muestra más segura y no regala un gesto de más. Evidentemente, él no está a su altura.

Una vez que Isa explica el *challenge*, comienzan los besos. Ambos se sonrojan al verse. No hablan a lo largo de los cuatro minutos y cincuenta y siete segundos que dura el vídeo. Y aunque los dos se mueren de vergüenza, les resulta imposible evitar una sonrisa que no borran en ningún momento.

—Bien, ¿qué te ha parecido? —pregunta la chica cuando acaba el vídeo.

—Me gusta cómo has editado el beso de resistencia.

Isa lo resolvió mediante un *timeline* con esa secuencia, manteniendo el plano fijo, sin cambiar de cámara, y pasando los quince minutos a toda velocidad.

—Ha quedado bien. Pero del vídeo en general, ¿qué opinas?

—Que no me gusta cómo salgo.

—Estás muy bien. Ese no es el problema —indica Isa mientras baja la pantalla del portátil.

—¿Hay un problema?

—Sí. Hay un problema.

El chico se rasca la cabeza. No sabe a qué se refiere. Se pone tenso porque la *youtuber* lo observa fijamente esperando que le dé una respuesta.

—¡No sé de qué estás hablando! ¿Qué problema es el que ves en el vídeo?

—Me parece demasiado personal.

—¿Qué? ¿Demasiado personal?

—Sí. Este vídeo debería ser solo para nosotros.

Toni no comprende nada. ¿YouTube no era espectáculo y morbo? ¡Claro que es personal! ¡Es un vídeo de besos! ¿Hay algo más íntimo y personal que un beso?

—No lo voy a subir —señala Isa sonriente.

—¿No?

—No. He decidido que te pasaré el vídeo en un *pendrive* y no lo colgaré en mi canal. Solo lo veremos tú y yo cuando nos apetezca.

—¿Estás segura?

—Completamente.

La joven se levanta de la silla y se coloca frente a Toni. Excesivamente cerca de él. Este no comprende qué va a hacer.

—¿Sabes? Para ser nuestros primeros besos, hemos dejado el listón muy alto. ¿Crees que en lugar de un diez puedes aspirar a una matrícula de honor?

—Yo...

—Hay un beso que me muero de ganas de dar y que no ha salido en los papelitos.

—¿Cuál?

—Este.

La chica inclina su cabeza a la derecha y besa a Toni, que hace lo mismo, pero torciendo su cuello hacia el otro lado. Es un beso sencillo, un beso de los de siempre. Ni corto ni largo. Con lengua y sin ella. Un beso al que llaman «el beso de los enamorados».

Un minuto más tarde, ambos toman aire mirándose a los ojos.

—¿Y esto qué significa? —pregunta el valenciano feliz pero algo confuso.

—Nada. No significa nada. No te me pongas intenso, ¿eh? —le advierte Isa, que también está sonriendo.

Se da la vuelta, azorada, para que no la vea y mira hacia el portátil del chico. En la pantalla contempla una de las páginas relacionadas con la muerte de Rocío Costa. Movida por la curiosidad, se sienta otra vez en la silla y echa un vistazo a la noticia. Toni se une a ella bastante nervioso. No esperaba que su amiga se fijara en eso.

—¿Un asesinato?

—Un atropello. De dos adolescentes.

—¿Murieron los dos?

—No, solo ella. El que sale en la foto es el chico que se salvó —comenta el valenciano, sin darle más detalles.

La chica acerca su rostro a la pantalla y examina la fotografía detenidamente.

—Ese chico, ¿no te resulta familiar?

—¿Cómo?

Toni también se aproxima a la pantalla de su portátil y amplía la imagen. Cuanto más grande la hace, más borrosa se ve.

—No, no me resulta familiar. ¿A ti sí?

—¡Claro! ¡Viniendo hacia aquí me he cruzado con él!

CAPÍTULO 64

Óscar alza su vaso lleno de agua y le pide a Ainhoa que brinde con él.

—Esto dicen que da mala suerte —indica la canaria—. Y ya he tenido suficiente mala pata últimamente como para arriesgarme a más.

—Tienes razón. Deberíamos buscar otra cosa para brindar.

Los dos están solos en el comedor, en la mesa a la que suelen sentarse los chicos del pasillo 1B. La última vez que cenan juntos en la residencia. Mañana por la mañana, Naiara pasará a buscarlo en coche y esa etapa de su vida habrá terminado.

—Tengo una botella de ron Arehucas sin abrir en mi habitación. ¿Nos vale?

—¿En serio? ¿Por qué no lo has dicho antes?

—La tenía reservada para una ocasión especial.

¿Qué ocasión más especial que la despedida del chico de quien estuvo enamorada? ¿Estuvo? No es sencillo descifrar los sentimientos cuando por tu cabeza pasan tantas emociones diferentes.

—¿Quieres que nos tomemos una copa de ese ron y brindemos por... algo?

—No hay mucho que celebrar. Pero vale.

La pareja se levanta de la mesa y abandona el comedor. Suben hasta el pasillo 1B y entran en el cuarto de Ainhoa. La chica abre su armario y, de la balda de arriba, oculta bajo bufandas y gorros de lana, saca la botella de ron Arehucas que trajo de Las Palmas después de Navidad.

—Lo que no tenemos son vasos —indica la canaria.

—Espera, voy a bajar otra vez al comedor y cojo un par de ellos.

Ainhoa asiente, con la botella en la mano, y contempla cómo Óscar se marcha. Aquel momento le viene perfecto para deshacerse de lo que ha cenado. Debe darse mucha prisa. Deja el ron sobre la almohada y entra en el cuarto de baño. Abre los grifos al máximo y pone música en el móvil a todo volumen. Suena una canción de Justin Bieber, la primera que sale en su reproductor.

No está segura de si es por los nervios, las prisas o la ansiedad, pero no logra provocarse el vómito inmediatamente.

—Joder. Esto no puede ser.

Sus dedos llegan una vez más al interior de la garganta, más al fondo que nunca. Una aterradora y ruidosa arcada nace desde sus entrañas. Vomita prácticamente al mismo tiempo que llaman a la puerta de su habitación.

No, no, no. Espera que su amigo no haya oído nada.

Se da prisa y tira de la cisterna. Coge el cepillo de dientes, pone pasta en él y se lo mete en la boca mientras acude rauda a abrir la puerta.

La expresión de Óscar no da pistas de si ha oído algo o no. El chico entra de nuevo en la habitación con dos vasos de cristal en las manos.

—Sí que has sido rápido —comenta ella, que entra de nuevo en el baño a enjuagarse la boca y soltar el cepillo de dientes.

—Solo he tenido que bajar al comedor —responde el vallisoletano con media sonrisa—. No he ido a El Corte Inglés a comprar los vasos. ¿Abro la botella?

Ainhoa sale del cuarto de baño y le da el ron a su amigo. Este se encarga de abrirlo. Luego sirve un poco en los dos vasos.

—¿Por qué brindamos? —pregunta la canaria cabizbaja.

—Por algo que sea alegre.

—No se me ocurre nada alegre ahora mismo.

El chico levanta su vaso y le pide a Ainhoa que haga lo mismo. Piensa durante unos segundos y habla con voz profunda y sentida.

—Vamos a brindar por nuestra bonita amistad a prueba de enfados, de parejas, de distancias y de llamadas de teléfono o mensajes de WhatsApp sin contestar. Brindemos para que nuestra relación dure más allá de los problemas. Para que lo que tenemos tú y yo esté por encima de cualquier otra historia.

Óscar choca su vaso con el de Ainhoa y da un sorbo pequeño. En cambio, ella se lo bebe todo de golpe. Cuando Óscar la mira, ve varias lágrimas resbalando por las mejillas de la canaria.

—¿Qué te pasa? ¿Por qué lloras?

—Por nada. Ha sido muy bonito lo que has dicho. Pero no es real.

—¿Por qué dices que no es real?

—Porque sé que te voy a perder para siempre —contesta Ainhoa mientras otra vez llena de ron su vaso hasta arriba—. Y no me voy a equivocar en eso.

La joven da otro trago, más corto que el anterior. Va al baño y se seca las lágrimas con papel higiénico. Cuando regresa, Óscar está cargando de nuevo su vaso.

—Siento tener que marcharme. Estoy muy bien en Madrid. Pero no me ha quedado más remedio. A veces hay que elegir.

—Creo que has elegido el camino incorrecto.

—He estado pensándolo mucho, Ainhoa.

—Por eso sé que te has equivocado. Cuando tienes que pensar mucho si estar con el amor de tu vida o no, es que no lo tienes claro. Si amaras de verdad a esa chica, no habrías tardado ni un minuto en decidirte.

Aquella afirmación de la canaria hace reflexionar de nuevo a Óscar. No dice nada durante unos minutos. Solo ve cómo su amiga se toma una tercera copa.

—Vamos a dejar de hablar de eso —dice Ainhoa, a la que le empieza a hacer efecto el ron canario—. Es nuestra fiesta de despedida. ¿Quieres que bailemos?

La joven se acerca hasta su ordenador y confecciona una lista de canciones adecuadas para el momento. Todas son lentas y bailables en pareja. A continuación, camina sonriente hacia Óscar y le rodea el cuello con sus brazos. El chico la abraza por la cintura. Juntos se mueven al son de la música.

—Si tu novia nos viera...

—¿No decías que no íbamos a hablar más de eso esta noche?

—Es verdad. Solos tú y yo. Por última vez, tú y yo.

Casi sin conversar, sin apenas palabras entre ambos, Ainhoa y Óscar bailan durante más de una hora. Después de las canciones lentas, llegan algunas más movidas. Entre copa y copa de ron. Sin más brindis. Solo ellos, al compás de la música. Intercambiando mil miradas, que desaparecen como las olas en la orilla del mar.

—Me parece que el ron se me ha subido mucho a la cabeza —indica la canaria con los ojos achinados—. ¿Crees que estoy muy borracha?

—Mucho no. Solo un poco.

—Me has emborrachado en la última noche. Eres muy malo, señor de Naiara.

—No me llames así. Ella no es mi dueña —protesta Óscar, que también nota el poder del alcohol—. El amor es así. Dar y recibir.

—El amor es una puta mierda.

La chica se sienta en la cama y se echa hacia atrás, apoyando la cabeza en la almohada y estirando las piernas. Cierra los ojos y los vuelve a abrir cuando tiene a Óscar junto a ella. Sonríe de manera infantil.

—¿Quieres besarme?

—Aunque quisiera no podría, tengo novia.

—Bah. Seguro que esa te pone los cuernos otra vez —dice Ainhoa arrastrando demasiado las palabras—. Señor de Naiara.

—¿Quieres que me enfade contigo la última noche?

—Quiero que follemos como locos en la última noche.

La chica hace un esfuerzo para desabrocharse el pantalón. Óscar la observa incrédulo, pero no hace por evitar que se lo quite. Admira su sexi ropa interior negra. Antes y ahora, sigue atrayéndole sexualmente.

—No vamos a hacer nada, Ainhoa.

—¿Recuerdas lo bien que lo pasábamos? ¡Menudos polvos! Eso sí, según tú, eran sin amor. Qué cabrón, solo me querías para follar.

—Eso no es verdad.

—Da lo mismo ya. Te vas. Ahora puedes hacer conmigo lo que quieras. Te dejo. Aunque sea sin amor.

La canaria se pone de pie e intenta deshacerse de la camiseta. Sin embargo, de repente, se siente mal. Muy mal. Tiene muchas ganas de vomitar. Corre hacia el baño, pero no le da tiempo a llegar al váter. Óscar camina deprisa hacia ella y le aparta el pelo de la cara.

—No te preocupes, estoy acostumbrada a esto —suelta la joven enfadada por su torpeza—. Aunque normalmente acierto dentro.

—¿Qué dices, Ainhoa?

—No finjas más. Tú sabes que soy una puta bulímica.

—¡No hables así de ti misma!

—¿Por qué? ¡Es la jodida verdad! —exclama, y vuelve a vomitar en el suelo del cuarto de baño.

A pesar de las reticencias de su amiga, Óscar le sujeta el pelo y la ayuda a colocarse sobre el retrete.

—¿Quién va a querer a alguien como yo? Joder, soy lo peor. Mírame. Doy pena. Solo sirvo para lo que sirvo. Para lo que me quería el tío ese de mi clase. Para lo mismo que me querías tú. ¿A que la chupo de película?

—Por favor, no hables más. No estás bien.

—Nunca estaré bien. Mierda. Nunca lo estaré.

La chica empieza a reír y a llorar al mismo tiempo. No vomita más. Se incorpora y a trompicones regresa a su cama. Se echa sobre el colchón y cierra los ojos mientras llora. Ya no hay risas. Óscar se acuesta a su lado y le da un masaje suave en la espalda.

—Lo siento. Estoy jodiendo tu última noche —dice la canaria al cabo de varios minutos.

—No te preocupes.

—Mañana te vas.

—Eso parece.

—¿Qué voy a hacer sin ti? —pregunta Ainhoa con la mirada perdida—. Es muy triste. Muy muy muy triste.

Óscar contempla cómo poco a poco se apaga, hasta que se queda dormida. La tapa con cuidado y se sienta en un lado de la cama. No puede dejar de mirarla. Está muy preocupado, por lo que le ha contado y por lo que oyó antes, cuando fue a por los vasos para el ron. Oyó cómo vomitaba desde la puerta, aquellas arcadas que daban miedo. Ella misma se lo acaba de confirmar. Su amiga tiene un problema. Un problema enorme para el que él no tiene solución. ¿Hay alguien que tenga un remedio para lo que le pasa?

Y va a dejarla sola...

Un ronquido de Ainhoa le hace sonreír. No lo ha hecho mucho últimamente.

Cinco días pensando en lo que era mejor para él. ¿No está siendo muy egoísta?

Se levanta y va hasta el escritorio. Allí está su móvil. ¿Está haciendo lo correcto? ¿Irse es lo que debe hacer?

Busca su número y lo marca. Un par de *bips* bastan para que ella conteste.

—Hola, amor, ¿ya tienes las maletas hechas?

—Sí, Nai. Ya están hechas.

—¡Genial! Mañana sobre las once me paso a por ti.

—No hace falta que vengas a por mí.

—¿Por qué? ¿Vas a venir en tren al final?

Silencio antes de la respuesta. Sabe antes de contestar que hace lo correcto. Todavía tiene mucho que dar de sí mismo. Su papel en la Benjamin Franklin no ha terminado.

—No, Nai. En realidad, no voy a irme contigo a Valladolid. He decidido que me quedo en Madrid. Tú eres la que decide si lo tomas o lo dejas.

CAPÍTULO 65

—Hola, ¿está abierto todavía?

—Sí, pasa.

—Es que se me ha hecho tarde y me han cerrado el comedor. ¿Puedes prepararme un sándwich? Los que hay en la máquina no me convencen mucho.

—¿De jamón y queso?

—Perfecto. Y una Coca-Cola, por favor.

El camarero asiente y se dirige a la parte de atrás de la cafetería de la residencia para encender la plancha y que se caliente. Gonzalo le pone el refresco a David y este se sirve. Con el vaso en la mano, se sienta en la mesa más cercana a la barra. Da un sorbo y examina su móvil. Ni Marta ni Elena le han escrito todavía. El sevillano no quiere intervenir hasta que alguna de las chicas le diga algo, sea lo que sea.

Emplea esos minutos de soledad en la cafetería para reflexionar y unir piezas. Desde que llegó de Toledo no ha parado de pensar en lo que ha vivido últimamente. Empezó a salir con Marta, el beso a Elena, los exámenes, la *ouija*, la pintada en su puerta, le pusieron algo en la comida, el beso de su novia con otro chico...

A él le hubiese gustado estar más tranquilo en el comienzo de su etapa universitaria. En los últimos años, nada ha sido fácil. Esperaba encontrar la calma deseada en Madrid, pero, de momento, no ha sido posible.

Además, alguien se lo está poniendo difícil.

—¡Aquí tienes el sándwich! —grita Gonzalo desde la barra.

El sevillano se levanta y va a por él. Tiene buena pinta. Le da las gracias al camarero y regresa a la mesa.

Mientras se come el sándwich, observa cómo Gonzalo barre la cafetería. Es un tipo alto, bastante guapo y con unos ojos claros imponentes. Lleva una barba bastante desaliñada que desluce algo su rostro y le hace parecer mayor.

—Tú eres del sur, ¿verdad? —le pregunta David al chico mientras corta un trozo y se lo lleva a la boca.

—Sí, soy andaluz —responde el camarero escueto.

—Como yo. El acento nos delata. Dicen que nuestro acento no se pierde nunca, aunque no estoy tan seguro de eso. Cuando he ido a Sevilla en Navidades, me han comentado que se nota que vivo ahora en Madrid.

—Yo llevo aquí poco tiempo.

—¿Qué eres, malagueño? ¿De Cádiz?

—No, soy sevillano —comenta el joven en voz baja, sin apartar sus ojos de lo que está barriendo.

—¡Yo también! ¡A lo mejor nos hemos visto antes!

—No creo.

—¿De qué parte de Sevilla eres?

Sin embargo, Gonzalo no responde. Va a la parte trasera de la cafetería a tirar a la basura lo que acaba de recoger. Regresa a los dos minutos con un cubo y una fregona. David ya ha terminado de cenar. Se levanta y lleva a la barra el plato vacío y el vaso en el que solamente queda un cubito de hielo.

—¿Te puedo pedir un último favor?

—¿El qué?

—Me muero por un café con leche. ¿Es posible?

—Ahora te lo preparo —responde Gonzalo amable, pero con pocas ganas.

—Siento molestar, de verdad. Sé que estás cerrando. Pero me apetece mucho. El café de la máquina no es tan bueno como el que hacéis en la cafetería.

El chico no dice nada y se dispone a preparar el café que David le ha pedido.

—¿Por qué te viniste a Madrid? ¿No encontrabas trabajo en Sevilla?

—Más o menos.

—¿Has estudiado algo? Pareces muy joven.

—Me quedé en cuarto de la ESO —responde el camarero, pendiente del vaso en el que está cayendo el café—. Ya no soy tan joven.

—¿No? Más o menos tendremos la misma edad.

—Ni idea.

Gonzalo aparta el vaso de la cafetera cuando está casi lleno. A continuación, calienta un poco de leche y la vierte en el café. Lo coloca en un platito, junto a una cucharilla y un sobre de azúcar.

—Aquí tienes.

—Gracias —dice David cuando el camarero le pone delante el vaso de café con leche—. Por cierto, no le habrás echado nada raro, ¿verdad?

—¿Perdona? No te entiendo.

—El otro día me sentó algo mal. Quizá fuera el café que me tomé por la tarde.

—No sé de qué me hablas.

David entonces saca su móvil del bolsillo, busca una imagen y se la enseña al otro sevillano.

—¿Este eres tú? Se parece un poco a ti.

El joven mira la foto que David le muestra y se queda paralizado. Es de una noticia relacionada con la muerte de Rocío Costa. Casi es imposible reconocerlo en esa imagen borrosa y tomada de lejos. Además, su aspecto es completamente diferente. No tiene nada que ver con el adolescente que era hace más de dos años. Pero Isa fue capaz de darse cuenta de que el camarero y aquel chico eran la misma persona. Se lo dijo a Toni y este a su vez avisó a David. Solo había que unir los cabos.

Aquel chico era el novio de Rocío, el que salió indemne de aquel atropello.

—Sí, soy yo —responde Gonzalo por fin, buscando coraje y valor para enfrentarse al exnovio de la chica que mató a Rocío—. Y he venido a por ti.

Todo sucede muy deprisa. El camarero alcanza el vaso de café caliente que le ha puesto a David y se lo lanza a la cara. Este, pese a que se cubre con los brazos, no logra esquivar el vaso con el líquido hirviendo y suelta un alarido al recibir el impacto. Le quema la piel. Gonzalo aprovecha el momento de confusión para saltar la barra y salir corriendo de la cafetería. Toni, que estaba en la puerta esperando acontecimientos, trata de sujetarlo sin éxito. El valenciano también se lleva un golpe antes de que el camarero, que fue novio de Rocío Costa, salga a toda velocidad de la residencia Benjamin Franklin.

Hace unos meses, a principios de septiembre.

Fernando se oculta tras un árbol frente a la casa de Verónica. Espera a que sus padres salgan. Sabe que se quedará sola en pocos minutos. Ellos trabajan y ella apenas sale de su cuarto. Lleva más de tres semanas observando atentamente, estudiando los detalles, para no cometer ningún error. Solo vive para vengarse. Desde que Rocío se fue, nada vale ya la pena. Ha intentado suicidarse cortándose las venas, pero lo único que ha conseguido es causar aún más dolor. Su familia no merece que le hagan más daño. No es el camino. La solución está en el ojo por ojo.

Ahí está el momento que esperaba. Sus padres se marchan juntos al trabajo y Verónica se queda sola en casa. Es su oportunidad. Camina sigilosamente hacia una de las ventanas de la casa y golpea el cristal con una piedra. Tiene cuidado para no hacer demasiado ruido, aunque le da lo mismo si ella le descubre. Ya no hay otro camino. No podrá escapar. Introduce la mano por el agujero que ha hecho y abre la ventana. Vía libre.

Para su sorpresa, no está nervioso. Y eso que lo que va a hacer no es fácil. Imaginaba que, cuando llegara la ocasión, le entraría ansiedad. Pero, de momento, se encuentra muy tranquilo.

Sube las escaleras hasta la segunda planta. El cuarto de la chica está al final del pasillo. Fernando camina lentamente, sin precipitarse. Recordando para sí mismo todo lo que tiene planeado, todo lo que ha sufrido en esos duros meses. ¿Quién le mandaba a esa hija de puta conducir una moto borracha? ¿Y cuál fue su condena? Al ser menor de edad, prácticamente ninguna. Trabajos sociales, visitas a un terapeuta, personarse ante un juez cada cierto tiempo... ¿Y la vida a Rocío quién se la devuelve? ¡Nadie! ¡Rocío está muerta! ¡Muerta por culpa de esa estúpida!

Rocío..., cuánto la echa de menos. Pasó todo justo el día en que le pidió que se casara con él. Justo ese día, el destino le jugó una mala pasada. Justo ese día, la vida terminó para los dos. ¡Qué injusto!

La puerta de la habitación de Verónica no está del todo cerrada. Escucha música en el interior del cuarto. Un tema ñoño de no sabe quién, aunque la voz le recuerda a Alejandro Sanz. Ahora sí que se pone algo más nervioso. Fernando se coloca delante de la entrada del dormitorio. Respira hondo varias veces y entra gritando en la habitación. La joven, que se encuentra tumbada en la cama, también grita. El chico entonces saca una pequeña daga de un bolsillo del pantalón. La desenfunda y señala con ella a la muchacha, que está muerta de miedo.

—He visualizado tanto este momento —dice Fernando, con el rostro desencajado y los ojos fuera de órbita. Ahora sí suda, ahora sí está tenso—. ¡Tú arruinaste su vida y la mía!

—¿Quién eres? No... no me hagas daño. ¡No me hagas daño! ¡Por favor!

La chica se sienta sobre el colchón y se refugia detrás de la almohada, mientras el joven se acerca a ella con la daga en la mano.

—¡No grites o te mato ahora mismo! —exclama él avanzando hasta la cama—. ¡Tú mataste a mi novia! ¡Tú! ¡Maldita hija de puta!

—¿Eres...? ¿Eres... el chico? ¡Dios! Eres él. ¡Dios mío! No me hagas daño...

—Sí, soy yo. Conmigo no pudiste. A mí también me llevaste por delante, pero me salvé. No sé cómo, pero sobreviví. Tal vez viví solo para este instante.

—Lo siento..., de verdad. Siento muchísimo lo que pasó —solloza la chica, que acaba de orinarse en las sábanas—. Lo siento. Perdóname.

—¿Hablas en serio? ¡Hablas en serio! ¿Cómo voy a perdonarte? Asesinaste a mi preciosa Rocío. ¡La asesinaste!

—Lo siento... No hay ni un solo día que no piense en lo que sucedió. Ni un solo puto día.

—¿Y crees que eso me vale de consuelo? ¡Mataste a la persona que más quería en el mundo! ¡A una chica increíble con un maravilloso futuro por delante!

—Lo sé, sé que cometí un error imperdonable —confiesa Verónica tapándose la cara con las manos—. Y aunque la peor parte os la llevasteis tú, Rocío y vuestras familias, para mí también ha sido un suplicio. No sabes lo que es vivir con esta condena. En realidad, yo también morí ese día. Pero estoy intentando salir adelante con ayuda de mi familia, de los médicos... Aunque a veces quisiera también estar muerta.

Las palabras de la chica sorprenden a Fernando. Parece sincera. Pero eso no debe influirle. Juró que la mataría, se lo prometió a ella.

—¡Cállate! ¡La única que ha muerto ha sido Rocío!

—Es verdad. Y yo conducía la moto. Pero... pero no sabía lo que hacía. Estaba... bebida. No tenía que haber cogido la moto. Pero... él... él me dejó.

—¿Él?

—David. Mi exnovio... Fue él quien me permitió coger la moto. Yo... yo iba muy mal... Podría haber hecho cualquier cosa porque no me enteraba de nada... Os atropellé, soy culpable..., y estoy pagando mi condena. Una condena eterna. En cambio, él... me dejó. Me abandonó después. Se quitó de en medio y se fue tan tranquilo. A él nadie le condenó por nada.

—¿Dónde está él ahora?

—Se va a Madrid. Tan tranquilo. A estudiar Publicidad en la universidad —señala Verónica, que no aparta la mirada de la daga de Fernando—. ¿Por qué él puede vivir tan tranquilo si los dos fuimos culpables? ¡Los dos fuimos responsables de aquel accidente! Pero... solo yo he pagado por ello.

—Porque tú mataste a Rocío.

—Y estoy pagando mi culpa. Pero ¿y David? ¿No debería él sufrir como hemos sufridos nosotros dos?

CAPÍTULO 66

Son más de las once de la noche. Sentados en la sala de estudios, desde donde se ve la puerta de entrada a la residencia, Iria y Julen permanecen atentos al móvil del chico por si hay novedades. Eva no ha vuelto a llamar, aunque les ha enviado tres WhatsApp en las últimas horas. Sigue sin haber noticias del malagueño.

—Mañana tendré que ir a comprarme un teléfono nuevo —comenta la gallega mientras juguetea con la tarjeta SIM—. No puedo estar más tiempo sin móvil.

—Manu debía de estar muy enfadado para destrozar de esa manera el que tenías.

—Sí, más enfadado que nunca. Y no precisamente porque le estuviera ganando al tenis.

—Es bueno, eh.

—Muy bueno. Acabábamos de apostar a que no era capaz de ganarle ni un solo juego —dice Iria intentando animarse—. Dentro de unos días íbamos a jugar un partido a dos sets. Si conseguía un solo juego, ganaba yo.

—¿Y cuál era el premio?

—Que hiciera lo que yo quisiera, y al revés. Pero, si te soy sincera, según he visto hoy, no creo que pudiera conseguirlo.

—¿Por qué no? Has aprendido mucho en estos meses.

—Ya, pero me faltan cientos de horas de entrenamiento para ser la mitad de buena que vosotros. Ahora mismo solo puedo aspirar a ganaros algún punto que otro. Y la mayoría sería por errores vuestros.

—A mí has logrado ganarme algún juego.

—Porque tú eres muy bueno conmigo. Manu no tendría piedad.

Julen sonríe. Es cierto que él tiene momentos en los que se relaja y deja que su amiga se crezca en la cancha. Aunque también está seguro de que el malagueño, y más con una apuesta de por medio, no le daría ninguna opción a Iria. Si ella lograra vencerle en algún juego, sería porque de verdad ha sido capaz de hacerlo, peleando de tú a tú.

—De todas maneras, esto es ciencia ficción —señala ella al tiempo que apoya las manos en sus mejillas—. No sé si Manu volverá algún día.

—Seguro que sí. Tiene que regresar tarde o temprano.

Iria no está tan segura. La caja de Pandora se ha abierto y han salido a la luz secretos que hasta hace nada eran inconfesables.

—Me preocupa saber dónde pasará la noche. O que vuelva a perder la memoria y se quede en blanco, tirado en cualquier esquina de Madrid.

—Confiemos en que no sucederá nada de eso.

—¿Y si pasa, Julen?

El joven se encoge de hombros. Hace una mueca con los labios y mira hacia la puerta de la residencia. Desearía que su amigo la cruzara cuanto antes.

—¿Sabes si conoce a alguien en Madrid a quien pueda recurrir?

—No tengo ni idea. Puede ser. Ya sabes que Manu tiene muchas admiradoras.

La afirmación del navarro saca una triste sonrisa a Iria. Seguramente, cualquier posibilidad que tuviese con el malagueño se ha esfumado para siempre, regrese o no. Aunque lo primero ahora mismo es su salud y confirmar que está bien, no puede evitar acordarse del beso que se dieron en la pista de tenis un instante antes de que Eva llamara y explotara todo por los aires. Julen, por la expresión de la chica, se da cuenta de que no debería haber dicho lo de «admiradoras». Su amiga está muy enamorada de Manu, algo que cada vez es más obvio. Aquella situación tiene que estar haciéndole sufrir mucho. Como sufrió con Antón. Ojalá que la historia con el malagueño se resuelva y pueda intentar algo con él. A pesar de que su amigo no es una persona nada fácil, como ha quedado demostrado en esos meses.

—Con todo el lío de Manu, no te he preguntado por Imanol. ¿Ha vuelto a llamarte?

—No para de llamarme. También me ha escrito varias veces diciendo cuánto me quiere.

—Vaya. No se da por vencido.

—Por lo visto, no. Aunque cada mensaje que me envía parece más desesperado. ¿Te dije que estaba yendo al psicólogo?

—No. No me lo dijiste.

—Pues está yendo. Cree que la gente le mira por la calle.

—¿Sí? Uff. Me da un poco de pena.

—Y a mí también. Pero no puedo hacer nada, Iria. Esto lo tengo que cortar radicalmente o nunca se terminará. No siento nada por él. Lo comprobé el día que salimos juntos. Es un tío muy atractivo, me quiere, pero lo que yo sentía se ha evaporado. Y no es solo por el tema de la distancia. Ya lo sabes.

El lunes, cuando regresó de la cita con Imanol, el chico le explicó a su amiga el asunto de la diferencia de edad, a colación de los cómics que les gustaban a uno o a otro y el comentario de la camarera de Tommy Mel's. No le importaban en sí los años que se llevan o aquel tonto comentario. Pero era significativo. Porque entre ellos había más que trece años y pico de diferencia. Se había abierto una galaxia a años luz de distancia.

—Muy bien. No hablemos más del profesor.

—Mejor.

—Aunque ya sabes: cualquier cosa que necesites o si quieres que lo pongamos verde entre los dos, cuenta conmigo.

—Muchas gracias, compañera.

El navarro se aproxima a Iria y le regala un beso en la mejilla. Luego, los dos se centran de nuevo en la puerta giratoria de la Benjamin Franklin.

Pasa un buen rato sin que haya novedades. Eva les escribe un WhatsApp avisándolos de que se va a dormir. Mañana los llamará temprano por teléfono. Están leyendo el mensaje de la chica del aro en la nariz cuando se abre la puerta de la sala de estudios. El que entra es Jesús, el bedel que esa noche está de guardia.

Los dos lo saludan afectuosamente cuando lo ven entrar. Es su favorito. Un hombrecillo bajito, muy agradable, y el que les hizo el registro en la residencia. Aquel conserje presume de conocer a todos los residentes por su nombre y apellidos.

—Iria, Julen, necesito que me hagáis un favor.

El hombre les cuenta que tiene que salir de la residencia durante media hora y que no quiere dejar la recepción sin que alguien esté pendiente.

—Me fío de vosotros. No tiene por qué pasar nada. Vuelvo en treinta minutos. O menos.

—No te preocupes, Jesús. Vete tranquilo.

El hombre les da las gracias a los dos y luego su número de teléfono por si ocurre cualquier emergencia. A continuación, sale corriendo hacia el aparcamiento donde tiene su coche. Julen e Iria, sorprendidos, se quedan en recepción como improvisados bedeles.

—¿Qué le habrá pasado para que nos deje a nosotros de encargados?

—Espero que nada grave —comenta Iria echando un vistazo a su alrededor—. Siento hacer esto, pero no puedo evitarlo. Ha sido como una señal.

—¿Qué vas a hacer?

La gallega entra en el cuarto del bedel, detrás de la recepción. Examina el tablero de las llaves y alcanza una que está en el extremo izquierdo. Es la que usan las limpiadoras para entrar en todas las habitaciones de la residencia.

—Ahora vengo.

—¿Adónde vas?

—Al cuarto de Manu. Quizá encuentre algo que nos dé una pista de dónde está. Tú vigila.

Iria no permite que su amigo la recrimine y sale corriendo, con la llave maestra en la mano, hacia el pasillo 1B. Está muy alterada y tiembla cuando se encuentra frente a la puerta de la 1156. Teme que alguien la descubra, así que se da prisa. Cuando mete la llave en la cerradura, un pensamiento la sacude con fuerza. ¿Y si Manu está dentro? No, eso es imposible. Llevan mucho tiempo vigilando por la ventana de la sala de estudios y no han visto entrar al malagueño en la Benjamin Franklin. De todas formas, cuando pasa al interior del cuarto, lo hace despacio, con bastante precaución. La luz está apagada y solo se ve lo poco que ilumina una farola que está junto a la ventana. La chica enciende la luz y comprueba que no hay nadie más en la habitación. Resopla aliviada.

¿Y ahora? ¿Qué se supone que tiene que buscar? No lo sabe, pero anda en círculos por todo el cuarto, pendiente de que algo le llame la atención. En realidad, estar allí sola le da escalofríos. Tiene la impresión de que Manu aparecerá en cualquier instante y la sorprenderá toqueteando sus cosas. Ese sería el fin definitivo de Iria. Tampoco puede entretenerse demasiado porque Jesús volverá en cualquier momento. Quiere dejar la llave en recepción antes de que el bedel regrese.

La joven se acerca al escritorio de su amigo y estudia con atención lo que hay allí encima. Por fin, descubre un objeto que le dice algo. Es la copia de la llave del edificio de la piscina que Manu «tomó prestada» al comienzo de curso. Devolvió la original, pero antes le hizo una copia. Eso significa que su amigo no puede resguardarse en el edificio donde está la piscina climatizada. Ya ha obtenido una información de la que hace diez minutos no disponía.

Aquel descubrimiento la anima. Comienza a revisar papeles, rastrea cajones, analiza todo lo que tiene en el baño... Pero no encuentra nada de interés. Nada que le sirva para averiguar su paradero.

De nuevo, en el centro de la habitación, mira a su alrededor. Se centra ahora en la estantería. Se fija en que un libro está algo más salido que el resto. Tiene la impresión de que lo puso ahí con prisas. Iria se dirige hacia allí y coge el ejemplar. Se trata de *Ángeles y demonios*, de Dan Brown. Ella también lo ha leído. Aunque aquel libro tiene una sorpresa en su interior con la que la gallega no tarda en tropezar. Más bien se le cae al suelo cuando abre la novela.

Iria se agacha a recoger lo que se le ha caído. Se trata de un paquetito transparente lleno de unos polvos blancos. Sabe de qué se trata. Suspira, se mete la droga en el bolsillo y deja el libro en su sitio.

Rápidamente, sale de la habitación y camina hasta recepción. Julen la regaña: primero con la mirada, luego con un intento de charla paternal que Iria corta en seco.

—Déjame tu teléfono, por favor.

—Pero...

—Ahora te cuento. Déjamelo.

El navarro obedece y le entrega el móvil a su amiga. Esta marca un número y espera a que contesten. La voz medio dormida de una chica es la que responde.

—¿Julen?

—Soy Iria. Perdona por molestarte.

—No te preocupes, ¿qué pasa, Iria?

—Acabo de encontrar algo en el cuarto de Manu —dice afectada por una mezcla insólita de sensaciones—. Eva, creo que el malagueño ha vuelto a recaer en su adicción a las drogas. Tengo la prueba en mi bolsillo.

Aquel barrio no es el mejor de Madrid. De hecho, no pasaría por ahí si no fuera una situación límite. Eva, Iria y Julen seguro que lo están buscando y esperan que regrese a la residencia. No va a ir, por lo menos de momento. Y tampoco puede regresar a casa de Eva. Se han mezclado dos mundos que nunca deberían haberse unido. Por un lado, el amable de la residencia; por otro, el crudo mundo de su adicción. Quería separarlos, pero no lo ha conseguido. Eva e Iria han sido el enlace. Se pregunta a cuántos más les habrán contado que consume drogas. ¿Habrán buscado ya ayuda para encontrarle?

—Hola, guapo, ¿quieres compañía?

Manu se da la vuelta y observa a una bonita muchacha negra, vestida con poca ropa, sonriéndole.

—Tengo novia —contesta el malagueño devolviéndole la sonrisa.

—No soy celosa, mi amor. ¿Por qué no vamos a algún sitio tranquilo tú y yo?

—Porque mi chica me mataría. Además, no tengo ni un euro.

Aquella respuesta es definitiva para que la joven se aleje en busca de otro hombre al que sonreír.

—Veo que tienes mucho éxito por aquí —le dice alguien que llega andando por un callejón oscuro.

—¿Por qué has tardado tanto? Llevo mucho tiempo esperándote.

—He tenido problemas.

—¿Qué tipo de problemas?

—Vamos dentro. Ahora te lo cuento todo.

Manu asiente, pero cuando se dispone a seguir a la persona recién llegada, siente un gran mareo, tan fuerte que le hace caer al suelo.

—Tío, ¿qué te pasa? ¿Estás bien?

El malagueño examina al chico que tiene delante y que le ayuda a levantarse. Vagos recuerdos acuden a su mente. Un caleidoscopio de imágenes, palabras y vivencias desordenadas: el Centro, cocaína, la residencia, David, Elena, una *ouija* trucada...

—¿Yo manipulé aquella *ouija*?

—¿Qué? Manu, ¿qué te ocurre? Estás muy blanco.

—Tú me lo dijiste, ¿verdad? La *ouija*. Tú me pediste que...

—Calla —dice el chico abriendo la puerta del edificio en el que vive desde hace pocos meses—. Ahora no vamos a hablar de ese tema.

Los dos suben la escalera que los conducirá hasta el cuarto piso del bloque.

—Estoy mareado. No recuerdo bien nada. Tengo como la mente en blanco —dice el malagueño caminando detrás de él.

—No me tomes el pelo, tío.

—Te conozco. Tú me lo pediste.

—¡Claro que me conoces! Desde hace cuatro meses. Soy Fernando —dice el joven, que todavía no comprende lo que le sucede a Manu. Abre la puerta y, ya dentro del pequeño apartamento, enciende la luz y mira nervioso al otro chico—. Ha sucedido algo importante. Tenemos un gran problema: David me ha descubierto. Aunque nadie sabe que tú y yo nos conocemos. O eso es lo que creo.

CAPÍTULO 67

Medianoche. A David todavía le molesta la herida provocada por la quemazón en la zona derecha de la cara. Pero le duele más el no haber podido detener a Gonzalo y que se escapara delante de sus narices. Quizá se confió demasiado y no previó que el camarero pudiera lanzarle encima el vaso con el café caliente. Entre Toni e Isa le han curado. Ahora se encuentra mejor, aunque no deja de lamentarse por lo que ha sucedido.

El valenciano fue quien lo puso en alerta de lo que había descubierto la *youtuber*: el chico de la foto de la noticia le resultaba familiar, algo de lo que ni el propio Toni se había dado cuenta. Tan familiar como que se había cruzado con él antes de entrar en el pasillo 1B para enseñarle al chico el vídeo editado de los besos. David ha cambiado el concepto que tenía de Isa come Pizza, que no era precisamente muy bueno tras el *challenge* del chocolate con churros.

Se mira en el espejo y ve una considerable señal, entre roja y morada, en su rostro. Espera que aquello no le deje marca. Sería otra más relacionada con el accidente de Rocío Costa. Él no podía imaginar que aquel camarero de ojos claros era Fernando, el novio de la chica a la que atropelló Verónica, su exnovia. ¿Cómo habrá conseguido encontrarle? ¿Y qué pretendía realmente? ¿Darle un buen susto? ¿Que sufriera como ha sufrido él? ¿Acabar con su vida? Es difícil de descifrar. Ni siquiera sabe si volverá otra vez a por él.

Ahora no hay ninguna duda sobre quién pintó «Rocío no olvida» en su puerta o quién puso aquella sustancia en el café. Ahora, pensándolo detenidamente, recuerda que el café con leche que se tomó en la tarde del domingo sabía demasiado fuerte, muy amargo. Pero jamás imaginó que pudiera ser consecuencia de aquel condimento extra de nombre impronunciable. Siempre lo achacó a algo que había cenado. Por eso hasta llegó a dudar de sus compañeros de pasillo.

Aún quedan muchas incógnitas por resolver sobre aquella inquietante historia, pero la principal de ellas está bocarriba sobre la mesa. Gonzalo, Fernando, el camarero de la residencia, es el culpable de todo lo que le ha pasado últimamente. Aunque, ¿cómo se las ingenió para que apareciera el espíritu de Rocío en la sesión de *ouija*?

Sigue sin encontrar una respuesta.

Decide no pensar más en eso. Ya lo debatirá con sus amigos cuando les cuente mañana todo lo que ha pasado. Tendrá que avisar también al director de la residencia para que tome medidas con el camarero. Pero lo hará cuando se despierte y esté con las ideas frescas.

Aquel viernes será difícil de olvidar. No solo ha sido el día en que han pillado al malo de la película. También ha visto cómo su novia besaba a otro chico antes de ir a hablar con ella para poner fin a su relación. ¿Y qué siente respecto a eso? No le ha dejado indiferente, pero tampoco ha sufrido como debería sufrir alguien que presencia por sorpresa cómo le ponen los cuernos.

Todavía ni Marta ni Elena se han puesto en contacto con él. Eso le inquieta. Y no sabe si debe llamarlas o escribirles.

No hace falta. A las doce y doce minutos, recibe un WhatsApp de su amiga:

«¿Estás durmiendo? ¿Puedes hablar?».

«Estoy despierto. ¿Te llamo? ¿Me llamas?».

Es Elena la que realiza la llamada un instante después. Su voz suena algo afónica, como si se hubiese pasado horas hablando, que es en realidad lo que ha ocurrido.

—Pensaba que ya te habrías ido a la cama —dice la chica después de saludarle.

—Con lo que ha pasado aquí, no creo que hubiera conciliado el sueño tan pronto.

—¿Qué ha pasado?

—Luego te lo cuento. ¿Qué tal con tus padres?

—Bien. Yo también te lo cuento luego —comenta Elena, que tose a continuación—. Tengo aquí a alguien que quiere pedirte perdón. Llevo hablando más de tres horas con ella. Trátala bien, por favor. Se pone.

—Está bien.

David escucha cómo alguien sorbe por la nariz al otro lado de la línea. Está imaginando a Marta con las mejillas muy sonrosadas y los ojos brillantes como consecuencia del llanto prolongado.

—Hola. —Su voz frágil y quejosa confirma sus presagios. Suena como una niña a la que acaban de echar la bronca por algo.

—Hola.

La chica no puede soportar escuchar la voz de su todavía novio y estalla a llorar nuevamente. David intenta calmarla sin demasiado éxito. Marta solo puede decir «perdón» y «lo siento» antes de pasarle el teléfono otra vez a su hermana.

—Se ha ido corriendo a su habitación, que antes era la mía, por cierto —indica Elena, que resopla antes y después de hablar—. Lo está pasando muy mal. Le he contado que la vimos dándose un beso con Iván, que es como se llama el chico, y que tú habías ido a hablar con ella.

—¿Sabe lo que siento?

—Más o menos. Pero es mejor que se lo aclares tú cuando se encuentre mejor.

—¿Quién es el chico?

—Un chaval de Talavera de la Reina al que conoció por Internet en estas Navidades. Hasta hoy no se habían visto.

—¿Está enamorada de él?

—No. Ella está enamorada de ti. O eso es lo que dice —señala Elena, y se le nota en su tono de voz el cansancio de todo el día—. Este chico le comentó una foto de Instagram a Marta en la que ella sale muy puesta. Ya sabes cómo es y lo que le gusta posar. Tienen amigos en común. Empezaron a hablar por las redes sociales y decidieron quedar. Mi hermana dice que el beso fue un error, que no lo tenía previsto y que ni siquiera se lo quería dar. Que ella, simplemente, deseaba conocerle porque le caía bien.

Aquella historia desconcierta un poco a David, aunque no la ve nada extraña. Hoy en día, con las redes sociales, uno conoce a gente con mayor facilidad. Le queda la duda de si es verdad que aquel beso no fue deseado y de si aquel chico solamente era alguien que le caía bien.

—¿Habéis hablado tres horas de ese chico?

—No, hemos hablado de la vida en general. Me ha contado lo que piensan de ella en Toledo. Y tiene miedo de que vuelva a haber rumores de que se lía con todo el que se lo propone. Aunque eso le parece lo de menos en este momento. Lo que más le duele es... perderte a ti.

—Elena, yo...

—Sé lo que piensas, David.

—Es que esto solo ha sido una casualidad —indica el joven sevillano, que se acaricia con los dedos la zona de la herida—. Marta es una gran chica, va a tener a muchos como ese Iván..., y ojalá sea muy feliz. Pero yo no puedo seguir engañándome. La que me gusta de verdad eres tú.

No se oye ni la respiración de Elena durante varios segundos. Tampoco David articula ni una sola palabra más por temor a meter la pata.

—Eso no viene a cuento ahora —dice por fin la toledana con frialdad.

—Sé que no viene a cuento, pero...

—Mi hermana lo está pasando muy mal. Me tengo que ir con ella. Es lo único que me importa ahora.

—¿Es que no sientes lo mismo?

—David, no es el momento.

—Solo dime si sientes lo mismo que yo.

—Aunque sintiera lo mismo que tú, acabo de romper una relación y tú estás a punto de dejar otra, y no con cualquiera. Vas a romper con mi hermana. Utilicemos la cabeza, por favor.

—Yo estoy usando el corazón.

Otra vez se impone el silencio entre Elena y David. Es de nuevo la chica quien interviene después de toser.

—Ni siquiera sé si el año que viene seguiré en la residencia o en la misma universidad. Quiero vivir el día a día. Y eso supone que mi hermana ahora mismo es lo primero. Si ella se enterase de que salimos juntos y somos pareja, la destrozaría todavía más. Así que..., yo también uso mi corazón, David. No puede haber nada entre nosotros dos.

Las palabras emocionadas y sinceras de Elena hacen comprender al sevillano que hay historias que, por mucho que uno se empeñe, no pueden ser. No quiere agobiarla insistiendo en lo mismo. Los motivos de ella son entendibles, justos e irrebatibles.

—Tal vez es lo mejor.

—Seguro que es lo mejor —dice la toledana más calmada—. Oye, mañana te cuento lo de mis padres. Voy a ver a Marta. La estoy oyendo llorar.

—Vale. Espero que consigas consolarla.

—Está difícil, pero haré lo que pueda. Aunque me ponga de los nervios, es mi hermana. Hasta mañana, David.

—Hasta mañana, Elena.

Los dos cuelgan a la vez. Ella en Toledo, él en Madrid. Separados en kilómetros y también muy distanciados en cuanto a sentimientos. El corazón de uno luchando contra el corazón del otro.

David destapa la cama, se tumba sobre el colchón y se cubre con las mantas. Deja el teléfono a un lado y cierra los ojos. ¿De qué color es lo que ve?

El pitido de su móvil lo despierta. Han pasado más de dos horas desde que se durmió. Es un mensaje de WhatsApp de Elena. Se incorpora para leerlo, apoyando su cabeza contra la pared de la 1152.

«Ojalá supiéramos qué sucedería un segundo antes de que suceda. Ojalá encontráramos la salida antes de saber el camino. Ojalá nos mirásemos cada vez que el otro mira. Ojalá la vida fuera algo tan sencillo como darte un beso».

EPÍLOGO

—Si hace unos meses me dicen que iba a pasar parte de mis vacaciones de Semana Santa contigo, no me lo hubiese creído.

—Yo tampoco lo habría hecho. Me caías tan mal.

—Tú eras lo peor.

—Para que digan que las primeras impresiones son las que cuentan.

Iria y Elena están echadas en dos tumbonas en medio de la playa. No hace mucho sol y tampoco demasiado calor, pero les da lo mismo. Están allí para desconectar de todo y buscar algún rayo que las ponga morenas.

—Ni las primeras ni las segundas —indica la gallega antes de quitarse las gafas de sol para limpiarlas—. Hasta hace nada, éramos enemigas íntimas.

—Qué tontas fuimos.

—Bueno, no nos conocíamos bien.

—Ni sabíamos lo maja que era la otra —comenta Elena, que se incorpora para revisar su móvil—. ¿Por qué no me llama el tío bueno de anoche?

—¿Por qué no le llamas tú?

—¡Porque quedamos en que me llamaría él!

—No te va a llamar —dice Iria mirando hacia arriba—. Ese tío solo te quería para lo que te quería. Como todos.

—Pues si me quería solo para eso, se quedó con las ganas.

Las dos sueltan una carcajada. Llevan tres días bastante locos en Las Palmas. Ainhoa las invitó a pasar las vacaciones de Semana Santa con ella y lo están aprovechando al máximo. Están hospedadas en el hotel de los padres de su amiga y solo tienen que pagar sus gastos personales.

—¿Has hablado con David? —pregunta Iria, más seria, después de un rato en silencio.

—No. Decidimos que hasta después de las vacaciones no volveríamos a hablar y lo estamos cumpliendo.

—¿Ni un WhatsApp?

—Ni siquiera un WhatsApp. Es el trato. Necesitamos tiempo.

Tiempo y espacio. Ambos eran conscientes de que les hacía falta. Quizá lo han resuelto de la manera más radical, sin estar en contacto durante esos diez días. Pero los dos lo acordaron así y ninguno se ha saltado la norma autoimpuesta.

—Ya sabes que, cuando quieras hablar, aquí estoy.

—Lo sé. Muchas gracias, Iria.

Las dos se sonríen, se dan la mano y vuelven a mirar hacia el cielo canario. Está cubierto de nubes muy blancas, que apenas dejan pasar al sol. Una suave brisa acaricia sus cuerpos casi desnudos.

—¡Estáis aquí! Os he buscado por todas partes.

Ainhoa llega hasta ellas y se sienta en un huequecito libre que queda en la butaca de Elena. La canaria no va a tomar el sol, ni lleva bikini ni bañador. De hecho, tiene un poco de frío y se ha puesto una sudadera fina para ir a la playa.

—Pues no nos hemos movido de aquí desde hace una hora —indica Iria—. ¿Pasa algo? Te veo alterada.

—Nada. Mis padres, discutiendo otra vez. No sé cómo no se cansan.

—El ser humano está hecho para discutir —comenta Elena.

—Pues podrían hacer otra cosa. Llevo casi un mes aquí y es a lo único a lo que se dedican.

La chica tuvo que regresar a Las Palmas para tratar su problema con la comida. Sus hermanas se dieron cuenta de lo que estaba sucediendo y hablaron con sus padres. Estos decidieron que pasara un tiempo en la isla con ellos y que viera a un especialista en la materia, amigo de la familia, de manera privada. Ainhoa no se opuso. También ella necesitaba desconectar un poco de Madrid. Aunque tras Semana Santa volverá a la universidad. Ya echa de menos a sus compañeros del pasillo 1B, sobre todo a Óscar. El vallisoletano ha sido fundamental en esos últimos meses para ella. Se ha comportado como un verdadero amigo. Ya no está con Naiara, que no aceptó que no se marchara a Valladolid con ella. ¿Sus sentimientos? Ahí continúan, aunque entre ellos no haya vuelto a pasar nada.

—Y mira que con nosotras están siendo amables.

—Sí, Iria. Con todo el mundo son amables. Comemos de eso. Pero cuando se trata de ellos dos, son como el perro y el gato. Y eso que están separados y vive cada uno en un sitio diferente.

—Paciencia, Ainhoa. No les hagas mucho caso.

La canaria se levanta y se sacude la arena que se le ha incrustado en el pantalón.

—Os venía a decir que esta noche no hagáis planes, por favor. Nada de salidas nocturnas. He quedado con mis hermanas para cenar y luego iremos a dar una vuelta con ellas por la isla. ¿Os parece bien?

—Muy bien —contesta rápidamente Elena.

—Por mí también. Perfecto —añade Iria.

En esas tres noches que llevan en Las Palmas han conocido a varios chicos. Se han divertido, han tonteado un poco con ellos, bailes, copas, pero con ninguno ha pasado nada. Ni siquiera con el ingeniero buenorro, monitor de deportes de riesgo, que le tiró los trastos a Elena el día anterior. Ni dos besos.

Cuando Ainhoa las invitó a la isla, iban con esa intención: pasarlo bien y dejar atrás los malos ratos del pasado. Sin embargo, a la hora de llegar a más con otros chicos, ni una ni otra son capaces de dar otro paso. No es fácil olvidar lo que se siente.

—Bien. Nos vemos luego, entonces.

—¿Adónde vas?

—A hablar con... Óscar. Por Skype. Os veo en casa.

Las dos amigas asienten y vuelven a centrar su atención en los rayos del sol. Se pasan un tiempo sin hablar hasta que Iria recuerda algo que les comunicaron a los chicos del pasillo 1B antes de las vacaciones. Pronto tendrían un nuevo vecino.

—Me pregunto cómo será la nueva.

—¿La que va a ocupar la habitación de Nicole tras las vacaciones?

—Sí. Imagino que será una chica, ¿no?

—A Isa la pusieron en el lado de los chicos. Así que ya veremos con lo que nos encontramos cuando lleguemos el lunes a la residencia.

—No quiero más tíos en mi vida —dice Iria dándose la vuelta para que el sol le dé ahora en la espalda.

—Echo de menos a la peruana.

—Sí, yo también. Ojalá su madre recapacite y el año que viene pueda regresar a la universidad.

—Está difícil. Pero también era difícil que Toni...

En ese instante suena el móvil de la gallega. Lo tiene dentro del bolso. Se apresura para alcanzarlo y comprueba que no tiene el número de quien la llama. Extrañada, contesta.

—¿Sí?

—Hola, gallega.

Iria está a punto de desmayarse cuando escucha su voz. ¿Cuándo fue la última vez? El viernes 23 de enero, nunca podrá olvidarlo. En esos dos meses no ha parado de pensar en él.

—¡Manu!

El grito de la chica alerta a su amiga, que rápidamente se incorpora y se sienta a su lado.

—Veo que te acuerdas de mí.

—¿Dónde estás? ¿Dónde has estado?

—Viajando.

—¿Viajando? ¿Por dónde?

—Por ahí, no es importante. Nada ya es importante —responde el malagueño antes de soltar una risa nerviosa—. Voy a volver a la residencia.

—¿Qué? ¿De verdad?

—Sí, el lunes os veré a todos ahí. Solo quería que lo supieras para que no os coja desprevenidos.

Y cuelga sin decir nada más y sin permitir que la chica le pregunte.

El corazón de Iria se ha disparado. Nota que le late a mil, a dos mil por hora. Elena le pone una mano en el hombro.

—¡Dios mío! ¿Era Manu?

—Sí —susurra la coruñesa—. Era él.

—¿Y qué te ha dicho?

—Que vuelve. El lunes estará con nosotros en la residencia.

—¿Qué? ¿En serio? ¡No me lo puedo creer!

Iria tampoco puede creerlo. Después de setenta días, ha vuelto a escuchar su voz, algo en lo que ya había perdido la esperanza por completo.

A la misma hora, a casi mil quinientos kilómetros de allí.

Nunca ha sido creyente, pero hoy ha decidido irle a rezar al Cristo del Cachorro, al que su abuela rendía pleitesía. Tiene en su haber demasiados pecados para estar tranquila. Por eso hasta debe recurrir a un Dios en el que no confía y al que jamás ha tenido en cuenta.

Aquel Viernes Santo se está celebrando por todo lo alto en Sevilla. Reluce el sol con brío, huele a azahar e incienso y las calles están llenas de miles de personas disfrutando del final de la Semana Santa. Ella, en cambio, es incapaz de esbozar una simple sonrisa.

Camina deprisa hacia el puente de Triana, con la sensación de que alguien la está siguiendo. Mira hacia atrás, pero hay demasiada gente como para distinguir algún rostro entre la muchedumbre.

Verónica se agobia y se detiene en medio de la calle. Varios hombres y mujeres tropiezan con ella y la insultan por pararse donde no debe. Incluso alguien la embiste por detrás y comienza a arrastrarla sin que pueda impedírselo.

No es cualquiera.

La chica percibe un objeto punzante en la espalda.

—Si dices algo, te mueves o gritas, prometo clavarte la daga que tengo en la mano hasta atravesarte con ella. Y te aseguro que pienso hacerlo, no es ningún farol.

Verónica reconoce la voz. Cuando se gira, ve su tatuaje en el cuello. El ave fénix que aquel chico se imprimió en la piel para hacer frente al mayor pecado que había cometido. Un pecado por el que otros habían pagado ya su condena.

FIN

AGRADECIMIENTOS A LA EDICIÓN DE 2016

Noveno libro publicado. ¿Quién me lo iba a decir a mí hace once años cuando escribía en Internet en mi querido Fotolog? Por aquel entonces, estaba muy perdido en la vida. Pese a haberme preparado bien, no sabía cuál era mi sitio, ni qué iba a ser de mí. Pero los sueños se cumplen. Se cumplen si te esfuerzas, si no te rindes y si no intentas pisar a nadie en el camino. Lo más importante es trabajar mucho y creer en lo que quieres. Y tener mucha paciencia. Lo que llega rápido, corre el riesgo de que se vaya aún más deprisa.

Tengo la inmensa suerte de contar con una madre y un padre que siempre me han apoyado. Que han confiado en mí y que han respetado mis ideas. Si soy como soy, me parezca más o menos a ellos, es gracias a mis padres. Y aunque me voy haciendo mayor no me olvido, ni me olvidaré, de dónde vengo. De mis orígenes. De los libros que ellos me compraban cuando era un crío. De las conversaciones sobre música, cine, deporte, historia... que me han enriquecido y me han aportado una gran parte de lo que sé. Si ellos no están bien resulta imposible que yo lo esté. Por eso, mi único deseo es que seáis felices y que entre todos luchemos por conseguirlo. Y en ese «que seáis felices» y «entre todos» incluyo a mi hermana. Siempre que escribo los agradecimientos me acuerdo de cuando los dos vivíamos en Carmona. Nuestras peleas, nuestras discusiones, nuestra manera diferente de ver las cosas también han contribuido a formarme como persona. Tú nunca me regalaste un «sí» y yo tampoco te lo puse fácil. Es la misión de un hermano. Sin embargo, aunque nos separen cientos de kilómetros desde hace tanto tiempo, a día de hoy no creo que estemos tan lejos. María, eres la mejor.

Cuando este libro salga a la luz habrán pasado 2733 días desde aquel día. Se ve la vida más azul a tu lado. ¿Sabes? Estamos forjando una leyenda de lo nuestro. Porque hemos escalado cimas imposibles y derribado murallas enormes para alcanzar el cielo. Juntos superamos decenas de pruebas, miedos, tópicos y pronósticos. Vencimos al tiempo, ganamos al espacio. Atravesamos la luz. Dos invencibles en un mundo con cabeza de hierro y pestañas de plomo. Pero esto no se para aquí, avanza. Nos queda mucho cuento por contar. Muchos sueños por cumplir. Muchas canciones por sentir. Muchos viajes por disfrutar. Acabamos de estrenar nuestra lista de deseos y el infinito está a la vuelta de la esquina. Ester, seguimos haciendo historia.

Este libro va dedicado a toda mi familia, como todos los que he escrito. Pero, en especial, se lo dedico a mi tía Mercedes, que también es una de mis lectoras, y a mi tío Jose. Toda la fuerza y el cariño del mundo para vencer a ese dragón de siete cabezas. Y también me acuerdo de toda la familia de Ester que tan bien se porta conmigo.

El mundo editorial es muy complicado. Cada año que pasa, cada libro que publico, me doy cuenta de lo difícil que es todo esto. Escribir no es fácil, publicar con gente seria aún menos. Y yo tengo la fortuna de estar con los mejores. El equipo planetario con el que trabajo es una garantía de que las cosas saldrán bien. A Sergi le agradezco la confianza que tiene en mí. A Laura, su complicidad. A Puri, lo que me transmite siempre. A Raquel, su interés. A todos ellos les estaré siempre agradecido porque forman un equipo perfecto. Tampoco quiero olvidarme del resto de la editorial Planeta que me aporta tanto en cada uno de mis libros: Marc, Belén, Paco, Ángeles, Carmen, Ana, Isa, Rosa, Dani, Carlos, Lolita, Marisol, Miriam, Consu... Gracias, especialmente, a Raquel por su gran ayuda final. Y a Anna Gago, espero que te vaya genial en tu nueva aventura. Muchas gracias a las delegaciones de Planeta en Argentina y en Uruguay por lo bien que me tratasteis en la última gira en Sudamérica. Espero también quitarme esa espinita clavada que tengo en Chile. Y a Maialen, Liliana y Eva, del Área de Bolsillo, muchas gracias por vuestro trabajo. Seguro que mis pequeños están en buenas manos.

El verano de 2015 viví una de las experiencias más especiales desde que me dedico a escribir libros. La gira *Blue on the road*, que nos llevó a más de treinta ciudades por España, me permitió conocer a dos personas estupendas que sumar a mi lista de amigos. Con Joaquín y Borja, 10 000 kilómetros pasaron volando. Echo de menos nuestras aventuras a lomos de la *BlueJeaner*, puntuar cada hotel, las comidas y cenas juntos (cuando nos daba tiempo a cenar) ajustando el presupuesto, las conversaciones de todo y nada... Por mí, repetiría cada verano. Y eso que acabamos agotados los cuatro.

Necesitaría cien páginas de agradecimientos para nombrar a todas las personas que formaron parte de *Blue on the road.* A todos esos chicos y chicas que esperaron horas y horas en las colas de cada ciudad. Pasando calor, aguantando de pie, viajando hasta el lugar de la firma, convenciendo a amigos y a familiares para que los acompañaran... No hay palabras para daros las gracias. Gracias también a los libreros por su atención, respeto y colaboración. No fue fácil gestionar grupos de más de 500 personas, pero creo que, en general, sacamos buena nota.

Sabéis que os nombraría a muchos en estos agradecimientos. Sin embargo, no quiero ser injusto con nadie y mencionar a algunos y dejar fuera a otros. Pero os debo una a vosotros, gracias por como sois conmigo: Vane García, Cande Dónuts, Irene Contenta, Pedro Vásquez, hermanas Miramón, Rocío Corral, Andrea Rowling, Dani Granada, Mireya Jarque y su padre... Gracias a las Sexgus, a las Bluejeaners con Arte, a las Bluecitas de Madrid, a las chicas del club de seguidores de Argentina, a las Clásicas, a las representantes de Blue y a todos los grupos de lectores (que no fans, que ya sabéis que no me gusta la palabra) que formáis en torno a mis libros. Gracias a todos, sin excepción.

Gracias también a todos los que me seguís a través de las redes sociales y a los que veis mi canal de Youtube. En representación de todas esas personas me gustaría nombrar a Hieral Rodríguez, Noelia Pérez, Yusra Elghali, Aitana Ramírez-Antón, Paloma Fuentes, Lidia Gallego, Esther García, Larisa Hirdea, Aroa Cuenca, Raquel Márquez, Najhely Flores, Francesc Sánchez, Álvaro López, June Sánchez, Carmen Otero, Desirée Macias, Alba

Mcampaña, Elísabet García, Paula Arenas y Alejandra Uriarte.

Ha aparecido una generación de autores jóvenes que están aportando un soplo de aire fresco a la literatura juvenil en España. Me alegro muchísimo por ellos. No es que yo lleve muchos años, pero empiezo a notar que me voy convirtiendo en un veterano de esto. Le doy mi más sincera enhorabuena a Iria G. Parente y a Selene, a Dani Ojeda, a Chris Pueyo, a Mike Lightwood, a Álvaro Prian, a May R. Ayamonte, a Iris MacKenzie, a Natalie Convers, a Alice Kellen, a Esme Butterfly, a Tania López Parra, a Ángela Bonilla, a Gema Bonnín, a Celopán... y a todos los que lográis publicar vuestros libros. Esto demuestra que los sueños se hacen realidad. Pero no debéis conformaros con lo que ya habéis logrado. Tenemos que seguir aprendiendo, mejorando y estando a la altura de los lectores. Que ninguno se olvide de que nos debemos a ellos y de que esto no ha hecho más que empezar. El importante no es el escritor, es el libro y nuestros personajes. Suerte y fuerza a todos.

Gracias también a los blogueros y a los *booktubers,* a los que les gustan y a los que no les gustan mis novelas. Nunca me enfadaré por una crítica, la entienda o no. Si te compras un libro, tienes todo el derecho del mundo a opinar sobre él.

Ya son muchos años trabajando en el mismo sitio. Y aunque van cambiando los baristas, la gente que permanece desde hace tiempo y la que entra nueva, me siguen tratando genial en Starbucks Callao. Así que muchas gracias de nuevo.

En cada uno de mis libros hago algún tipo de reivindicación relacionada con los libros. La última estuvo relacionada con la piratería y en esta también me voy a referir a lo mismo. El año pasado viajé por cuarta vez a Latinoamérica y me encontré algo que no me gustó. Muchos me llevaron a las firmas libros falsos. Libros con los que se benefician otros que nos roban a autores, editoriales y librerías. Si compráis libros piratas o «bambas», como los llamáis en algunos países, estáis comprando algo más barato, pero le estáis haciendo un daño terrible a la literatura. Como se le hace descargando PDF gratuitos en páginas ilegales (no subáis libros de otros autores a Wattpad, no es legal y también es piratería). El valor de un libro depende del que tú le des. Y pensad que de cada ejemplar comen muchas personas: autores, distribuidores, libreros y trabajadores de las editoriales. No piratees libros, por favor. Si no puedes comprarlo, hacedlo entre varios, sácalo de una biblioteca o pídeselo a un amigo. Pero nunca compres el que no es original ni te descargues el PDF. Si esto sigue así acabaremos con la literatura, no habrá hueco para autores nuevos y cerrarán más librerías y más editoriales. No me quejo sin motivos, está pasando ya desde hace años.

No quiero terminar estos agradecimientos con mal sabor de boca. Esta nueva novela es para saborearla. He tardado más de cuatro meses y medio en escribirla y estoy muy contento de que podáis tenerla ya entre vuestras manos. Creo que es en la que más corazón he puesto, en la que más me he entregado, la que más temáticas diferentes tiene... *Algo tan sencillo como darte un beso* cuenta con cientos de horas de trabajo. Pero, como siempre digo, a partir de que abráis el libro por la primera página, ya depende de vuestro gusto y de lo que sintáis con él. Espero no decepcionaros.

Gracias por llegar hasta aquí. Nos vemos en... el próximo capítulo.

www.booket.com

www.planetadelibros.com